Dessa Rose

デッサ・ローズ

シャーリー・アン・ウィリアムズ
藤平育子 訳

作品社

デッサ・ローズ

目次

◆主要登場人物

デッサ（オデッサ）　奴隷たちの反乱の首謀者の一人。十七歳くらい。

ケイン　デッサの夫。

ルース（ルーフェル）　二十五歳くらいの白人女性。アラバマ州グレン農場所有者フィッツアルバート・サットンの妻。ティミー（七歳）とクララ（一歳）の母。

ネイサン（ネイト）　奴隷たちの反乱の首謀者。奴隷商人ウィルソンの御者。

ハーカー　グレン農場にいる逃亡奴隷のリーダー。

ネヘミア（ネミ）　白人男性の作家。新作の資料集めのため、拘留中のデッサに聞き取りをする。

◆物語の背景となる農園と農場

ヴォーガム農園（サウスカロライナ州）　デッサが生まれ育ち、結婚した農園。デッサは女主人により奴隷商人に売られた。リーヴズ農園もヴォーガムの所有になる。デッサの記憶と夢のなかに登場。奴隷仲間のマーサはデッサの仲良し。

ヒューズ農場（アラバマ州）　ヒューズ保安官の農場。反乱後、逮捕され死刑判決を受けたのち、デッサが拘留される。奴隷女ジェミナはデッサの救出を助ける。

グレン農場（アラバマ州）　サットン農場とも呼ばれる。白人女性ルースが夫の留守を預かる。逃亡奴隷たちが身を寄せ、隠れ家としている。ヒューズ農場の地下室から救出されたデッサが保護される。

緒言

『デッサ・ローズ』は二件の歴史上の事件に基づいています。まず一件めは、一八二九年、ケンタッキー州での出来事です。一人の妊娠中の黒人《ブラック》女性が、奴隷隊《コッフル》（鎖で繋がれたまま移動する奴隷の集団で、通常は奴隷市場に連行される）での反乱を先導する仲間に加わりました。女性は逮捕され告発され、死刑宣告を受けましたが、刑の執行は赤ん坊が生まれるまで延期されました。二件めは、一八三〇年、ノースカロライナ州の出来事です。地域から孤立した農場に住む一人の白人女性が、逃亡奴隷に避難所を提供したと伝えられていました。私は、最初の事件を、アンジェラ・デイヴィス〔訳註：一九四四―、アメリカの活動家、著作家〕の独創的なエッセイ、「奴隷共同体における黒人女性の役割についての省察」（『ブラック・スカラー』一九七一年十二月号）において読みました。そして、デイヴィスの出典をハーバート・アプテカー著『アメリカ黒人奴隷の反乱』（一九四七）に辿《たど》る過程で、二つめの事件を発見したのです。そのとき、この二人の女性が実際に出会わなかったことをとても残念に思いました。

いっぽうで、批評的には高く評価された七〇年代始めの小説に怒りを覚えたことも認めざるを得ません。この作品は、奴隷反乱の首謀者、ナット・ターナーからの聞き書きによるメモワールを滑稽に戯画化したものでした。アフリカ系アメリカ人は、口承文化によって生きながらえ——そしてそれを高尚な芸術に作り変えてきましたが——今もなお、文学と文字文化のなすがままにされ、しばしば裏切られさえしてきました。私は子どもの頃、歴史が大好きでした。ですが、ある明敏な若い黒人《ニグロ》が、アメリカの過去には自分が自由になれる場所が一つもないと、はっきりと指摘してくれて初めて目が覚めました。今の私にはわかるのです。奴隷制度は、ヒロイズムも愛も根絶《ねだ》やしにはしなかった。奴隷制度はそれらを表現する機会も与えてくれたと。デイヴィスの論考は、私がこのもう一つの歴史を理解するうえで、一つの転換点となりました。

この小説はあくまでフィクションです。登場人物のすべて、彼らが旅する地方さえも、事実に基づいているとはいえ、創作したものです。しかし、ここに書かれているのは、私自身がそれを生きて経験してきたような真実にほかなりません。もしかしたら、これは単なる比喩にすぎないでしょうが、私は今、十九世紀のある夏を自分のものとして《所有》しています。そして、これは子どもたち――マルコム・スチュワート、パトリシア・グランディー、スティーヴン・アレン、エヴァンジェリン・バードソン――のために書きました。彼らはそれを二十一世紀の子どもたちと共有してくれることでしょう。

シャーリー・アン・ウィリアムズ

カリフォルニア州サンディエゴにて

一九八五年九月十四日

プロローグ

誰かが……

「ヘイ、ヘイ……」

奴隷小屋のほうにやって来る。

「……愛しいおまえ」

ケインだわ。ケインの声よ、静かな川床を流れる水のように、高く澄みきった声が、すーっと彼女のところに舞い降りてきて、身体じゅうを駆けぬけていく……。どこも変わらぬ風景の奴隷小屋がずらりと列をなして並ぶ、そのあいだの小道をあの人は歩いてやって来た。まるで、そこいら全部を所有しているみたいに。陰から薄明かりのなかへ大股で入ってくる、まるで、沈みゆく太陽を止める力があるかのような勢いで。

「おい、おーい、おーい――」

背中にバンジョーを背負ってなくても——デッサには彼だとすぐわかった。

「愛しいデッサ……」

腕を広げて、音もなく指を鳴らして、指のリズムは彼女の心に力をくれたのと同じリズム……口を大きく開けてにっこりする、影が先に彼を迎えに走っていく。

「おまえを呼んでるよ、聞こえるかい？
ヘイ、ヘイ、愛しのおまえ、ケインが大声で呼んでるよ……」

鍬《くわ》を放り出し、走っていく、走っていく……

「ケインが呼んでる、愛しい女の名前を呼んでる……」

腕のなかに抱きしめて抱き上げてくれる。デッサは彼の胸に身体をぴったり寄せて、両手を首にまきつけた。バンジョーが身体の後ろでバンバン鳴っていた。「まだ早いじゃない、ここで何してんのよ？」足を地面に降ろすと急に恐くなった。ああ神さま、ボス・スミスが彼を見たら——それに、あの意地悪タルヴァーがまだ二人の後ろにいたら——
「俺はまだお屋敷の温室で、一年じゅうイチゴが採れるよう汗流してるって、みんな思ってるさ」。ケインの温かい息がデッサの首をくすぐる——もう少しで、熱い愛に我を忘れるほどだったが、恐怖が彼女の高ぶる気持ちを静めた。デッサの沈黙を無視して、ケインは大声で笑い、身を屈めて彼女の鍬を拾い上げた……

奴隷たちの住処《すみか》は動きを始めていた。五、六軒の小屋の煙突から煙がゆらゆらとゆっくり立ち昇っていた。子どもたちはあちこち走り回っていた。すでに二、三人が、家並みの真ん中に近い石臼《いしうす》のところで粉ひきの順番を待っており、石臼の隣にある井戸でも順番待ちをしている人たちがいた。

「あんたって自分から悩みごとを求めるのね、こうやってここまで押しかけてくるなんて」とデッサはケインに注意した（彼女は、これまで何度もその言葉を彼に言っていた……何度も繰り返し注意してたのに……）。

「ベイビィ、俺はすでに大いに悩んでる」

ケインはニコッと笑ったが、その息は彼女の喉に届いた。「どういう意味？」

「奴隷《ニガー》には生まれたときから悩みしかないってことさ」。デイヴィッドは、薄暗がりのなかから姿を現わしてこう言った。「奴隷は、こっちから求めなきゃ楽しみなんて得られないもんな！」

「そう、あるわけない」とキャリー・メイは、まるまる太った茶色い赤ん坊を腰に吊り下げて、調子を合わせて言った。「面倒が起きないように、旦那さん、のこのこやってきて首を突っ込むんだから。子どもを産め、と命令するんだもの」。赤ん坊、赤ん坊って――「旦那さん、すきを突かれたってわけね」

「それじゃ、おまえたちみんな、俺がしたいこと、わかってるわけか」。ケインは声に出して笑いさえした。「そうさ、俺の悩ましい心を楽にしてくれるものがここにいるんでね」。彼は、デッサの肩を叩いた。

笑いながら、デイヴィッドとキャリーは通り過ぎていった。

「ケイン――」

「レフォニアおばさんがくれたんだ――」

「どれぐらい話したらくれたの？」

「ほんのちょっとさ」

デッサは息が詰まって笑えなくなった。ケインの眼をじっと覗《のぞ》き込んだ。

彼の眼は生き生きとして、ちらちら踊る光を受けて輝き（おばさんがなんて言ったにせよ、あの人の眼は嬉しそうに生き生きしていた）、茶色の眼は金色に変わった。デッサは愛する気持ちでいっぱいになった。ケインに触れるか微笑《ほほえ》みで応えなくちゃ。微笑むとケインはにっこりした。「ちょっとだけ飲むんだ、デッサ――おまじないの言葉を唱えるんだよ。そう、おまえは旨い肉《ビーフ》を食べる段になれば、それがわかるよね。俺は、まじないの言葉を忘れたら舌の奥から引っ張り出すさ」。彼はデッサを二人の小屋のそばまでぐいと引き寄せた。彼女は心にもなく笑った。ケインは自分が言いたいことならなんでも口にするし、甘い言葉で騙《だま》すだろう。「だからさ、俺は畑から新芽が出たばかりの青菜を引きぬいて、ちょいと油をかけて、うまい味にこしらえたのさ」

「ちょっと味つけしただけじゃないの。ケイン、何を――」

「ふむ、うむ。だけど、俺の味つけは、そんなもんじゃないぜ」。彼はデッサをさらに近くに引き寄せ、汚れた汗臭い布を彼女の頭からはずして言った。「味つけするだけじゃ満足したことないのさ」

デッサは笑って、ケインに身を任せて緊張を緩《ゆる》めた。二人はなかに入った。がたがたのドアが、迫りくる夜の帳《とばり》を背に閉ざされた。「俺たちの青菜が冷めちまう」

「でもあたしたち、冷めてないわ」。ケインはデッサの太腿《ふともも》に片脚を軽く押しつけて、唇で彼女の首を愛撫していた。

「あたし、ちょっと洗ってこなくちゃ」。まだじらし半分だったが、湿った泥まじりのデッサの肌が、洗いたてのきめの粗《あら》いケインのシャツに触れているのも感じとっていた。このままずっと終わらないで！　突然、激しく、その願いがデッサを襲った。いつもこの瞬間を生きていたい、身体をケインにぴったりくっつけていたい。わたしの腕のなかに彼の温かさがずっとありますように。「おまえはちっとも汚くないさ」とケインは唸《うな》るように言い、両手でデッサの肩を抱いて、あの秘めた欲望を揺り起こした。デッサがケインにもたれかかると、ケインの胸が自分の心臓と同じように脈打っているのを感じた。彼は舌先で彼女の首の横をくすぐった。「お屋敷にだって、こんなに美味《うま》いワインはないいさ――」。指を彼女の縮れ毛にのせ、手のひらを彼女の頬に優しくおいていた。「なあ、おまえを諦めるなんて決してしないよ。こんなに可愛い眼がほかのどこにあるっていうんだい？」ケインはデッサの閉じた瞼《まぶた》にキスをした。「それにこの鼻だって」。彼は鼻柱と鼻先をふざけるように突っついた。「口も可愛い」

ケインの唇はしっかりと堅くビロードのよう。まるで沼に生える柳の葉先のよう。彼の唇に触れられて、デッサの肌は燃えた。震えた。「うむ。このお尻も可愛い」。両手で彼女の臀部《でんぶ》をかかえ、彼は訊く。「おまえも最高の気分だと言ってくれ。……ああ、――ほんとだ！　甘美なものだと知ってたけど、こいつは最高だぜ！」

愛撫も良かったけど、言葉も素敵だった。震えながら、デッサはケインのシャツを引っ張った。これが愛だったのね。自分の手は彼の背中、そして口にも触っていた。「あんた、これがしたかったのね」と彼女は訊いた。「これだったのね――？」二人は唇を重ねて愛しあった。「デッサ」、彼の喉から唸るような声。彼女の言葉も呻《うめ》き声。両脚を開いてお尻も動かした。ああ神様！　この人、愛の術《すべ》を知ってるわ……

欲望が花開いたのは一瞬のことで、乾いた痙攣《けいれん》のように逃げていき、突然消え去った。夢が訪れたのと同じくらい突然に。夢はまるで今本当に起こっていることのようで、ケインがデッサのそばにいるかと思った。デッサは、キャリーとほかのみんなに囲まれていることを知っていたし、彼らが一緒にいてくれる温《ぬく》もりのなかに吸い込まれた。そして目が覚めた。デッサは目を閉じた。鎖がガチャガチャと音をたて、悪意に満ちて足首と手首の肌をこすった。きめの粗い服地がデッサの皮膚を引っかいた。動くたび、身体の下でトウモロコシの皮がカサカサと乾いた音をたてた。ケインの眼は、レモンティーと蜂蜜の色だった。今もなお、閉じた瞼の奥にケインの眼が見える――ケインの眼もキャリーの微笑みも……

俺、可愛いデッサに便りを送ったよ。

デッサは、ケインの言葉を口に出して言ってみた。

冷たい風がそれをさらい、
いたるところに吹き散らしてしまった。

そして耳元に彼の声を聞いた。

ヘイ、ヘイ、デッサ、愛しいおまえ、
このケインが呼んでるよ、呼んでるよ……

黒んぼ《ダーキイ》

「これで、一人の人間がどのように奴隷にされたのか、おわかりいただけましたね……」
——フレデリック・ダグラス
『フレデリック・ダグラスの生涯の物語』(一八四五)

第一章

ヒューズ農場
アラバマ州、マレンゴ郡
リンデン近郊

一八四七年六月十九日

「……あたし、白人だったら気絶していたかもしれない、旦那さんがケインの頭を叩き潰《つぶ》した、まだ死んでないけど死にそうだ、とエマリーナが言いに来た。あたし、気絶して何もかも終わるまで意識が戻らなかったかもしれない。少なくとも全部終わってしまうまでは。気絶すると世界の外に出るんだと、あたしは思ってる。ケインがそう言ってたから。奥様はお屋敷で旦那さんのこととか、ほんのちっちゃなことがお気に召さないと、大騒ぎするんだとケインは言ってた。気絶するか、泣き叫ぶか、いや、どっちもするんだと。レフォニアおばさん、チルダー、ほかのみんながやって来る、走ってくる、ひらひら身体を揺すって、どんどん近づいてきて訊く、どうしたんだ？　誰がやったんだ？　ケインは庭でご夫婦の喧嘩を聞いている。ケインは言う、土を掘ってて大笑いしたぜ、腹が割れるほど笑った。掘ってるんだけど笑いが止まらん。だってさ、めそめそ泣いてる小柄な白人女が一人で、あんなでっかいお屋敷をひっくり返すんだもんな」

黒んぼ《ダーキイ》女は食品貯蔵用の地下室の床に座っていた。影のなか、姿はほとんど見えない。時おり、彼女の頭が開いた扉から入る光の塊《かたまり》のほうに動いたり、鎖が暗闇でガチャガチャ音をたてた。女のとぎれとぎれの話しぶりにも、ためらうような態度にも、彼女が有罪判決を受けた奴隷反乱の首謀者であることを示唆するものは何もなかった。アダム・ネヘミアは、まさにその不一致によって魔法にかけられたようになり、静かでやすりをかけたような彼女の声をもっとよく聞き取るため、座っていた地下室の階段から前のめりに身を乗り出した。彼には、一語一語が聞き取れなかった。しばしば、耳慣れない慣用句や言い回しに、かなり長く戸惑ったし、時おり黒んぼ女が呼び起こす名前の数々に混乱して話の流れを見失った。また座ったまま、話に魅せられ書くのを忘れることもあった。だが急いでなぐり書きしたメモから女の説明を解読すると、その場面が心に鮮やかに浮かんだ。そして、まるで一語一語記憶しているかのように、書きとめている日誌のなかに再現していった。

「……あたし、畑で働いているから、お屋敷には決して近づかない。レフォニアおばさんのほかは、家つきの奴隷にも近づくことがない。あたしとケインが仲良くなって、もっとちょくちょく会いたくなったので、ケインは、あたしを屋敷で働かせてもらえないかと思って、レフォニアおばさんになんとかしてもらえないか、もしかして奥様に話してもらえないか訊いた。だけどあたしは奥様には肌の色が白すぎるし、旦那さんには白さが足りないって、レフォニアおばさんが言う。奥様は怖がっている。旦那さんが、結婚する前から色の白い娘が好きだったから。それで奥様は、色の黒い娘か、旦那さんが夜遊びの相手にしそうもない年増《としま》の女しか屋敷に入れない。そういうわけであたしは、これまでどおり畑にいるわけ」

「レフォニアおばさんはそう伝えたが、ケインは納得できず、どうかデッサの働く場所を変えてくださいと奥様に頼んでもみた。でも奥様はあたしを見て、だめよ、と言う。ケインは怒ったけれど、結局は笑うほかない。奴隷《ニガー》に何ができるんだ？　と言う。彼はずっと屋敷のまわりで仕事をしてた。ケインは家つき奴隷だった——もっとも家つき奴隷は、奴隷どうしでは、トウモロコシをどう育てるか言わないのと同じで、花の手入れをどうするとか言いあったりしない。だけどチルダーがケインより上の奴隷だと言い張ったとき、ケインは笑った。「チルダー、おまえ、白人のためにドアを開けるからと言って、白人になれるわけじゃないんだぜ」と言った。そしたらチルダーはふくれっ面して怒った。チルダーは、自分を上に扱ってもらわないと気に入らなかったから——それと彼は、大旦那様と一緒に育ったこともあったんじゃないかな？　「フン」。そこでチルダーはケインに言う。ケイン、上の者に口答えなんぞしてないで、おまえがデッサといちゃいちゃしてることのほうをしっかり用心するんだな……」

「あの人はあたしを選んだ。旦那さんは関係ない。あたしを選び出して、俺だけの女になれと言ってくれた。旦那さんは言う。おまえはこいつと寝ろ、あいつと寝ろ。あの男がおまえの相手だ。旦那さんはキャリー・メイに命令する。あの「種馬」の黒んぼ《ニガー》と寝ろ、そいつがおまえの男だ。それで、あたしらはみんな知ってる。それって子どもを産ませるためだけだって。子どもらが育って大きくなったら、ほかの農園に、もしかしたら深南部《ディープ・サウス》へ売られていくってこと。そのときキャリー・メイはまだ身体がとても小さかった。どうやったら、あんなでかい黒人《ニガー》を相手にできるんだろう。どうやったら、あんなでかい黒人の子を腹に抱えられるんだろう。母さんは言う、レフォニアおばさんもママ・ハッティーも言う、旦那さんの言うことなんか聞かなくていいさ。タルヴァーは小さな奴隷娘にでかい赤ん坊を産ませるって知られてるからな、旦那さんはそう言って笑う。あまり大笑いするから、旦那さんには聞こえてないけど、タルヴァーがキャリーに手を出す前に、種男の盛りは終わったよ、とママ・ハッティーは言う。このこと、旦那さんにはわかりゃしない。でもタルヴァーにはわかってる。だけど彼にはそれが言えない。タルヴァーは薬草のせいで、旦那さんに口が利けなくなってたし、薬には彼の種がキャリー・メイを妊娠させないようにする効き目もあったんだ」

ネへミアはペンを日誌の上で宙に浮かせたまま、ひと息ついた。黒人《ニグロ》たちが、実際に避妊手段を使っていたことが信じられなかった。それでも彼はあれこれ思案せざるを得なかった。そういう霊薬の処方箋がわかれば、いくらか金儲けできる――もちろん、誰かがその薬を売る慎重な手段を思いつけるならの話だ。避妊に効く薬草とは、いかにも奴隷がやりそうなことだと考えて、彼はクスクス低い声をたてて笑った。紳士なら誰でも一儲けしたいと思うだろうが、紳士なら誰しも、そんな薬草を知っていることなど認めないだろう。きっとネへミアは黒人たちを信用しすぎているのかもしれない。だが、この件について、黒んぼ《ダーキィ》女にもっと質問しても害にはならないだろうと思い、日誌を書き続けた。

「旦那さんは不思議そうだったけど、種男は一人だけじゃない。それに、タルヴァーは畑でほかの奴隷を働かせるのがうまかったし、ズルしようとする奴隷を鞭打つのが得意だった。その頃キャリー・メイは、デイヴィッドと愛しあっていて、赤ん坊が生まれる予定だった……」

「ケインがあたしを選んだ。彼があたしを選んでくれた。だからエマリーナが、あの日あたしに会いにきて、ケインが旦那さんに鍬で殴りかかり、旦那さんはシャベルでケインを打ちのめして頭をかち割ったみたい、と言いにきたとき、あたしは走りに走って、鍬が邪魔だったので投げ捨て、服が邪魔になったから裾をまくり上げた。ケインはあたしたちの寝床に横たわっていた。頭から血を流して片眼を閉じていた。もう片方の眼は飛び出てしまって、ないも同然。ママ・ハッティーは彼のそばに座って血を拭っている。「死ぬか売られるかの運命」。そのとき彼女が言ったのはその言葉。それから何度も同じことを言ってた。だから、そのときもそう言ったんだと思う。「死ぬか売られるか」。あたしが名前を呼ぶと、ケインは唸り声をあげる。あたし、知ってる名前、思いつく名前を全部言った、神様、レグバ〔アフリカ神話に登場する神〕、ジーザス、コンケルー〔アメリカ民話の魔術師〕――どの名前でもいいから声に出した。ケインが話してくれるように祈って。「黒んぼ《ニガー》はなあ」とケインは言う。「黒んぼはなあ、デッサ」。彼はそれを何度も何度も言う。あたし、彼の手をしっかり握ってる。だって、彼が言いたいのはそれだけじゃないってわかってるもの。「黒んぼはなあ、デッサ」、「デッサ、黒んぼだってなあ」

「それで、その出来事と、あんたやほかの奴隷たちが奴隷商人を襲撃して、白人たちを殺そうとしたこととどんな関係があるんだね？」

　これまでの自分の語調は、いくらか厳しいものだった、ネヘミアは今質問を読み返しながら、そう思ったが、農園主人に対する暴力がさりげなく暴露されたことにはっと驚かされた。おそらく、自分はあからさまに興奮の兆候を見せてしまったらしい――結局彼は実際には、黒んぼ《ダーキイ》のこれまでの生涯を、おそらくこの女の最初の反抗的行為に遡《さかのぼ》る話を辿《たど》っていたのだ――というのは、女は目を開けて彼のほうを見たからだ。地下室の薄明りのなかで、女の眼がなんと大きく黒く見えたことか、ネヘミアは今でも驚嘆していた。白眼のところは、多くの黒んぼたちの特徴の涙っぽい色がまったくなかった。あの奴隷商人のウィルソンが、この黒んぼの「悪魔の眼」について、あれは「悪魔の凝視」だと話したとき、どういう意味で言ったのか、彼は突然理解した。

「あたし、白人男を殺したんだ」と女の声が僕の声にかぶさるように言った。まるで女には僕が話す声がまったく聞こえていないかのようだった。「あたし、白人男を殺したんだ、なぜって旦那さんがケインを殺したのと同じ理由からだよ。だって、あたしにだってできるからよ」

それは、聞き手をうっとりさせる独演会《リサイタル》で話を聞いているようなものだった。その点、金を払って見る劇より、うんと良かった。主人を襲撃したこと、この黒んぼが若い男に惚《ほ》れていたこと、あの避妊薬のこと——これらすべてが表現力豊かに語られたが、それは通りすがりの見知らぬ他人に、「やあ、こんにちは」と気軽に言っているような口調だった。そしてあの大胆きわまりない言いぐさ。あの言葉は、静寂のなかでまだ響きわたっているようだった。こいつはまさしく「悪鬼だ」、白人男を襲撃し、ほかの奴隷たちを反乱に駆りたてた「悪魔の女」だ。

ネヘミアはインク立てにペンを戻し、薄暗がりのなかで、薄気味悪くきらりと光る黒んぼの眼と、彼女のずんぐりとした巨体の輪郭《りんかく》をもう一度眼に浮かべていた。赤ん坊が今にも産まれそうな身体をした女が、あれほど凶暴な事件を起こすと誰が考えるだろうか？　彼は首を振り自分をたしなめた。驚いていてはいけない。黒んぼ女には臀部《でんぶ》と腿《もも》の内側のほかには、いかなる懲罰の傷跡も焼き印もなかった——そこはもっとも注意深い買い手だけが調べたがる部位だった——こういう傷跡は、不品行の履歴を物語るものだ。だが裁判記録によれば、この黒んぼは安値で売りに出された（その値段にウィルソンが飛びついたのだ）。安値の理由は、女が主人を襲撃したというものだった。そして襲撃のことも傷跡のことも、奴隷隊《コツフル》の目録には何ひとつ書かれてはいなかった。ウィルソンの運の悪い奴隷隊のうち、ほかに何人が同じように陰部に焼き印を押された履歴を持っていただろうか？　ネヘミアは疑問にかられた、そのような共謀がどこまで広がっていたのだろうか？

ネヘミアはぐらぐらする椅子に注意深くもたれかかると、満足感が身体じゅうに広がった。この事件のおかげで、今書いている奴隷暴動についての本では予想以上の成果をもたらしそうだ。危険な奴隷の再売買における奴隷商人と奴隷所有者との明らかな共謀は、さらに調査する価値のあるテーマだった。安く買って高く売ること——それは奴隷商人の本性だ。つまり動ける奴隷のいずれも「有望だ」とか丈夫だと保証するのだ。それが商売だし、賢い買い手は抜け目がない。だが黒んぼの邪《よこしま》な性分に言及しないのは、狡猾《こうかつ》な取引では済まされない、正真正銘の詐欺と紙一重だった。

ウィルソンは少なくとも彼の貪欲に対して代償を払うことになった。地下室に拘留中のあの黒んぼ《ダーキィ》女と数人の若い男がどうにか鎖を解いて、護衛たちを打ち負かし、ウィルソンの奴隷隊《コッフル》にいた残りの奴隷たちの鎖を解き自由にしたのだ。反乱はリンデンから歩いて二日ほど先の踏み分け道《トレイル》で発生した。反逆者たちは、その辺り一帯に逃げていったのだが、今のところ逃亡奴隷たちの犯罪とされる襲撃や略奪の噂は聞こえてこなかった。ヒューズ保安官指揮のもと、捜索隊がいち早く彼らに追いついたからだ。それでも人命と資産の損失額は恐るべきものだった。五人の白人が殺害された。ウィルソン自身、片腕を失った。三十一人の奴隷が殺害されたか処刑され、十九人は焼き印を押されるか鞭打たれた。およそ三万八千ドルの資産が破壊されたか損害を被《こうむ》った。

ウィルソンは、怪我の手当のため今後末永く療養できる住処が見つかるまで、ある未亡人の家に下宿させてもらい居心地のよい環境にいた。彼は決して暴力を振るったわけではなかったが——少なくとも殴るとか蹴るとかはしなかった——文字どおり怒り狂っていて、意識がはっきりしたかと思えば妄想にかられる、それをかわるがわる繰り返すのだった。彼は、鎖で繋いでいた百人そこそこの奴隷たち、その名前、購入日、購入場所、払った値段の完璧な一覧表を作ることさえできただろう。笑い声をちらっと聞いただけで、片眼を瞬きするだけで、彼は涙にくれ喚《わめ》きたてた。そして、その星回りの悪かった旅の仲間の一人、また別の一人の名前を大声で呼ぶのだった。ときに奴隷隊のたった一人の黒人《ニグロ》御者ネイトの名を呼んだ。彼は商人を庇《かば》って身代わりに死んでしまった。また「そこのみんな、元気よく歩け」と叫んだ。それから内密の話でもするみたいに、「元気な奴隷《ニガー》は歌え。ネイト、奴らに歌わせろ」と言った。たいがいの場合、ウィルソンは黒んぼ《ダーキイ》女を呪った、「裏切り者の黒人《ニガー》女め」。そして彼女の相棒たちを「魔神」、「悪魔」と呼んだ――「おお、ネイト、残虐な野郎どもを止めろ！」彼が右腕の付け根をぐいと動かすと空っぽの右袖が揺れた。それは痛ましい光景だった。黒んぼらにそこまでめちゃめちゃにされた白人男を見るのは、当時きわめて稀なことだった。そしてウィルソンは喚いていようが平静であろうが、こんなひどいことになったのは、あの地下室に留置されている黒んぼ女のせいだと言い、あの女が身ごもっている赤ん坊をこの眼で見たい、売りに出したい、と取り憑《つ》かれたように言うのだった。生まれたての黒んぼほど世話の焼けるものはないだろうが、法廷は、ウィルソンが正気を失うことを恐れて、黒んぼ女の処刑を赤ん坊が生まれるまで延期したのだ。

　ウィルソンが黒んぼ《ダーキイ》女に対して抱いていたと見える不自然で、ほとんど迷信的な畏怖の念は、ネヘミアの好奇心をそそった。奴隷商人たちは、通常ならば、それほどみっともない恐怖を抱くことはなかった。黒んぼ女は監獄から出され、リンデンから二、三マイルの町外れにあるヒューズ保安官のもとに移され拘留されていた――公衆の眼差しから遠ざける目的であったが、ヒューズ保安官の料理人の近くに女《ウエンチ》を預け、産気づけば、料理人が産婆役を務める手はずだった。ネヘミアはヒューズ氏を説得して黒人女と面会させてもらうのに、なんの苦労もしなかったが、最初の訪問ですでに失望させられていた。ウィルソンの悪夢をいまだに支配して取り憑いている、この「男のような女」、この「女悪魔」は、追い詰められた野生の、おどおどした動物さながらに、鎖が許す範囲で地下室の隅から隅まで素速くぎこちなく動き回っていた。ヒューズ氏は、黒人女の方言を実に巧妙に真似た言い回しで、女に地下室の開かれたドアから漏れる明かりのなかに座るように説得した。彼はあえて女に強制的な命令を下すことを好まなかった。逮捕された当初は、女は危険なほど興奮していて――嚙《か》みつき、引っかき、唾を吐く野生のヤマネコのようで――どうやら自分の行為が、身ごもっている赤ん坊に及ぼす危害にはまったく無頓着なようだった。女の腹は女の身体と同じほど大きかったから、ネヘミアは内心、女は身ごもっている赤ん坊を産むことによって――あの腹の大きさから判断すれば、強くて元気いっぱいの赤ん坊だろう――刑執行人が女の首に縄をかけるずっと前に死んでしまうだろうと思った。その日、地下室の異臭が今にも彼を窒息させそうだったが、その異臭を、彼は「黒人の身体のすえた臭いと、貯蔵室に何年ものあいだ、蓄積されてきた臭いが混ざりあって放つ悪臭」と記録していた。悪臭に耐えられず、保安官とネヘミアは女を宥《なだ》めて話をさせる気がすっかり失せ、引き上げた。

ネヘミアは用心しながら袖の臭いを嗅《か》いでみたが、これといった臭いを嗅ぎつけることはできなかった。だが本当のところ、面接できるほかの場所を準備してほしいとヒューズ氏に話さなくてはならないほどだった。地下室の小さな密室に、黒んぼと一緒に閉じ込められるのは、気持ちの落ち着かない経験だった。彼はペンを取り、書いた。

ここは黒んぼ《ダーキイ》どもがウィルソンの奴隷隊《コツフル》から逃亡した地点から遠く離れているが、反乱の真相のすべてはここにある――男の口を麻痺させる「薬草」らしきものについてのばかばかしい話にいたるまで――女の口から出た僕が理解する限りの話である。僕は、もう一度、いや、おそらくあと五、六回、女と話をしなくてはならない。女は行き当たりばったりにしゃべり、饒舌で、遠回しに質問に答える――もし実際に女が僕の質問のすべてに答えてくれるように仕向けられれば、の話だが……。いつもの僕の習慣に照らせば、この状況は憤怒の域に達するほど不愉快なものである。その点では、こいつはたかが黒んぼで女じゃないかと、たえず自分に思い起こさせなくてはならない。僕は面談の日はおびただしい量のメモを作ることを自分に課していたが、それらのメモから必要なものを選《え》りすぐるつもりだ。僕は今のところ、書きたい本の明確なあらましはまったく描けていない。だが、『奴隷集団の反乱の根源《ルーツ》および反乱根絶の手段』という説得力のあるタイトルにすることに決めた。おそらくこのタイトルは、いささか世間をあっと言わせる気がする。だが、いかにもセンセーショナルになりそうなこの物語の内容に比べれば、このタイトルは大して奇抜なものではない。＊＊

彼は最後の言葉にアステリスクを二つつけ、ここで記載を終える印にしてペンをインク立てに戻した。背伸びをして、間に合わせのテーブルにあまりにも長くしがみついていたために凝《こ》り固まった肩の筋肉をゆっくりとほぐした。蠟燭《ろうそく》の明かりは彼のまわりの絵模様を変え、小さな部屋は、彼の身体のほかは影に沈んだ。椅子にもたれかかり、ネヘミアは頭の後ろで両手を組んだ。彼が今書いている、奴隷たちの反乱の根源についての本のアイディアは、ネヘミアの出版社、ブラウニング・ノートン社から提示されたものだ。彼の新刊本『農園主人の完璧なガイドブック――奴隷と召使をうまく管理するために』の成功は確実なようで、奴隷制度に関するテーマならなんでも、南部でそこかしこの読者を得られ、北部でも注目されることは請けあいだった。だがネヘミアはその本のすぐあとで、類似の企画に取りかかることに気が進まなかった。彼は『ガイドブック』が彼にもたらした広範囲の名声には喜んでいたものの、反抗的な黒人《ニグロ》に関する専門家として自分が認められることは彼の計画には含まれてはいなかった。農園制の南部がどれほど多く奴隷労働に依存していようが、奴隷商人のような「黒人調教師」は、大農園主社会では居場所がなかった。アダム・ネヘミアが欲しかったのは、まさに農園社会での居場所だった。

ネヘミアは俗物ではなかったし、俗物的態度を示すことを断固拒絶した。彼は、南部白人の大半を占める自作農や小農園主、商人、職人を過少評価していたわけではない。彼は、自分の父親が機械工で、ルイヴィル〔ケンタッキー州北部オハイオ川に臨む市〕の小さな車輪工場の所有者だったということを大っぴらに認めていた。もしネヘミアがぼろぼろに読み古された文学雑誌で読んだ旧南部の物語に――ヴァージニア騎士《カヴァリア》とか、メリーランドとサウスカロライナの土地所有者の上流階級の物語に――たまたま遭遇して、いかにも特異な華麗さを持つ「貴族制」という言葉を知り得なかったならば、今でもルイヴィルで家業を継いで生計を立てていただろう。おかげで彼は生家の親族から永久に離れることになった。彼には独特の趣味があり、高級な食べ物、上品な衣服、洗練された会話――つまり、様々な形をとった繊細さ――に惹《ひ》かれる傾向があった。それと、変化を求める彼の精神には、読書によってだけでは満たされない何かがあった。ネヘミアは裕福な大農園主たちに惹きつけられた。なぜなら彼らはネヘミアの趣味に合う物をたくさん所有していたからだ。衣服や宝飾品は眼の保養となり、食べ物は舌を楽しませ、立派な家と家具は、代々の継続と品格に憧れる内なる感覚を魅了し喜びを与えた。彼は教育が――学校教育が――そちらの世界への鍵となると考えていたので、父親が反対したにもかかわらず、教育を続ける努力をやり通してきた。初等中学校のあとは、主に自学自習だったものの、ネヘミアは、イギリス文学、とくに近代の英文学には精通していた。自然科学や物理・化学などはあまり得意ではなかったが、数学は理解するコツを心得ていた。だが学識より土地こそが農園主社会への入場券だった。

　ネヘミアは、次から次へと仕事を変え、紳士用服飾商人やジャーナリスト（自分の作品集を自前で印刷し購読者を通じて売ったが、なかなか首尾よく売れなかった）、家庭教師にもなったが、社会の周辺部の家庭以外の仕事はなかった。教師の仕事だけが――彼は若者に大学入試の受験勉強を教えることを専門としていた――農園主より上の階級の人たちと、通りすがり以上の知己を得る機会を与えた。『ガイドブック』の成功はそれをも変えた。これは、ほんのハンドブックにすぎず、健全な経営術の陳腐な常識だけの本だった（内心では、ネヘミアは自分を長年言い古された処世訓の編集者か編集主任ぐらいと見なしていた)。その本の新しさは、これまで誰もそんな本を編集することを思いつかなかったという事実、また、ネヘミアが家庭教師兼調査員としてともに暮らしていた裕福な農園主の実践に、つねに言及していることにあった。奴隷を支配するための知識をあまり強調すると、『ガイドブック』の出版が彼にもたらした社会的地位を危うくするのではないか、と彼は直感的に感じていた。それでもノートンはネヘミアに次の本の執筆を強く勧めた。奴隷暴動の本は、奴隷所有者でない者も奴隷所有者も同じぐらい持つ密かな恐怖に訴えるから、即座の成功を収め、『ガイドブック』がもたらした、心も(懐も)温まる売り上げを優に凌《しの》ぐに違いない。この本はネヘミアに重要な南部作家としての地位を確立するだろう。それに、『ガイドブック』の調査はすでに彼に数えきれないほど多くの大邸宅へのドアを開けてくれていた。ネヘミアは説得されるがまま引き受けた。

今ネヘミアは、間に合わせの書き物テーブルの前で、台所から拾い出してきた椅子に座っていたが、内心では、それは「黒人《ニグロ》用の椅子」だと思っていた。ちょうど黒んぼ《ダーキィ》がよく着ているホームスパンの粗雑な布を習慣的に「黒人用の布」とみんなが呼びならわしていたように。そこの明かりと言えば、悪臭のひどい獣脂の蠟燭二本だけで、草置き場と似たり寄ったりのむっとするような「半屋根裏」で、煙を上げてはちらちらと揺れていた。ネヘミアは自分の快活な楽観主義を笑い飛ばすほどの思慮深さは持っていた。彼はヒューズ氏には感謝しなければならないとよくわかっていた。ヒューズ氏は黒人とあまり変わらない英語で話した(ヒューズ保安官はネヘミアに、その黒んぼ女は「放逐《ほうちく》され」拘束されている身で、絞首刑を遅らせている情状酌量の状況は、彼女を「心身ともに苦しめるものだ」と語った。ネヘミアのことを、壮健な男の眼差しによる純粋な表現で「ミスター・ネミ」と呼んだ)。だがヒューズ氏は協力の熱情に燃え、ネヘミアに法廷記録を読む許可まで与えた——一般の人たちが精読するにはあまりにも激怒させる内容があるとして、裁判後封印されていたものだ——ネヘミアが黒んぼ女に聞き取りをするあいだ、この「予備の」部屋を使えるようにしてくれていた。農場内の家の設備はまったく不充分だったものの、農場は三百エーカーをいくらか上回る大きさで、きちんと整備されており、ネヘミア自身、ケンタッキーかテネシー中部で購入したいと思っている農場の大きさだった。だが、『ガイドブック』執筆調査のため、ネヘミアが招き入れられた大邸宅の美しさは物語に出てくるような眩《まぶ》しさだった。大邸宅はドアを開けて彼を歓迎し、教師をしていたときより遥かに公平な扱いを受けた。今、彼が思うには、ここヒューズ農場での暮らしは人間以下のものだろう。だがそれは彼が体験してきた以下に述べる状況と比較しなかったならば、の話だ。今回の企画の調査のため、彼はルイジアナ州南部の、まさにあらゆる沼地や草の生い茂る道を歩かなくてはならなかった――ノートンによれば、その年のはじめ頃の新聞に、そこら辺の奴隷のあいだに不穏な動きがあったと書かれていたという。

その地域でのもてなしは精いっぱいのものだったと、今になってネヘミアは認めている。とは言っても、発覚した陰謀と挫折した反乱の報告は、つねに人里離れた地区で発生しているように見えた。彼はニューオーリンズ郊外のウェストウィーゴーで、無法者郷士の一味として耳を切り落とされた奴隷を見たことがあったが、その親分もそれより十年ほど前に断頭台で命果てていた。その奴隷は大柄で、いかにも悪人面《あくにんづら》の男で、罪深さと同じほど真っ黒で、大きくて広い鼻孔を持っていたが、それは実にだだっ広く――ネヘミアにはそう見えただけかもしれないが――一団を吹き飛ばすほどの広がりようだった。彼の頭の両側に、か細い穴が開いていて、そこから外耳が切り落とされていた。その黒んぼ《ニグラ》がかつてどれほど高い知性を持っていたにせよ、それはとっくの昔に吹っ飛んでしまっていた。そしてネヘミアは、黒んぼ女《ダーキィ》が今世界に対して向けている微笑みながらの虚脱状態が何を意味しているのか、まだ推し量ることができずにいた。

彼は、家内奴隷が反乱計画を未然に発見し通告したという風聞を調査するため、ルイジアナ州南西の短い芝土の平原を東に旅してラフィエット〔ルイジアナ州南部の都市〕まで出かけていって、ハリソン・エヴァンス（ヴァージニアのエヴァンス一族の次男）の家で偶然出会った知りあいから、その事件のことを聞かされた。こうしてエヴァンスはネヘミアがニューオーリンズで調査する足がかりを作ってくれたのだ。彼の情報提供人が、これまで一、二件で実際に白人男性が逮捕されたと憤慨して報告していた。周辺のイベリア、セントマーティン、セントランドリー教区で、騒動が報告されているといくつかの新聞記事に書いてあったという。そこで、地域の主たる土地所有者であるジェイムズ・カーペンター氏に宛てたエヴァンスの紹介状を手に、ネヘミアは準備万端で出立した。

カーペンター氏は鄭重な宿主であり、勇敢な黒人《ダーキイ》トマスの所有者であることがわかった。そのトマスの通報によって奴隷の反乱は未然に阻止されたという。そういうわけでカーペンター氏はネヘミアのプロジェクトに多大な関心を寄せていた。奴隷たちの策略は深刻なものだった。四人の自由黒人と九人の奴隷が——なんと、金に換算すると一万ドルを超える！——絞首刑になった。よその地区から来た白人二人が関わっていた。だが黒人は誰も法廷に証拠を提出することも証言することも不可能だったため、二人とも裁判で裁かれることはなかった。司法は、関わった白人をその地域から追い出すだけで一件落着とした。カーペンター氏はトマスに自由を与え、近隣から安全に逃げ出せるように手配しなければならなかった。それが、ほかの黒人たちによる復讐から命を守る唯一の手段だったからだ。トマスの名前は、その地区の奴隷たちのあいだでは、ずっと呪いの対象だった。

しかしながら、これらの事件はおよそ七年も前の話だった。カーペンター氏は、このいわゆる「アンクル・トム」の出立を純粋に残念がって話した（というのは、トマスはカーペンター氏の少年時代から家族の一員だったからだ）が、トマスがいなくなってから、忠実な召使のヒロイズムの記憶が薄らいでしまっていた。そして農園主は、つい最近の噂話を肩をすくめて無視した。クレオール〔この文脈ではルイジアナ州などのフランス系移民の子孫〕は、想像力たくましく感情的な民族なんでね——その点に関する限り、黒んぼ《ニガー》どもと大差はない。それに、たいがいのクレオールは、三人以上の黒人《ブラック》の前では神経質になるんですよ。カーペンター氏は、ネヘミアに目くばせして付け加えた。「黒人が女で、クレオールが男の場合は別だがね」。もちろんネヘミアはそのような関係については知っていた。クレオールを自分の資本増大のために利用した農園主は一人や二人ではないし、多くの主人は奴隷小屋の規律を保つという口実で、「主人の権利《ドロワ・ドゥ・セニョール》」なるものを利用した。だが社会的地位や感受性に恵まれた者なら誰も、クレオールが習慣的にやっていることを実践して誇示したりしなかった。だからネヘミアは、カーペンター氏がそれを冗談めかして言うのを聞きたくはなかった。

それに事件は過去のもので、古びた情報だったし、主犯たちは死んだか近隣から逃げていた。挫折しきりで、ネヘミアは五月末、海岸沿いを走る蒸気船に乗り、サウスカロライナ州に向かった。そこで、モールトリー湖のほとりにある、最近人気の、悪意を感じるほど高価な保養地で、J・T・ミムズ一行に加わることになっていた。本当は、ネヘミアは内陸部の領主の館とか、島の別荘に招待されたいと願っていた。そこならマラリアの心配もないし、熱病が流行中の数カ月を無事に過ごせるだろう。夏のあいだはしょっちゅう、疫病が低地の沿岸地域を舐《な》め尽くしていたからだ。だが、夏の数カ月、ジョージア州の若いカップルを囲む家族と友人たちの、えり抜きの人たちの集まりに参加しませんか、というミス・ジャネットの招待状に彼はおだてられてしまい、とても断れなかったのだ。

ミムズ氏とミス・ジャネットは上流階級の最高の代表で、財産と分別があり、遺産を育て、その果実を最大限に楽しんでいた。ネヘミアは、自身が持つ農園「貴族制」の見解にはいくらか理想化した要素があることを認めていた。農園主のなかには、彼が渇望していたような、機知に富む、学識を示す会話ができる人はほとんどいなかった。彼のとっぴな突き返しや堂々たる歩きぶりは、じろっと睨《にら》まれるだけで、彼らの凝視には、あの耳を切り落とされた黒人男ほどの理解力もなかった。だが農園主の最良の人たちは、仰々しく振る舞ったり気取ったりしなかった。ミス・ジャネットのテーブルには、お粗末で上品ぶった編集者「仲間」をいかにも喜ばせそうな山のような食べ物はなかった。ああ、ミス・ジャネットの手に触れるものすべてには、贅沢な豊かさがあったなあ。ネヘミアを喜ばせ鼓舞さえしたのは、量ではなく質だった。たとえばハムの汁で作った肉汁のほのかにピリッとする辛さ、羽のように軽いパン、ブリュッセル絨毯《じゅうたん》を横切る陽光、椅子の背の横木に彫られた装飾などを彼は好んだ。農園主たちは、国を小さく見せていた荒野に限りない美を創り出した。そしてネヘミアは、そのような美を創造した人たちと肩をすり寄せる特権を感じていた。

モビール〔アラバマ州南西部、モビール湾北岸にある港町〕で途中下船しているあいだに、ネヘミアは、ウィルソンの奴隷隊《コッフル》の反乱を聞き知った。事件発生から一カ月足らずで、いまだに、そこいら一帯を震えおののかせていた。彼はその話を、五つ六つの情報源から聞いていたが、奴隷商人の名前がしばしば違うものになっていたり、奴隷隊の行程の始まりが、テネシー州だったり、ジョージア州だったり、モントゴメリー〔アラバマ州の州都〕だったりした。行先も、リンデン〔アラバマ州〕だったり、ジャクソン〔ミシシッピ州の州都〕だったり、ハンツヴィル〔アラバマ州北東部〕だったりした。だが、つねに一つだけ同じ内容があった。反乱騒動で奴隷たちが最後には鎮圧されたものの、白人を殺害したこと。奴隷たちが一人一人戦闘開始を伝えあい、ついには、繋がれていた全員が鎖から解放されたこと。この反乱の事実は、ネヘミアを絶えず苦しめた。奴隷たちが白人を殺害しただと。彼は、三十年近く前の、ナット・ターナー一団の反乱〔一八三一年、ヴァージニア州〕以来、黒んぼ《ニガー》どもがそんな大それたことをするなんて聞いた覚えがなかった。

ネヘミアは欠伸《あくび》をしながら立ち上がった。黒んぼ女《ダーキイ》の妊娠は、彼にとって幸運な一手となった。残りの首謀者たちは、彼が暴動について耳にする前に絞首刑にされていたからだ。そうは言っても、あれから黒んぼ女に引き続きしゃべらせようと試みても、目覚ましい成果が上がらないままだった。狭い作りつけのベッドに腰かけて彼が認めざるを得なかったのは、自分のやり方はあまり自慢できるものではなかったことだ。ネヘミアには、特に引っかかる出来事が一つあった。彼とヒューズ氏が地下室に近づいたとき、ハミングするような声、あるいは呻くような声が聞こえた。それがどちらなのかを決めることは不可能だった。ネヘミアは警戒心を抱いたが、ヒューズ氏は、それは「黒《ニ》んぼの習《ガ》慣《ー》」だと笑い飛ばした。その音は、ネヘミアには葬送の歌の類《たぐい》に聞こえたが、ネヘミアがそう言うと、ヒューズ氏はくつくつと笑った。

「あんなデカい腹をした女が、ほかのどんなやりかたで幸福な気分になれるって言うんだね？　歌うか大声で騒ぐほかないじゃないか？」ヒューズ氏は、したり顔で、当たり前だろうが、と言わんばかりに訊いてきた。「大声を出す黒んぼは、幸福な黒んぼなんだよ」

「保安官には呻き声と歌声の区別がつかないんですか？」とネヘミアは辛辣《しんらつ》に訊いた。

「私に区別できるわけないじゃないか？」ヒューズ氏は心の底から笑って答えた。「黒んぼどもに区別できないのに」

その点については、ネヘミアはヒューズ氏の判断に頼るほかなかった。奴隷所有者であり、かつ保安官として、ヒューズ氏はこれまで様々なタイプの黒人奴隷らと、ネヘミアが自分では望むべくもないほど遥かに多く接してきたわけだから。それにネヘミアはヒューズ氏と同じ言い分をたくさん耳にしてきた――大声を出す黒んぼ《ダーキィ》は幸福な黒んぼ――『ガイドブック』の調査をしていたとき、何度も何度も同じ言い分が繰り返された。しかしそう考えるたびネヘミアは、ウィルソンの「ネイト、奴らに歌わせろ」という言葉と、ウィルソンの腕のない袖を思い起こしては不愉快な気持ちになった。

保安官がドアを開けると、黒んぼ《ダーキィ》女は光の流れを受けて、おし黙った。ネヘミアは保安官が立ち去るときはドアを開けたままにしておくように注意を促してから、地下室へ降りていった。黒んぼ女は慌てて逃げようとしたので、ネヘミアは暗がりに逃げ込まれるのを恐れて、厳しい口調で女に叫んだ。黒んぼ女は足を止め、明かりの欠片《かけら》のなかにしゃがみ込んだ。お腹にいる黒い赤ん坊のおかげで、即座の絞首刑から免れたが、鞭打ちからは逃げられないぞ、とネヘミアが言い聞かせたときも、女は身動き一つしないように見えた。きっと女は、策略をめぐらすなら罰を受けると理解していたのだろう。

もっとも極端な事例を除けば、いかに卑劣な所有者でも、出産間近の黒んぼにあまりに酷《むご》い懲罰を課すことはしないだろう。それに奴隷は脅迫してはいけないものだ。ネヘミアは、『ガイドブック』の調査中に、この原則を何度も聞かされてきた。いったん約束したなら、そのような約束ごとはつねに守られなくてはならなかった。

黒んぼ女は、ネヘミアの言葉をちらっと眼を動かして受けとめた——まるで、彼が煩《わずら》わしいハエで、女の眼が馬のしっぽとなって、彼をさっと打ち払うかのようだった。女のその仕種《しぐさ》は今思い起こすだけで、ネヘミアを憤慨させる力があった。実際そのとき、彼は激怒し女の顔を引っ叩いた。自分の手は汚れ、女の鼻から血がしたたり落ちた。ほとんど考える暇《いとま》もなく、ネヘミアは荒れ狂って階段を上っていた。ネヘミアは即座に後悔した。彼は一つめの過ちから次々と過ちを積み重ねていくことになったからだ。手で黒んぼを叩くことなど滅多に必要ではなかった。よほど異常な状況下を除いて、手で叩くことで、行き当たりばったりに暴力を振るうと言われている黒人《ブラック》たちと同じレベルに自分を貶《おとし》めることになる。あとになってネヘミアは自分に言い聞かせた。自分自身の教育の意味を忘れるような人間ではないはずだと。怒りから振るった暴力はおそらく、未来にあらぬ仕返しとなって自分に舞い戻るだろう。それにもかかわらずネヘミアはヒューズ氏に、女に塩水だけの処遇をするように、つまり食べ物なし、飲み水は濃厚な塩水のみとするように説き伏せた。その結果は上々だった。ネヘミアは間に合わせテーブルの上の、その日の記入ページが開いてある日誌をちらっと見た。これほど軽い懲罰も、おそらく二度と再び課す必要がないだろう。

ネヘミアは奴隷を所有したこともなければ——所有したいと願ったこともなかった——自分が、奴隷を管理する専門家として頼られるなんて皮肉なことだとわかっていた。彼は父親の倹約精神が家族に着るよう強制したホームスパンの粗野な服を脱ぎ捨てたのと同じ気軽さで、父親のカルヴァン主義の教訓の多くをあっさり捨てていた。だが父ネヘミアの奴隷嫌いはいまだに息子にもくっついて離れなかった。父親は奴隷制度を白人労働者にとって大きな脅威と見なしていたが、ネヘミアは、もはやその考えを持ってはいなかった。それでも彼は衣類の洗濯だけは黒んぼ《ダーキイ》にしてもらいたかったので――洗濯には黒人を雇っていた。よく考えてみるなら、それは人生の気まぐれとも言えるものであり――そして褒美《ほうび》でもあった。ネヘミアは、まず長靴の片方から足を引き抜き、ついでもう片方を脱ぎ、立ち上がってズボンを脱いだ。ネヘミアは、『ガイドブック』を編集するアイディアを最初に思いついた事実に、つねに特別な誇りを持っていたものだ。だが心の奥底では、新著は実践面での功績になるばかりか、知的要素も大きく、芸術的傑作《マグナム・オーパス》となり、『ガイドブック』が放った衝撃など遥かに上回るものとなるだろうと感じていた。

『ガイドブック』は、アラバマ州では売れ行きが芳《かんば》しくなかった――いや、モビールでは勢いよく売れたとネヘミアは修正して、いささか気味悪い薄ら笑いを浮かべた。その地域では、逃亡奴隷の一団の噂が――そして実際に証拠がある！――あまりにもひっきりなしだったので、ほんの少数の奴隷所有者のあいだにも、奴隷の管理に高い関心を呼び起こさないわけがなかった。だがたいがいの場合、アラバマ州の奴隷所有者たちは、自分の奴隷はきちんと面倒をみていると自負していた。確かに、ほとんどの南部諸州にあっては、きわどいところで発覚した暴動計画への警告や、逃亡奴隷の広告は毎日のように掲載されていたのに、アラバマ州の新聞には、そのような警告や広告が出ることはあまりなかった。この反乱のニュースは、一部の市民がそれを伏せておこうと懸命に阻止したにもかかわらず、州内をさざ波のように伝わり、事件のあとの狼狽《ろうばい》と恐怖を広げていった。年に何百もの奴隷隊《コッフル》がアラバマ州を通過して、モントゴメリー、ナチェズ〔ミシシッピ州南西部の商業都市で大きな奴隷市場があった〕、ニューオーリンズ――あるいは、さらに次の町へと向かっていった。奴隷隊のほとんどは、平均して二十人から三十人程度の奴隷からなっていたが、秋の季節だけはもっと多くて、州のあらゆる道路がモントゴメリーの奴隷市場に向かって行くように見えた。民衆のなかに必死に逃げている奴隷が一人いるだけでも、想像するだに恐ろしいことだった。それにウィルソンの一行は、百人以上の奴隷を繋いだ比較的大きな奴隷隊だった。しかも白人が殺されたのだ。これは隠しおおせるようなニュースではなかった。『ルーツ』本は、ほかのどこで売れなくても、アラバマ州では「そこそこ」売れるだろう！　ネヘミアは笑いを漏らしながら考えていた。彼はナイトキャップを被りなおして、蠟燭の火を消し、ベッドにもぐり込んだ。ああ、大仕事が、この一冊という大作がすでに始まってるんだぞ。

一八四七年、六月二十日

黒んぼ《ダーキイ》女が今朝、水浴びをしたいと申し出て、ヒューズ氏は愚かにもそれを許した。しかも小川での水浴びだ。女は服を着たまま水浴びをしてそのまま乾かした――まるで女が何も着ずに水浴びができるよう見張ってくれる奴隷が農場に一人もいないかのようだった。そのあと悪寒に襲われるのは自然の成りゆきだった。その厳しさがどれほどのものなのか、水浴び後に知ることになる。悪寒がそれほど辛いものではないにせよ、女は土手に上がる途中で足を切り、足の甲と踵《かかと》を横切る深い切り傷を負った。ヒューズ氏は、傷は感染の心配のあまりない切り傷だと考えている。だが女が水浴びをしたのは、家畜の水飲み場の近くだったから、それは知る由《よし》もない。ヒューズ氏は、明るいところに出る気になった黒んぼの娘《ニガー・ウエンチ》からあまりにも異例の要求を受け、ひどく困惑し、彼の言葉を用いるなら「面食らってしまった」ので、どんな結果を引き起こすか、きちんと考える暇もなく女の要求を認めたのだった。女は水浴びのあいだも鎖に繋がれたままだったので、ヒューズ氏はいかなる害もないだろうと高をくっていた――あたかも、黒んぼ《ダーキイ》は動物とまさしく同類だというのに、その動物の一群に襲いかかる寒気や発汗に襲われることはないかのような言い草だった。どうやら僕は無知な人間と関わった顚末《てんまつ》から無縁ではいられないようだ。

神様、僕が本を書き終えるまで、この黒んぼ女が死にませんように！＊＊

「今日、あそこは本当に暑かったね」

「そう。暑い暑い夏になりそうだわね」

とりとめのない会話がデッサのまわりで渦を巻いて流れていった。日中の暑さが空中に漂っていた。埃《ほこり》が、彼女の汗ばんだ肌に張りついていた。西に沈みゆく太陽が、身体の前方に彼らの影を落とし、砂茶色の土を横切るように、蠟燭の芯のように細長い縞模様《しまもよう》を作っていた。

「あんまり暑くならなきゃいいけど」。話をしている連中、チャーリーとサラたちは、自分たちがしゃべっていることにもさほど興味がなさそうだった。

「あたし、ジェファソン旦那さんの農場で、あのおバカさんのモンローをまた見たよ」

デッサはその日の朝、モンローを見たのだが、納屋の前で鎖に繋がれていて、いかにも惨《みじ》めだった。モンローは、ずいぶん長いあいだ、ジェファソン農園にいる女の子と一緒になりたいと主張していた。だけど若奥様は、その子が得意なのは家事だけど、屋敷にはこれ以上若い娘は要りませんと言った。それで決着したはずだったが、モンローは機会あるごとに、こっそり抜け出して彼女に会いに出かけていた。つまり、彼はイチかバチか賭けに出たのだ。ボス・スミスが監督して奴隷を田畑で働かせている限り、こっそり抜け出して「逢引き」にいく機会を「見つける」すべなど誰にもなかった。それと、ご主人は、自分の男奴隷が隣の畑に種を植えることは好まなかった。モンローは突然、邪悪な気分になって、あの痛い鞭を受けてもやり遂げたくなったのだ、いかにもモンローらしいとデッサは思った。

「旦那さんは、彼を売りに出すと言ってる」とチャーリーは肩越しに言った。

モンローを売るんだって。恋人に会いに行きたくて一日休んだだけだよ。売られていく……デッサのこめかみが暑さでずきずき痛んだ——

「神様、ここにいるあなたの子どもたちは学ぶことをしないんですか？」サラは宙に向かって尋ねた。

「黒んぼ《ニガー》は何も学ぶことができないのさ」。ピートが素早く言い返したので、みんなして笑った。

「さて」とサンティーは言った。「俺は、あそこの娘っ子が、男が鞭打たれてもいい、十五マイルも歩いてもいいと思わせるほどの女なのか知りたいね」

「わからん」とブレイディは大声で言った。「きっと、それほどいい娘《こ》に違《ちげ》えねえ」

「この俺様には決してわからんなあ」。チャーリーは笑い、首を振って強調した。「俺は……」と言ってまた首を振った。「一緒に暮らせないところに恋人なんか作りたくないねえ」


「ヘイ、ヘイ、愛しの……」


「チャーリーの話を聞けよ！」

デッサは、みんなの笑い声に加わってはいなかった……誰かが……奴隷小屋に駆けてくる。


「……愛しい娘の名前を呼んでる。

ヘイ、ヘイ、愛しのおまえ……」


ケインの声が、日暮れのなかに聞こえる、いつも、いつも、同じ。

「確かに誰かが突然速足で歩いてくる」

デッサの後ろで、みんな笑っていた。デッサは、さりげなく、短い柄《え》の鍬を振り下ろし、みんなのことはまったく気にしていなかった。ケインはいつも何か面白いことをして、笑いを引き起こした。

男たちとは言葉を交わし、女たちをからかった。バンジョーをかき鳴らして冗談を飛ばし、口を開く一瞬前に頭にぽんと浮かぶ古い言い伝えや言葉から歌を作って、歌いながらやって来た。

「……ケインは女に優しい男、愛しい女の名前を呼んでるよ……」

恐怖がデッサを襲った。お屋敷でケインが何か仕事を言いつけられたに違いない。チルダーがケインをふと見つけて簞笥《たんす》を外に出してくれ、女たちに後ろ側を掃除させるから家具を動かしてくれ、と言ったかのもしれない。レフォニアおばさんが台所で、スプーンか何かを磨《みが》くように言ったのかもしれない。ほかにすることがなければ、ケインは夕食を出す手伝いをすることもできるし。

「おい、おーい、愛しいデッサ……」

胸がドキドキしていた、デッサは歩調を速めた。レフォニアおばさんは言ってた。旦那様はいつも小言ばかり。花が咲くのを今か今かと待っているのに、そのあたりに座って、ぶつぶつ文句ばかり言っている黒んぼを養う余裕はないんだと。ケインは笑うだけ。若奥様と大奥様を怒らせようと、例の件をご主人に訴えるのを引き延ばしていたのだ。だけど若奥様が涙で訴えたのだから、何か重大な問題が絡《から》んでいたに違いない。「ほかのどんな理由で、奥様が泣き叫ばなくてはならないんだい？」ケインは、眼を輝かせ、顔を歪《ゆが》めてにたにたしている――デッサは走っていってケインの軽率な口をキスで閉じてやりたかった……デッサは急いだ。甲高く震える鼻声を聞いた。レフォニアおばさんが大奥様の真似《まね》をして言う、「あの男《ひと》（ご主人のことさ）は、庭師と普通の畑仕事をする奴隷との区別ができないのですからね、農園は壊れて滅びてしまいますよ」。レフォニアおばさんの怒りで赤らんだ茶色い顔が、滑稽な嘲《あざけ》りで歪んだまま、デッサの目の前でちらちら揺らめいた……レフォニアおばさんは大奥様そっくりに口を曲げ、声には鼻づまりの特徴をつけて実演できるんだと母さんは言った。ケインに言われなくても、レフォニアおばさんにはわかっていた。「ヴォーガム家の資金のおかげで、この邸宅は名所として誉《ほま》れ高いのですから、あの黒んぼ《ニガー》（ケインのことだよ）は、庭師としての仕事に励むべきですよ」。そのとき、レフォニアおばさんの物真似に代わって、厳しく重々しい声が聞こえたから、それはご主人の声だったに違いない――わたしは、ご主人がしゃべる声をいつ聞いただろうか？　その問いが荒々しくデッサの頭のなかに浮かび、そこからの道を行くあいだずっと寒々とした気持ちになった。いつの日か、ご主人は若奥様の涙も、大奥様が面と向かって彼の実家の問題を持ち出したことも気にしなくなるだろう。ご主人はケインを、チャールストンか、農園近くを通る次の奴隷隊《コッフル》に売ってしまうだろうから。

「ヘイ、ヘイ……」

デッサは、糖蜜のなかを歩いているかのように、身体をもたもた動かしていった。ケインが奴隷小屋のほうにやって来る。こめかみがずきずき痛む。デッサは走った……

ネヘミアはヒューズ氏を説得して、黒んぼ女《ダーキイ》との会見を庭で行なわせてもらえるようにした。彼は、女との前回の面談中に築いた信頼関係が、女が悪寒から回復するまでの短い休止によって壊れたと恐れていて、新鮮な空気が吸える新しい環境なら、信頼関係を回復する一助になるやもしれぬ、と期待したのだ。女はすっかり回復しており、ジェミナによると、ときどき鼻づまりを起こしていただけだった。足の切り傷も、おそらく痛みはあっただろうが、少し引きずる程度だった。ネヘミアは今、屋敷の横の中庭にある楡《にれ》の大木の木陰で、膝にペンとノートを乗せて、粗雑な椅子に腰かけていた。黒んぼ女は彼の近くの地面に座っており、膝を胸のほうに引き上げて、手錠をかけられた両手を膝のあたりでぎゅっと組み合わせていた。両足の鎖は服の下に隠れていたが、鎖の枷《かせ》のせいで、足を引きずって歩いた。女の足首のくるぶしにくくりつけられた鎖は楡の木の幹に巻きつけられていた。時おり、女は短調の意味不明で一本調子の短い曲をハミングしており、ぼんやりと宙を見つめながら、そのメロディーを繰り返していた。毎朝、ネヘミアは黒んぼたちの歌声で目を覚ました。黒んぼたちは日中でも、不意に歌を歌い出し、彼はしばしばぎょっとさせられた。ヒューズ氏は、もちろん、黒人たちの歌が慰めになると考えていた。ネヘミアが苦々しく思い返すには、これまでこの黒んぼ女からは呻き声しか聞いたためしがなかった。

「あんたが鎖を切るのに使ったヤスリは、誰が持っていたのかね？」この問いは、当てずっぽうだった。ヤスリが使われたという証拠はなかったし、実際に、この黒んぼ女が、最初に鎖を外したということを示すものはどこにもなかった。それにネヘミアも実際に答えを引き出せるとは期待してはいなかった。いつもの、いらいらと攻撃的な瞬きをするほかは、黒んぼ女はネヘミアの質問には何一つ反応しなかった。「ヤスリはどこで手に入れたんだね？」とネヘミアは厳しく訊いた。「ほかの黒んぼの仕業《しわざ》《ダーキイ》だったのか？」

　黒んぼ女は目を閉じて座っていた。そこで、ネヘミアはブーツの先で女を小突いて、女がうたた寝をしていないか確かめた。ネヘミアは、雌牛が満足げに咀嚼《そしやく》している真っ最中でも眠りに落ちるみたいに、黒んぼもよくうつらうつら眠ると聞かされていた。自分ではまだそれを見たことがなかったので、きっと大げさに言っているのだろうと思っていた。というのは、黒んぼ女は確かに身体を動かしていたし、動かすときは、目をちらっと彼のほうに向けた。ネヘミアは罵《ののし》りのひとことを吐きそうになって急に口を噤《つぐ》み、懐中時計の蓋を苛立《いらだ》たしげに叩いた。これぞ、忌々《いまいま》しい仕事だった。

黒んぼ女《ダーキイ》は目を閉じた。ネヘミアは苛立ちを抑えて質問を続けた。「反逆者たちはどこへ行くつもりだったのかね？」捜索隊が黒人らに追いついたとき、一行は南に向かっていた。彼らはモビールの近郊にあると長らく噂されていた逃亡奴隷の野営地を目指していたと推論したのは、ネヘミアだけではなかった。黒んぼ女は目を開けて宙をじっと見つめ、あの意味不明の曲を再びハミングし始めた。「逃げおおせた奴隷たちは、誰と誰だね？」彼はハミングの音を凌ぐ大きな声を出して言った。これもまた、当てずっぽうの質問だった。反逆者の何人かが捜索隊から逃げきったという証拠はどこにもなかった。だが奴隷隊《コッフル》の積荷目録にある奴隷の数と、殺された者、処刑された者、焼き印を押された者、そして／あるいは釈放された者たちの、法廷による計算報告とのあいだに食い違いがあったのだ。ウィルソンの相棒のダンカンが主張したように、それらの奴隷たちは――ネヘミアの計算では、少なくとも二人は――途中で売られたが、直ちに目録には記載されなかった。だが数の食い違いは未解決のままだというのがネヘミアの意見だった。そこで彼は、この黒んぼ女が帳尻を合わせてくれるものと理解していた。

「神様、ノアの鳩のような翼をください
神様、ノアの鳩のような翼をください
わたしが、田畑を横切って、愛する人のところに飛んでいけるように
こんにちは、愛する人って言いたいの。どうしてるって言いたいの」〔ノアの鳩（『創世記』八―八参照）〕

こんなことを熟考していたら、黒んぼ女《ダーキイ》の歌が突然始まり、ネヘミアが反応する前に女は話し始めた。

「神様と遊ぶことは、神の民と同じレベルに自分を置くことだと、ママ・ハッティーが言うと、ケイ

ンは笑い飛ばすだけなの。ケインはこう言うの、ママ・ハッティーは神様のことも聖書のことも、白人たちから教わることしか知らないんだ、だから大したことはないさ。だって旦那は、自分の奴隷たちが宗教を信じることを嫌っているからって」。女はネヘミアを不意打ちし、びっくりさせた。だが彼は内容を無謀なほど切り捨てて短縮し素速く書き取った。女の言葉の流れに追いつこうとするあまり、ほとんど走り書きだった。「……ケインはね、あたしが畑から帰る夕方には、あたしに自作の歌を歌ってくれた。あたし、寝床に横になってた。彼は壁に寄りかかっているのよ。あの人、優しくて静かな歌を弾いてくれる、それはね、ケインが言うには、あたしにはそういう曲がいいからだって。一日じゅう働いたから、優しく静かな曲があたしを眠らせてくれるって。あの人、あたしが畑仕事をさせられて、自分は庭仕事をしていて、本当に悪いなあと思っていたのよ。ケインは、ボス・スミスにお願いさえしてくれたの。あたしがお屋敷で働いていいですか、あるいはケインが畑で働いていいですかと。あの人がそんなことをするなんて、あたし、恐かった。ボス・スミスに何かお願いする人なんていない。だってそんなことしたら目をつけられるし、ボス・スミスは、目をつけた奴隷は必ず鞭で打つから。だけどボスはただ笑ってる。おまえは頭の狂った黒んぼ《ニガー》だとケインを叱っただけ」

女は首を振って穏やかに笑った。「ケインは狂ってなんかいない。あの人、この世の黒んぼ《ニガー》のなかではもっとも優しい人よ。あの人、バンジョーが上手で、あまりに優しく弾くので、奥様が、彼を屋敷に上がらせて弾かせたの。そして屋敷でパーティーとか行事をするときは、黒んぼの音楽隊を呼びたいわ、と言ってたほどよ」

ネヘミアは書くのをやめた。また長々と若い男との話をする気だな。彼は顔をしかめ、黒んぼ女《ダーキイ》を苛々《いらいら》しながら見やった。木々の葉のあいだから漏れてくる陽の光が、女の顔を影で斑《まだら》模様にした。地下室で女の肌は灰色がかった黒みを帯びて、なめし皮のように血色悪く、ほとんど色が剝《は》げ落ちたように見えた。今はペコー紅茶の色に見え、深い光沢のある茶色で、葉陰でも赤味を帯びて光っていた。

女の声から持ち前の荒々しさはいくらかなくなったものの、いまだに前回の面談でネヘミアを魅了した、あの必死の空威張りの調子がわずかに残っていた。

「黒んぼ《ニガー》は」とケインがあたしに教える。「黒んぼは、白人の持ち物でしかないんだ。ただの持ち物なんだ。黒んぼは、母さんや父さんのものじゃない。姉妹のものでもないし、兄弟のものでもないんだ」。ケインの母さんは、彼がほんの幼子のとき売られていった。だから彼は母さんの顔も知らないの。だからときどき、最初のご主人か御者か、もしかしたら通りすがりの白人男が父さんかもしれないと考えてるの」

　おそらく、そこだな、とネヘミアは推測した。その白人の血が若い男をあれほど激しい反抗に駆りたてたのだ。女の話をここらで中断させるべきだとネヘミアは思った。この話は反乱の話と密接な関係があるわけがなかろうし。それでいて彼は黒んぼ《ダーキイ》女の恍惚状態を遮《さえぎ》る気にはなれなかった。ネヘミアがよく見ると、女の口はひょうきんにねじ曲がり、疑い深そうに眉毛《まゆげ》をつり上げていた。女の顔がそれほど表情豊かだとは知らなかった。さて、と彼は考えた。再び時計の蓋を軽く叩きながらも、黒んぼ女のこれ見よがしの表情に奇妙に心を奪われて、女にこの話を全部語らせようと思った。

「……ケインは言うの、バンジョーの音を初めて聞いたとき、バンジョーが自分に話しかけているようだから、足を止めて耳を澄まさなくちゃ、と思ったって。バンジョーを弾いてたのはアフリカ人で、彼が奏でる音楽は故郷アフリカの曲だって。バンジョー弾きの故郷はケインの故郷なの。その音楽は白人の音楽じゃない。アフリカでは、誰一人白人に所有されてはいない、人々は自分自身のもの、黒人たちどうしのものなのよ。それはチャールストンでの出来事よ。あたしがいた場所にも近いところなの。旦那さんがケインを買ったのが成長してからではなく、ほんの幼子のときだったとしたら、どうなっていたかなと思う。でも——物事は起こるべきときに起こるものね。それはチャールストンで起こった。ケインはそのアフリカ人が何を言っているのかわからない。ただ故郷のこと、バンジョー

のこと、バンジョーをどうやって作るのか、どうやって演奏するのか、それだけはわかった。ケインにはよくわかった。バンジョーを手に入れたら、故郷が自分のものになるし、バンジョーは自分だけのものになるって。だけど故郷はケインのものにはならなかった、ケインのたった一つの持ち物はバンジョーだったのよ」

「ケインは自分一人であのバンジョーを作ったのよ。丈夫な羊皮紙も自分でこしらえて、自分で探してきた木材を乾燥させて作ったの。だから旦那さんがあの人のバンジョーを壊したとき、ケインを殺したようなものなの。そう、殺されたようなものだった。なぜってそのあと、彼、以前のケインではなくなった。そしてあたしも彼を元に戻してあげられなかった。もう一本、作ったらどう？　と彼に言う。ケインのために大工小屋に行って、ジムの息子から木材をもらい、厩《うまや》で働いているエマリーナのところのジョー・ビッグから馬の毛をもらってきてあげた。だけどケインは、それをただ見るだけ。

「旦那さんにはもう一本、作れるだろうけど」と言う。「黒んぼ《ニガー》はなんもできねえ。旦那さんは、黒んぼの手も、黒んぼの心も、黒んぼの命も、踏みつけにするんだ。だったら、黒んぼに何ができると言うんだい？　黒んぼはなんもできねえ」

　「旦那さんの家が火事になっても、黒んぼに何ができる？
　旦那さんの家が火事になっても、黒んぼに何ができる？
　なんもしちゃならねえ、きっとだぜ、〔大声出して、火事だ、火事だ、と言うだけだぜ〕
　〔なぜって黒んぼはなんも、できねえんだからな！〕」

ケインはそう歌って笑う。そしてある日、あたしが畑から出ていくと、エマリーナが途中まで来て、旦那さんがケインの頭を叩き潰したと言ったの」。女は太陽を見上げて五、六回しぱしぱと瞬きをした。
女の縮れ毛《ちぢげ》は、毛玉のある帽子を頭に被っているように見えた。そして一瞬、ネヘミアは女の臭いを嗅いだ気がした。それは地下の貯蔵室の腐った臭い、獣の悪臭ではなく、鼻を衝《つ》く、かび臭い匂いで、太陽で暖められた干し葡萄《ぶどう》と新たに掘り返したばかりの大地を彼に思い起こさせる匂いだった。彼の皮膚は刺されたようにチクチクして、身震いしながら、こんちくしょうと言った。この黒んぼ女は前回の面談と同じ場所に自分を引き戻しやがった。ネヘミアは女が最初の話でどっと出してきた名前のほかは何も書き取ることができなかった。

一八四七年、六月二十六日
黒んぼ女《ダーキイ》の履歴について、これまで明らかになった事実は以下である。

主人は若い男のバンジョーを壊した。
若い男は主人を攻撃した。
主人は若い男を殺した。
黒んぼ女は主人を攻撃した――そしてウィルソンの奴隷隊《コッフル》に売られた。

ネヘミアは戸惑ってしまった。これらの「事実」はまるで空想小説の類《たぐい》に聞こえたからだ。もし彼が小説家としてペンを握っていたならば――そして黒んぼたちがロマンス小説の主人公だったなら、と彼は自分自身の気まぐれに口をゆがめ、自分を嘲笑《あざわら》った。女の話を聞いた限りでは、若い男が主人を攻撃した理由が、ただ――バンジョーを壊されたこと！――それだけだとは、ネヘミアは少しも信じてはいなかった。だがもしネヘミアが、その事件の奥底まで知り尽くしていないにせよ、黒んぼ女の一件はすでに何か興味深い糸口を提供していた――奴隷所有者と奴隷商人のあいだの共謀である。そして、さらにその件を考えれば考えるほど、家内奴隷と畑仕事の奴隷との、より厳しい区別についての議論が必要だと、ますます思えてきた。明らかにその男には、自分の身分を越えた認識力があった。原始的な「バンジャーなるもの」にそれほど誇大な価値を見出《みいだ》し、自分の都合を叶《かな》えるために、必要な材料をそれぞれの持ち場に調達するように命令さえしたわけだから。だから男に関わるこの一件は、奴隷隊での諸々の騒動から完全に逸脱するものではなかったのだ。ネヘミアは、奴隷隊という最後の言葉に二つアステリスクをつけておいた。明らかに、この男に言及することが、黒んぼ女にしゃべらせる鍵だった。

「あの黒《ダーキイ》んぼは――男の名前はなんと言ったっけ？」ネヘミアは苛立ち紛れに黒んぼ女を足で小突くと、女は彼にちらっと目を向けた。二人は楡の木の下に座っていた。黒んぼ女はいつもどおり鎖で繋がれており、ネヘミアはあまりの暑さでシャツの袖をまくり上げていた。「ケイ――イン――だったか？」黒んぼどもは、このような奇怪な名前をつけるんだよなあ、とネヘミアは自分に呟《つぶや》いた。綴《つづ》り字は風まかせと決めた。

「あんた、「鼻で嗅ぎつけ」てないで、口ではっきり言いなさいよ」

はっと驚いて、ネヘミアは目を細めて黒んぼ女を見た。女の眼は肘を曲げた位置から、しかつめらしく彼を見つめていた。彼がじっと見返した途端、女は素早く目を下に逸《そ》らした。もちろん、自分の言葉を聞き間違えたのかもしれないが、女は軽い悪ふざけを言ったと彼は理解した。「それは大した冗談だね――あんたが言ったことは」と彼は愛想よく加えた。「僕のかなり遅い反応も冗談だ」

女は頭をひょいと下げたが、その前にネヘミアは、女の分厚く長めの唇のあいだに真っ白な歯がきらりと光るところを見た。この様子を見てネヘミアは気を緩《ゆる》めた。「ケインはそのとき、自由のこと、たくさん話をしたに違いないね？」

女は警戒して彼を見た。「黒人《ニガー》は、自由の話をあまりしない」と女はきっぱりと言った。

ネヘミアは女を信用してはいなかったが、少なくともしばらくは、信用していると女に思わせようと決めた。女は実際、彼の質問に答えていたので、女の気を散らすことはしたくなかった。「それで、奴隷隊《コッフル》から逃げようとしたとき、おまえは何を考えていたのかね？」

女は小枝をつまみ上げ、地面に何か印を描き、ハミングし始めた——前日に聞いたのと同じ節まわしではなかったが、まったく同じくらい単調なものだった。女は、ついに大きく目を見開いてネヘミアを見上げた。「あんた、奴隷だったら、深南部に売られたいと思う？　あたし、深南部へ行ったことないけど、ボス・スミスは怠ける奴隷をいつも、深南部行きだぞと脅《おど》すのよね。するとみんなは二度と怠けなくなるわけ」

「それで、ほかの者たちは」とネヘミアは訊いた。「彼らはみんな心のなかで、深南部は嫌だ、そう思っていたのかね？」

女は肩をすくめた。「あたしが知ってるのは、あたしの気持ちだけ。あんた、まずみんなに訊けばいいじゃないの？」

この言葉は横柄な態度というより、単なる好奇心の現われに見えたので、ネヘミアは聞き流した。「僕がこの……事件について知ったのがだいぶあとになってからだったんで、事件のほかの首謀者と話をすることができなかった」と彼は説明した。

「つまり」——女があまりに静かな口調で話すので、ほとんど言葉が聞き取れないほどだった——「つまり、そこには白人が一人もいなかったってこと？」

「なんだって？」と彼は厳しい口調で尋ねた。

だが、女はこれまでに女が話していた言葉よりわかりにくい方言で、独り言のように話を続けた。実際、ほとんど呟くようで、エマリーナのところのジョー・ビッグがケインに何かを言って、どこかに行くように言っていて、だけど、それがどこなのかわからなくて、みたいなことをしゃべっていた。

「捜索隊に捕まった――」

「なんだって？」とネヘミアは再び尋ねた。

虚《うつ》ろな気難しい表情が女の顔に戻り、女は再びハミングし始めた。女は居心地悪そうに身体を動かし、まるでぎょっとしたみたいに、服の下で山のように盛り上がった腹部に触れた。「これ、あたしがケインからもらったすべてなの。あたしのお腹のなか、ここにいるのよ。あたし、奥様にそのことを言ったら、嘘つくんじゃない、と言ってあたしの顔を引っぱたいた。きっとテレルに違いないわ。奥様は旦那さんをテレルと呼んでいて、これ、テレルの赤ん坊に違いないって言った。ほかのどんな理由で、旦那さんがケインを殺したいと思うのよ？　ケインは屋敷で一番の庭師だし、殺したら大損になるじゃない？　奥様はこうも言った、さて、テレルは生かしておいてもいいわ。自分の女と私生児が、南部のなかでも想像できないほどひどい奴隷制に苦しめられていることを、生きて知るがいい。そして、あたしが奥様を襲って殺そうとしたら、レフォニアおばさんがあたしを止めた」

ネヘミアは、この告白に跳び上がるほど驚いた。法廷記録には、このようなことを仄《ほの》めかすものは全然なかった。女は腰をしっかりと落ち着かせて、陽の光をじっと見つめながら、確かに猛々《たけだけ》しい表情を見せていた。それはほとんど、独演会の初日の演目を聞いているようなものだった。そして女がネヘミアから顔を背けたとき、少なくともその瞬間は、彼が女から聞き出せる情報のすべてを得たと理解した。ここまで聞いたところで、暑さがますます厳しくなっていたことも相まって、その日の記録をやめ、帳面を閉じた。

一八四七年、六月二十七日
僕は、この黒んぼ女《ダーキイ》がともに暮らしていた若い男の名前のことを尋ねた。この質問がどのような意外な新事実に繋がるか、ほとんど想像していなかった……。

ネヘミアは、早速、黒んぼ女と交わした会話の要約を書きとめた。面談は進んではいなかったものの、大いに満足していた。彼が知るミス・ジャネットは、この娘の話に興味を示すだろう。ミス・ジャネットは奴隷の内縁関係の主題については雄弁で、そのような慣行は白人女性全体への侮辱だと非難していた。ネヘミアはそれほど激しい憤《いきどお》りを感じてはいなかった——男というものには、結局のところ、より下劣な情念に対してなんらかの捌《は》け口が必要だからだ——だが、ネヘミアはそれほど品性を貶めて種を植えつける人種は長らく栄えることはないという自分の信念に律儀に従っていた。行為の外面が不品行に見えるだけでも、ほとんど避けがたい悲劇をもたらすと考えると、妙に気持ちが高ぶった。ネヘミアは日誌に書き込み続けた。

明らかに若い男は、女主人が夫とこの娘に対して抱いていた疑惑を共有したのだ。それ以外のどんな理由で、黒んぼ男《ダーキイ》が自分の主人である白人男性を攻撃するだろうか？　それと、この女、この奴隷娘《ギャル》は今——

ネヘミアは再びペンを止めた。黒んぼ女があまりにもしばしば見せる虚ろな凝視の後ろには、ずる賢い頑固さを超えた何かが潜んでいた。そのことだけははじめから感づいていた。もちろん、そんな行為は女主人には許しがたい情事だったろうが、彼はその午後の、黒んぼ女の遊び半分の様子を思い起こして、女の告白をむしろ信用したくない自分にも気がついた。黙って落ち着いているときの、ひどく不機嫌な分厚い唇が、あんな微笑みを浮かべ……あれほど惜しげなく微笑んで小さな冗談まで言うなんて、ネヘミアには想像できなかった。彼は不満げに口を歪めた。女はおそらく、主人を攻撃した若い男の前例にならい、同じく攻撃に向かった自分自身の度胸に勢いづいて、誇張して話したに違いない。彼は書き込みを続けた。

このふとした食い違いは、僕をはなはだしく動揺させるものではない。思うに、黒んぼ女は僕への不信感を和《やわ》らげ始めている。話しぶりから見れば、女は、過度なほど自由気ままに話していたわけではなかったが、以前より僕のほうに傾いていることは明らかだ。僕が想像するには、あと一回、おそらく二回面談をすれば、僕が女から必要としているすべてのことを知り得るという予想は、あながち過度な楽観ではないだろう。女がこの血なまぐさい事件に加わっていたことから自ずと明らかになるはずの、奴隷制度の一般原則を扱う一節には挑発的な表題を考える必要があるだろう。まったくのところ、黒人の女には男と同じほど破壊力がある。＊＊

第二章

「一八四七年、六月二十八日」、ネヘミアは、新しいページの上のほうに日付を書いた。ヒューズ氏が黒んぼ女《ダーキイ》を地下室から外に連れ出してくれたとはいえ、暑く晴れ上がった日で、女もまた暑さを肌で感じとっていた。女の動きはいつもゆっくりだったが、さらにのろくなっていた。歩きぶりは重々しく、転んだりはしないが両足に重しをつけられているかのようだった。女は大きな身体を木陰の地面に下ろして楽な姿勢をとり、木の幹に背中をもたせかけた。女の黒い髪は、低く垂れ下がる木の大枝が落とす暗い影に溶け込むようだった。ネヘミアはいつもの場所に腰かけ、上着を脱いでシャツだけになり、女に面と向かっていたが、このような軽装でも息が詰まりそうだった。鋭く明るい陽ざしは痛く刺すようで、木陰の深みから目を上げることもできなかった。それで男の眼は、日付のほかには何も書いてなかった帳面のページと、女の暗い顔のあいだを行ったり来たりしていた。女が腰を下ろしてからしばらく二人とも黙っていた。

「あの紙に、あんた、何書いてるの、なんなの？」ネヘミアはその質問にぎくっとして、すぐには答えなかった。「あんた、あたしがしゃべってること書いてるんでしょ？」女は膝を立てて、男の帳面に書いてあることを見ようと彼のほうを向いた。

本能的にネヘミアは帳面を女の眼から遠ざけた。「さて」。彼は咳払いした。「今日はまだ何も書いていないよ——これまでまだ何もしゃべってないだろうが……」。彼はちょっと笑ったが、この小さなふざけ気分は女を素通りした。「僕は確かに、君がしゃべっていることはたいがい書きとめているよ」。ご機嫌な衝動にかられて、ネヘミアは帳面のページをパラパラめくり、それまでの面談のなかから、いくつか書いたところを見せた。

「ほら、そこに何が書いてあるの？……それからそこに……それにあそこにも」。ネヘミアは女に応えて、当たりさわりのないところを一、二行読んで聞かせた。女はうっとりと聞いていた。「あたし、本当にそんなこと言った？」ネヘミアが頷《うなず》くと、どっしりと腰を下ろした。「あんた、書いたものをどうするつもりなの？」

「僕は、君が話したことを、今書いている本に使おうと思ってるんだ」。ネヘミアは、女がその意味を理解するかどうか全然わからなかった。

「どうして？」女は今回はすっかり目が覚めたみたいで、鎖に繋がれていたにもかかわらず、今にも逃げそうな素振りを見せた。

「君ねえ」とネヘミアは言った。そのとき、彼は女の名前をどうしても思い出すことができなかったからだ。「ねえ君、この本に書く内容が君に辛い思いをさせることは絶対ないよ。君はすでに裁判を受けて判決が出てるわけだから」。女はその言葉を聞いて少しほっとしたようだった。おそらく彼の意見自体が無難なものであり、また彼が故意に優しさを滲《にじ》ませた、その口調に安堵したのだろう。

「それじゃ、なんのために書きたいわけ？」

「僕が書くのはね——」。彼は、何か適切な言葉を心のなかで思い巡らせながら、もう一度咳払いをした。「僕は、みんなにせっかく授かった人生が幸福であるように願って、その一助になればと思って、取材しては書いているんだ」。彼はそう答えてかなり喜ばしく思った。確かに、気軽な会話には女の気持ちを落ち着かせる効果があったようだ。女はネヘミアの意見に大いに心を打たれたらしく、かなり長く彼の顔を熱心に覗《のぞ》き込んでいた。それから女は再びいつもの姿勢に落ち着いた。彼はしばらくこの問題を熟考させる時間を与えた。女があまりに長いあいだ沈黙していたので、眠りこけたのかと疑い、女をもっとよく見るために身体を前に傾けた。女の目は開いており（女は、厳しい陽ざしに対して彼ほど苦痛を感じていないようだった）、丸くなった腹部を両手で抱くように支えていた。「赤ん坊が下がってきたようだね。産婆のばあさんたちの話によれば、君はそろそろお産らしい」。それは単なる会話への誘いだった。彼はもちろん、動物の管理や綿花の栽培について何も知らないのと同じで、お産の時期などについては何もわからなかった。女は驚いて刺されたようにびくっとした。そして彼は自分の愚かさを呪った。自分が深く考えもせずに言ったことで、女は自分の処刑を思い起こすに違いなかった。最初のびっくりした表情のあと、女は背中を伸ばして木のそばにずり寄ったが、何も言わなかった。彼はいささか不安になって、女に虚ろで不機嫌な表情が戻るのを待った。しかしながらその表情は戻らなかった。彼は勇みたち、「ねえ君、反乱を起こした奴隷たちは、どこでヤスリを入手したのかね？」と静かな口調ながら思いきって訊いた。女がしゃべっているにもかかわらず。「ケインはこの赤ん坊を望んではいなかった。あの人、赤ん坊が欲しかったけど、同時に欲しくもなかったのよ。黒《ニガー》んぼにとって赤ん坊を持つのは容易じゃないから。でもね、これだけはわかる。容易じゃないからこそ、ケインもあたしも赤ん坊が欲しいってこと。そして……そして、ケインがあたしにレフォニアおばさんのところに行ってくれと言ったとき……あたし――あたし、ほとんど死にそうだった。あたし、レフォニアおばさんが何してるか知ってたから。おばさんは、そんなにちょくちょくそれをやってたわけじゃないけど。だって旦那さんは黒んぼの子どもが生まれてくれないとだめだ、と思ってたから」

ネヘミアは、その言葉を聞いてぎょっとした。赤ん坊殺しだ！　彼は、奴隷船から上陸したばかりのアフリカ人女性が、いわば、そのような類のことをしていたと前から聞いていた。だがこの国で生まれた黒人《ブラック》のなかから、同じような話を仄めかされるのは初めてだった。想像してみよ、中絶して、子殺しまでもしていることを。しかも所有者は気づいてさえいないのだ！　ああ、『ルーツ』本は、奴隷所有者のあいだで、大砲の砲弾のように爆発的に売れるだろう。ネヘミアは、その打ち明け話とそれが暗に意味することにあまりにも仰天してしまい、女が次に言ったことを聞き逃すところだった。「……相手がケインじゃなかったら、あたし中絶していたわ。初めての経験だけど。でも――」。女は話を止め唇を舐めて、もう一度お腹に手をやった。「これ、ケインなの。だからケインの一部を、しは言ったの。「これ、あたしたちの赤ちゃんよ。あたしたちのものよ、あたしたちの赤ちゃんだわ。それにあたしの一部を殺すようなもんでしょ。だからあたし、ケインと話をした。懇願したの。あたしたちが作ったのよ。どうして、殺すなんて言えるの？　赤ちゃんはあたしのもので、あんたのものよ」。ケインはただあたしを見つめて言うの。「同じ理屈なら、レフォニアおばさんの息子たちは、おばさんのものだよな。だけど旦那さんが、あの栗毛の馬を去勢するとか、売りに出すとか決めるときは、それがレフォニアおばさんにとってじゃなくて、旦那さんにとって値打ちがあると決めるからなんだぜ。デッサ」。ケインがそういうふうにあたしの名前を言ったのは、あたしを傷つけたくないと思ったからなのよ。でもあまりに優しい言い方だったので、あたし逆に傷ついてしまった」。ケインの言葉が、今もデッサの頭のなかで響いているように思えた。「「デッサ」、こんなふうに柔らかく言ったの。「デッサ、おまえの兄ちゃんのジーターは今どこにいる？」」。あたしはすでに泣いていた。あたし、もう泣けない。ジーターのことでは泣けない。兄ちゃんはいなくなった。遠い南部に売られていった、どこかに売られたの。それがどこなのか、あたしたちには絶対わからない。そしてあたしはついに言ったの、「逃げようよ」。そしたらケインは笑った」。女の口調は、記憶を呼び起こした辛さに溢《あふ》れていた。

「彼は笑って言うの、「逃げるって、デッサ」」（ああ、わたしの名前をあれほど愛をこめて優しく言った人はいなかった。ケインは怒っているときでさえ、デッサ、デッサと言った。わたしはいつも、ケインが名前を呼んでくれたときの優しさを忘れない)。「「デッサ、どこへ逃げて行くんだい?」」「「北部よ」」とデッサは囁《ささや》いた。彼女は、北部へ逃げて行くという話を誰からも聞いたことがなかった。北部はデッサにとって、川を越えたところにある、おぼろげで影のような土地以上のものではなかった。北部はデッサにとって、川を越えたところにある、おぼろげで影のような土地以上のものではなかった。それは天国のように神話的で神秘的なところ。身体がもう耐えられなくなったとき、休息できるところ。だがデッサは休息という言葉を口に出して言ったときでさえ、このことを、つまりもし身体に休息があるならば、心に平和があるに違いないと理解していたのだった。そうなれば、ケインが殺すように頼んだのはデッサの心だったし、ケインの心だった。「北部よ」

「北部だって? だったら、どうやって北部へ行くんだい?」

「あんたならわかるでしょ、ケイン」。ケインは知っていたはず。ケインは知っていると、デッサにはわかっていた。ケインは、もし知りたいと望めば、それがわかる人だったから。

「それじゃ、北部に着いたら、俺たち何するんだい?」

デッサはケインをじっと見た。ケインには答えがわかっているはずだもの。

「「デッサ」」。また、あたしの名前を言うの。「「おまえ、北部とは何かわかってるのか? ん? 北部とは何か? 白人がもっとたくさんいるんだぜ。ここと変わらないさ。おまえはレフォニアおばさんのところに行かなくてもいいよ、俺が代わりに会いに行くから」」

ああ、ケインはデッサにこんな話をしたことがあった。ケインはいつもの、不遜《ふそん》で半ば思い上がった冷やかすような調子で言ったので、デッサは笑い転げて痙攣《けいれん》しそうだった。「おまえ、白人の小便はシャンペンだと思ってるな、ん? 大便だって俺たちと同じなんだぜ。糞は同じぐらい臭いんだ」。デッサは跳び上がるほど笑ったのを思い出していた。もっとも、彼女はシャンペンがなんなのか知らなかったし、ケインが白人にもらった服を着て、そんなふうにしゃべるのを聞いて、ぎょっとして少し恐くなったにもかかわらず、大笑いしてしまった。ケインは実際に、デッサをぎょっとさせたかったのだと、彼女にはわかっていた。白人は肌の色を除けば、自分たちと――ほかのどんな人たちとも、まったく変わらないということを理解してもらいたかったのだ。愚かなこと、言うだけ無駄な話だ――。だがやがてデッサは自問していた。それにしても、あの白い肌のどこがいいのだろう？　あれは仲間の奴隷たちが、ご主人が米栽培用に持っていた畑の一つに米の苗を植えていたときだった。その問いは、ボス・スミスが黒人御者《ニグロ》の一人タルヴァーと話しているのを見ていたとき、デッサの頭に浮かんだものだ。ボスの顔は広いツバの帽子の陰になっていたが、肌が冬の青白さなのが見えた。春の季節が進むと、鼻に水ぶくれができて皮がむけ、そしてまた水ぶくれができて、ついにはデッサが持って生まれた茶色そっくりになるのだった。だが白人たちは家も農場も馬も持っていた――「それで、旦那さんは自分のために働いている俺たち家内奴隷のために豚一頭も鶏一羽も恵んでくれないし、夜明けから日暮れまで畑で働くおまえやほかの仲間にも何もくれやしないって、おまえも思ってるよな？」

「ボス・スミスはあたしらをもう監督してないよね――」とデッサは言った。

「そうだな」とケインは彼女の言葉を遮った。「旦那さんは、ボス・スミスを使って、おまえたちみんなを夜明けから日暮れまで働かせるのはやめにした――もうそれはしないのさ。旦那さんは自分で、おまえたちを日の出から日没まで二倍も働かせるんだ」。それは本当だった。奴隷たちが、米だろうが、綿花だろうが、トウモロコシだろうが、畑で作っているあいだは、いつもタルヴァーがいて、「ほらそこ、もっと働け、さあもっとスピードを上げろ」と命令していた。

奴隷たちは夜にはめったに愛をかわさなかった。そう理解するのは、腹に食らった拳骨《げんこつ》のよう。夜の時間は眠るだけのために取っておき、疲れた手足を癒《いや》してくれるように、ほんの少しキスとか抱擁をかわすだけだった。冬の土曜日には夕べに愛しあった。暗くなって灰色の午後から冷え冷えとする暗闇に一足飛びだったので、半分残った炉火に照らされ、自分たちの身体の熱で互いに暖めあった。デッサとケインが愛をかわしたのは、たった一冬だった。それも朝だった。あの熱烈な愛、夜明け前の濃密な暗闇に包まれた愛の記憶が、デッサに洪水のように覆《おお》いかぶさり、顔にさっと熱が戻ってきた。ときどきデッサは、うっすらと毛の生えた胸を吸い、腰の下にある針金のような藪を探ってケインの目を覚まさせた。あるいは彼女のほうが目を覚まされた。小さくて固い乳首がケインの指に挟まれて、彼はすでに両脚のあいだに入っていたから。デッサは彼の下にいて溶けるように感じ、身体を開いて彼を深く引き寄せると、ケインは飛び込んでくるのだった。たいがいは大急ぎで、いつもすぐに終わった。満たされて、二人は雄鶏の鳴き声のあいだの静寂のなかで身体を重ねあった。夜明けを告げるホラ貝の悲しげな轟《とどろ》きを恐れながら。それはデッサを終わりなき労苦に呼び出す音だった。そして夜には――。デッサが夢に見た夜は、こんな風景、こんなことだけだった。夢、そして夢の亡霊たち。デッサはむやみに思いを巡らせた。母さんの両膝のあいだに座っていたこと。キャリーと大笑いしたこと。ジーターと口喧嘩したこと。マーサと走ったこと。ケインを愛したこと――。

デッサは今、白人男のネヘミアを意識して、涙が溢れ出るのを抑えようと目を大きく見開いた。涙が落ちないように頑張ったけど、ケインの苦痛に満ち、愛おしい、そして正しかった声の記憶はとめどなく蘇《よみがえ》ってきた――「そして、旦那さんは若い子を見た途端、売りに出すんだ。なぜなら、旦那さんは俺たちがいつでも子どもを作れるとわかってるからだ」

恐怖がデッサの腸《はらわた》を食いちぎった。もし、赤ん坊をレフォニアおばさんから助けたとしても、ご主人が売りたいと思ったら、その子を救ってやれないだろう。デッサは白人男をちらっと見た。男は膝の上においたメモ帳に身を屈め、手は複雑な動きで紙にペンを走らせていた。男はこんなメモ書きをして、デッサのこと、彼女のケインとの人生について、何を理解できるというのだろう？　と訝《いぶか》しく思った。白人男はメモ帳にペンを走らせ続けながらデッサを見上げた。眼を合わせた最初の瞬間、男の眼に意味不明の乳白色の膜がかかっていると気づいて、デッサは怯《ひる》んだ。彼女は次の瞬間、男の眼が「青い」と気づいた。白人たちの眼は確かにみんな青かったけど、エマリーナは奥様の眼が空のように青いと言っていた。慌《あわ》ててデッサは男から目を逸らした。だからわたしたち黒人は白人の眼に見入ってはいけないのだ、と震えながら考えた。白人の眼は無表情だった。油断した黒人は、白人の眼の井戸に落ちて溺《おぼ》れてしまう。

「彼、ケインはね」とデッサは、ためらいながら、再び話を始めた。「あたしに話してくれたの、彼を売り払った旦那さんもいたけど、逃亡してきたこともあったって。彼は北部を見つけようと逃げた。まだほんの子どもの頃で、北部がどっちの方角なのかわからなかったし、途中には数えきれないほどたくさんの場所があったんだって。ケインはただ鞭打ちから解放されたかった、北部に行きさえすれば、自分で我が身を所有する自由な人間になれると考えたんだって。最後に逃亡したとき、ケインはもう一歩で北部に着くところだった。だから彼が次にその辺りへ行ったなら、どの方角が自由の土地なのか、自由の町とは何か、やっとわかると思った。だけど、次など絶対に来ないのよ。なぜって、逃げると同時に捜索隊が逃亡奴隷を連れ戻しにかかり、北部に行った者たち、北部に住んだ者たち、自由の北部が何か知っている者たちを連れ戻すからよ。「さて」とケインは言う。「さて、この男は自由で、自由人として生まれた、としよう。それでもなお、どんな白人男であれ、こいつは奴隷ですと言えば、信じてもらえる。なぜなら黒人《ニガー》奴隷は、たとえそれが自分の権利を守るためであれ、法律の前で発言権がないのだし、白人の言うことに反対することができないんだ。そうなったら、そいつは自分を自由だと証言してくれる別の白人を連れて来なくちゃならない。それにそんなに素早く別の白人を見つけられるはずがない。だから、ジョージアの男たちは、――その北部の白人男は奴隷捜索隊をジョージア人と呼んでいる――そいつを奴隷と見なすんだ。そういうことなんだよ。仮に捜索隊が逃亡奴隷を捕まえる前に、白人男が殴ったとしても、そいつには殴り返すことは許されない。そいつが大工だとしよう。もし同業の白人男らが、そいつと仕事をしたくないと言えば、そいつは仕事もできない。物事はそんな具合なんだよ。自由黒人《フリー・マン・オブ・カラー》として生きるのは大変なことだ」とケインは言う。ケインは黒人《ニガー》とは言わず、自由黒人《フリー・マン・オブ・カラー》と言ってた。だけど、「自由黒人は奴隷よりよほどいい。チャンスがあれば、首尾よく逃亡できるからだ」」

　デッサはケインの話に圧倒された。黒人にはただ生きていられるだけの場所すらないのね？　そして、「彼――ケインは――言うの、自問したって。「それが自由だって？　どうして、そんなものが自由なのさ？　いつもあるのは二つのリストだ。ある人は言う、〝白人男はなんでもできる〟。別の人はこう言う、〝黒人《ニガー》は何もできない〟。それに、いまだに黒人について書くことができるのは白人男だけなんだ」。そこでケインはもう二度と逃亡しないことに決めたの。「なんのために逃げるんだい？」と彼は言う。「捕まってしまい、逃亡前よりうんとひどい暮らしになるんだ。もしかしたら、白人がいない場所があるかもしれない。そこなら黒人が自由になれる」。だけどケインには、それがどこにあるかわからない。でも俺がその場所を見つけたら、俺たちの赤ちゃんを持とうなと言うの」

　デッサは陽の光を見やった。下唇が少し震えていた。「あたし、ケインはあたしよりたくさんのことを知っていること、わかってるの。あたしにはそれがわかる。彼――ケインはね、あたしが彼と一緒になる前は考えてもみなかったことを、たくさん教えてくれたのよ」。それでも、赤ん坊を産む愚かさを理解させようとしてケインが話したことは、デッサに、二人で逃亡しなければならないと確信させただけだった。「でも、どうでもよくなった」とデッサは目を閉じて言った。「あたしたちが逃げる前に、旦那さんがケインを殺したから」

　二人はしばらくのあいだ、何も言わなかった。

「あんたは」とデッサは白人男を見上げて訊いた。「あたしの今話してることが、みんなが授かった人生を幸福に送れる、その役に立つと、あんたは思ってるのね？　もしそれが本当だとしたら、あたしが今生きてる人生が幸せでないのはどうしてなの？」

一八四七年、六月二十九日

今日は日曜日なので、オデッサとの正式な面談はしなかった。だが、ここまで達成できた信頼関係をさらに深めるために、彼女に聖書の詩行を選び、読んで解釈してやった。僕たちは楡の木の下のいつもの場所にいた。僕が暑い夏の午後の倦怠感にやられそうな前兆をときどき示していたことを認めなくてはならない（ヒューズ氏は、暑さにやられるだろうと警告していた。それで彼は僕に地下室の鍵を渡すのを嫌がった。彼は僕の警戒心が暑さで損なわれるだろうと感じていたのだ。黒んぼ女《ダーキイ》がいつもどおり鎖で繋がれている限り、そのような思わぬ事態に巻き込まれる危険はないと僕は応えた――もちろん、ヒューズ氏自身が所有する黒んぼたちの行動に何か問題が起こらなければの話だった。僕が思ったとおり、ヒューズ氏は僕の反論に痛いところを突かれた様子だったが、鍵を渡してくれた。ヒューズ氏が普通の聞き取り調査の枠を超えると思うことを、僕がオデッサに対してしたいと思うたび、彼と繰り返し言い争うのが、ほとほと嫌になってきた。僕は自分の思いどおりに、地下室の鍵とオデッサを楡の木に繋いでいる鎖の鍵を自分用に作るつもりだ――女が落ち着いておとなしくしている今、僕の提案で、女の身を繋いでいる鎖は、これ一つだけだった。僕が女と話をしたいと思うたびに、許可を求めなくてはならないなんて、僕の趣味ではない）。

眠気がいっそう増してきたが、それは女のハミングの単調なメロディーのせいだと、僕は結論づけた。僕はこれらの節回しにあまりにも慣らされてしまい、雌鶏がコッ、コッと鳴いたり、牛がモウモウ唸るのに似て、ハミングはその場の自然な舞台装置のように思えてきた。女の注意を逸らすべく罠《わな》にはめようと考え、僕が先ほど伝授した教訓を繰り返すように促した。女は言われたとおりにしたので、女が指図をよく聞いてくれることを僕は喜んだ。しかしながら、あまりにも苛立たしくなったので、ハミングをやめるように言わざるを得なかった。女は僕を一瞬見上げた。これまで女に脅しをかけたことはなかったが、女が以前の懲罰を思い起こし、面談をする短い時間だけでも、この暗い穴蔵から逃れるには、僕の力に頼るほかないという事実を心に留めたのだと思う。女は、これは「決して楽しいときの歌じゃない」、「正しく生きることと天国」についての歌だと僕に断言した。

僕は女に歌ってみろと頼み、僕が記憶し理解したままにメモ帳に書きとめた。

黄金の楽隊となって行進していく
やがて大軍となって、
黄金の楽隊となって行進していく
やがて大軍となって。

罪びとよ、あの日が来たら何をするの？
罪びとよ、あの日が来たら何をするの？
やがて大軍となって
炎がおまえの後ろに燃え盛るときはいつ？

それはもちろん、へぼな詩の風変わりなもじりにすぎず、奴隷《ダーキイ》たちが教えこまれた聖書の断片から狡猾に編曲したものだ。にもかかわらず、歌詞をつけて歌わせると、同じ曲が実に魅力的だった。ともすれば苛立たしいメロディーに、言葉が新しい生命を吹き込んだようだった。僕は女がその曲を聞かせてくれたことをとても喜んだ。女が歌い終わってからしばらく、僕たちは何も言わなかった。その頃までには、厳しい暑さのため、僕はすっかり体力を消耗していた。女もまた、ほんの一瞬活気づいたあとで、すっかり疲れた様子だった。しばらくして僕は聖書を閉じて、女の魂に救いが訪れるように短い祈りを捧げた。それから女を地下室に戻そうと思っていた。ところが女は話を始めた。

「捜索隊は捕まえたわ、みんなを――」。女は僕のほうを見ながら突然言った。

瞬時に僕はそれらのほんの二、三の音節のなかに、女が先日、僕に質問し始めた問いの始まりの部分があることに気がついた。「何人かは確かに逃亡したんだな！」これは僕としてはいささか向こう見ずな言い方だった。だが僕がずっとこのかた、疑わしく思っていたことを確認した気になり、注意力を削《そ》がれていた。たちまち女に虚ろで不機嫌そうな表情が戻った。だが僕はそんなことはなんでもないと踏んでいる。女はこの情報をきっと打ち明けるだろう！＊＊

追記

ヒューズ氏が言うには、近隣のどこかに「脱走奴隷《マルーン》」の隠れ家、つまり逃亡奴隷の宿営地があるとの噂が流れている。町から遥か遠く離れたところの農場や農園のいくつかが襲撃に遭《あ》ったらしい形跡が見つかった。最近の事件では、五、六人の黒人《ブラック》（農場主人の妻には正確な人数がわからなかった）が、ここから十五マイルほど南東にある小さな農場に忍び込み、食糧や家畜を盗んだうえ、農場主が自分の財産を守ろうとして抵抗したとき、重症を負わせた。幸い妻は襲撃のあいだ、身を隠していたので怪我は免れた。ヒューズ氏は、この一件を単発的に起こった事件として扱うつもりだった――ほかの事件が起こったのは相当以前のことなので、噂話が伝わるにつれて大きく誇張されていたからだ――だから脱走奴隷の説は、規模の大きな奴隷所有者たちの想像力の産物であり、単なる恐ろしい作り話として軽く見過ごしていた。ヒューズ氏は食糧と家畜の損失を農場主自身の奴隷《ダーキイ》たちによる盗みと見なした。これもヒューズ氏に話したことだが、監督の行き届かない奴隷は釘《くぎ》づけしてない物はなんでも盗むものだと、僕は肝に銘じている。だがオデッサが言う白人のいない場所の話と、捜索隊に「捕まる」という心配を鑑《かんが》みるなら、――何度か繰り返した話だが――なんらかの宿営地があるという説を、そう簡単には捨てきれない。もちろん、純粋なる推測の域を出ないが、僕が信じるには、すでにヒューズ氏に言ったように、おそらく行方不明の奴隷たちが脱走奴隷の一団に加わったと見ることも、あながち根拠のないことではない――そこは確実に白人のいない場所の一つだろうから。それと、奴隷隊《コッフル》から逃げた黒んぼ《ダーキイ》どもが逮捕されたときは、ある特定の目的地に向かって逃げる途中だったことは明らかだ。ヒューズ氏は僕の推論にいたく感動し、その反逆者たちを捜すため、明朝夜明けに出発する捜索隊に加わらないかと誘ってくれた。僕は躊躇《ちゅうちょ》することなく承諾した。というのは、オデッサから、やりたかった想像上の逃亡について聞いていたので、まさしく偶然の一致で寄せられたこの情報を大いに信用したからだ。ヒューズ氏と検察官がほかの者たちから入手しうる情報なんて――それに、反乱についてのオデッサの情報だって――これほどの予期せぬ授かりものとは比べものにならない。＊＊

デッサは、白人男との面談を楽しみにするようになっていた。面談は彼女の単調な日々の息抜きになった。デッサが最初に農場に来たあと、毎日眠りこけた。地下室の深い静寂のなかで、デッサが外に出してはいけないと、あまりにも長いあいだじっと我慢して溜めてきた疲労を出るがまま出した。

だがいったん身体が休まると、惨めな気持ちが、身震いするような波となってデッサに襲いかかり、できることならその波に呑《の》まれて死んでしまいたいと願った。そして夢ばかり見た。デッサがそわそわと動くたび、土間の床の中央の杭《くい》に彼女をくくりつけた鎖が、後ろでガチャガチャ音をたてた。ときどき彼女は寝床に物憂《ものう》げに横たわったり、小さな窓を通して入ってくる鈍い陽の光を背に、壁にもたれて座ったりしていた。目を開けていようが閉じていようが、いつだってケインはデッサと一緒に歩いてくれたし、母さんが一緒だったりもした。ジーターはデッサの頭巾を引っ張ったり、キャリー・メイは、デッサのほんの小さな愚かな振る舞いにも眉《まゆ》をひそめて見下ろした。レフォニアおばさんもマーサも――。彼らはみんな、地下室でデッサと一緒に座っていた。デッサはこれまで彼らを失ったことを悲しんでこなかったが、今ここで亡霊たちの出現に囲まれて悲しみにくれた。

しばしばデッサはレオを見たが、レオの禿《は》げ頭が月明かりのなかで光っていて、顔は血みどろだった。彼の身体がデッサの片膝に転がり落ちて仰向けになったとき、ずっしりと重かった。デッサはレオが胸に負った傷の上で両手を動かしていたが、虚しいだけだった。デッサの頭上で、大柄のネイサンが差し迫った様子で不気味に囁いた。「レオの上着を脱がせるのを手伝ってくれ。手伝え!」レオの肌はまだ温かかったが、身体はぐにゃぐにゃだった――デッサはその記憶に、あのおぞましい幻に身がすくんだ。ネイサンもデッサもレオを殺したわけではなかった。白人の一人がレオを殺したのだ。そしてレオは――。白人たちがもしレオの顔をしっかり見なければ、レオをネイサンと取り違えたことだろう。ネイサンは乱闘において、それは獰猛《ねいもう》に戦ったが、レオの死んだ顔をまともに見ることができなかった。ネイサンは頭上に大きな石をかざし、眼を閉じてレオに振り下ろした。デッサはこの光景を忘れることができなかった。みんなは本当に多くの犠牲を払った。多くの犠牲を払ったすえ、闘いのすべてがこの穴倉に閉じ込められる結果に終わった。白人男と話をしているあいだの、それらの短い時間だけは犠牲の数々を数えたり数えなおしたりせずに済んだ。

ジェミナが言うには、白人男は奴隷隊での乱闘について何か書いていて、本にする気だそうだ。この大柄で肌の色の薄い女性がほぼ毎晩デッサに会いにきて、白人宅の夕食のテーブルに出た特別の料理をしばしば届けてくれ、地下室の窓の柵からデッサに手渡した。最初の頃は気落ちして惨めな気持ちだったので、なぜ家内奴隷が自分のために危険を冒すのか、デッサは理解できなかったし、いったいなぜだろうと不思議に思ったりもした。デッサはジェミナがくれるものはなんでも黙って受けとった。ジェミナの親切はいつしかデッサの絶望に沁み込んできたので、ついにデッサはなぜなのか尋ねた。

「なぜって?」とジェミナは優しくクスクス笑った。「なぜって、あんた、あんたは「悪魔の女」だからよ」。大急ぎでジェミナはいきさつを語った。近隣の人たちが、反乱についての奴隷商人ウィルソンの説明内容から、その名前を創り出したという。奴隷商人が崇拝する神は金だけなので、「悪魔の女」という新造語は、みんなが奴隷商人たちを嘲笑するのにぴったりの言葉だし、それに「悪魔」は人の所業を失敗させる工作員なので、反乱は黒人たちの喜びも表現していた。デッサはそのような悪評を意味する言葉は好まなかったが、あの挑戦のことが、空き地での、あの短い歓喜の瞬間のことが、人々に知れわたっていることを知って嬉しく思った。あのとき、みんなは自分たちが成し遂げた行為によって、宿命からも鎖からも自由な身としてあの場所に立っていたのだ。

デッサは見知らぬ女性との短い友情の時間に感謝した。ほかの誰も、デッサのそばに来てくれなかったから。ときどきデッサには大きな歌声の断片が確かに聞こえていたし、デッサに聞いてもらいたくて高らかに歌っている励ましのひとことを聞き取ることもあった。デッサが白人男と座っていたときもしばしば、男たちや女たちの誰かが、用事をするため中庭に出ているのを見た。あるとき、大きく目を見開き、腹を出した二人の子どもたちが突然、白人男の肩の真後ろに姿を現わした。一人がためらうようにさっとデッサに微笑みかけると、二人とも姿を現わしたときと同じように、そっと音もたてずに速足で立ち去った。白人男は子どもたちが後ろに来たことにまったく気づかなかった。日に二度、ジェミナは食事を届けてくれた。ご主人の農場主がドアの錠を開けてくれるときは、ジェミナはひとことも言わずに盆を下に置いた。やがてジェミナの夫のボーモントがドアの錠を開けるようになり、その回数はどんどん増えていった。

「どこかの黒人女《ダーキイ》の相手をするより大事なことがあるって、旦那さんがおっしゃるんで」とジェミナは、ボーモントがドア番をするようになった最初の日に、くつくつ笑った。「さあ、見てごらんよ」。ジェミナは階段のほうを見やるような仕種をした。動けば鎖がガチャガチャと音をたてるのに、デッサは階段の一番下まで歩いていき、出入り口から外を見上げた。ボーモントは光に縁どられて小さく見え、顔は帽子の陰になっていたが、腕にライフル銃を大事そうに抱えていた。彼はデッサに片手の指を振って合図をした。彼の歯が一瞬白く光って見えたが、すぐに見えなくなった。ジェミナはデッサの汚物壺を手に取り、振り向いて頷き一瞬微笑んだ。そして彼女も立ち去った。ボーモントが上で見張っているとはいえ、ここでぐずぐずしていられないのだとデッサは理解した。

夜になると、ジェミナは窓のそばに屈み込んで、二、三分囁き声で会話をした。意味のない激励の言葉だったが、それでもデッサはありがたく思った。ときどきジェミナは白人たちの会話で小耳に挟んだ話を伝えてくれた。おかげでデッサは、白人男ネヘミアが乱闘事件について法廷の言い分を調べあげたことを知った。デッサには、「法廷」とは何なのか見当もつかなかった。彼女は売られるまで、生まれた場所から五マイル以上遠くに行ったことがなかったし、白人が三、四人以上一緒にいるところを見たのは遠くからでしかなかった。デッサは自分が経験したことも、それらの経験から知らざるを得なかったことも、多くを描写する言葉を持ちあわせていなかった。デッサは、「法廷」なるものは、奴隷隊《コッフル》の奴隷たちがみんな捕まったかどうかを判断しようとした白人たちの集団だと理解した。デッサ自身もそのことを知りたかったので、じっと注意して耳を傾けた。

白人男は小柄で、デッサが思うところ、自分と背丈がほとんど変わらなかった。だが男は、外に出て楡の木の下にいたときでも、二人のあいだに注意深く距離を取っていて、椅子を後ろ脚で傾け、背もたれを木に立てかけて、彼女を上方から見下ろしたり、真後ろに座ったりしていた。男はいつも上体を前方にのめるように曲げて、自分から五、六フィート離れた場所に来るように手を振って合図した。男は酢に浸したハンカチを手にしていたが、それは彼女の臭いから身を守るためだと、デッサにはわかっていた。彼女はもう体臭を放ってはいなかった――今ではジェミナが身体を洗う水を届けてくれていた――だから男が今でも彼女が臭うと思っていることはデッサを辱《はずかし》めたし、怒りを覚えさせた。彼女をいつも上から見下ろし、彼女が振り向くと真後ろにいて、質問と質問のあいだの沈黙には、男がベストにつけていた懐中時計の金の鎖を誇らしげに指で叩く音が聞こえた。

デッサは必ずしも男の質問の意味がわかったわけではなかった。しばしば男は「なぜ」という疑問符と、知りたいと思っていることとのあいだに多くの不必要な言葉を挟むように思われた。そしてデッサが、どんな質問なのかわかり始めるや、男は次の質問に移っていった。「誰がヤスリを持っていたのかね？」と男はしばしば尋ねた。その質問にどうやって答えられようか？　もともとヤスリなどなかったんだから。ネイサンは就寝中の奴隷商人を殴り倒して、商人が枕代わりに使っていた鞍袋《くらぶくろ》から鎖を解く鍵を盗んだのだ。そういうわけで、始めのうちは注意深く耳を傾けてはいたものの、答えなどなかったので何も言わなかった。もしかしたら、この白人男のほうから彼女が知らなかったことを話してくれるかもしれなかった。しかしほどなくデッサには、白人男は答えを期待していないことが明らかになった。デッサは注意深い表情を浮かべ、ときどき目を男のほうにちらっと向けて、男が何か応答を要求しているか探った。だが最大の努力をしたにもかかわらず、注意力が散漫になった。あるとき顔を上げると、男の顔が何か抑えつけられた感情で激しく歪んでいるのを見た。デッサは鎖をガチャガチャ鳴らしながら退《しりぞ》いたが、男は彼女の顔を殴りつけた。デッサは一撃をまともに受けたわけではなかった。あのぎくっとさせるような一瞥に、とっさに警戒したからだ。鼻血が少し出た。彼女は顔に虚ろな表情を浮かべたままだった（生意気に見えるより愚かに見えたほうが、よほどいいから）。だが、心は彷徨《さまよ》い続けていた。

この白人男が自分を見たのと同じ目つきでご主人はケインを見たのだろうか？　なぜなのだろう？　白人には、なぜ、など必要ない。白人そのものが、なぜ、と問いたくなる存在だからな。あの人の声が静かで嘲りに満ちて、デッサの内側の暗闇を貫く光のように脈打った。「ケイン――」。静けさのなかに声が聞こえたことに気づいて初めて、デッサは大きな声でケインの名前を呼んだことを、そして次の瞬間、それがまさに自分の声であったことを知った。それはなんとしわがれた怒りに満ちた声に聞こえたことか。デッサは何週間も、白人男の質問のいくつかに、ぼそぼそ小声で答えたが、そのときに限らず、囁き声より大きな声を出して話したことはなかった。デッサは自分自身の声に身を浸し、じっと耳を澄まして考え続け、主人の権力がいかに絶対的でかつ邪悪なものであったか理解したのだ。

テレル・ヴォーガムはメアリー・レノア・リーヴズと結婚したおかげで、三軒の農場、つまり大規模な主農場と、郊外に二軒の小規模農場を、そしてチャールストンの家を所有していた。デッサには、主人がいったいどれほどの数の人間を所有していたのか見当もつかなかった。子どもがいつも生まれていた。年配の従兄《いとこ》が死んだときに若奥様がマーサを相続したように、親族か家族の友人が亡くなるたび、二度も三度も、リーヴズ一族に奴隷を遺していった。主人のヴォーガムは結婚したとき、奴隷を一人も連れてこなかった（一人の従僕も連れてこなかったとチルダーは呆《あき》れた様子で、その話を伝えていた）。大奥様は、酪農婦の母さんと、個人付きメイドのレフォニアを連れてきたけれど。子どもたちはみな、母親から引き離され、主農場でママ・ハッティーと、ママ・ハッティーより年上か若い、あと二人の女たち――それはそのとき、誰がお産か、病気かなどによる――によって育てられた。子どもたちは成長して働ける歳になると、通常は六歳か七歳だが、農場や町屋敷に配属され、デッサが酪農場で母親と一緒に働かされたように、人を呼びに行くとか物を運ぶ仕事をやらされた。しばしば子どもたちは地域の農場や商売に貸し出されたり、主農場で職人の修業をさせられた――母さんは、デッサが酪農場で修業させられるのではないかと恐れていた。デッサの姉のキャリー・メイはすでに酪農場で働いていた。酪農場が三人の女を必要とする唯一の理由は、一人はそのうち売られていく手《て》筈《はず》だったからだ。だがデッサは、ほかの多くの奴隷たちと同じで、農場の一つでずっと働くことになった。

もし奴隷たちが苦難を生き延びたなら、その後は長生きした。しかし生き延びられなかった奴隷たちは大勢いた。毎年やってくる熱病や、奴隷小屋に苦々しいほど定期的に忍び寄る、あれやこれやの病気によって、また懲罰を受けたり、その後遺症などで死んでしまったり、永久に衰弱してしまった奴隷たちが絶えなかったので、畑に種を撒《ま》いたり、収穫したり、作物を作ったり、掃除したり、餌をやる人手はいつも大きく不足していた。死んだり病んだりしなくても、奴隷はいつも売られていき、いなくなった。奴隷たちはどんどん売られていった。夢のなかでも、売られる脅威はデッサに取り憑いて離れなかった。

ヴォーガムご主人は奴隷たちの労働条件を改善していった。奴隷たちは、夜明け前に畑に出ることはなかったし、日が暮れてから長く畑にいることは滅多になかった。正午には一時間半の休憩が、授乳中の母親には二時間の休憩がもらえた。小屋の屋根は修理され、ゾウムシのついた食事は交換してくれた。しかしデッサは奴隷どうしで互いに話しあった記憶はないと思ったものの、奴隷の子どもたちがなんらかの技能や仕事を身につけると直ちに売られる運命にあると、みんなは知っていた。母さんが乳をしぼる牛や、餌をやる鶏と同じように、子どもたちは市場に売りに出すために育てられた。デッサはこのことをケインから教えてもらっていたけれど、自分の身に起こるとは思っていなかった。デッサはのちに話をしたままに過去を理解していたのであり、生きてきたままの過去ではなく、今ぞのように理解するようになった過去として自分の人生を子どもたちに語った。白人は存在するがゆえに存在していた。ご主人がバンジョーを壊したのは、それが彼のやり方だったからで、つまり主人はやりたいことはなんでもできたのだ。そして、黒《ニガー》んぼだってなんでもできた。これはケインの行為がデッサに教えてくれたこと。ケインは行為で示した。そういう人だった。デッサもまた行為で示した。ご主人を殺すなんて上出来だった。だってデッサは死より酷《むご》い懲罰を受けたのではなかったか？　デッサはケインを失って、それまでほとんど知らなかった自分になり、家族にとっても友だちにとっても失われた存在になった。そんなふうにデッサは自分の物語をのちにみんなに語った。デッサは何事とも和解しなかったが、地下室のデッサのまわりに集まってきた夢や亡霊が、今や太陽に照らされた空中を歩いていたし、夜になると彼女に心の平和をもたらしてくれた。

エマリーナが畑から走ってきたデッサを小屋の近くで迎えた日、記憶が止まった。今デッサは、すっかり過去のことだとわかっているその瞬間に何度も何度も戻っていった。もう変える術《すべ》などないことを知っていても、さまざまな角度からその瞬間に到達し、そこを越えて先に進みゆくことを拒絶してしまうのだった。そこには悪夢があった。デッサの手のなかで冷たくじっとりとしたケインの死体が、デッサに面と向かって大笑いしたご主人が、デッサの内腿に傷跡を残したあの恐ろしい場面が蘇る。傷跡はデッサの下腹部と腰のまわりに、くねくねとした網状のケロイドとなってエナメル革のような滑らかさで光っていた。あるとき、白人男の質問が、デッサをその心の砂漠へ追い込んだ。若奥様が、服は引き裂かれ、髪は逆立ち、顔も真っ赤、口も真っ赤にして、あの修羅場のような情景から立ち現われた。デッサの親指がその赤い首の根元を締めつけた場所は白くなっていたが、突然青白い顔にできた四筋の赤いみみずばれがデッサを恐怖と歓喜で満たした。それがあまりにも強烈だったので、全身で、実際に肌で感じてしまった。自分自身の反応にぎょっとして、恥ずかしいほどの気持ちになった——だが自分の犯した行為を恥じたわけではない。いや。決してそうではなかったが、確かに、ほかの誰かの苦痛を見てそれほど深い歓喜に浸るのは間違っていた。デッサは血を見たし、自分の指の爪の下のピンク色の肌も確かに見たのであり、今ここでもう一度、若奥様の首のたるんだ皮膚を感じとることができた。そして口をしっかり閉じ、胸元で腕をしっかり組んだ。デッサは白人女を殺すべきだった。そうしたらデッサも殺されて、そこですべては終わっていただろう。今のような事態は何も始まらなかったはずだ。

デッサは「この事態」がどこで始まったのかわからなかった。白人男らがネイトと呼んでいた黒人《ニグロ》御者がデッサに注意を向けていたことに、また、しばしば彼女の前の鎖を歩いていた若い混血少年が親切にしてくれていたことに、いつ気づいたのか、思い当たる瞬間はなかった。デッサはしだいに理解していった。混血少年が前を歩いてくれるときは決して転ばなかったこと、彼女の皿には毎回、何か余分に食べ物があったこと——みんなには粗《あら》びきカラスムギのオートミールだけなのに、皿にはフライの一片がのっかっていたし、デッサのパンには少し糖蜜がかかっていたことなどを。デッサは、御者か混血少年のどちらかが、あるいは二人ともが暗闇で自分に触ってくるのではないかと勘繰《かんぐ》っていた。夜には、男と女は一緒の鎖に繋がれていた。そして白人の護衛らが女奴隷の一人を連れ出すのが普通だったから、そのあいだ意を決したカップルには、鎖は実際に障害にはならなかった。みんながそういう行為を奨励されていた。妊娠は女が子を産める能力の証拠だった。それに夜には、混血少年はしばしばデッサと繋がれていた。だが二人ともデッサに触れることはなかった。

混血少年のカリーは、デッサとたまたま一緒に繋がれた夜には、星の話をした。デッサは、「瓢箪《ひょうたん》座」と呼ぶ星座と、その柄のなかにある北極星を知っていた。カリーは、「ジャック・ザ・ラビット」と呼ぶ星の群れをデッサに指さして、ウサギが兄弟の熊に粗末なペテンを仕かけたために空に連れていかれたんだと言った。しばしばカリーはデッサの腹部に触り、赤ん坊が動いていることに驚嘆した。それらの夜について、デッサが記憶しているのは、そんなことだけだった。というのは、最初のうちは、デッサはカリーにはまったく注意を向けていなかったから。カリーは白人のようなしゃべり方をした。縮れた黄色い髪を除けば、カリーは白人に見えた。しばらくすると、カリーはデッサのたった一人の生きている兄、売られていったジーターのことを思い出させた。大柄で禿げ頭の御者ネイサンは、デッサが買われたとき、奴隷商人と一緒にいた。自分があれほど貶《おとし》められていた現場をネイサンが見ていたと知って、ともかく恥ずかしかった。だから誰も互いに心を開いて会話ができなかったことをありがたく思った。奴隷隊《コッフル》は毎日二十マイル歩いた。野営の火のそばですら、奴隷たちのあいだでは会話をしないように言われていた。だがデッサは自分が心遣いに包まれていることを知っていた。身体の苦痛と疲労感が心を麻痺させたが、デッサはそのまま甘んじて受け容れていた。ほかの奴隷たちが、自由が利くかぎり、キャンプの焚火のまわりで奴隷制下での苦難について話しているときでさえ、デッサは何も言わなかった。彼らの物語は、デッサの心になんの反響も引き起こさなかった。奴隷の身のそのような過去は、デッサの両腿の傷跡のなかに封印されたままだったから。

　なぜ、この白人男がデッサを木の下へ連れ出して、ケインの話をするのか、デッサには理解できなかった。そしてデッサは問いただすような表情をしつつ、その裏で男の不注意な言及に怒りを禁じえなかった。この話のなかには、真っ黒な黒んぼ《ダーキイ》なんていなかったとデッサは憤然として考えるのだった。ケインはサトウキビのシロップで作ったキャンディの色をしていた。みんなして引っ張って伸ばして、冬にはピカピカ光る金褐色になった。いやこういうことだった。チルダーはわたしたちの顔をかわるがわる見ながら、ケインの選択には賛成できないと文句を言ったが、デッサはチルダーの反対を知っていた（だけど神さま、あの人はあたしを選んだ！　あたしは、お尻も大きくなかったし、肌は茶色だったけれど。ケインはあたしに恋をしたんだ――ホウキを跳び越える婚礼の儀式〔特にアフリカ系アメリカ人のあいだで行なわれる結婚の儀式〕もせず、結婚しようと言った。だからチルダーは受け容れるしかなかった）。白人男と話すのはゲームだった。時間潰しになったし、デッサは男をいくらか挑発もした。彼女は言葉で遊んで、ちょっと上手《うわて》に出たりもした。まるで相手が、気になる女の子に話しかけようと意を決した黒人男でもあるかのように。

もしかしたら白人男に対して不注意だったかもしれない。今になって心配になった。彼女は早朝、窓が夜明けの光でゆっくりと白んでくるのを見つめていた。お腹の赤ん坊が脇腹を勢いよく蹴った。デッサが腹部に手を当てると、赤ん坊の動きで腹が波打つのを感じ、赤ん坊にメロディーを小声で呟いた。デッサは話を逸らして、白人男が仲間について同じ質問に舞い戻るのを阻止できるならなんでも問いかけようとした。もしかしたら彼女はちょうどうまい具合に立ち回ったのかもしれない。男はデッサに一度も返答を強要することはなかったし、彼女は裏をかきたい気持ちを後悔する気にはなれなかった。誰かが、ネイサンが、誰でもいい、無事に逃げきったことを知りたい……。デッサは、ネイサンとカリーに、なんとしても彼女を捨てておいて逃げるように言い、ときどき響いたピストルの音のほうへ大声をあげて這《は》うように向かっていった。ピストルの音の方角には、奴隷捜索隊がいるだろうとわかっていたからだ。彼女の逃亡は本当に絶望的で命がけの行為だった。誰かが逃げてくれないといけない。こんな反乱を起こした以上は、せめて誰かが自由にならなくてはならなかった。彼女は裸足《はだし》で妊娠中の身だった――。デッサは早いうちにネイサンとカリーを引きとめて、自由になりたいと願う人は誰でも、そのチャンスを与えられなくてはならないと説得した。ネイサンはしぶしぶ同意した。奴隷隊《コッフル》のみんなが逃亡した大混乱時にあって、この三人だけを追跡するのは難しいだろう。ネイサンは始めのうちは、ある月のない夜にデッサとカリーが一緒に鎖に繋がれているときを狙って、この二人だけは自由にしてやりたいと計画を立てていた。ネイサンは護衛たちと同じように、夜に五、六人が繋がれていた短いほうの鎖の鍵を持っていた。ウィルソンだけが手錠の鍵を持っていたが、カリーはウィルソンから鍵を盗むことに反対だった。寝ている犬を起こさないことがもっとも大事だし、三人なら野営するみんなが就寝中に逃げられたはずだ。逃げて自由になってから、手錠をどうするか考えればいいのだ。だが奴隷隊一行の半数以上が逃亡することを望んだので、どうしても奴隷商人の鍵を入手する必要があった。

逃亡を希望する人数が増えた。デイヴィッド、マチルダ、イライジャ、レオ、そのほか二、三人は信頼できるとネイサンは直感した。彼らは、白人たちを失神させ、縄で縛り、銃を奪い、その場に置き去りにしようと、そこまでは相談して決めていた。ところが、その空き地で実際に起こったことは、彼らの誰もが想像していたことより遥かにぞっとするもので、同時に遥かに気分を浮きたたせるものだった。何一つ計画どおりに運ばなかった。彼らは暗い夜がいいと思っていた。だがそれは月明かりが煌々《こうこう》と照らす晩だった。カリーとデッサは同じグループの鎖に繋がれてはいなかった。白人たちは空き地から離れた農園にかなり大勢の奴隷を届けたあとだったので、くつろいだ雰囲気を味わっていた。彼らは野営の焚火のそばで長いあいだ座り、酒をしこたま飲んでいたが、そのうちの二人は焚火の近くで寝てしまった。ほかの連中はなんとか寝袋まで辿り着いた。野営のみんなが寝静まって間もなく、白人男の一人がモントゴメリーで買った混血の娘リンダを探し出し、木立のなかへ引っ張っていった。

ほかの白人男らは、護衛がガサガサと音をたてて茂みのなかにリンダを連れていったときも目を覚ましすらしなかった。だが奴隷隊の誰もが目を覚ましていた。モントゴメリー以来、毎晩、白人男の一人がリンダを茂みに連れ込んだので、リンダの嘆願する声と哀れな泣き声に、みんないたたまれない気持ちにさせられていた。茂みから聞こえてくる騒ぎが突然止まった。それからガチャガチャと鎖の音が聞こえた。さらに、鈍いドスンという音がしたが、それは夜の静寂のなかでギクッとするほど大きな音だった。そしてガチャガチャという鎖の音がまた聞こえた。色情と酩酊《めいてい》のあまり、護衛はリンダの鎖を外したあと、鎖にしっかりと鍵をかけていなかったのだ。リンダの鎖のグループの誰かが身体を動かすと、彼らを繋いでいた鎖が全部ほどけた。これを合図だと理解して、イライジャは急いでネイサンのほうへ行こうと耳打ちした。ネイサンはすでにデッサのグループのほうへ忍び足で向かっていた。リンダは空き地に姿を現わした。衣服は引き裂かれて大きな裂け目が見え、手錠をはめられた手に血塗られた大きな石をしっかりと握っていた。地獄の大騒ぎが幕を開けた。

事件後、白人男たちはデッサに奴隷商人を襲撃したことについて尋問した。だがその尋問にどのような回答をしたにせよ（彼女は五、六の異なる回答をしたはずだ）、彼女は、奴隷商人とほかの白人男との区別がきちんとできたかどうか覚えていなかった。とにかくできるだけ多くの白人男を殺害しようとした。その晩の記憶で、デッサの心にくっついて離れないことが一つある。それは、ネイサンが月明かりのなかで、友だちの顔を粉々に砕いたことだった。

反乱仲間どうしで、どっちの方角に行こうか議論した。瓢箪座に導かれて自由の地、北部へ行きたいという者たちがいた。そのためには大きな川を渡らなくてはならないね、とデイヴィッドは言った。だけど川を渡ってしまえば、みんな自由になれる。おおかたは、ネイサンと一緒に逃げたいと言ったが、彼は南に下って沿岸へとデッサとカリーを連れていく計画だった。沿岸に行けば、奴隷制度が廃止され、黒人《ブラック》たちはみな自由だとネイサンが噂に聞いていた島へと連れていってくれる船が見つかるだろう。今回もまたネイサンは賛成したが、デッサが今になって思うには、そのときは、それほどしぶしぶではなかった。というのは、ネイサンの考えがみんなの計画と一致したからだった。マチルダはみんなのために、彼らが大柄で混血のトービィーと痩せた茶色の肌の中年に近いグレイヴズの監督のもと、さらに南にある農園のご主人のところへ行くところだという通行証を書いた。このように決まるころまでには月は沈んでいた。

仲間は馬車と武器と馬を奪取した。だが田野を速足で横断する旅は避けられないとネイサンが言い、そのためには馬車はあまりにも厄介だとわかった。そこで彼らは略奪した馬車を廃棄した。馬に高々と食糧を積み上げ、最初の日を除けば、夜に乗じて旅をし、昼は眠った。ある朝、捜索隊が一行に追いついた。彼らの思惑では、あと一日は追っ手の白人連中を巧みにかわしたと思い、ちょうど休もうとしていた矢先だった。ネイサンとカリーは、デッサから決して離れないようにしており、デッサの手を取り走った。

あとになって、捕まった人たちが留め置かれていた空き地に突然入っていったとき、デッサは猛烈に暴れた。彼女の激しい抵抗が、捜索隊を挑発して自分を殺すよう願ったからだ。しかし彼らはデッサを殺したりしなかった。頭を一発殴られて、彼女の苦闘はあっという間に終わった。彼女は道中でも、留め置かれた倉庫においても、仲間の数を数えていて、再度捕まった仲間たちの顔をじろじろ見たり、殺された人たちの名前や風貌についてのひそひそ話から、誰かれの名前を辿った。ネイサン——白人が呼ぶ名前ではネイト——は死亡と報告された。レオの風貌にあたる人物は誰一人、デッサの耳に聞こえてこなかった。奴隷隊《コッフル》の五、六人の混血黒人のうちトービィーだけが生きて捕まった。それでデッサはカリーが死んでしまったものと諦めてひどく悲しんだ。

捜索隊とあまり激しく戦わなかった奴隷たちは、デッサとほかの者たちが拘留されていた倉庫から早いうちに連れ出されていた。残された者たちのうち、何人かが外に出されたまま戻らなかったり、あるいは鞭で打たれた傷跡や焼き印を押されて戻ってきたとき、自分たちの運命を思い知らされた。それでいて、倉庫の人数が減っていくにつれて、デッサのなかに針の孔《あな》ほどの小さな希望が生まれた。おそらく自分たちの策略は功を奏したのだ。そしてネイサンは生き残ったに違いない。その希望がなかったならば、死刑宣告はデッサを狂気に陥《おとしい》れただろう。赤ん坊が生まれるまで刑の執行は免れた……赤ん坊が……デッサはときどき考えた。もし何もかもやり直せるものならば、たとえ一分一秒でも現実に本当にケインと過ごせるなら、レフォニアおばさんのところに行こう。だけど、ケインとわたしの赤ちゃんを失ってしまう、今、すぐに、……。デッサは口を噤《つぐ》みたいと思った。それは、この国に無理やり連れてこられた最初の女たちがしたことだとママ・ハッティーは言った。家族から引き剝《は》がされるぐらいなら、自分の子どもの首を絞めたほうがいいのだと……。ジェミナにナイフを持ってきてもらおう……。臍《へそ》の緒《お》を手にとり、赤ん坊の首に巻きつけ……。そしてデッサは……

　雄鶏が鳴いた。ホラ貝の音。かすかで、始めのうちは、あまりにも柔らかい音だったので、デッサ自身の声の木霊《こだま》のように聞こえた。人々が仕事をしに集まってくる。ぶつぶつ言っている自分の声。カチンという鍬の音。用具のぶつかるゴツンゴツンという音。夜明けのざわめきの上空に、震える声が一瞬だけ舞い上がった。ときにこれが合図となって歌が始まる。呼びかけ《コール》を開始する一つの声。すると別の声が応答《レスポンス》する。また別の声が最初の歌のモチーフを改めて歌うと、ほかの者たちが歌詞を拾ってはリフレーンとして歌うのだ。デッサは、このような歌の断片しか聞いたことがなかった。歌にどのような意味が含まれていたにせよ、奴隷小屋の外には伝わらなかったが、多くの歌の節《ふし》に聞き覚えがあった。時おり、デッサは歌詞を口ずさんだり、即興の応答を呟いた。聞こえてくる声のいくつかが誰の声なのかわかるようになった。鼻にかかったソプラノはジェミナの声。喉を全開にした朗々たるその声は、一音節でバリトンからソプラノへとスキップするのだ。あの透き通ったテノールは、裏声《ファルセット》へと上昇し、夜明けを駆けぬけてヨーデルのように響きわたった。ケインが歌っていたのと同じ。テノールの歌い手が一瞬高い声で歌ってすぐに静かになったとき、ケインならもう一曲歌えたのに、とデッサは思った。ケインはバンジョーをもう一本作ればよかったのに。彼、一本めも自分で作ったもの。ああ、奴隷たちは命がある限り、身体で命を表現したんじゃなかったかしら？——。その疑問は灰汁《あく》のように彼女を苦しめた。デッサはその問いには心を閉ざすことにした。このままでは脳みそが食い尽くされそうで、放っておけば、頭がウジ虫でいっぱいになるだけだったから。

　思いたってデッサは鎖をガチャガチャと引きずって窓まで行き、爪先立ちで外を見た。地下室から傾斜して続く埃っぽい中庭のほかには何も見えなかった。デッサはともかく歌った。彼女の歌《コール》が始まると、軋《きし》るようなコントラルトの声は力強さを増していった。

教えて、姉妹よ。教えて、兄弟よ。
あとどのぐらい続くのだろう？

デッサはこれまで、自分自身で歌い始めのコールを大声で歌ったことがなかったので、誰かに彼女の声が聞こえるかしらと思い、もう一度繰り返し歌ってみた。

教えて、兄弟よ。教えて、姉妹よ。
あとどのぐらい続くのだろう
哀れな罪びとの苦しみは、この地での苦しみは？

瞬時の沈黙があった。そしてテノールが応えた。男性の暗い裏声にすっと滑り込むように。

教えて、姉妹よ。教えて、兄弟よ。
わたしの魂が自由になるのはいつだろう？

ほかの声が加わった。「あとどのぐらい続くのだろう？」のリフレーンを唱和する者もいれば、最初のコールを続ける者たちもいた。デッサの声がみんなの声に混じりあい、瞬間的な霊的交わりが生まれた。

教えて、ああ、どうか教えて、

いつ、わたしは自由になれるのだろう?

みんなはもう一度コーラスを始めたが、そのとき別の声が、デッサには誰かわからない、調子はずれのバリトンが加わり、歌い始めよりずっと速いテンポで歌った。

ああ、長くはないよ。
まあ、そんなに長くはないよ、姉妹よ、
哀れな罪びとは苦しまなくちゃならない、この世では苦しむのさ。

言葉がデッサの緊張した心を震わせた。これは本当に応答なのかしら? デッサはもう一度歌った。

教えて、兄弟たち。教えて、
あとどのぐらい続くのだろう?

再びあの声がリフレーンのコーラスよりひときわ高く、高らかに歌った。

魂は天国に行くんだよ、
魂はあの天国の列車に乗るんだよ
なぜって、神様があんたを家に帰っておいでと呼んでいなさるからね。

はっと驚いて、デッサは窓から身を引いた。

「オデッサ」

その声は歌声に交差するように聞こえたが、デッサは一瞬じっとしていた。心臓がばくばく脈打っていた。「誰なの？」と彼女は訊いた。白人のほかに彼女をオデッサと呼んだ者は誰一人いなかったし、窓のところに来てくれるのはジェミナだけだった。

「オデッサ」

もう一度、声が聞こえた。デッサは鎖を腕のなかに束《つか》ねて、音を出さずに窓のところに戻った。

「誰なの？」それが白人男の声だとわかったちょうどそのとき、デッサは窓のところに青白く霞《かす》んだ顔を見た。

「間もなく出発するんでね」

「もう戻ってこないわけ？」ジェミナはこのことをデッサに知らせてはいなかった。デッサは音をたてて鎖を床に落とし、窓のそばにさらに近づいた。

「ああ、二、三日で必ず戻ってくるよ。そしたらまた面談を再開しよう」。男は一瞬話を止めて、まるでデッサからの応答を待っているかのようだった。彼女が何も言わなかったので、男は続けた。

「みんなで脱走奴隷《マルーン》の隠れ家を探しに行くんだ」

「マルーンの隠れ家？」デッサは聞きなれない言葉に引っかかった。男はその言葉を特に強調して言ったようだったから。

「逃亡奴隷たちの野営地のことだ。この近隣のどこかにあるという噂なんでね」

デッサは窓の鉄柵をつかんで、柵越しに男をじっと見た。彼女は男が言ったことの半分も理解できず、「野営」と「逃亡」だけを聞き取った。男は窓のところで、顔が膝にくっついてしまうほど無様に身を屈めた。それがいかにも滑稽な姿勢だったので、デッサはにやっと笑ったが男に見られないように顔を背けた。「あんた、本物《リアル》の白人なの？」デッサはふと、そういう思いに襲われたので振り向いて訊いた。「本当に？　あんた、白人らしい話しぶりじゃないわ。ときどき、あたし、あんたが何を言ってるのかわかんないのよ。あんたって、旦那さんのような話し方じゃないもの。旦那さんは、お高くとまった本物の白人なの。でもあんたは貧乏白人《プア・ホワイト》のようでもない。ケインが言ってたけど、白人らしいしゃべり方をしない白人もいるんだって。あんたって、そういう白人なんだわね、ふーん？」

　デッサには男が舌打ちするのが聞こえて、それから男は、「僕はね、君のご主人や同じ類の人たちに、話し方を教える側なんだよ」と辛辣に答えた。

「あら、あんたって先生なんだ」とデッサは子どもっぽく叫んだ。男は怒ったが、デッサは急いで続けた。「奴隷隊《コッフル》に先生がいたわ」。デッサは男に面と向かってにやっと笑ったが、男が彼女の言葉の一つ一つに食いついてくるように感じた。「その先生は独りで聖書を読んでいて、内容を説教したのよ。でも、もちろん説教した相手は奴隷《ニガー》たちだけだった。それで問題なかったんだけど、そのうち、先生はほかの奴隷たちに、神の言葉を教えたいと思ったわけ。彼はそれを神さまの御言葉と呼んでいた。そして彼の旦那さんが、先生がしていることを知るや、先生は南部に売られたというわけ。まるで奴隷たちに悪い言葉を教えたみたいにね。言うことを聞かない奴隷も、畑仕事をする上等の奴隷も同じように南部に売られたけどね」

「その先生が、ヤスリを入手した奴なのかね？」男はすかさず訊いてきた。

　デッサはうんざりした様子で笑った。今は男がさっさと出かけてくれればと望むばかりだった。

「先生が知るたった一つの自由は、本物の自由と呼ぶものよ。それは神さまがお与えになるか、あるいは旦那さんが与えてくれるとも言ってた。それで捜索隊が最初に殺したのは、その男だった」。デッサはなお穏やかに笑いながら、地下室の暗闇のなかに戻った。

「オデッサ！」と男は再び名前を呼んだ。

「なんです？」とデッサは彼のほうに歩み寄りながら尋ねた。「何か御用で？」と、灰色の光の溜まりから外れて足を止め、もう一度訊いた。

中庭のほうから、歌い始めの大きな声が聞こえてきて、男の顔が窓から消えた。デッサには、男の手がズボンの両脚の土を払い落としているところがはっきりと見えた。「戻ったら、俺が何を聞きたいか、しっかり教えてやるからな」と男はデッサに言い放った。

男が去っていく足音は、二人の会話中にみんなが歌い始めていた新しい歌のなかにかき消された。デッサが突然の歓喜に酔いしれて歌に加わると、彼女の声は中庭を横切って流れていった。


嬉しい知らせだよ。神さま、神さま、嬉しい知らせだよ。

わたしの姉妹が天国に迎えられる。わたし、とても嬉しい。

今日、天国からの知らせを聞いたよ。


嬉しい知らせだよ。神さま、神さま、神様、嬉しい知らせだよ。

悪魔がなんと言おうとかまわない。

なぜって、わたしに聞こえたから。確かに聞こえた。とてもよく聞こえたよ。

今日、天国からの知らせを聞いたよ。

リンデンの南側と西側にて
追跡中
一八四七年六月三十日

我々は今朝早く出発し、反逆者たちを最後に見かけた農場からの足跡を辿っていった。一日じゅう南の方角を探すことになったが、一夜を明かそうと野営する直前で、足跡は西に向かってい た。猟犬隊は、明日は反逆者たちの新しい痕跡が見つかるだろうと期待した。なぜなら足跡から見て、逃亡者たちは食糧を充分に持ちあわせているようだったが、我々のほうは、まったく準備が足りていなかったからだ（僕の空っぽの胃袋がそれを充分に証明している。乾燥牛肉と半生の生温《なまぬる》い豆は僕の食欲を満たす食べ物とはとても言えない）。そして聞かされたところでは、もし天気がこれまでどおりの湿度を保ち、雨さえ降らなければ、逃亡者の臭跡はしばらく消えずに残っているから、猟犬はそれを手がかりに、どこなりと追っていくことができるはずだ。

僕は今朝出発する前にオデッサにしっかり会ってきた。歌声を聞いたものの、始めのうちは、これがヒューーズ農場の奴隷たちの通常の朝のセレナードなのだと理解して、特に気にしていなかった。しかしながら、この歌の哀調に満ちた調べが僕の注意を引いた（なんとも奇妙な状況だった。というのは、ヒューーズ氏はいつもなら黒んぼたちの陽気でない歌には必ず眉をひそめるのに、いや問題ないと言い張ったからだ）。僕は耳を傾けて、ついになんとか歌詞を聞き取った――哀れな罪びとの苦しみを歌うものだった。歌詞の意味を理解し――そしてオデッサの声だと認知するやいなや――オデッサが最初のペースを保ったまま歌ううち、より低く耳障《みみざわ》りな別の声がメロディーを引き継いで、いくらか速いテンポで歌い出した。歌声は緊密に調和のとれた合唱の効果を醸《かも》し出しており、今のようにほかの声がいっせいに加わるときは特に、とても興味をそそられ耳に心地よかった。

これは僕が聞いたなかでも、もっとも生き生きしたオデッサの歌声だった。そして僕は地下室の窓へと回っていった。しかしながら、今や習慣的に行なっている類の面談をする時間がないことがはっきりしてきて――きわめて厄介な事態だった。オデッサは少し怒りっぽかったが、それはきっと、彼女が本来の元気を取り戻している兆候に違いない。注意を怠《おこた》らない主人ならば、すぐにきちんとあるべき状態に戻すだろう。彼女がこんなに若いときに、愚かな男に心を奪われたのは可哀そうなことだ。今だって分別のある教えを受ければ――。あのヴォーガムは愚か者だ。もちろん、結婚すればそんな恋の情熱など忘れるものだ――ミムズがミス・ジャネットと結婚したときにそうしたように。この俺様が主人として、オデッサの暴走をしっかりつかんでいたなら、彼女の乱暴な性分は抑制されていただろう。彼女があのような連中の手に落ちたのは、とんでもない無駄だった。＊＊

リンデンの南と西のどこかにて
一八四七年七月三日

この件では、我々は雲をつかむような追跡と残念な時間を過ごしてしまった。反乱奴隷の野営地があるという僕の最初の想定は、少なくともこの近隣では、かなり疑わしいと思う。我々は広範囲を捜索したが、決定的な証拠は何もなかった。五、六回、そのような一隊の仲間と思しきものを目にしたが、猟犬は奴らをとことん追い詰めることはできなかった。それに、我々が黒い死体を一瞬ちらっと見たと希望的に観測した以上には、何も目撃することができなかった。捜索隊のなかでも騙《だま》されやすい連中の何人かが主張したように、逃亡奴隷たちが本当に木の上に逃げたのか、空中に消え失せたのか、僕には知る由もない。反乱奴隷がそこにいるとしても、奴らはインディアンと同じほど、いや、煙と同じほど捕まえにくいのだ。注意万端怠らず奴らに忍び寄り、気づかれないうちに捕まえることは、この捜索隊のような大がかりな一団の能力を超えていると、僕は感じている。さらに事情を複雑にしたのは嵐の到来だった。ここ数日ほど、いつ来てもおかしくなかった嵐がついに今朝襲来して、我々の捜索に終止符を打ち、みんな道中でびしょ濡れになった。一行は足を止めて馬を休ませた。というのは、ヒューズ氏の見込みでは、頑張れば日暮れまでにはリンデンに帰れるという話だったからだ。ベッドが待っていればありがたい――そしておそらくみんなで戻ったときには、僕はベッドを温めるものも何か手配しよう。ヒューズ氏は馬に乗れと号令を出し、そこで我々は帰路に就いた。＊＊

一八四七年七月四日
早朝

あまりにびっくりして疲れ果てたまま日付を書いた。我々は夜通し、オデッサの手がかりを求めて、その地域一帯を探し回ったが、何も見つけられなかった。それに今となっては、我々が見逃していたに違いないものまで、雨が一切合切洗い流してしまった。まるで地下室に忍び入ってオデッサを盗み去った黒人《ニガー》たちは、人間の血や人間の身体を超越した呪術師たちで、魔術を使って彼女をかっさらい、そいつらの住処である呪われた巣窟へ連れ去ったみたいだった。ヒューズ氏は、悪魔が自分の持ち物を取り戻しに来ただけだと主張して、深夜近くに捜索を断念した。しかし僕が理性的に考えるところでは、黒人は超自然的な存在ではないし、幽霊でも「化けもの」でもなかった。黒人たちは生身の人間であるから、必ずや奴らが出入りした痕跡を何か残しているに違いない。どんなに小さな手がかりでも僕には充分だっただろう。なぜなら、僕はそれを窮地に追い詰めていく宿命を感じていたからだ。ところが雨に降られたために、その小さな勝ち目もオデッサが消えたように雲散霧消してしまった。

それに、我々は彼女がいなくなったことすら知らなかったのだ。実際、我々の帰宅に備えて残り火で暖めてあった夕食を座って食べており、ここ数日の無駄に終わった冒険の話をしたり、いい加減なことを当てずっぽうで言いあっていた。我々はまったく疑ってなどいなかったが、ジェミナと同じ部屋で寝泊まりしている黒んぼ女《ダーキイ》が、ジェミナはどこです？　と探しに来て初めてわかった。ヒューズ氏は妻に問いただしに行った——妻は我々が帰ったときには起き出してはこず、気分がすぐれない、食べ物は用意しておいたから、と大声で叫んだだけだった。ジェミナが夕方早めにオデッサに食事を届けて以来、ヒューズ氏の妻が彼女の姿を見ていないとわかるや、僕はたちまち胸騒ぎがした。それが先見の明だったと、今はわかる。ジェミナは品行方正な奴隷で、子ども時代から妻のお付きだったとヒューズ氏が保証しても、僕の恐怖を和らげるのになんの役にも立たなかった。彼の妻が少し気分が悪かったのは明らかだったが、あれほど価値のある囚人を別の黒んぼ女に任せる理由にはならなかった。その女は、悪賢さにかけては、オデッサとほんの少しの差こそあれ、同じほどだったことには疑いの余地はない。僕はこのように、ヒューズ氏に抗議したのだが、今思えば、度を越した抗議だった。というのは、ヒューズ氏は激昂《げきこう》して、もし僕が彼の妻を非難する言葉を控えなければ、僕の小柄な身体を殴ると応えたのだから。間違いなく、僕のこのような激しい言葉は、ヒューズ氏がオデッサの捜索を早々と断念する強い要因になった。だから僕はそれらの激しい抗議を後悔している。今の僕の心中には、もっと厳しい言葉が浮かぶ。だがそのときは我慢して、言い争いを続けるのを控えた。そのときでさえ、なぜだかわからないが、事は一刻を争うと僕にはわかっていた。しかしヒューズ氏も朝になれば、僕のような小柄な体軀の人間でも、囚人の監視を怠った罪状で彼を告発する手段を持ちあわせていることに気づくだろう。オデッサを別の黒人女に世話させることを思いつくだけでも許しがたい！

　ヒューズ氏の奴隷女《ダーキイ》ジェミナは、もちろん、つじつまの合わないことを言っていた——興奮した黒んぼ《ニガー》が、筋の通ったことを言うわけがないじゃないか——しかし我々は、ジェミナがエプロンを頭越しに放り投げるのと大声で泣き喚く合間に話した断片を、ついに繋ぎあわせた。女は「ああ旦那様、それは恐かったです。犯人は恐ろしくて獰猛《どうもう》でした」と言って、起こったに違いないことを証明するために泥だらけの寝間着を指さした。三人の黒んぼだった（女は最初、三人だと言った。だが引き続き語るにつれて数は増えていった。一人か二人だけだったかもしれない。僕は、ありそうな数として三人説をとる。これらの人物は、明らかにオデッサが奴隷隊《コッフル》での反乱において徒党を組んでいた黒んぼどもだった。我々が影を追跡して外を歩き回っていたときも、狡猾な悪魔たちは、オデッサをかっさらうために待機していた、と考えるだけで金切り声をあげたくなる。そして彼女――あの女は仲間が近くに潜んでいる素振りも何も見せないほど腹黒かったと考えるとなおさらだ。ジェミナとヒューズ氏の妻が二人とも誓って言ったことには、生来の鬱《うつ》っぽさ――それ自体は少しも珍しいことではない――を除けば、この僕だけが、オデッサを宥めすかして生き生きとした気分にさせられる唯一の人間だそうだ――過去数日間、オデッサの物腰にはいつもと変わった様子はまったくなかったという。今となって、オデッサの身に秘めた強欲を知った以上は、僕は二人の女の主張を信じなくてはならない）。ジェミナがオデッサに夕食を渡すために、地下室のドアを開けたちょうどそのとき、三人の男が奴隷女《ダーキイ》を打ち倒したのだ。この時点でヒューズ氏は、妻のベティーがその場に居合わせていなくてよかったという趣意のことを出しぬけに言った。するとジェミナが脱線して、いわゆる「女主人特有」の徴候について話し出し、僕が遮らなかったならば、いずれもっと悪くなりますよ、などと長々としゃべっていたことだろう。しかし僕はその黒んぼたちがオデッサを連れて遥か遠くにどんどん逃げていくと強く実感したので、ヒューズ氏に会話を遮られて我慢ができなかった。ジェミナが誓って言うには、名前などは呼ばなかったし、それが驚きの声だったのか狼狽の声だったのかわからないが、オデッサがあっと叫び声をあげたほかは、彼らは何も言わず、沈黙のうちに逃げたという。またジェミナはこうも誓って言う。わたしは黒んぼらをよく見てませんでしたから、いずれの黒んぼについても、姿の特徴を説明することができません。ただ犯人は大柄で黒くて恐ろしい黒んぼたちでしたと。まるでそれだけで、この世の同じくらい大柄で、黒くて恐ろしい何百、何千もの黒んぼのなかから犯人を選び出すのにいかにも役立つかのような言い方だった。

ヒューズ氏は軽々しい不適切な予想を口にした。我々はオデッサと生まれたてのガキを見つけるべきだ――あれほど出産間近の女が、素速い逃走の緊張に耐えられるもんじゃない、きっと赤ん坊を産んでるはずだ――女は一マイルかそこらの踏み分け道《トレイル》の端に横になって休んでるだろうよと。その予想はまったく見当違いだった。ヒューズ氏が所有する黒んぼと捜索犬の両方とも、逃亡者たちの発見には役立たなかった。そして猛烈な風に叩きつけられるような雨が降ってきた。針のような雨粒が我々の顔に激しく打ちつけ、オデッサの痕跡をすっかり洗い流してしまった。ヒューズ氏は追跡を断念し、僕が何かに取り憑かれたかのように振る舞ったと責めたてた。僕にはわかっている。これは、ヒューズ氏が自分自身の法的義務遂行に失敗したことへの弁解に過ぎないのだと。だが、あの女は俺からは逃げられんぞ。悪賢いあばずれ女め、俺様に微笑みやがった、騙しやがって――。俺からは逃げられんからな。＊＊

娘 <ruby>ウェンチ<rt></rt></ruby>

「……これまでずっと、わたしは畑を耕して種をまいた。
どんな男だってわたしにゃ勝てないよ……」
――ソジョナー・トルース
〔演説「わたしは女じゃないかい？」、一八五一年五月二十九日〕

第三章

「……俺のチームにデッサをもらうよ」

トウモロコシ小屋と大納屋とのあいだに灯る松明《たいまつ》のもと、集まった人たちからざわめきが起こった。デッサはチャーリーを見上げた。チャーリーが自分のチームに選んだ最初の三人、エリス、サラ、そしてニーリーもデッサと変わらぬほど驚いた表情で彼の脇に立っていた。彼女はまだ若くて、こんなに早くチームに選ばれるのは意外だった。確かに着実な働き手だったが（「着実なのは、ときには速いよりいい」、「いつだって、着実は派手よりずっといい」と母さんが言ってた）、デッサは、ハリエットとかピーティーとか、ほかのたくさんの仲間ほどトウモロコシの皮むきが上手だったわけじゃない。チャーリーはそういう人たちを先に選べたはず。彼はきっと、相手チームの大将アレックに恥をかかせようとして冗談を言ってるとデッサは思った。アレックは、と言うと――アレックは明らかに求愛の情を込めて選んでいた。アレックは四度めの順番が巡ってきたとき、経験者を飛ばしてゼノビアを選んだ。手早く入念な皮むき達者なら、あっという間に空き地の中央にトウモロコシの巨大な山を高々と積み上げるのに。その類《たぐい》の悪ふざけは、普通なら最良の働き手が選ばれたあとのお楽しみだった。

「チャーリー、おまえ、「でか尻」を取られちまったから、「若者」で勝負ってわけだな」と誰かが大声で叫んだ。

みんなが笑った。デッサは、にやにや笑いを両手で隠した。チャーリーはチームに有利な仲間を好きに選べたはずだった。デッサは若かったが、どんな家事をやらせても手際の悪いゼノビアの選択が無謀だったのと同じほど意外な選択だった。アレックがゼノビアの名前を呼んだとき、アレック・チームの仲間は呻《うめ》き声をあげた。アレック・チームの副班長ブラッドは、大慌《おおあわ》てしてアレックの腕を引っ張った。アレックは苛立《いらだ》ってブラッドを振り払った。「これは戦略なんだ」と彼は大声で言った。「戦略だ」。そしてゼノビアの手を取り、さっと会釈して彼のそばに引っ張った。その仕種《しぐさ》を見た途端、みんながわあっと騒ぎたてた。アレックは大胆さを、驚くほど下卑た形で誇示したのだが、チャーリーはデッサを選ぶことによって、それにならおうとしたのだ。チャーリーはきっとマーサの名前を言うつもりだったのだとデッサは思った。年上のマーサが脇でデッサの身体を押したから。

「さあ、こっちへおいで、デッサ」。チャーリーは手招きし、胸のところで両腕を組み、いかにも満足げに待っていたので、デッサは思わず嬉しくなった。それでも、いっぽうで躊躇もした。もしかしたら、チャーリーは次にマーサを選ぶだろう。そして――。デッサはあたりをちらっと見た。母さんはきっとこう考えていたんだ、チャーリーがデッサを選んだのは、みんなをぎょっとさせようとしたからではなく、娘が出しゃばりだったからだと。デッサは首を伸ばして、目をしっかり開けて黒い顔のなかを探したが、母さんが大勢のなかにいるかどうかわからなかった。

「さて、そういうことなら――」。誰一人、それがまじめな話だと受けとめていない様子だったので、アレックはうんざりして腿《もも》を叩いた。人選をめぐる悪気のない喧嘩はいつものことだった――だがそれもまた通常ならもっとあとになって起こった。アレックの公衆の面前での求愛は、みんなを早々と陽気な気分にさせた。

デッサは興味津々でゼノビアをじろじろ見た。彼女の器量は並み以上とは言えず、茶色の肌はかな

のだ。そうしてアレックは聞きたがる連中にならいでも言う。ゼノビアには、「日持ちするケツ」があると（その言葉を一語として使った。しかし、アレックは悪態をついたわけではなく、ほかの誰かが言った言葉をただ繰り返しただけだった）。ともかく、デッサはそれを母親やほかの大人の前では言わないでおく。大人なら、その言葉はただゼノビアの「デカ尻」のことだと思うだろう。この言葉だって、デッサはあまり頻繁には口にしないつもりだった）。ゼノビアはもうジェイクとは付きあっていなかったので、アレックは絶対彼女を自分のものにすると決めたのだ。

これはみんなの知る事実だった。子どもたちだってすっかりお見通しよ、デッサは年上の女をじっと見つめながら、微笑《ほほえ》みを浮かべてそう思った。ゼノビアが呑気《のんき》そうにアレックの袖に腕をすり寄せて立っている姿は、頭が空っぽの女に見えた。ゼノビアは歩くとき、これ見よがしに身体を揺すった。彼女のしっかりした臀部《でんぶ》が粗野な服地を揺さぶる様は、たいていの男たちのあいだでは凄《すご》くもてはやされ、少なくともちょっとは女たちからも羨ましがられていた（しかもそれは、ある種の女たちに限ったことじゃないと母さんもレフォニアおばさんも主張した）。デッサ自身は、マーサの姿形のほうが好ましいと思い、友だちのマーサをちらっと見た。どうやら彼女の豊かな胸と腰高で細い臀部は農園の二、三人の若者たちを夢中にさせていたようだ。それにゼノビアは――彼女の尻を割り引いたなら（そして、今夜以降は、近隣の誰一人として割り引いたりしないだろうが）――それほど刺激的ではなく、男が、仕事をサボって遊ぶなとご主人から叱られる危険を冒すほどの魅力はなかった。厳密に言うなら、トウモロコシの皮むきは、実のところ、仕事のうちに入らなかった。それは正真正銘の真実。ご主人は音楽を許し食べ物を出してくれた――夜のごちそうを考えるたび胃がむずむずすると、ジーターは言っていた――そして近隣の農園の主人たちを招待し、奴隷たちを皮むき会に連れてくるように伝えていた。みんなが皮むきをしているあいだ、白人方はもちろん、お屋敷でダンスをしたり宴会をしていた。食べ物あり、音楽あり、トウモロコシ大将になるのは誰か、どちらのチームがトウモロコシの山を最初に作るかの競争もあった。こんなわけで奴隷たちはみんな来たがった。そして、より信心深い人たちのなかには（というのは、ご主人は柿ビール〔柿を原料にした自家製アルコール飲料のことか〕を大樽で供したから）、また年老いた連中のなかには、この行事は控えるとか、白人方のように遅れて来てダンスだけ見る人たちもいたが、誰もが知っていたのは、ご主人のトウモロコシ全部の、最後の山にいたるまで皮むきが終わって初めて、食べ物の最初の一皿が出され、ヴァイオリン弾きが一節奏でることだった。

「そんなら」とアレックは、今はもうしどろもどろになって言った。「俺はマーサをもらう」

デッサは一瞬、失望感にどっと襲われた。結局、マーサと同じチームにはなれないのではないか。

「「デカ尻」と「美人」だな」。高まる笑い声のさなか、大勢のなかからこのヤジが飛んだ。

「マーサだって？」とチャーリーは猛烈に抗議した。彼は今度は決然と、大笑いする人々の群れを前に一芝居打った。「おい、サンティーがまだ選ばれてないのに、どうしてマーサを選ぶのさ？　それに、モンローだってまだなんだぜ。ハンクもまだだし」

「さていいかい、チャーリー。おまえ、この綺麗な可愛いお嬢ちゃんたちは二人とも、仕事にかけちゃ、あんまり役にたたないってわかってるよな」。ここでデッサはぎくっとした。なぜアレックは、面白半分にしたってそんなことを言うのだろう？――「トウモロコシの皮むきはもちろん、二人が肩を並べて一緒に働いたって仕事は大してはかどらないぜ」

「二人が別々に働いたって、はかどるわけじゃないよな」とサラは大笑いして言った。

デッサとマーサは憤然としてサラを見たが、デッサは年長のサラが声をあげてくれたので、ほっとした。どちらのチームに誰を選ぶか、この作業の全部がいったん停止した。デッサは、男たちの早口のからかいの対象になっていることへの誇らしい気持ちと、その場にいた奴隷たちみんなの面前で、自分の名前がぞんざいに扱われていることへの屈辱感とのはざまで引き裂かれていた。母さんは、癇《かん》癪玉《しゃくだま》を破裂させるだろう（「また目立ちたがってるのかい、ヘッ、いやだね。黒んぼ《ニガー》が目立っても、厄介なことになるだけだよ」）。

「さて、ここでちょっと黙っててくれないか、サラ――」とアレックは始めた。

「ああ、あんた、人選びを続けなよ」

「どっちがわたしを選ぼうと、わたしは気にしてないから」。マーサが初めて口を開いた。「わたしはね。トウモロコシの皮で手を引っかくだけのことで、あれこれ気難しいことは言わないから」

　デッサはマーサが囁《ささや》くように言った意見に微笑んだ。マーサはこんなことには慣れていた。マーサに近づきたくて、誰かがいつも彼女と言葉を交わそうとしていた。しかしマーサは誰も相手にしなかった。あるとき、「ところで、選ぶのが旦那さんだったとしたら……」とマーサは、無邪気に大きく見開いた眼で、はすかいにデッサを見て言ったことがあった。デッサはそれを聞いて、かすかな恐怖に掠《かす》められる気がした。選ぶのが……。デッサはその恐ろしい思いつきから不安げに気を逸らした。するとマーサは続けたのだった。「そういうこと、あるよね？　少なくともそれで、あんたのところから男が一人売られることはないけど」

「売られていく」――この言葉がデッサの心のなかで不気味に響いた。そしてそこにいる人たちの大笑いしている顔が煌々《こうこう》と照らされて、目の前で揺らめいた。デッサはガチャという物音を聞き、自分の苦しい呼吸も聞いた。そしてよろめいた。誰かが肘に手をかけてくれなかったならば、足首の鎖に引っ張られて引きずられていただろう。

「ああ、くそっ！」マーサは太い筋肉質の手を差し出した。爪は割れ、皮膚は灰色になっていた。彼女は人差し指を舐《な》め、小指と薬指のあいだの裂けたところを器用にこすった。「あの綿の幹のせいで、手が裂けちゃったよ」

デッサは笑った。マーサなら身も心も引き裂かれても頑張るだろう。製材所でルークの一団と一緒に働いていた、あのロバート少年がデッサの心に浮かんだ。神さま。彼は申し分ないし、もしかしたら、二人は今夜、同じチームに決まるだろう。あるいは少なくとも、互いに向かいあって座ることになるかもしれない。少年の顔が、尖《とが》った顎《あご》と、笑うと顔の皺《しわ》のなかに埋まってしまうほど小さなキラキラ光る眼が、二人のあいだで小さくなっていくところを想像していた。彼女はトウモロコシの山が月明かりのなかでトウモロコシの山越しに現われる。少年の眼はあちこちよく見えたので、彼女がいればいつでもどこへでも追いかけてくるのだ。デッサは、大勢の人の群れのなかに彼の姿を見ることはできなかったが、少年は夕暮れが終わる前に彼女を探し出すだろうと、心のなかで確信していた。「さあ、デッサ」。マーサは彼女の腕を引っ張った。「わたしたち、チャーリーのチームに決まったよ」

デッサは一瞬立ち止まった。彼女の眼は半狂乱で、誰かがいなくなった、あの場面を探していた。眼が一瞬母さんの広くて黒い顔、被り物をとった頭で止まった。薄い髪が三本のお下げに編まれ頭から突き出ていた……デッサの心臓が速く鼓動する……

母さんが頭に何も被らずに外に出ることはなかった——。デッサは振り向いた……ジーター？　彼女の腸《はらわた》が裂けて開いた。ジーター？　これは暗闇に開いた穴だったのか？　兄ちゃんが南部に売られた……

暗かった。広場は燃え上がる松明と月明かりに照らされて、昼とほとんど変わらないほど明るかった。だが、みんなの顔には翳《かげ》りがあった。みんなは右往左往していた——男も女も子どもたちも（そのとき、わたしはまだ子どもだった……）——ああ、誰かがいなくなった……

チャーリーとアレックはトウモロコシの山の上によじ登り、みんなが満足できるように、ついに山のてっぺんに首尾よく横棒をかけた。去年のこと、山がかなり一方に傾いていたのに、どちらのチームが勝ったか――勝ち負けを決めるとすれば――言い争いが行きつ戻りつしたので、ご主人が山を分けなくてはならなかった……

違う。あれは去年じゃない。そんなこと、デッサが本当に幼い子どもだったときから起こりはしなかった。それは大旦那様が生きていた頃の話だ。あるとき、ヴォーガムご主人は馬車の座席に座ったまま、トウモロコシの山に近寄ってこなかった。デッサには、ご主人の顔が仲間の頭越しに、白く光るのが見えた。ご主人の側頭に血の塊《かたまり》がついていて、片眼の上の切り傷から血が滲《にじ》み出ていた。デッサは後ずさりした。頭が突然がんがんして、ずきずき痛かった……旦那さんが？　旦那さんが血を流して――誰かがいない……

「皮むき、少し休め」。アレックは命令した。彼は、両手を腰に当てて、両足をしっかりトウモロコシのなかに沈め、山のてっぺんに立っていた。「皮むき、少し休め」

「ちょっとのあいだ、ちょっと、だよ」

デッサは着実な働き手だった。左手で穂をつまみ、右手で皮をはいで、右側にあった山に皮を投げ、目の前にある籠のなかに穂を入れた。

「皮むき、少し休め」

チャーリーとアレックはトウモロコシの山を横切って大股で歩いていった。チームの仲間に励ましの言葉を叫びながら、ときどきトウモロコシの穂の皮を派手にむいたり、積まれた皮の山を囲む仲間たちのあいだに腰を下ろして作業に加わり、言葉を交わしたりしていた。そして仲間のほとんどは、何か小話を語ってみせるとか、何かの話題の状況に講釈をしてみたり、古い主題から即興で新しい歌を作って歌った。

「ちょっとのあいだだよ」

デッサは母さんが列の端のところにいるのを見て手を振った。あのロバート少年がデッサと眼が合うとウィンクした。マーサが、お茶目な笑い声をあげて小突いたので、デッサは目を落とした。

（わたし、ほんの子どもだった……）

「オポッサムはゴムの木の幹、ラクーンは穴のなか」

誰かがいなくなった……

「古い畑にいるウサギは太っちょ、泥にまみれてごろごろ」

きっと、あんなに大きな影ができたのはみんなの顔を照らしていた松明のせいだろう……みんなはおしゃべりして笑っていた、でも誰かがいなくなった……

「黒んぼ《ニガー》の隠しごと、七つ数えられない……」

藁束《わらたば》でヴァイオリンの弦をはじくビュンという音が、ダンスのすり足の音より高く大きく聞こえた。

リトル・シンプソンは藁束で打ち鳴らすのが実に上手だった。リトル・シンプソンはまだほんの子どもだった……

「あたし、あんたに会って、大人になったわ」。あるときデッサはこう言った。ケインがデッサに、わからず屋で覚えが悪いと意見を言ったので、それに応えて言ったのだ。すると彼は笑った。「おまえはまだほんの子どもなんだよ――」。ああ、ケインの指はバンジョーの調べを彼女の肌に優しく奏でるようだった――そしてここで、みんなはしみじみと思った。リトル・シンプソンが藁束を打ち鳴らし、ガスタスがそれに合わせてヴァイオリンを弾く。その音色の半分ほどにも素晴らしいものはどこにもなかったということを。

「ウィーイーヨー、ウィーイーヨー……」

「男は右に寄って」。ブラッドはその呼び声で、いかにも気取って彼女のそばから離れていった。デッサはケインが彼女のためにだけ弾いてくれた二分音符に乗って二倍の速さで左側にさっと動いた。いっぽうで、ケインの踵《かかと》と爪先はシンコペーションのリズムで足を踏み鳴らし、ほかのみんなはそのリズムに合わせて踊っていた。

「ウィーイーヨー、ウィーイーヨー」。ケインは、音楽とダンスを踊る足音よりひときわ高い声で歌っていた。

デッサは腰を揺り動かし、手を叩きターンに滑り込んだ。一旋回する彼女をリードするとき、ブラッドの指が彼女の腰と指先に羽根のように軽く触れた。

ウィーイーヨー、ウィーイーヨー、とデッサの心が応えた。

デッサは心地よさそうに身をすり寄せた。

垂木のついた天井は白く塗ってあったが、最近になって壁も塗ったようだ。そして陽の光が当たるところは、天井も壁も鋭い光を発して彼女の目には痛いほどだった。目を閉じた。閉じた瞼《まぶた》の後ろにさえ、光が白い壁に打ち当たるのがまだ見えていて、彼女を恐怖で満たした。ここはどこだろう？そして白い顔が見える。白人？ の眼は弧を描く赤い眉と睫毛《まつげ》の下でガラスのような灰色だった。「ハーカー？・」女が叫んだ名は、遠く知らない場所から掬《すく》い出されたものだったが、彼女にはそれが安全な名前に思えた。女は何度もその名前を叫んだ。彼女は白い壁と白い顔を見ないように、しっかり目を閉じていた。「ハーカー。ハーカー！ ハーカーアーアー……」

手は細くて丈夫だった。その手が彼女を振さぶったとき、指が肩に食い込んでくるように感じた。ハーカーって？ と心のなかでずっと囁いていたが……ハーカーの手が……彼女にはわからなかった。ハーカーって？ 彼女は目を細めてこっそり見た。白人の女――。彼女は腕と脚をベッドカヴァーから引き剝《は》がそうとしながら、叫び声がどんどん大きく高くなるのを聞いた。白人女は、彼女を殺すだろう、殺すだろう、そして……赤ん坊も。赤ん坊。彼女の赤ん坊を――。片腕を振りほどき、白人女の顔に振り下ろそうとしたちょうどそのとき、誰かの手が後ろから彼女を引っつかんだ。彼女は身体をねじった。黒い。「ハーカーなの？」しかしその顔は応えなかった。彼女は片脚を上げて蹴ろうとした。すると顔の横が爆発したように感じた。彼女はベッドに倒れ込んだ。「ハーカー」。それはすすり泣くような声で、気を失う前に彼女が聞いた最後の音だった。

デッサは白人女をじっと見ていた。彼女は前にも、こんなふうに横になっていたことがあったと思った。身体を硬直させ、心臓が肋骨にドキンドキンと打ちつけるまま、半分閉じた瞼を通して、白人女をじっと見ていたのだ。その白人女はドアのところに立っていた。これもまた以前に起こっていた……もしかしたら。白人女は彼女のベッドのまわりを静かに動いていた――ベッド？（それもまた羽毛のように感じる！　デッサはかろうじて笑うのを抑えた。羽毛のベッドで頭がもうろうとしていた。）彼女はベッドにいた。白人女の白さが、どこかの部屋の陰から彼女をじろじろ見ていた。彼女はじっと動かずにいる。白人女は動いた。彼女の心臓はドキドキ打っていた。白人女は彼女の視線の向こうへと通り過ぎていき、見えなくなった。柔らかいサラサラという衣擦《きぬず》れの音が彼女の右側に動いていくのが聞こえた。誰かが動き、話し声がする。彼女にはひとことも理解できなかった。これは夢。彼女の心臓はゆっくり打つようになり、筋肉がほぐれた。彼女は心地よさそうに身をすり寄せた……

　デッサは白人女をじっと見ていた。女は今ドアを背に立っていた。デッサは瞼をさらに下におろして、睫毛の先を通して白人の女を見ていたが、とうとう見えなくなった。白人の女。そのイメージが彼女の心に溢《あふ》れた。髪の毛が頭のてっぺんで無造作にピンで留めてあり、ぼんやりと見える青白い顔にオレンジ色の巻き毛がかかっていた。デッサはゆっくりと目を開けた。白い顔がデッサのほうに漂うように近づいてきた。デッサは発作的に両手の拳《こぶし》を握りしめ、じっと動かずにいた。

「あなたたちは、よく眠ったふりをするってこと、知ってるわよ」。顔はにっこり笑った。

　デッサの心は空転していた。頭が混乱して考えることができなかった。ああ、なぜこの夢はこんなに難しいのだろう？　母さんだって、この夢を説明するのに苦労するだろう。白人の女性――。この女は敵なのだろうか？……敵かもしれない……かもしれない……

「「死の夢は結婚の兆し」」

　キャリー・メイがもう一本薄い線を引こうと髪を分けようとしたとき、櫛《くし》の歯が頭皮に食い込んできた。デッサは櫛から身を引いて、母さんに向けて眉をひそめた。デッサとキャリーは、母さんの小屋の入り口に続く階段に座っていた。キャリー・メイは一番上に座り、デッサはキャリーの両脚に挟まれて上から二番めの段に座っていた。キャリーの指が複雑なコーンロウを編み始め、髪の毛を一房ずつ強く引っ張った。母さんにまともなことを言わせるのは、ときにひどく難しいことだった。母さんがすっかり意気地をなくしたのは悲しみのせいだ、とレフォニアおばさんが言っていた――父さんのことだ。デッサは父さんのことを少しだけ覚えていた（覚えていたよね？　どこかにいた。デッサが幼かったときのこと。デッサの手に触れるとチクチクした頬。両膝を受けとめてくれた広い胸、お尻を支えて抱いてくれた逞《たくま》しい腕……？）。それとジーターのこと。デッサが大好きだった兄ちゃん。あの男の子と女の子のこと、母さんは滅多に口にしなかった。売られていった子どもたちのこと――ああ神さま、またあの辛い言葉です。母さんが話したいことがあると言った。デッサはキャリーの手の下で振り向いて母を見上げた。母さんは待っていた。母は入り口にある三本脚のスツールに腰かけていたが、重そうな臀部と太腿《ふともも》は座席からはみ出ていて、両腕を胸でしっかりと組んで、目を閉じていた。もしかしたら、デッサはレフォニアおばさんに会いにいかなくちゃならないかもしれない。だけどレフォニアおばさんはデッサを母さんのところに戻すだけだろう。母さんは夢を読む人。「母さん、この人、今あたしが夢で見ているのは白い肌の女性なの、埋葬の白い屍衣《しい》じゃないのよ」

母さんは、一番下の段のそばにあった三本脚のスツールに腰かけて、頭《こうべ》を垂れ、ジーターが母さんのために作ってあげた小さなコーンパイプを吸っていた。デッサは母さんの顔が見たくてたまらなかった。完熟間近のブラックベリーの色をしたふっくらした唇、あばたがいっぱいの広い頬と深い皺の刻まれた額、大きく広がる鼻孔。母さんの眼の白眼のところは黄色くなり、赤茶色の瞳には乳白色の膜がかかっていた。これがデッサが覚えていること。母さんはこちらを向いてはくれないだろう。

「『結婚の夢は死の兆し』」

「それは知ってるわ、母さん」とデッサは我慢《がまん》しながら言った。「この人、あたしが今夢で見ているのは白人の女なの。ウェディング・ドレスじゃないの」

「もしかしたら」とキャリー・メイは言った。櫛の歯がデッサの頭皮にまた食い込んだ。「もしかしたら、それ銀貨じゃないの。母さん、そうでしょ？（頭をこっちに向けてじっとしてて、デッサ）」。キャリーは櫛でデッサの肩を叩いた。「わかってるよね。「銀貨は、面倒なことの確かな兆候」ってこと」

いずれにしても、黒《ニ》ん《ガ》ぼ《ー》のくせに金のことを夢に見てどうする気なんだ？　デッサはいらいらして考えた。もちろん、そんな夢はきっと面倒なことを意味している。デッサは白人女をこんなに近くで見たことがなかった――上唇の上の細い赤みをおびた金色の産毛《うぶげ》、目の端から広がる皺、こめかみの青みがかった影、肌の色はトウモロコシパンの生地のように青白かった――これほど小さな一つ一つのことがデッサにはほぼリアルに見えるのだ。「母さん――！」ああ神さま、できることなら今、デッサは、頭皮をマッサージしているキャリーの強い指にすべてを任せて、生まれて六カ月の赤ん坊がおしゃべりするのよって自慢話が止まらないキャリーにすべてを委《ゆだ》ねたいのです。「母さん――」「「明るく晴れたクリスマスは、白人が死ぬことを意味している」。それが、わたしが知っているたった一つのことよ」。マーサはにっこり笑った（これは度が過ぎる、とデッサは半狂乱で考えた。マーサは、デッサが知りたくないことを言うだろう。母さんがおまえは知らなくてもいいんだと言いそうなことを）。「「暗いクリスマスは、黒んぼの誰かが売られていくことを意味している」」。マーサはもう声に出して笑っていた。「だけど、それを告げる夢など要らないと思う。ね、嬢ちゃん」――マーサは真面目に言った――「夢の意味を知ろうとあくせくしちゃだめよ。現実には、今ここで頑張って生きていかなくちゃならない人生があるんだから」。マーサの肌は秋のエジプトイチジクの葉っぱみたいで、金色に輝く茶色だったが、細い鼻柱ときゃしゃな鼻孔のあたりは、まさに紅葉の赤さを湛え、ぴんと張ってすべすべだった。「夢の意味をあれこれ考えるの、やめるのね」。そう言ってマーサは歩み去った。

「削り取るんだよ――ああ、普通のお茶一杯分ならいつもと同じ量を取るんだ――雌牛の角からその分だけ削るのさ。熱病にかかって本当に加減が悪ければ、そうするんだよ、今すぐ。ちょっとやそっとの熱じゃこれを使わないけど。だけどわたしは、角から削ったものを入れてお茶にして飲むんだ。熱いお湯を注げばできあがり、いいね。冷めるまで浸しておいて、もう一度沸かす。するとこのお茶はどんな熱病でも治してくれるから――それが確実に死ぬ病じゃない限り。熱が命に関わるとなると、さて……」

「母さん、あたしが見た夢のことを聞きにきたの」。デッサはひどくいらいらしていた。彼女は母さんの小屋の前に立っていた。奴隷小屋のほかのすべての小屋と同じように、母さんの小屋も地面から伸びた脚柱の上に建っていた。崩れそうな階段が三段あって、一つしかないドアに続いていた。母さんは戸口で三本脚のスツールに腰かけていた。デッサは階段を上り始めた。母さんは今日こそ、この夢について何かを教えてくれるだろう。

「「断食を解くまで、夢のことを話しちゃだめ」」

「断食って？　母さん、あたし十五歳、もうすぐ十六になるって、母さん言ってたよね。あたしとケインは奴隷小屋で過ごしてたの、あそこの」。二人は母さんの小屋のなかにいた。デッサとジーターとキャリー・メイが育った、あの暗く煤《すす》けた部屋にいた。粗雑な暖炉が角の一つにしつらえてあって、レンガと煙突だけの炉で、火から出た煙が壁に開けた穴を通して排出される作りだった。粗末なテーブルが一つ。その前に三本脚のスツールが四つあった。父さんは、最後となった仕事に雇われて行ってしまう直前に四つめのスツールを作り上げたのだった。これは、デッサが農場での畑仕事に出される歳になる前のことだった。デッサはしばしばそうしていたのだが、ママ・ハッティーのところから抜け出して川のそばの貯蔵小屋に逃げていった。母さんはチーズを一切れくれて、攪乳器《かくにゅうき》でバターを掻《か》き回していた。ヒュッヒュッ、ギーギー、キュッキュッ、その音に混じって、攪拌棒が攪乳器の底にゴツンと当たるたび、トッパタ、トッパタと音がした。攪乳器の音が部屋いっぱいに満ち、母さんの歌声が音より大きく響いていた。「この小さな光、わたしだけのもの……」。デッサは攪乳器を打つ音に合わせて身体を揺すり、母さんの歌声のリズムに合わせてチーズを噛《か》んだ。「この小さな光、わたしだけのもの……」。デッサは噛みながら身体を揺らしていたので、馬車が庭にガタガタ音をたてて入ってきて、車輪がギーギー軋《きし》む音にはほとんど気づかなかった。誰かが走ってきて大声で叫んでいた。母さんは大きな悲鳴をあげて跳び上がった。攪乳器にぶち当たり、柔らかいバターと黄色いクリームのなかに滑り落ちた。そして馬車を、馬車の側面にコツンコツンと当たる杉の棺《ひつぎ》を追いかけて悲鳴が走った。母さんは今スツールに腰かけていて、キャリー・メイは、すやすや眠るチコリ茶の色をした大きな赤ん坊を（……赤ん坊？）肩に背負って、もう一つのスツールに腰かけていた。デッサは三つめのスツールに腰を下ろした。スツールが一つ空いていた。

「あたしたち、キャリーたちみたいな仲になったの」。誰かがいなくなった……。「ケインは、ここに来たばかりの頃は、本当にバカなことばかりして――ヤケを起こしたり口答えしたりしたけど」。誰かが……。「母さん、あたしたちのこと、ボス・スミスに話してくれない？」

「「金銭《ドル》のことを夢見る行為は、鞭打たれる確かなしるしだ」」。母さんはいかにも賢い知恵者のように首を振って頷《うなず》き、まるでキャリーに話をしているかのように横を向いた。その瞬間、どこからくる光によってだかわからなかったけれど、デッサは母の顔をはっきりと見た。深い皺が鼻から口に刻まれており、片方の頬に何か光るものが見えた。「「火のなかに唾を吐いてはいけない。肺を引き抜かれるから」」

　またバンジョーの音。ケインは、最初の春雨の雫《しずく》が屋根を飛び跳ねるように、また岩場を流れていく小川の水が金属板を飛び跳ねるように、バンジョーをポロンポロンと弾くことができた。誰かが日暮れのあとで彼女の家を押し流そうとしていた。誰かがデッサを家族の家からさらっていった……。

「母さん。母さん。あたし夢を見たの——」
「『靴のなかに墓場の土を入れるんだ。そうしておけば、犬に追っかけられることはないから』」
デッサは心地よさそうに身をすり寄せた……

白い光、垂木のついた天井……。デッサはこれらのすべてを以前に見たことがあった。彼女は白人の女が長窓から入る光のなかに座っているのをじっと見ていた。女の髪は火の色をしていて、ひょろ長い束をなして肩に落ちていた。顔はとても白く、乳白色に照り輝いているようで、口は顔を横切る赤い血の裂け目のように見えた。デッサは目を閉じた。奴隷小屋の思い出のほうこそ夢だったのだ。母さん、マーサ、ケインの顔が目の前で踊っていた。いなくなったのはデッサだった。デッサは売られたのだ。これはベッドだし、くるまっているのはシーツだ。デッサはシーツを両手でつかんだ。

白人女はベッドの向こう側のロッキングチェアに腰かけていた。彼女の脇に大きな揺りかごがあって、その隣に、もう一つ家具があったが、デッサにはそれがなんなのかわからなかった。大型の食器棚がロッキングチェアの反対側の角にあって、その角のそばにドアがあった。デッサはドアをじっと見ただけで身動きはできなかった。

仲間は夜に彼女を連れに来た。ネイサン、カリー、そしてデッサが会ったことのないハーカーの三人だった。ジェミナは、怯《おび》えた囁き声で神さまを称え、地下室のドアを開け、デッサの鎖を外してくれた。自由になれるの？　デッサは急な階段をよじ登っていった。彼女はハーカーが囁く指図に注意を集中させ、次の段より先のことは考えまいとした。彼女は自由の身になった。そして歩き続け、片方の腕に置かれたハーカーの手だけを意識して、彼の警告のほかは何一つ気にせず、両足を交互に前に出していった。無言のまま、デッサはハーカーとカリーとネイサンを、なかでもジェミナを遣わして下さったことを神に、レグバに、彼女が知るあらゆる神に感謝を捧げた。わたしは現世で、もう奴隷ではないみたいだ。

彼らは長い時間、歩き続け、ハーカーがデッサの前を歩き、低い枝や蔦《つた》を押さえてくれた。道の障害物を彼女が避けて通れるように、彼の声がその在処《ありか》を囁いてくれた。デッサの足がするするとすり足で進むのを思い出すのにしばらく時間がかかった。この歩き方は遅いように見えて、地面を一気に進めるのだ。デッサは奴隷隊《コッフル》でその歩き方を覚えた。カリーもほかのみんなも、奴隷隊として一日以上歩かされた者なら、自ずとその歩き方を覚えた。デッサは足枷《あしかせ》に裸の足首をこすられ足を引きずって歩いた最初の数時間で、あっという間に覚えた。もし転んだなら、御者の一人が鞭を持ってやって来ることは言われなくても理解していた。足が覚えていた。ふくらはぎと太腿の筋肉がいくらか抵抗したが、彼女は集中力を全開にして、その抵抗感が足の記憶をかき消してしまわないように頑張った。ひとこともしゃべらなかった。考えることもしなかった。デッサは自由になった。もしかしたら自分がそうありたいと願っていたほどの自由ではなかったかもしれないが、考えるまでもなく、これからはきっと、今よりもっと自由になれるだろう。大股で歩き、ときどき躓《つまず》きながら、今まで見たこともなかった場所へ、そして何一つ聞いたこともなかった場所に向かっていたのだ。

デッサは、片腕を身体にまわして支えてくれ、肩を不器用そうに軽く叩いてくれた、この痩せた混血少年に寄りかかり、弱々しげに笑っていたのを覚えていた。「……農場の産婆が、お産がよほど切迫していないならば大丈夫と言ったんだ……」(農場って？　この男《ひと》は——あの白人の女は——)。足を鐙《あぶみ》に置くと、カリーが後ろから押してくれて、彼女は馬に乗った。ハーカーが後ろに乗った。彼の胸に寄りかかると涙が静かに頬を伝った。どれほど気が咎《とが》めたことか、どれほど恐かったか、どれほど——。デッサは場所も時間も跡を辿《たど》ることができなかった。うとうと眠っていただけで、背中をズキンズキンと打つ鈍い疼《うず》きを覚えて揺さぶり起こされた。頭のなかでガンガン叩く音がした。何か覚えのない夢から急に起こされて、筋骨たくましい腕が身体に触れているのを感じた。髭《ひげ》を剃り残した頰が彼女の顔にあたると、タバコ臭い息に乗せて「おまえを助け出したぞ」と言う声が聞こえた。きっと一度ならず、一行はどこかの地点で休憩をとったことだろう。デッサが覚えていたのは、木々の天蓋《てんがい》を通して見た空、肉の焼ける匂い、「休憩」と言う声、きめの粗《あら》い布に顔をもたせかけていたこと、仲間の身体の温《ぬく》もり、そして背中をズキンと打つ鈍い疼きだった。デッサには、身体が上下に揺すられて、何かが、子宮のなかの何かが、彼女のどこか深いところにいる赤ん坊が身体の内側を拳でつまんでいるように思えた。雨が降った。激しい雨でずぶ濡れになったが、ハーカーは笑って「通った跡も臭いも流れて消えるぞ」と言い、油布を引っ張り出してデッサをくるんでくれた。だが雨に濡れたうえ、あの別の液体が突然どっと出て雨に混ざって滴《したた》り落ちた。びしょ濡れになった馬は驚いて後ろ足で立ち上がり、二人ともほとんど殺されるところだった。それはデッサを半ば死ぬほど困惑させた。これほど膀胱が我慢できなくなるなんて、ハーカーはなんと思うだろうか？　それにほかにも、幅広の鼻の心配そうな顔、激しい口調の「シーッ！」という声。「いきむんだ、いきむんだ！　なんとか頑張ってくれ」。デッサの身体の中核が根こそぎ引き剝がされた。ああ神さま、あの痛み、あの出血……。

白人女の口は、乳白色の青白い顔を横切る開いた傷口のように見えた。彼女は片方の肩をむき出しにして腰かけ、胸に子どもを抱いていた。「もう充分飲んだ？」女は赤ん坊の顎の下をくすぐってから肩まで抱き上げ、背中をポンポン叩いて何か小声で囁いていた。赤ん坊は大きかった。もしかしたら一歳、いやもっと上かもしれない。腕と脚はふっくらとして、滑らかで白い頭皮に明るい色の髪の束が乗っかっていた。子どもは大きなゲップをしてにっこりした。白人女性は笑った。「じゃあ、お腹いっぱいね」

デッサは目を閉じた。頰に睫毛が濡れて固まっていた。お腹はぺしゃんこで筋肉はたるんでいた。乳房は膨《ふく》れ上がって軽い痛みもあり、火がついたように感じた。ああ神さま、あたしの赤ちゃんはど

「ここにいるの、あたしの子どもはどこなの？　血でねばねばする両腿のあいだに、びしょぬれの襤褸布《ぼろきれ》があるのを感じた。「あたしの子どもはどこ？」デッサはそれを声に出して言ったのかどうかわからなかったが、やがて息を詰まらせたような声を聞いた。

「ここよ」

そして目を開けた。

女性は片方の肩をまだむき出しにしており、生まれたばかりの赤ん坊の巻き毛の黒い頭と茶色い顔が、彼女の胸に抱かれていた。今度は、デッサのほうを向いて言った。「ほらね？」

「だめ――――！」爆発させるように吐いた息に乗って、叫び声がデッサのなかから勢いよく出た。ガラス色の眼がサッと動くのを感じて、デッサは目をぎゅっと閉じた。ベッドカヴァーが腕と脚に重かった。大きな叫び声がした。「アナベル。アナベル、エイダを呼んで！　この娘、また騒ぎだしたわよ！」手を感じた。デッサは弱々しく泣いていた。額に冷やした布が、胸に何かが乗っているのを感じた。

「ほら？　ほら？　この子、母さんがわかるのよ。ほら、おっぱい飲みたいんだよ」

デッサは目を落とした。茶色い赤ん坊を腕に抱いており、茶色い眼が瞬《まばた》きもせずに彼女をじっと見上げていた。デッサが小さな拳に触れると、拳が開いて彼女の指を固く握った。彼女は目を上げた。デッサはこれまで、この背の高い茶色い肌の女に会ったことがなかった。

「枕の位置を変えてあげるよ、上手に乳をやれるようにね」。女はデッサの上に身を屈め、手を器用に動かしていた。デッサは静かに横になっていたが、とても用心していた。「さあ、これでいい。ちょっとだけ横向きになれば、二人とももっと楽になるよ。さあ、やってごらん。乳首を赤ん坊の口に入れるんだよ」

デッサは素早く視線を落とし、それから女の微笑む顔を見上げた。言われたとおり、恐る恐る乳房に触り、不器用に赤ん坊の口のほうに持っていった。乳首が赤ん坊の頬に当たると、赤ん坊は頭をそのほうに向け、口を開けて乳首をくわえ、乳首のまわりをしっかりと締めつけた。すべてが一つの突然の動きだった。最初にぐいと引っ張られたとき、鋭い痛みが胸を走り、彼女は息を呑《の》んだ。「あんた、慣れなくちゃね」と女は打ち解けた話しぶりで言った。「痛みは軽くなるどころか、もっと強くなるよ――つまり、乳が枯れてなければね。乳が枯れてなければ、お慈悲だよ。これまであんたがしてきたことを思えばね」。女は笑った。「白人たちを襲ったあげく、このあたりの土地一帯を真夜中に歩いて、どうにか切りぬけてきたんだもの」。再び笑って首を振った。「わたしたちの仲間の一人が一緒でない限り、ここに来させちゃダメですよと、あの女性に言っといたんだけど、ミズ・ルイントはわたしの言うことを聞くと思う?」

少なくともデッサには、その本当の意味はまったく不明だったが、女の言う言葉は理解できた。この女性は誰なんだろう?「ハーカー」という人はどこにいるんだろう?

「ミズ・ルイントは、少年を使いに出してハーカーを呼びに行かせたよ。すぐここに来るよ。あんたは赤ん坊の面倒をみるんだね。だいぶ飲んでるね、ん?」と女は、乳を飲んでいる赤ん坊をちらっと見ながら訊いた。「もう大丈夫」

赤ん坊の唇が乳を吸うたびに、デッサの胸にぞくぞくする痛みの快感が走った。デッサは女を見上げて微笑み、それから目を閉じた。

ルーフェルは黒人《カラード》の娘をじっと見ていたが、最初の頃、窓のそばのロッキングチェアに座って、優しく身体を揺らしながら赤ん坊に授乳していたときとも、サヤエンドウの皮をむいていたときとも見方が違った。黒人娘は若かった。十二歳か十三歳より上には見えないとルーフェルは思った。エイダの言ったことはさておき、十四を過ぎているとはとても思えないわと独り言を言った。ルーフェルはエイダと意見が合わないことが嫌だった。年上の黒んぼ《ダーキィ》エイダは、ルーフェルには威圧的だと思えることを突発的に言うのだった。ルーフェル自身はもちろん、どこかの中年の黒んぼに考えを糺《ただ》されるほど子どもではなかった――ルーフェルは不機嫌そうに独り言を続けた。だって「種まきのとき」も「収穫のとき」も知らないのと同じように誕生日も知らないくせに。ああ、そういえば、マミーも自分の歳がいくつか知らなかったし、自分の誕生日すら知らなかった。だからみんなが――いや彼女が、ルーフェルが、「ミズ・フェル」が、ヴァレンタイン・デイをマミーの誕生日に選んだのだった。マミーは誕生日を決められることを拒《こば》んだ――「このままのほうが歳をとらずにいられるんだよ、いいね」と彼女は冗談を言った。「わたしは少しだけしか歳をとらないんだよ」。大きな眼を見開いてきらきら輝かせ、蜂に刺された跡が残るマミーの唇には微笑みがひらひらと浮かんだ――こんな思い出が記憶の傷跡から勢いよく跳び出てきたので、黒んぼたちにわかるのは高齢だということだけなんだわ、とルーフェルは黙したまま心のなかで断言した。

ルーフェルはしばらく縫物をしたり、身体を揺すったりしていたが、別の考えが心に浮かんできた。黒んぼ《ダーキィ》だって、十三とか十四でも、赤ん坊を生むには若すぎる。さて。再び身体を揺らしているときだったか、もしかしたら縫物をしているときだったか、十五歳だわ、と思った。でもそれ以上ではないわね。エイダはその娘のことを大人の女のように話していたけれど。エイダが言ったように、娘が十八だったとしても、逃亡奴隷としてここで暮らしているほかの黒んぼたちと同じように、その日暮らしで生きるには若すぎる、とルーフェルは嘲《あざけ》るように考えた。それにエイダだって、ほかの黒んぼたちより安全な状況にいるわけじゃないし。もちろん、このあたりにやってくる白人なら誰だって、彼らを自分のものだと主張したり、売りに出したり、競売でもっとも高い買値をつける商人に売ってしまうことだってできる。黒んぼらは、このわたしが情け深い人間であることを、幸運な星に感謝すべきよ。パーティーだったら――。しかし、彼女は夫のことは考えまいと決然と心を閉ざした。自分は自分ができることをしたまでだ。夫が帰ってきたら、何が起こっているか、その眼で確かめるだろう。ルーフェルは、ずーっとこの黒人娘《カラード》を見守りながら、自分の果たすべきことを再開しようと思った。もし娘が自分の家族のもとに帰りたくないというのなら――。

娘はチョコレート色《ウエンチ》をしていた。ルーフェルは娘が寝返りを打ったときはじっと娘の顔を見つめたり、最近ちょくちょくそうしているが、静かに眠っているときは、大きな羽毛ベッドにほとんど沈んでしまうほど痩せた身体を見ていた。この娘は元気になるだろう。ルーフェルはロッキングチェアで再び身体を揺すりながら、また立っていたならば、椅子に戻りつつ娘を見た。ときどき立ち上がったのは、何か物を取りにいったり、手足を伸ばしたり、あるいはただ黒人娘をもっと近くでよく見るためだった。

エイダとハーカーが言うには、娘は――彼らは娘をデッサと呼んでいた――残酷な主人によって南部《サウス》に売りに出されたそうだ。その残酷な主人によってすっかり人格が破壊されてしまったらしく、娘は確かに粗暴な振る舞いをした――ルーフェルは、娘が昏睡状態から目が覚めたとき、邪魔をされると相手かまわず足で蹴ったり殴ったりして暴れるのを何度か見ていた。だが娘の背中に鞭の跡はなかった。エイダが話すところによれば、世界じゅうの逃亡奴隷は一人残らず「残酷な主人」から逃げてきたのだという。エイダ自身、好色な主人から逃げてきたと主張し、主人はエイダで肉欲を満たしたうえ、さらにエイダの娘アナベルを誘惑しようと企んだのだと言った。ルーフェルはひとことも信じなかった。ルーフェルには骨ばった茶色の肌の女にも、ひょろりとした、まぬけな娘のどこにも魅力的なものを見ることができなかった――それを言おうとしたが、口に出す前にマミーが止めた。マミーは家事を手伝ってくれているエイダのことも、エイダがかつての主人から逃げてきたことも神に感謝していたからだ。

当惑し、ルーフェルは唇を噛《か》んだ。だがそのとき、エイダのまったく意味をなさない話のために、大事なことを忘れるところだった。一家にはエイダが必要だった。それは明白な事実だった。

しばしば、悲惨な気持ちがルーフェルに押し寄せた。ルーフェルは、エイダの作り話に憤慨を募らせることによって、しょっちゅう訪れる憂鬱の潮と闘おうとした。ルーフェルは、少なくともバーティーが先の旅から連れ帰った黒んぼ《ダーキィ》のアンクル・ジョエルとダンテは農場に残ってくれた、とルーフェルは自分に思い起こさせるのだった。そしてなんとか最高の取引をして、年寄の黒んぼと足の不自由な奴隷を獲得できたというバーティーの説得に対してルーフェルは怒り、沈黙のうちに激昂《げきこう》したことを忘れて、二人が農場に忠誠を尽くしていることにいくらか満足した。マミーは、この二人は収穫期には多少の手伝いになると言ったが、本当に大事な仕事は、エイダの知りあいの黒んぼたちによってこなされた。

それでもなおルーフェルは、エイダの嘘をマミーに指摘せずにはいられなかった。

「そんなこと、白人男性なら誰もしないわ」とルーフェルは主張した。男が女の頭上に麻袋を縛りつけない限り、するわけないわと彼女は悪意たっぷりに独り言を続けた。マミーはシーツをたたみながら——折りたたんだ白い布のなかにある黒い両手。ルーフェルの白い顔の向こうにマミーの黒い手。**そしてそのときでさえ、もしかしたら、あのうろこ状の銀色の艶《つや》が、豊かなコーヒー色の肌にゆっくり現われるのだった**——手の動きを止めた。「だって、マミー、そんなこと——」。ルーフェルはそれがなんなのか確信がなかった。そして、口ごもりながら言った。「そんなこと——」

「ルーフェルお嬢様」とマミーは厳しい口調で言った。「お嬢様は、淑女の言葉でお話しなさい。殿方は」とマミーは、ルーフェルが口を開いたとき、おののかせるような眼差しで続けた。それは、話そうとしたルーフェルに覆いかぶさる声だった。「殿方には、淑女がとても思いつかないようなことができるんですよ」

ルーフェルはそれが真実だとわかっていたが、率直に譲歩することができなかった。「さて——」。彼女の頭のてっぺんで不細工に結んであった髪がすっかり乱れて垂れ下がっていたが、頭を振って、それを後ろに追いやった。「あの半分だけ白人だとか、白さが半分以上の男たちだったら、やりかねないっていうならわかるけど」とルーフェルは生意気に話を終わりにさせた。

「ルーフェルお嬢さま」とマミーは、きっぱりと言った。「肌の色の薄い黒人がそんなことをしたら、神さまは必ずやなんらかの罰をお与えになりますよ！」おむつをポンと低い音をたてて振り動かし、膝の上で実に注意深くピシッと畳んだ。「エイダは心根は優しいし、少なくとも、あの厄介な料理コンロの仕事は得意だし」

料理コンロを持ち出してのマミーの言い返しで、ルーフェルは黙った。結婚当初の数カ月のうちに、バーティーは台所の差しかけ屋根のところに忌々《いまいま》しい高価なコンロを設置したが、このコンロに対するマミーの毛嫌いをルーフェルも共有していた。彼らの所有になる料理人の誰もがコンロの扱い方には戸惑わされた。食事はしょっちゅう遅れるし、黒んぼ《ダーキイ》がなんとかして首尾よく点火したとしても、焦げた食べ物が出てきた。料理人の誰もコンロの温度調節の仕方を理解していなかった。製造元の手引きによれば、オーヴンに手を突っこんで、適当な温度になるまで数を数え、手を引っ込めるという方法だった。コンロを綺麗に保つためにはマミーがつねに監督していなければならなかったし、表面と継ぎ目の錆《さび》を防ぐために黒色塗料が必要だった。バーティーの名誉のために言えば、彼は食事が遅れても焼きすぎて出されても滅多に文句を言わなかったし（しばしば彼は家を空けていたから、食事をともにすることがあまりなかった）、ルーフェルが夫の前に並ぶ食事の質について謝ると、通常は笑い飛ばした。たいがいの黒んぼたちは、一か二以上は数えられないのだから、妻が彼らに温度調節の仕方を教えるなんて、とても期待できないじゃないかと彼は言うのだった。それでもなお、ルーフェルは決定的な義務を怠《おこた》ったと感じていたところ、エイダにはコンロの扱いに関する限り才能があるらしく、ほっとすると同時に腹も立ったのだ。

台所におけるエイダの相当の技能にもかかわらず、ルーフェルはときどき、エイダの顔に向けて、あの嘘を投げ返してやりたくてたまらなかったが（白人男性の件、まさにそれ！　二人ともきっと、主人に言い寄ったため、女主人に追い出されたんだわ）、あの日、マミーを怒らせなくてよかったと思った。マミーはきっとエイダの話を信じていなかったが、エイダを敵に回したくなかったのかもしれないとルーフェルは今になって思った。マミーはそのとき自分の死期を予感していて、バーティーが帰ってくるまでルーフェルが必要とする手助けを確保しようと思い、ルーフェルが、あの企み達者なエイダを必要とすることを知っていたのだ。いや違う、悲しみと恐怖の罠《わな》に嵌《はま》ってはいけないと大急ぎで我に返り、エイダが「残酷な主人」と言ったのも、ルーフェルの同情につけ込むための言葉だったのだと結論した。

だが――もしかしたら――この娘には帰っていく家族がなかったのだ。ティミーは、ほかの黒んぼ《ダーキイ》たちが彼女のことを「悪魔の女」と呼んでいると言っていた。ティミーは青い眼をくるくるさせて閉じると、乳歯をむき出しにして、奇怪なにやにや笑いを浮かべて、「悪魔の女」と言った。その物真似に嫌悪感を抱いたので、ルーフェルは息子の嘲りを叱った。「だけど、彼らはそんなふうにやってみせるよ、ママ。そして大笑いして太腿を叩くんだ」。ティミーはそれも真似して見せた。そこでルーフェルは緊張を緩《ゆる》めたが、自分がその冗談をどれほど深刻に捉えていたかに少し驚いた。そう、あれは冗談だったのよ、「悪魔の女」だなんて、馬鹿げたニックネームだわ、と自分に言い聞かせた（ティミーはわたくしと一緒のときは率直な物言いをするんだわと自分を弁護して考えた）。こんな小柄で病みあがりの黒人《カラード》娘に、恐れるべきものなどあるわけないじゃないの？　ああ、あの娘ったら、身体のなかにある種の悪魔を秘めているのではと思えるほど暴れたことは確かだわね、とルーフェルはにっこりと微笑みながら考えてみた。娘が寝室で初めて目を覚ましたとき、彼女の眼がやたら反抗的だったことを思い起こしていた。それは何かにぎょっと驚かされたとき、マミーの眼がそうだったのと同じだった。マミー、髪を結ってくれたマミーの手が――突然の恋しさがルーフェルを貫いた。

マミーの声は「ああ、フェルお嬢様」と言ってくれた、あれは、とても特別で、極上の愛に満ちていたわ、極上の。

ルーフェルは目をぎゅっと閉じた。あの娘は――黒人娘《カラード》は――ベッドに寝かされているのに気づいて、きっと震え上がってしまったのね。発熱状態にあっても、娘は、黒んぼ《ダーキイ》がこんな部屋を使わせてもらえるわけがないとわかっているのだ。寝室は広々とした光溢れる部屋だった。見事に調和のとれた部屋で、綺麗に磨かれて薄い色で仕上げられたオーク材の床から、朝日を受けるフランス様式の長窓にいたるまで、お洒落《しやれ》な仕上げになっていた。梁《はり》がむき出しの天井ですら、あの役立たずの黒んぼがやりかけたままになっていて、ずいぶん長らく不愉快な思いをしてきたけれど、マミーが粗削りの材木を白いペンキで塗ったらどうかと思いついてくれたから、九分どおり優雅に見えた。高脚つき洋《よう》簞笥《だんす》、それに釣りあう食器棚、杉の衣装戸棚、そして細脚で四分の三サイズの鏡つき化粧台は、ルーフェルとともにチャールストンから運ばれた。ベビーベッドと半サイズの簞笥は、ティミーが生まれたとき、プレストン夫妻からの洗礼祝いとして、実家のドライフォーク邸のお抱え大工が作ってくれた。ルーフェルがドライフォークを再び見たければ、これらの家具を見るだけで叶えられた――ルーフェルはティミー出産のため産褥《さんじょく》の床に就いていたときと、産後の体力を回復するまでに過ごした数週間のあいだに屋敷をしみじみと知るようになった。それは賑わいのある、事実上それ自体で完結した、ミニチュアの村としてではなく、バーティーと一緒に料理人を買うためにモントゴメリーまで出かけた年、ルーフェルが最初に訪問したときに見たままの家だった。屋敷は英国風建築様式で建てられた堂々たる邸宅で、広い前庭があり、環状の馬車道と広い歩道、その向こうに庭が続いている。大きな花壇と盛り土、その季節には何も咲いていなかったが、そのときからルーフェルは心のなかで、バラやスノーボール、ヒヤシンス、黄水仙、スミレなど、多種多彩に咲き乱れるカラフルな花々を思い描いていた。スイカズラや薄紫のウィスタリアが咲き、春の香りを含み、花々が重そうに垂れ下がる四阿《あずまや》からは絶え間なくモノマネドリのさえずりが聞こえてくるのだ。

もちろん、グレン農場と実家のような壮麗な邸宅とは比べ物にならなかった。ドライフォークのような邸宅は、五年いや十年かけても建てることができなかった。奴隷がいなければ、それに「資本」がなければできなかった。無意識ながらルーフェルはバーティーの言い種《ぐさ》を用いた自分に我慢がならず肩をすくめた。黒んぼ《ダーキィ》が、グレン農場をほかの屋敷と比較できるわけがないじゃないの？　確かにここは逃亡奴隷なら誰でも住みたいと思う以上の、心休まる家《ホーム》を提供してくれるはずよ。あの企み上手なエイダさえ、荒野に放り出されたくはなかったのだもの。

それに、もしあの黒んぼ《ダーキィ》娘がこのあたりから来たのではないとしたら――。ルーフェルはそうなるのではと半ば予測していたのだが、怒り狂った奴隷所有者や奴隷捕獲人がこの家を不意に訪ねてくることはなかった。ハーカーが娘を馬で運んできたあの朝、ルーフェルは庭に出て井戸から水を汲んでいた。エイダのあのばか娘が水汲みを忘れていたからだ。ルーフェルは馬上の黒んぼたちを見てぎくっとし、一行にハーカーがいることに気づいてぎょっとした。この黒んぼたちは次に何を盗む気かしら？　そうなれば彼女はひとこと注意しなくてはならない。鶏一羽とか豚一頭を探しにこんな村外れまで遠出してくる人はいないだろうが、これらの馬を取り返しにくる人はいるはずだ。黒んぼたちはルーフェルと同様、はっと驚き、ほんの一瞬、躊躇してから、台所の差しかけ小屋のほうへ馬を歩かせていった。「ハーカー」。ルーフェルは黒人たちの歩く道へ足を踏み入れ――ハーカーが馬の後ろに引いてきた担架台に紐《ひも》でくくりつけられた娘を見た。使用済みの木炭に似た灰白色の娘の肌にも、娘がただ漫然と頭を左右に動かしている様にも、何か深刻なものを見てとり、ルーフェルは言葉もなく黙っていた。赤ん坊の泣き声がしたが、それは何枚もの蔽《おお》いの下から聞こえる微《かす》かな泣き声だった。娘の目がぱっと開き、懇願するようにルーフェルを見たように思えたが、意識を失ったのか目を白黒させて閉じた。「エイダを呼んできて」とルーフェルは躊躇することなく命じた。「娘を家に入れてあげて。バケツを持ってきて」。ルーフェルは赤ん坊がどこにいるのか探そうと身を屈めて言った。

こんなことするんじゃなかった。ルーフェルは数えきれないほど何度も、そのことを反芻《はんすう》してきたことは事実。もし誰かが見つけ出したら。もし黒人たちが跡をつけられていたならば。しかし、ルーフェルが赤ん坊をしっかりと抱きしめて、足もとに注意しながら急な裏階段を上っていったとき、そういうことは一切ルーフェルの頭に入ってこなかった。娘のいかにも惨《みじ》めな顔と――まるでいかなる希望も諦めたかのような――赤ん坊の消え入りそうな泣き声は――ルーフェルの神経を苛立たせた。きっと、ちょっと頭がどうかしているんだわと彼女は考えた。しかしルーフェルは今ここで何かができるはず。黒んぼたちが娘を家のなかに運び入れるのを、階段の裏の薄暗いところで待っているあいだに、わたしは泣き続けている赤ん坊に何かしてやれるはずだわ。娘、娘のあの辛そうな顔――。そして。彼女――ルーフェル――にはできることがあった。それは、自分のしていることがやっとわかりかけたときだった。赤ん坊はお腹をすかしているのだわ。ルーフェルは乳を含ませた。あるいはルーフェルは、「そうね、わたくし、ティミーとクララが朝ごはんを食べているところだったら、出血している黒人娘《カラード》を家に入れることなどとてもできなかったでしょうね」といくらか甘言でだますように、大したことではないみたいにマミーに弁解する自分を想像していたのだろう。この娘が近隣から来たのでない限り――。もっとも、もし黒んぼ娘《ダーキィ》が近所の誰かの所有だったら、近所の人の役に立つことをしてあげることになるわけだし、とそのときはいくらか恨みも込めて考えていた。バーティーが逃亡奴隷を探しに出かけたところ、にやにや笑いと嘘で対応されたことが何度もあったからだ。真実の話、バーティーがつねに言っていたことだが、嫉妬深い隣人が、彼らの奴隷をからかって逃亡するように唆《そそのか》したと知ってもルーフェルは驚かなかっただろう。

ハーカーとエイダは、その黒んぼ娘《ダーキィ》は近隣から来たのではないと誓って言った。事実、ハーカーは、その娘はチャールストンから来たと言った。ルーフェルはその言葉を一瞬でも信じたわけではなかった。エイダがきっと、ルーフェルの心を動かすために、ハーカーに入れ知恵をしてそう言わせたのだ。だがそうではなく、もし娘が本当にチャールストンから逃げてきたのだとしたら。そのときルーフェルの耳に、家族に手紙を書いて知らせるように促すマミーの声が再び聞こえたので、突然考えるのをやめた。なぜなら家族はルーフェルに実家を訪ねるように呼びに寄こすだろうから。すると再び、彼女のチャールストンでの最初の舞踏会のきらびやかな会場が眼に浮かんだ。いつもなら――もしそれがこの恋しさや思い出のためでなくても、ほかの理由で――ルーフェルはどんな仕事に取りかかっていようと、いったん脇によけて、授乳中ならば赤ん坊を寝かせて、客間で何かすることを見つけるのだったが。

誰一人質問しなかったし、一、二日経つと、ルーフェルは滅多に自問したりもしなかった。娘の物語には、黒んぼ《ダーキィ》たちが話していたより、もっと深刻なことがあるとルーフェルは理解していた。またときには、出産があれほど切迫していたときに、いったい何があって娘は森に逃げる羽目になったのか、ほんの一瞬だったがルーフェルは好奇心にかられた。ドライフォーク邸の心地良さと豪華なしつらえのなかでさえ、ティミーを出産するのは試練のときだった。ルーフェルはクララ出産時の激痛について長々と話す気にはなれなかった。それに黒んぼには、物事に対して彼らなりのやり方があるし、本当の話がどんなものであれ、大したことではないだろうと思った。ルーフェルはときどき、娘は新しくやってきた黒んぼの一人の恋人ではないかと疑ったが、そう考えると不安に襲われた。黒んぼたちが、お決まりの隠れ場所としてグレン農場を使い始めるのは御免こうむりたい、と彼女は恐れをなして考えたが、その憶測は考慮から外した。黒人娘《カラード》が目を覚ましたら、いきさつを話してくれるだろう――。それを信じるかどうかは別にして、ルーフェルはマミーと一緒にとりとめのない話をしたり打ち解けた沈黙のうちに過ごした長い時間を思い起こし、話をして時を過ごすのも意味深いことだと思った。

ルーフェルは寝室のドアに寄りかかって黒人娘を観察していた。娘は大きな羽毛ベッドに横向きに丸くなって横たわり、ドアに顔を向けていた。娘はドアを閉める音に身動き一つしなかった。しばらくして、ルーフェルは部屋を横切り、壁に続くカーテンで仕切った出入口へと足を進めた。この娘にこのままずっと狂気じみた振る舞いをさせておくわけにはいかない、とルーフェルはいらいらしながら考えた。娘は気が狂ったように話し、いまだに半ば死んだように臥《ふ》せっていた。ルーフェルはさーっと音をたててカーテンを開き、七歳の息子のティミーが寝室に使っている狭い小部屋に入った。そこはこの家の元々の設計図ではルーフェルの化粧室になるはずだった。息子は春先からこの部屋で寝ていたが、簡素な小綺麗さは、独立心を育てている証《あかし》だった。彼は十一月に八歳になるが、九歳か十歳のように振る舞った。ティミーは家畜や庭の世話をするアンクル・ジョエルやダンテと一緒に長い時間を過ごしたり、料理人小屋ではエイダとアナベルが、ほかにしたいことがないときに彼を見つけると一緒に過ごしていた。

ティミーの衣服を簡易ベッドの上の開架棚に綺麗に重ねて片付けながら、ルーフェルは息子をもっと自分の近くに寄せて育てなくては、黒んぼ《ダーキイ》たちから離しておかなくてはと思った。ティミーを四辻にある青空教室に通わせようかしら――。だけど、バーティーが戻ってきたら、息子がそこらあたりの赤首たち《レッドネック》〔南部の無教養な貧乏白人〕と机を共有していることに屈辱を感じるだろう。それに、ティミーをその学校に通わせる授業料の毎月二ドルを、ルーフェルはどこで手に入れることができるだろうか？　息子を自分と一緒に一日じゅう、こんな狭いところに閉じ込めておくことはわたしだって嫌だ、とルーフェルはうんざりして考えた。黒んぼたちはルーフェルの前では話さないことを、ティミーの前ではしゃべっていた。彼女は息子を通じて、奴隷小屋の人の出入りについてなんらかの情報を得ていた。ルーフェルは完全に確信できたわけではなかったが、そこに住む黒んぼの何人かはバーティーの奴隷かもしれず、彼らはバーティーの長期の不在を利用して、こっそり戻り自由に暮らす好機と見ているかもしれないのだ。ルーフェルもティミーも、黒んぼたちの誰それと見分けがついていたわけではなかった。黒んぼたち全員を知っていたのはマミーだけだった。

一仕事を終えて、ルーフェルは振り向いて出入口に立ち、カーテンの隙間から寝室を覗いてみると、眠っている娘の頭だけが枕の上に見えた。ルーフェルはカーテンとカーテンのあいだで肩をすくめ、寝室のドアのほうへ歩き始めたが、ベッドに近づいたとき足を止めた。娘は寝返りを打っており、横顔は枕の白さを背景に煤《すす》けて霞《かす》んで見えた。目を閉じていて、睫毛は娘の顔の黒さのなかに埋まってよく見えなかった。目を開けているときは、それはさながらマミーの眼のようで、眠そうな長い睫毛のある瞼の下に柔らかい茶色をおびた黒い眼だった。そして大きかった。あるとき、ルーフェルは勝手に振る舞う娘を制止しなければならなかったのだが、娘は彼女を見てはっきりとルーフェルに見覚えがある表情を示した。ルーフェルがじっと見つめるうちにも、娘の表情が恐怖と強い嫌悪感に変わった。その表情はすぐに消えたが。娘が再びベッドから起き上がろうとし始めたので、ルーフェルはエイダに助けを求めた。ときどき娘の目がパッと開いたとき、その眼差しがルーフェルを認知できずにさっと通り過ぎていったので、娘のあの瞬時の表情はルーフェルの想像にすぎないのだと思った。それに娘が、たとえチャールストンから来たにせよ、ルーフェルを本当に認識したと想定するのは愚かなことだった。それにルーフェルは相手が誰であれ、そのような眼差しに値するようなことをした覚えは決して、絶対になかった。しかしマミーとそっくりの眼が、あれほどの憎悪を込めてルーフェルを見つめる瞬間に出会うなんて。そのことがあって、ルーフェルは大きな方向転換をする気になった。ルーフェルは娘に起きてほしい、あの眼差しを消し去ってほしいと願った。

娘は身動き一つせずに横たわっており、ルーフェルは引き続きドアのほうに歩いていった。この娘をそろそろ起こしてもいい頃だ。ある考えが浮かんだので、ルーフェルは振り向いて、廊下のドアに戻って黒人娘《カラード》に眼で合図を送った。娘は身体の位置を少しずらしたようだが、今はルーフェルの凝視のもとでじっとしていた。「あなたったら、眠ったふりばかりしているわね」とルーフェルは大きな声で言った。娘は苛立った表情で向こうむきになり、何も応えなかったので、ルーフェルは広い中央ホールに出てドアを閉めた。

大きな玄関ドアが開いており、入り口の広間は涼しかった。ルーフェルは、寝室の反対側にある客《パー》間《ラー》のドア越しに、エイダの娘のアナベルを見た。アナベルは背もたれのない長椅子に腰かけて、膝にのせた雑誌の上に身を屈めていた。この娘は文字が一つも読めなかったが、ルーフェルが許せば、古い『ゴーディーズ・レディズ・ブック』〔十九世紀のアメリカで人気だった女性誌〕の挿絵を見つめ、何度も何度も繰り返し好みの絵を開き、空《くう》を見つめて何時間も過ごしていた。

「あなたはね」とルーフェルは客間に入っていくと、大きな声で言った。「おむつを畳んでいるはずでしょ」。洗った洗濯物が長椅子と椅子の上に山と積んであり、アナベルはそれらを選《え》り分けて畳み、アイロンをかけて片づけることになっていた。

アナベルはルーフェルの言葉を聞いて、雑誌を脇に置いて立ち上がった。「この子、泣きそうだよ」と生まれたばかりの赤ん坊を指さして言うと、赤ん坊はためらいがちな調子で泣き始めたが、ルーフェルにはそれが空腹の泣き声だとわかった。それから今にも泣き出しそうな顔つきで、むき出しの木の床を横切ってルーフェルのほうに這《は》ってくるクララを指さして、「その子も――」

「だったら、子どもたちの面倒をみなさい」とルーフェルはクララを抱き上げながら大声で言った。

「泣いたり泣きやんだりしてたんだ。お腹すいてんだよ」とアナベルは、まるでルーフェルがひとことも叱責しなかったかのように続けた。「おむつなら椅子のところだよ」。アナベルは指さした。

「じゃあ、きちんと片づけなさい」とルーフェルはビシッと言った。アナベルには用事を一つ一つ言って聞かせなくてはならなかったが、彼女は言われたことだけをして、それ以上は何一つしなかった。

ルーフェルはクララのところどころ汚れた顔を拭った。腸《はらわた》が煮えくり返り、エイダにきちんと話をしなくては、とルーフェルは思った。アナベルはただただ遅い、あまりにも――のろい。のろいのは、マミーがずっと主張していたことだ。のろいし、歳の割には大柄だった。ルーフェルは、アナベルの大きすぎる体格についてはマミーの意見に賛成していた。エイダは平均よりいくらか大柄のルーフェルとマミーの両方を優に超える背丈で、まるで塔のように見下ろすのだった。アナベルはエイダの主張によるなら、十三歳にはなっていないそうだが、すでにルーフェルの目の高さの背丈があった。そしてルーフェルは、アナベルののろさは装われたものであり、ルーフェルをからかうために、どうやらその手を使っているらしいという疑いを捨て去ることができなかった。例を挙げるなら、いろいろあった。あるとき、ルーフェルは鏡の前に立ってポーズし、首筋から髪を引き上げ、ドレスの腰のあたりでコルセットを引っ張り上げていた。マミーが死んでから初めて自分の身なりに関心を持ったときだった。ルーフェルは、ファッションとかヘアスタイルについて、そういう話は互いを元気づけるものだったから、よくマミーに他愛もなくしゃべったが、同じ調子でアナベルに話しかけていた。ルーフェルがたまたま話の途中で見上げると、鏡に映るアナベルが大きなホールの陰に消えていくのが見えた。鏡に映し出された薄暗い出入口がルーフェルの背中に向けて欠伸《あくび》をしているように見えた。ルーフェルは振り向きざま、突然憤然として叫んだ。「何よ――おまえの卑しくて黒い肌では想像もできないほどの喜びと、そうよ！　幸福と、それから興奮についても話してあげているのよ。黒ん《ニガ》ぼ《ー》」とルーフェルは前に歩を進め、「戻ってきなさい」と言った。アナベルがホールであまりにも突然に足を止めたので、ルーフェルと危うくぶつかるところだった。ルーフェルは相手の沈黙に出くわして一歩退いた。「おまえは」。そしてそれからもう一度、今度は先ほどより強い語調で言った。「おまえは、白人のそばから許可も得ずに黙って退いてはならないこと、わかっているわね」

　腰に手をあててアナベルはルーフェルのほうへ身体を傾け、顔には軽蔑するような薄笑いを浮かべていた。娘の逆立った黒いもつれ髪が、ドアの扇型のガラスから差し込む黄色い光のなかでくねくねと動いているようだった。アナベルが「フエ、ル、奥様？　ミズ・ル、ー、フ、エ、ル、？」と、信じられないと言いたげな、うわずった口調で言ったとき、アナベルの眼には千もの小鬼《ダーキィ》が躍っているのが見えた。

ルーフエルは、突然頭がずきずき痛み始めたところへ、自分の名前が黒んぼの唇から発せられたのを聞いて顔を紅潮させた。「ミズ・ルーフエル」は奴隷がつけた名前であり、大人になれば、白人が使うことのない呼び名だった。アナベルは、今その名を用いることによってルーフエルを自分と同じレベルとして扱い、ルーフエルをお屋敷の女主人ではなく、まだ子どものままで、かんしゃくを起こしている若きお嬢様に貶《おとし》めた。全身を震わせてルーフエルは「わたくしはおまえにとっては「奥様《ミストレス》」なんです！」と大声で叫んで、娘の眼に浮かぶ沈黙の笑いの前から退散したのだった。

その一件に動揺し、怒りを禁じえなかったので、ルーフエルはエイダに文句を言った。するとエイダは娘の擁護をして、娘は仕事がのろく、しばしば愚かだけれど、とエイダ特有の唐突な言い方で、二人ともルーフエルの奴隷ではないこと、そして実際には、そもそも自分たちは親切心からルーフエルのために働いているのだ！　とルーフエルに思い起こさせた。ルーフエルは激怒して、アナベルが行儀よく振る舞うようにするという約束をエイダから絞り出した。今では、アナベルは以前よりは礼儀正しくなった――きまり悪いほど丁寧になった。たまにルーフエルはアナベルを殴りたい衝動に駆られたが、忍耐力をことさら見せびらかしつつ怒りを隠した。そしてアナベルがルーフエルに対する反感から、その呼び名をわざわざ口にしたことへの怒りにもかかわらず、彼女自身、自分を「ルーフエル」、「ミズ・ルーフエル」として考える習慣から抜け出せないでいた。それは、世話係のマミーがずいぶん昔に彼女に与えた愛称だったから。

ルーフエルは怒りの気持ちを抑えて、赤ん坊の様子を見ようとした。赤ん坊は、昼間用ベッドの、ふとんを敷き詰めた籠に仰向けに寝ていた。ルーフエルは赤ん坊の胸を軽く叩いて彼をあやす音をたて、それから動かずに立ったまま動きを止めているアナベルのほうを向いた。「おむつを片づけたら」

とルーフェルは言葉に気をつけて言った。「赤ん坊のおむつを取り替えて寝室に連れていきなさい。赤ん坊におくるみをかけるのを忘れないで」。アナベルが世話をしにくるまで赤ん坊は大丈夫だろう。

クララはもうすぐお乳が飲めると期待したのか静かにしていたので、ルーフェルは寝室へ戻っていった。クララをベビーベッドに座らせて、ドレスの上部をゆるめ、乳でふっくらしていた乳房を出した。アナベルがおむつを抱えて入ってきたが、ルーフェルは知らんぷりしてクララを抱き上げるとロッキングチェアに腰かけた。そして椅子にもたれかかり、クララが乳首に吸いつくままにすると、背中の筋肉と骨盤がほぐれるのを感じ、赤ん坊が乳房を深く吸い続けるままにくつろいでいた。クララはあれこれ探るのが好きで、ルーフェルのドレスや下着に触ったり、肌に何か模様があるかのように指で辿っていた。乳を飲み終えるとしばしば、ルーフェルの胸に頭を乗せて、指や鼻を気ままに探るのだった。赤ん坊は乳で喉をゴロゴロ鳴らし、ルーフェルが自分をじっと見ていることに気づくや、世界との完璧な愛に満たされて、乳首のそばでにっこり微笑んだ。ルーフェルもまた微笑んで、クララを静かに抱き、ほとんど身体を揺り動かすことなく授乳を続けながら、ときたま赤ん坊の顔にかかった髪の一筋、二筋を綺麗に整えていた。

クララは飲み終わり、ルーフェルはゲップを出させて優しく愛児に語りかけていたが、娘のほうは募る眠気に目をほとんど開けていられないほどになっていた。ルーフェルはクララをベビーベッドに寝かせて今一度ロッキングチェアに落ち着いた。アナベルがあまりに静かに戻ってきたので、ルーフェルはほとんど気づかないほどだった。そして乳児をルーフェルに渡すと、重心を片足からもう片方の足に移して、ルーフェルが行っていいと許可を出すのを待っていた。アナベルは、ルーフェルが下がっていいと言うまで部屋に居残るのだろう――こそこそと忍び足であの忌々しい雑誌を見に行くことはあっても――それはエイダにも止めようがなかった。「赤ん坊の籠をこっちに持ってきなさい」とルーフェルは、アナベルから目を逸らしながら命じた。「それをし終わったら客間に行って座っててもいいですよ」。誰かがそばにいて、何かとりとめのない会話を自分の主導で始められるとしたら、さぞかし気晴らしになるだろうに。ルーフェルは、別の乳房を赤ん坊に含ませながら、今は仰向けになって静かに眠っている黒人娘《カラード》をちらっと見た。

生まれたての赤ん坊は、しつこく浅い吸引力で乳を吸った。「あなたの母さんが、きっとおまえにおっぱいをくれる日がくるわ」とルーフェルは赤ん坊に優しく言い聞かせたが、独りで赤ん坊に授乳するときにしばしばそうしていたように声に出して言っていた。時おり、この赤ん坊はルーフェルをじっと見つめたが、その眼は新品の茶色の靴ボタンのようにキラキラと輝き、茶色い顔の窪《くぼ》みのなかにほとんど埋まっているみたいだった。あの朝、エイダとほかの黒んぼ《ダーキイ》たちが黒人娘を寝室に寝かせていたとき、ルーフェルは何も深く考えずに赤ん坊を胸に引き寄せて、泣き止まない赤ん坊を宥《なだ》めていた。自分はとんでもないことをしている、とルーフェルは気づいた。しかし少し経って、自分のしていることは、節《ふし》をつけない子守歌や赤ちゃん言葉と同じほど自然なことのように思えた。小さくて血だらけの赤ん坊を見て自分の身体に傷をうけたように痛みを感じ、ルーフェルは、ただひたすら赤ん坊を綺麗にして衣服を着せ始めたのだった。赤ん坊の泣き声が収まり、彼女が艶のある黒い頭を、そして自分の胸元の真珠のような青白さを背景にぴったり寄りかかっている赤ん坊の褐色の顔を見下ろしたとき、初めて自分が何をしているのかはっきり意識した。困惑が波のようにルーフェルに襲いかかり、罪の意識にかられて客間のあたりを見た。アナベルは隅のほうに下がっており、膝の上の雑誌のページのほかは何も気づかない様子だった。ティミーは幸いなことに、朝食後すぐに外に出ていた。誰にも気づかれなかったようだし、また赤ん坊が乳首を弱々しげに、だが力いっぱい引っ張るのを感じて、この子は空腹なのだし、まだほんの赤ん坊ではないかとルーフェルは自分に言い聞かせた。彼女は優しいリズムによって心が落ち着き、芝居にでもありそうな朝の出来事ですっかり疲れ果てていたので、うとうと寝てしまった——目が覚めると、びっくり仰天したエイダとハーカーの顔があった。二人の狼狽《ろうばい》はほとんど喜劇的だった。エイダはどもっていたし、ハーカーはあんぐり口を開けていた。そのわずかな時間のうちに、ルーフェルは自分のいつもの沈着冷静さを取り戻したのだが、二人のまさにその狼狽によって、彼女の行動の正しさが、どういうわけか証明されたように感じた。ルーフェルは二人をすっかり困惑させた——エイダがひとことも言えないほどに。もっとも、ルーフェルは黒《ダーキイ》んぼの乳母になって乳をやったことにある種の屈辱を覚えた。しかしながら今グレン農場で乳をやれる女性は、彼女しかいなかったので、必要にかられて赤ん坊に乳を含ませ続けた。自分の行動の分別にかかわるいかなる懸念が生じようとも、ルーフェルが赤ん坊に感じた驚異に圧倒されて、そんな不安はすぐに忘れてしまった。

赤ん坊の顔から、ティミーが言う鳥のような目つきと、生まれたての黒《ダーキイ》んぼの赤ん坊にはありがちだとエイダが言う、皮膚の上にかかっていた灰色っぽい艶が消えていた。彼の肌の色はクルミの殻のように茶色く、青白く変色した部分もあり、チョコレート色や赤や緑色にも見え、より黒く変色したところもあった。「だから、黒人はカラードと呼ばれているんだね、ママ？」ティミーは笑った。ティミーはルーフェルと同じぐらい赤ん坊に魅了されており、クララには示したことのなかった興味を示し、背丈を測ったり、沐浴させたり着替えさせるときはじっと見守っていて、眠っていれば起こしたり、目覚めていれば抱っこしたりした。ルーフェル自身は、乳を飲むときの赤ん坊をじっと見ているのが好きで、顔をしかめたり、頑張って拳をしっかり握る様子、赤ん坊の暗紅色の口と彼女の乳首を囲むピンク色の乳輪とのコントラスト、赤ん坊のカラメル色の拳と彼女の乳房の薔薇色がかったクリーム色とのコントラストをじっと見つめていた。

「あたしの赤ちゃんはどこ？」

ぎくっとしてルーフェルは顔をあげた。黒人娘《カラード》はベッドで片肘をついて起き上がり、ルーフェルをじっと見ていた。

「あら——あら——」とルーフェルは言い、「いよいよだわ」と思いつつ、椅子から立ち上がった。この娘、起きてもいい頃だわ。「坊やはここよ」とルーフェルは微笑みながら、娘に赤ん坊がよく見えるように片腕を曲げて言った。その動きで赤ん坊の口が乳首から外れてしまい、赤ん坊は泣き出した。ルーフェルは赤ん坊を腕に抱いて娘のほうに近づいていった。「ほら、あなたの赤ちゃんよ」。ルーフェルは娘が身体をこわばらせ、ベッドから起き上がろうと両手でベッドカヴァーをまさぐっているのを見てとった。「アナベル」。ルーフェルは甲高い声で叫んだ。「エイダ！　この娘、また動き始めたわよ」

サットンズ・グレンはその地域で最大の地所ではなかった——最大の地所とはどんなものなのか、実際に知る者はいなかった。ウィトム川沿いの土地（北アラバマでは最良の土地に入ると考えられていた）の多くは未開発で、噂によれば様々な東部の利権によって所有されていたが、彼らは市場の景気が上向けば大儲けできると期待し、土地購入へのまずまずの提示額のすべてを拒否していた。住民たちは、この主張が正しいことの証拠として、近隣のまばらな定住地を指さして、その地域の住民たちの住処《すみか》が勤勉さの限りを尽くして取得されたものだと仄《ほの》めかすのだった。

何年にもわたって、川沿いで大規模な綿花栽培をする試みが何度かあった（「東部の利権の支配」説が詳細に説かれるたびに、概して忘れられてきた）が、いずれも二、三回の収穫期を越えては生き延びることができなかった。二年連続で害虫にやられると、五、六年不作になると言われた。サビ病、しばしば綿花を苦しめた茎と葉の栄養不良は、綿花の、そしてさらなる作物の破滅をもたらした。南にある町アイヴァートンの川港と、北部側の郡庁所在地ダブル・スプリングズのあいだを結ぶ主要街道《グレイト・ロード》を通る旅人たちは、小さな谷間や丘の上に、粗野な風景にまばらに建つ白い木造家屋を目にしただろう。多くの場合、これらの住居は一部屋か二部屋の丸太小屋だった。こういう丸太小屋さえ数少なかった。郡にある保有地の大半は小規模で、いくつかは四十から五十エーカー以下の大きさだった。サットンズ・グレンは、五百エーカーのうち二百近くが耕作地として開墾されており、したがって立派な地所の一つだった。

グレン農場の大邸宅は街道から六マイルほど入ったところに、アイヴズ・クリークの上手《かみて》の小さな牧草地に建っていて、近隣では高級な調理コンロがあることで名高く（取り外しできる灰箱と何ガロンものお湯を蓄える作り付けタンクを備えたもので、近隣では最初の高級コンロだった）、建物の前面を華やかに飾る扇形の窓と二重窓でもよく知られていた。もっとも、近隣で邸宅を近くまで来て見た人は多くはなかったけれど。サットン家と五、六軒の隣人とのあいだには積年の恨みがあったが、今や喧嘩の原因の一部始終について記憶している者はほとんどいなかった。最初の仲たがいがなんであったにせよ、このような論争においてのサットンの高圧的な態度は――サットンはかつて自分の地所から出ていけと白人男性を鞭打とうとしたという噂があった――隣人たちと疎遠になるのを助長しただけだった。いずれにせよ、サットンは隣人に訪問を促したためしがなかったし、地域の交流の機会となる収穫の「集い《ビー》」や、家や納屋を建てる共同作業をつねに避けていた。寛容な住民たちは、それはたいがい、サットンのことを謎めいてはいるがハンサムな男だと思った女性たちだったが、彼を隠遁者と呼び、彼の妻はそのような習慣に我慢しているのかしらと訝《いぶか》った。ほかの住民たちは、こちらのほうが多数派だったが、サットン夫妻はうぬぼれ屋で、いわゆる「農園主という熱病」の犠牲者だと断言した。みんながひそひそ言っていたのは、あの派手な邸宅のこと、それと奴隷所有者はほとんどおらず、二、三人以上の奴隷を所有していた人たちが極めて少なかった地域で、かなりの数の奴隷を所有していたこと。加えて、どんなに愚か者でも、ここはトウモロコシ栽培の土地だとわかるのに、綿花を植えていたことも噂されていた。住民の噂によると、サットンは綿花にほかの人より長く執着したが、丘陵地は、綿花の栽培には馴染《なじ》まなかった――また丘陵地の住民たちも、綿花を作る人たちの「浮ついた」やり口には冷ややかだった。

サットン夫妻を滅多に見かけることはなかったので、地域の人たちは、夫妻のことをそれほど気にかけずに、めぐりくる季節から季節へと暮らしを続けていた。夫妻はアイヴァートンで食料品などを購入しており、グレン農場からおよそ九マイル離れた小さな十字路の村のバートンズ商店街を迂回《うかい》して、どんなに小さな買い物でも町まで遠出したと住民たちは主張していた。ときたま十字路の店で開かれた巡回牧師による礼拝に夫妻が最後に参加したのはいつだったのか、今となっては思い出せる人はほとんどいなかった。時おり、グレン農場から五マイル以内を走るエルミラ＝デクスター道路《トラック》を行く漁師や旅人が、農場らしい場所の木立の上に煙がゆらゆらと立ち昇っているのを認めていて、あちこちの隣人の集まりで言及していた。このような噂話すら、もう何年にもわたって人々の興味を引くことはなかった。

グレン邸の縦長の二重窓は東向きで、サットン領地内を蛇行するアイヴズ・クリークの東側の川岸をなす急峻《きゆうしゆん》な、樹木の茂った斜面まで見渡せた。領地の背後には木々が鬱蒼《うつそう》と繁る丘陵地が続いており、途切れることなく遠い水平線まで延々と広がっていた。しばしばルーフェルは、窓辺のロッキングチェアに座って、陽光が窓ガラスに束《つか》の間踊る様子を楽しんでいた。そよ風を受けて開いた窓越しにはためくカーテンの裾が道行く旅人の目に留まったかもしれない。邸宅のジョージア王朝スタイルの前面は、夢の風景かと思われるほど、木立のあいだに白く光って見え、街道が下り坂になり、川が湾曲すると、視界から消えて再び木立のなかに隠れてしまうのだった。それが、バーティーが初めてチャールストンでルーフェルに描写したサットンズ・グレンの佇《たたず》まいだった。彼の快活な声が彼女を魅惑したので、ルーフェルは、バーティーが見たままに思い描いたし、彼が愛するものを愛したと思った。「君が川を旅する気になってくれるなら……」

チャールストンの裕福な綿花問屋の娘として、ルーフェルの恥じらいと愛嬌のある物腰はみんなに好感を持たれていて、将来は良い暮らしができると期待されていた——輝かしい結婚相手（この言葉はルーフェルの妹、ロウィーナにふさわしいだろう。ロウィーナは家族のなかでもきっての美人だったから）ではなくても、それなりに成功しそうな男性と裕福な暮らしができるだろう。ルーフェルが選ぶ相手によって、俗に言うように、玉の輿《こし》に乗ったなどと揶揄《やゆ》されなかったはずだ——彼女の父親のベンジャミン・カーソンは、彼の叔父が経営する綿花問屋会社の副社長だった。会社そのものは、経営が確立していたというより将来有望という状態だった。そうであっても、父親とカーソン叔父は、ルーフェルが選ぶ結婚相手が誰であれ、鷹揚《おうよう》に賛成しただろう。おそらく競馬の季節に町にやってくる、どこか奥地の農園主の息子とか、野望に燃える町の若い法律家とか、町から遠く離れた郡出身の医者かもしれない——誰かが、間もなく彼女の父親に近づいて許しを乞うだろう。今シーズンでないとしたら、来期にはきっと現われるだろう。

バーティーがその誰かになったことは、水っぽい茶のように冴《さ》えない話だった。二人はアビゲイル・ソレンソンのデビュー舞踏会で出会ったが、それがルーフェルのチャールストン社交界での唯一のシーズンとなった。それはその年最大の舞踏会だったが、ルーフェルとバーティーは、文字どおり、押しあいへしあいの宴会で偶然出くわした。バーティーは、ルーフェルの正装用のガウンの縁を踏んでしまい、彼女はすんでのところで、ポンチを彼にこぼすところだった。二人とも、この災難を良き出会いと見なし、あがってはいたけれど気立ての良いルーフェルはハンサムな余所者《よそもの》にいささか畏怖《いふ》の念を抱いた。彼はもちろん、帽子こそ被ってはいなかったが、自己紹介したときのお辞儀は、大勢が身体を押しあっているなかでも、人目を引くものだった。ルーフェルがドレスの腰のあたりに小さな裂け目を見つけたとき、バーティーは彼女を母親のところへ案内しましょうかと言った。ルーフェルは、その場に知っている人がほとんどおらず、知りあいといっても知らないに等しく、大勢のなかで途方に暮れていたので、バーティーの気遣いを嬉しく思い、ありがたく受け容れた。二人が群衆のなかを巧妙に縫うように進んでいくあいだ、彼は愛想よくしゃべっていた。ルーフェルは、彼の穏やかな会話の流れに身を預け、すっかりくつろいだ。けれどもあとになって、二人が宴会場を突っ切って歩いていたとき、どんな話をしたのか彼女は何も思い出せなかった。彼は世故《せこ》にたけている様子と少年っぽさを交互に見せ、ときにはルーフェルと年齢が変わらないようにも思えた。しかし彼は明らかに世慣れた人物だった。彼女には、彼の着こなしと柔らかく気取った話し方からそれがわかった。

バーティーは、その春の残りのあいだじゅう、ルーフェルに求愛していた。最初のうちはそれほど熱心に言い寄ったわけではなかったが、それは彼の育ちがまあまあ良かったからだった。だが二人は会費制の舞踏会でしばしば会ったし、時おり、チャールストンの競馬シーズンのハイライトであった個人主催の大がかりなパーティーでも会っていた。彼はルーフェルをからかったりお世辞を言ったりしたが、いつも繊細な敬意を払ってくれて、彼女が十七歳より大人であるかのように、同時に乱暴に扱うと壊れてしまいそうな、か弱い女性として気を遣ってくれた。彼がもっと真面目になるときは、グレン屋敷、つまり彼が川を見下ろす場所に建築中の邸宅、そして耕作中の処女地の話をした。ブロウセット郡には、チャールストンほど自慢できるような立派な都市はありません——そういう地域は珍しいですけどね、とバーティーは一瞬微笑んで付け加えた。だが北アラバマは荒野でも開拓地でもなく、町も道路もある。人が多く住んでいるわけではありませんが、と彼は顔を歪《ゆが》め、にやっと笑って認めた。それがルーフェルの心に直接響いた——「わたしたちのところには貴族こそいませんが、あらゆる階級の人が住んでいます」と言い、声に出して笑ってから、すぐに真面目な表情になった。もちろん、そのうち貴族階級が現われるでしょう——彼は額にかかる巻き毛の茶色いもつれ髪を振り払いながら言うのだった。そしてサットン一家は貴族の一員になりますと、この点を生真面目に強調した。始めのうちは、ルーフェルはバーティーが彼女を選んだことが信じられず、彼女自身、彼を魅了するようなところが一つも思い当たらなかった。あとになって、まさにこの状況が彼の愛の証拠となった。バーティーに見つめられると、ルーフェルの濃い人参色の髪が炎となり、鼻や頬にあるソバカスが金色のヴェールとなった。ついにバーティーは愛を告白した。あなたはどこかの田舎者の妻になるか、もしくはフィッツアルバート・サットンの心をつかんだ奥方となるか、いずれかを選んでくださいと。

そのとき、チャールストンはルーフェルにとって特別な意味などなかった。バーティーの仰々しい言葉の魔術にうっとりしている今は、どこかの若い息子に嫁いでいくなんて、死ぬよりもひどい運命のように思われた。母のカーソン夫人は、この縁談が、チャールストンの悪名高き閉鎖的な社交界にも受け容れられるに違いないと信じていたので、説得する必要はほとんどなかった。サウスカロライナの最上の家族のなかには、アラバマで土地を獲得していた者もあったし、バーティーはそのような人たちと気軽に付き合っている様子だった。父カーソン氏と彼の叔父は、綿花栽培という気まぐれな事業についてよく知っていたので、この縁談にあまり乗り気ではなかった。二人とも、ルーフェルが実家の近くで結婚してくれることを望んでいた――財産持ちの男であることはもちろん、ありきたりの農園主などより土地に多くを依存しない男を望んでいたのだ。だがアラバマが苛烈なインディアン戦争の場であったとしても、ルーフェルはバーティーについて行っただろう。父親とカーソン叔父は、彼女の母親の説得とルーフェル自身の涙ながらの懇願に屈した。ルーフェルとバーティーは結婚し、春の終わりにアラバマへと船で渡っていった。

ここまでが、窓際のロッキングチェアに腰かけ、木々を見つめたり、赤ん坊たちに授乳したり、豆の殻をむいたりしながら、また椅子を静かに揺らしながら、ただ腰かけて、ルーフェルが自らに語った結婚秘話だった。

ときどきルーフェルは、モントゴメリーへの最初の旅や、プレストン家がドライフォーク邸で二人を祝して開催した舞踏会、モビールの綿花市場へ毎年旅したことを懐かしく思い起こしていた。彼女が二度めの流産をしたあとの夏さえも、それはルーフェルがホワイト・サルファー・スプリングズ〔ウエストヴァージニア州の保養地〕で、いわゆる「泳ぎを覚えた」夏だったが、楽しかった陽気な一連の思い出の一つとなり、彼女は個々の思い出の断片をゆっくり辿りながら、愛おしい細々《こまごま》としたことまで思い返した。たとえば、ルーフェルがバーティーの腕に高々と抱かれて、屋敷の入り口から初めて見たグレン邸の玄関ホールはあまりにも広くて、部屋かと見間違えたこと。それに高い天井も、オーク材の床も、ホールの端に見た優美な階段も。ドライフォーク邸の浴室の黒と白のタイルを横切って陽射しが斜めに差し込んでいたことも。川に浮かんでいた蒸気船が貴婦人のように壮麗で、日中は乙女のように貞節で、夜は情熱的な美女だったことも。ブラック・リヴァーの川堤沿いに建つ粗野な小屋の入り口に垂れて咲き乱れていた朱色の花も。

より頻繁に、ルーフェルが思い起こしたのは、社交界で過ごした場面の数々だった。競馬レースのあいだに行なわれた競馬クラブでの大混雑するランチや、壮麗な邸宅の庭で催された午後の音楽会、そしてソレンソン屋敷の舞踏会場（これぞ、本物の舞踏会場で、多くの友人宅での、ダンス用にしつらえられた二間続きの客間などとは比べものにならない）のこと。そこはヴェランダと庭へと開いており、春先にはまだ花の香りもほとんどなかったが、冷気に満ちた暗闇は暑さと光を避けるには格好の場所だった。人で超満員の部屋には音楽と笑い声が満ち溢れていた。これらが、ルーフェルの求愛期間の思い出。明かりが灯された部屋、暑さ、騒音、そのなかを彼女とバーティーが、大勢の人たちのあいだを縫ってゆっくりと歩いていく。

ルーフェルは必ずしもチャールストンに戻りたいと切実に思っていたわけではなかったし、来客は滅多になかったが、来なくて寂しいとも思ってはいなかった。旅は充分にしてきた――旅の期待や思い出がいっぱいある――そしてティミーは、結婚して二年めに生まれたし、一家も秩序だってきた。ルーフェルは少しばかりスケッチを楽しんだり、ラグを壁に吊るしたり、縫物をしたりしていた。ルーフェルの宝物だった「結婚祝い」のマミーと過ごした日々において、彼女はキラキラ光るような場面を何度も何度も思い起こし、それらを日々のありふれた布地にしっかりと編み込んでいった。

　避けられない失望や悲しみの数々も凌《しの》いできた。二人は充分な資金がなくて二階を完成できないまだったし、奴隷にもそれほど恵まれなかった。病気の奴隷や逃亡奴隷にも悩まされ、彼らには一時《いっとき》に――マミーとバーティーのお付きの男を除くなら――八人以上の奴隷がいたことはなかった。隣人たちとは、逃亡奴隷や家畜の牧草地の権利をめぐる不愉快ないざこざが続いていた。隣人らは、バーティーが近隣をいつも勝手にうろつく豚や牛から綿花畑を保護するために柵を設置したことに憤慨した。バーティーは、隣人たちが自分の奴隷たちを匿《かくま》っており、さらに逃亡するように促していると責めたてた。ルーフェルはティミーの出産後、二度流産した。そういうこともあってか、二人は郡の外への小旅行で出会った多くの友人たちとも、ルーフェルの実家とも連絡が途絶えていた。

　ルーフェルは、ごく内密にとどめる思いにおいても、実家との四年にわたる疎遠について、連絡をしていないという以上の表現をしたことがなかった。いつか母に手紙を書いて、これまでの誤解を正し、バーティーと自身への悪意に満ちた誹謗中傷に反駁《はんばく》したいとルーフェルは自らに言い聞かせていた。おそらくルーフェルもバーティーも結婚当初は、彼女の父親とカーソン叔父に金をねだることも少しは自由にできただろう。大農園の持ち主であっても、しばしば資金繰りが厳しく、できあいの物資の購入や、賃金の支払いは、収穫期を当てにしていたわけだから。ルーフェルの母親はただ、このような片田舎できちんとした暮らしを安定させるまでにどれほどの資金が要るのか、決して理解しなかった。いずれにせよ、借りた金は大した額ではなかったし、確実に言えることは、母親があの最後の憎しみに満ちた手紙で述べたような法外な金額ではなかった。借金が四、五千ドルもあるなんて、そんなはずないわ！　そして二階はまだジョージア王朝建築様式の前面と内部が空っぽの骨組みだけで、台所は、例の巨大な料理用コンロの上に差しかけの屋根があるだけだった。二人は結婚してわずか四年のあいだに、そんな大金を借りたはずがなかった。そして借金の正しい金額がいくらであったにせよ、父親は二人が独り立ちした暁《あかつき》にはバーティーがそれを返済すると理解していたに違いない。

もちろん、それはすべて愚かな誤解だったわけで、ルーフェルは傷つきながらも、母親がバーティーのことを悪漢とか浪費家とか賭博師などと誹謗中傷する言葉で罵《ののし》りさえしなければ、いつでも許す気になっていた。このすべては、ルーフェルがほんのささやかな額を無心したことに起因していた。その金を何に使うためだったのか、彼女は覚えてすらいなかった。しかしルーフェルは密かに、その母の手紙を気に病んでいた。手紙はルーフェル自身、ときどきそうではないかと疑いを持ちつつも、いつも許していた母の性質の一面、つまり意地悪で狭量な性質を暴露しているように思えた。ルーフェルはバーティーに手紙を見せる気にはなれず、マミーに聞いてもらうこともしなかった。そういうことをしたなら、母の愚かな請求金額になんらかの正当性を与えてしまうように思えた。本当のことを言えば、ルーフェルは手紙の内容そのものより、手紙の影響力のほうをより心配していた。もう実家の援助でチャールストンに帰ることは望めないだろう。だがいつの日か二人が自立したときには、母親に手紙を書こう、誤解を正そう、とルーフェルは自分に言い聞かせた。

このような話は、過去の陰鬱な思い出の一部であり、ルーフェルは決して自分から話さないように心がけた。ルーフェルは、バーティーがしていたように隣人を冷笑したりはしなかったが、隣人たちは無作法で無骨な人たちだとわかっていた。バーティーが主張するには、女たちは、たいがいふしだらでゴシップ好き。時おり――いつもふと思いついては、さっと消えた――マミーがいっそう頻繁に声に出してぶつぶつこぼしていたことだが、ルーフェルは、東の水平線に、木々の上に飛び立つ鳥よりましな風景があるといいのにと考えていた。そしてつねに、マミーの囁きを制したように、その感情のすぐあとで、そんな気まぐれな考えを封じ込めると、バーティーがこのような辺境の地から家族のために良い暮らしを骨折って創り出してくれたという理解に導かれるのだった。彼女は、ときたま縫物を少ししたり、花壇の土を掘り返したりする以上のことは何も手を貸す必要はなかった。ルーフェルは、バーティーがかなりの代価を払って、彼女の安逸《あんいつ》を買ってくれたのだとわかっていたので、夫を批判しようとは思わなかった。

二人の結婚から五年めの年、害虫が発生し、新しい畑からすでに軌道に乗っていた綿花農地へと広がって、収穫は潰滅《かいめつ》状態となり、二人は破産寸前に追い込まれた。バーティーは年に一度、今ではさらに頻繁に二、三度出かけていた短い商用旅行を、長期の旅にしたいと言い出した。たいがいバーティーは、二人がいつも不足がちの手持ちの現金を少し持ち帰った。彼はミシシッピ川やミズーリ川、オハイオ川など、川を旅していたが、川は北部の資本と南部の事業が出会う場であり、「取引」をして現金を作る場だと言っていた。ルーフェルはバーティーが話していた取引がどんなものなのか、ぼんやりとしか知らず、父親やカーソン叔父が携わっていた商売のようなもので、農園主と綿花に関わる商売、つまり商品の売り買いに関わる仕事だろうと考えていた。そしてこれは二人の困難を切りぬけるまでのみの仕事であり、やがて帳尻が合って、もっと耕地を増やし、もっと多くの綿花を作ることができると思っていた。

バーティーは去年の綿花摘みの前に帰ってきて、現金と、ルーフェルには波型模様の絹織物一巻きを、ティミーには馬の鞍《くら》と身体の不自由な黒んぼ《ダーキイ》を土産《みやげ》に持ち帰った。農場の収穫は例年より少なかった――綿花用の農地が充分ではないからだ、その問題を翌年の春までに是正することにしようとバーティーは説明した。そして彼は、綿の若木の除草と間引きが終わってから最初の綿摘みまでの農閑期に、川に戻って土地を改良するための資本を入手したいと言って、再び出かけていった。マミーは、それが気に入らなかった。ルーフェルは妊娠中だったし、それまでに二度流産しており、その前のティミーのときも難産だったからだ。農場には頼りになる御者がいなかったうえ、当時、畑で働いていた半ば野生の黒人《ニグロ》たちを指図する責任の多くがルーフェルの肩にかかることになるからだ。だがルーフェルは、行かないで、とは自分からは言えなかった。バーティーはいつも自信満々だったし、ルーフェル自身、自分は健康体だと思っていた。あの高価な絹織物が功を奏したのか、声を出して笑い、嬉しそうにして、旅に出ることがいかにも重要な仕事だと思っていたバーティーを喜ばせた。彼が前回の旅に出かけなかったならば、一家はこの冬を乗りきれなかっただろうとルーフェルは自分に言い聞かせていたし、マミーにもそれはわかっていた。

事は長靴下《ストッキング》の伝線のように起こった。六人のうち四人の働き手が、八月に綿花畑の綿摘みを終えて間もなく農場を去った。赤ん坊のクララが早産で生まれ、しかも難産だった。バーティーは戻ってくる気配すらなかった。マミーの言葉を借りるなら、おそらく仕事を探しに遥か遠い北部まで出かけてしまい、川が凍って動けなくなったのだろう。ルーフェルは地理をはっきり知らなかったので、マミーの自信に満ちた言葉を聞いて心が落ち着いた。ルーフェルが健康な女の子を授かったこと、収穫をどうにかやり終えたことを、マミーはしばしばルーフェルに言い聞かせた——もっとも、バートご主人さまは、逃亡奴隷を使ってどうやって収穫を終えたかについてなんと言われるだろう。二人で隣人たちについて言っていた冗談を今やっとバーティーは理解するだろうと、マミーは自信たっぷりに笑った。そしてルーフェル自身、あとになって、それは確かに愉快な話だと思った。バーティなら、近隣の頼りない農民たちが逃亡を助けたサットン家のすべての奴隷の「お返し」だなと言うだろう。

ルーフェルはバーティーの反応より、隣人の反応をより心配していた。マミーは、農場にいる黒んぼ《ダーキィ》たちの誰一人、この地域の奴隷ではないとルーフェルを安心させてくれた。ルーフェルが逃亡奴隷を匿《かくま》っていることで告発されるか逮捕されるだろうという恐怖は、秋が深まるにつれ遠のいていった。しかしルーフェルは、逃亡奴隷たちの取り計らいについて、マミーほど楽天的ではいられなかった。確かに彼らは農場にいた奴隷たちより、はるかに意欲的に仕事に励んでいるように思えた。だがルーフェルは骨ばった黒んぼのエイダを好きになれなかった。ルーフェルがクララを出産したとき、お産が長引き難産になるとわかるや、マミーはエイダの手助けを取りつけたのだった。エイダは逗留し続けて料理を担当し、その娘のアナベルは屋敷の手伝いをすることになった。この二人の黒んぼはマミーの仕事をずいぶんと軽減したはずだが、ルーフェルは、二人が彼女を避けている態度に何か悪賢さを感じとり、エイダが逆にマミーの時間をあまりにも多く奪っているようにも見えて、密かにやきもきしていた。ルーフェルは、収穫に携わっている四、五人の逃亡奴隷たちとはあまり関わらなかった――マミーとエイダは彼らと必要な取り決めを交わしていた――だがルーフェルは、これらの黒んぼたちはどこかの農園から逃亡してきたのだから、グレン農場からも逃亡するだろうと心配せずにはいられなかった。

クララに乳をやるとき、ルーフェルは窓辺に腰かけてロッキングチェアを優しく揺らし、外の木々を見つめるのが習慣になった。そんなとき、彼女はチャールストンのことを思い起こし、腰かけて木々を見つめながら、ためらいがちな憧れを抱いて故郷のことを話し始めた。ルーフェルは、最初のうちマミーがからかったように、チャールストンが東の地平線に見えてくるなどとはもう考えてはいなかったが、社交界デビューしたあの町がひどく恋しくて、それを罪の意識とともに隠そうとした。マミーは、ルーフェルがいつまでも無気力でいることを心配し、また恐れもして、エイダが出産直後の母親の元気回復に効き目があると言う苦味の濃い薬草茶を飲んでみたらどうかと彼女に勧めた。エイダは、頼めば、ご主人が戻られたあとも居続けてくれるかもしれません、とマミーはルーフェルに言った。その言い方ときたら、バーティーが今すぐにも戻ってきそうな口ぶりだった！　そして、マミーはルーフェルが心の深みに抱える恐怖を何気なく口にした。つまりバートご主人様がこんなに連絡してこないのは極めてゆゆしいことですよ。ご主人様が戻られたら、お嬢様は必ず文句を言わなければいけませんよ、というものだった。彼が戻ってくるとマミーが穏やかに断言してくれたおかげで、ルーフェルの弱々しい信念が強固になった。春になり遥か北部の川に雪解けが訪れるやいなや、バーティーは家路に就くだろうと窓の外を眺めながら自分に言い聞かせた。

　ルーフェルはその冬について、とても惨めだったこと以外、ほとんど何も覚えていなかった（思い出そうとしても、窮乏や切り詰めた暮らしのことさえ何も思い出せないことに微かな驚きを覚えた）。ルーフェルは、春の種まきの準備にも、マミーがそのことを話し始めるまでほとんど注意を払っていなかった。綿花畑を泥灰土《でいかいど》で肥やし、肥料をまかなくてはならなかった。作物を周期的に植え換える必要があったので、バーティーがいつも綿を植えていたところにトウモロコシを植え、オート麦や牧草やエンドウ豆も育て、ジャガイモ畑を拡大した。全体的に綿花を減らすことにした。いろいろな助言により、バーティーが実践していたこととますます違ったものになるにつれて、ルーフェルは不安になった。だがマミーが、冬のあいだのどこかでグレン農場に迷い込んだ新参者の黒人《ダーキイ》のハーカーの経験を例に挙げて、自分の意見の正しさを主張したとき、ルーフェルの煮えきらない疑問がいともたやすく解消した。ルーフェルは、これらの変化から生まれる収穫物全体の管理という、より大きな問題に戸惑っていたのだが、この件では、ほかの多くのことでもそうだったように、マミーの判断に委ねるなら、問題はより容易に解決できることに気づかされた。

　春の最終段階になってマミーの胸に風邪が居座ってしまった。最初のうちは、何も深刻な病ではないと思われた。ルーフェルはついに産後の無気力状態から脱し、すぐにもバーティーが帰宅すると期待して、マミーを手厚く看護するのを楽しみ、エイダの苦い煎じ薬を飲むように冗談ごかしに勧めた。咳がいっそうひどくなり、びっくりするほど突然にマミーは死んでしまった。ルーフェルはマミーが亡くなったという事実にとても慣れることができなかった。マミーの死後しばらくは、何日も何週間も、マミーの声が生きて聞こえていた場所の沈黙を埋めてくれるものは何もなかった。バーティーは戻ってこないだろう。ルーフェルはこの恐怖を声に出して言ったことがなく、自分に言葉で納得させることすらなかった。マミーが生きていたときは、口に出して言うなんてとても考えられないことだったが、マミーが死んでしまった今、それも不可能となった。いったい誰がルーフェルを叱ったり、彼女の恐怖を笑い飛ばしてくれるだろうか？　だが恐怖は厳然とあって、意識のなかへ矢のように飛び込んできた。チャールストンだけが、悪い予感を寄せつけることはなかった。ルーフェルの最初の舞踏会シーズンのあの夢のようなイメージの数々が、彼女の退屈な日々とどこまでも続く木々からの避難場所になった。

ルーフェル自身、木々を通してサットンズ・グレンを見たことがなかった。ああ、そう言えば、彼女は楡《にれ》の木々がいつの日か、街道から屋敷に通じる小道に沿って立ち並び、大枝どうしが頭上高くで合流し、小道の端に屋敷が四角い形を成して立つ風景を想像していた。だが、アイヴズ・クリークはあまりにも幅が狭く、川の流れも、旅するにはあまりにも曲がりくねっていて、屋敷は街道からは見えなかった。ルーフェルはクララに乳をやりながら窓の外を見て、また声を出さずに心で歌いながら、これらのことを黙々と理解するようになった。屋敷が森に呑み込まれてしまったようだと思い、ルーフェルは再びチャールストンを心の底から恋しく思った。森がアイヴズ・クリークの東側のすべてを呑み込んでしまったようだ。「君が川を旅してみたいのなら……」とバーティーは言ってくれたのに。

それでも、とルーフェルは自分に言い聞かせるのだった。今でもなお、ある場所からは——たとえば反対側の斜面に行けば——屋敷のいくらかは見えた。少しだけでそれ以上は見えなかったが。もちろん、ルーフェルやほかの誰かの眼に、どこか遠い距離から屋敷がどれほど見えたかなど、大した問題ではなかった。彼女はほとんど手入れされていない中庭や、庭の向こうに立ち上がる斜面、変化する光、変化する木々の色、何もない空を見つめていた。木々のあるものは幹が太くなり、あるものは上にほっそりと伸びていた。木々の合間に見えると想像した川の水が銀色に輝いていた。そして今、ルーフェルは黒人娘《カラード》をじっと見ていた。

毎日が漫然と過ぎていった。デッサは眠っていたが、「さあ、食べて。食べるのよ」と勧める黒人《カラード》女のどら声に目を覚ました。強い香辛料の入った肉汁の味、これはミルクで薄めた粉末のシリアルの舌触り。血の沁みた布の交換。痛いほどにバツが悪く、子犬のように弱々しく、その女の優しい手の感触に耐えた。目が覚めると、しばしば腕のなかで赤ん坊が眠っていた。手が重くて、赤ん坊を抱くほどの力はなかったので、口をすぼめて赤ん坊に愛を送った……。あるとき目を開けると、微笑んでいる顔が見えた——黒い顔、桃色の顔、夜のように黒い髪、太陽のように明るい髪——この人たちの名前を知っているはず。デッサは弱々しげににっこり笑った。彼らはデッサの腕を撫《な》でてくれた。ネイサンだわ、デッサは思った。カリーだわ。だがすでに二人の姿はなかった。

黒人女《カラード》はデッサの世話をしながら気さくにしゃべった。答えを求めることもデッサに質問を強要するわけでもなかったが、デッサはよく耳を傾けて聴いた。心はちゃんと持ちこたえていて、赤ん坊が元気にしていることを理解できた。白人女のほうは危害を加える気配がまったくなかった。デッサはよく眠れた。もう夢は見なかったが、目覚めたときは注意を怠らなかった。白人女はしばしば部屋にいるように見え、デッサが目を覚ますと、女は両手を静かに膝において、夢を見ているような目つきでデッサのほうを見ていた。どうやら独り言を言っているようだった。「……ボンネット……」。デッサはそれを五、六回聞いた。半分はじっと耳を澄まして魅了されながら、赤い口が動くのをじっと見ていた。もしその気になれば、女が何を話しているのか理解することができただろう。だがもし女の言っていることが理解できたとしたら、何かをしなくてはならない……しなければ、しなければ——何かを……そして——「……ピクニック……」と白人女は言った。デッサは声に出して笑いたかった。「ピック・ニッツ？」あなた、どこへ「ニッツ《シラミ》」を「取り《ピック》」にいったの、って言ってるんだろうか？あるいは白人だけがする何かほかのことかな？　デッサは、白人女をじっくり観察した。洋服はなかなか小綺麗にしていた。そうなんだ、白人にも虫がつくんだ、どこかの貧乏白人みたいに、あるいは清潔にする知識のない田舎の黒人みたいに。「マミー……」。意味不明だった。マミーの名をしばしば聞いた。この白人女は、母さん《マミー》の何を知っているというのだろう？　また「低い《ロー》ウェストライン《ウエスト》」とか「オランダ袖《ダッチ・スリーヴ》」のマミーとか言ってる——まさか雌牛《めうし》の話じゃないよね？

あるときデッサが目覚めると、腕に抱かれていた。顔には、生身の人間の細い網のような巻き毛が絡《から》みついていた。巻き毛がデッサの肌にくっついて、ひどくむずがゆかった。強い恐怖に襲われてほとんど窒息しそうだった。白人女が彼女を抱いていて、しかも二人は大きな羽毛ベッドに一緒にいたからだ。そして実際にデッサを救い正気づかせたのは白人女の寝息だったが、その静かな規則正しい息づかいは否《いや》が応《おう》でも、荒々しく打つ心臓に秩序をもたらすものだった。完全な満足感を放つ吐息が一定間隔で聞こえ、デッサの脊柱に寄り添うのは、小さくて壊れそうな赤児のおくるみだった。彼女は用心して身体の向きを変え、力の限り辛抱しながら、赤ん坊と一緒に少しずつベッドの端へ身体をずらしていった。そして、柔らかいマットレスの上で注意深く身をくねらせて、自分と白人女とのあいだに、二人を隔てる膨《ふく》らみを作ろうとした。女は、今も規則正しい呼吸をして眠っており、デッサと同じように寝返りを打った。心臓が肋骨に当たっているみたいに激しく鼓動するなかで、わたしはいったいどんなところに来たのだろう？　とデッサは思った。彼女の指はしばし、つやつやした髪と、赤ん坊の薄いビロードのような肌に触っていた。デッサが再び眠りに就いたのはそれからだいぶ時間が経ってからだった。

黒人女《カラード》の名前はエイダだと、デッサはある朝理解した。長窓は夜明けの光で薄明るくなり始めていた。ここではホラ貝や鐘が鳴ることはなかった。人々は雄鶏の鳴き声で起き出すと決まっているのだ。ここは、サットンご主人は不在だったが、サットン農場と呼ばれる場所だった。エイダは白人女性を「ミズ・ルイント」と呼んでいた。エイダがその名前を口にするその言い方には、どこか可笑《おか》しな響きがあった。まるで——。白人女は気が狂っているのか？　デッサは汗をかいた。シフトドレスの薄い生地が身体にくっついた。シフトを着ているなんて。デッサはドレスを握りしめた。手が腰回りに触れたときの薄い生地の感触。デッサはこれまで、こんなに上等の布を身に着けたことがなかった。彼女は、信じられないほど滑らかなシーツのあいだを不安げに動いた。白人女の呼吸は、静けさのなかにあってもほとんど聞き取れなかった。もしかしたら、この女は気が狂っているのだとデッサは思った。だけど人殺しではない。いや、絶対に人殺しではない。もしそうならネイサンとカリーはここへデッサを連れてくるはずがない。人殺しではない。でも、もしかしたら少し気のふれた女なのかも。頭が少しおかしいかも。自分がこのベッドに寝ていることを、ほかに説明できるわけがないではないか？

気がふれたのだ。そしてエイダが言うには、ミズ・ルイントはご主人が今度の収穫期には必ず戻ってくると言ったそうだ。女がもう一人、静かな声で笑っていた。白人女は去年もご主人が帰ってくると同じことを言ったが、ご主人は戻らなかったとエイダは言った。デッサはあのときのことを思い出した。エイダが両眼をぐるぐる回して、まるで――デッサはそれがなんであったか特定できなかったのだが。気が狂ってる――もしかしたらそう言いたかったのだと、今ならデッサも確信を持って言えた。だけど白人女は決して人殺しではなかった。エイダはまた「ドーカス」という女のことも話した。デッサは心のなかで、痩せた黒土色の顔にもっと黒いもつれた髪がのっかっている姿を見ていた。違う。それはエイダの娘のアナベルの姿だった。アナベルは滅多に姿を現わさず、現わしてもほんの短いあいだで、いつも静かにハミングしており、デッサにはまったく興味を示さない痩せた女だった。ドーカスはエイダが口にした別の女で、デッサが会った覚えのない人だった。気にすることはない、デッサは自分に言い聞かせた。デッサは手を動かして赤ん坊をあやした。どこかほかに寝る場所を探さなくてはならなかった。エイダに訊いてみよう。

エイダも彼女の娘も白人女の持ち物ではなかった。この農場の誰一人、白人女のものではなかった。

エイダの言葉はデッサの注意をぐっと捉えた。バンダナの下に見えるエイダの顔は平静だった。デッサは、自分が聞いたことは正しかったのかと訝った。自由ってこと？　デッサはエイダが手に持つ茶碗をかき回すのをじっと見つめて黙ったまま、みんな自由なんだろうかと思った。デッサは何か身振りをしようと試みたが、手は力なく脇に垂れた。彼女は口の中のものを飲みこんだ。「あんたたちみんな――」とデッサは低いしわがれ声で言った。

エイダはデッサの口へ半分ほどスプーンを近づけたところで手を止めた。「自由かって？」と彼女は微笑みながら言った。茶色の眼をじっとデッサに向けて、口をつけてないスプーンを茶碗に戻した。「やっと口を利いてくれるわけね、ん？　さあ、あと少しだけよ」。エイダはトウモロコシ粥の残りをかき回して、もう一匙《ひとさじ》、デッサのほうに差し出した。「さあ、食べておしまい」

デッサはおとなしく口を開けた。トウモロコシ粥はミルクで薄められ、バターで味付けされていた。デッサはスプーン一杯の粥を口に含んで、その豊かな味を楽しんだ。

「正確には、自由とは呼べないわね」。エイダははっきりしない口調で言った。「わたしたち、逃亡してここにいるわけ」と明るい声で付け加えた。この言葉ですべての説明がつくかのような口ぶりだった。「あの女性はわたしたちを置いてくれてるんだよ。彼女にも助けが必要だし。旦那がどこかへ行っちゃったきりでね。奴隷たちも逃げていってしまったんだ」。エイダは肩をすくめて、にっこり笑った。「ここらの白人連中は、わたしたちが彼女の所有する奴隷だと思ってるけど、わたしらの誰一人この農場の所有物じゃないのさ」。エイダは粥の最後の一匙を掬《すく》ってデッサの口に入れると、立ち上がった。

「エイダ」。デッサはエイダのスカートの襞《ひだ》をなんとかしてつかもうとした。「エイダ、あんたと一緒に寝てもいい？」デッサは肩肘で起き上がろうともがいたが、力なく崩れ、眼でエイダを捉えようとした。「あたしと赤ん坊のことよ？」デッサは、もう二度と白人女のベッドで寝たくはなかった。

「ねえ、あんた」。エイダはデッサのほうに屈み込んだが、心配そうな温かい眼差しだった。「あのね、わたしとアナベルは、台所の小さな差しかけ屋根のところで寝てるけど、あたしらが寝るともういっぱいなんだ。あそこは狭いから無理。あんたは産後なんだし――」

「奴隷小屋なら、あたしたち寝る場所があるかも――」

「鶏の通り道よりひどいよ」。エイダはベッドに腰かけて、デッサの手をさすっていた。「いいかい、あんた。こういう貧乏な白人たちのことだけど。ああ、この部屋と客間は立派にできてるよ。だけどあのドアの外に何があると思う？　とても大きな階段があるけど、階段の先には何もないのさ。二階は完成してないんだ」。エイダは笑った。「「奴隷小屋」と言ったって、小屋が一つあるだけで、片側が女用、もう片方が男用なんだ。それに」と、デッサがさらに反論しようとしたとき、エイダは付け加えた。「あの女《ひと》がこの場所でたった一人、乳が出る女なんだよ。あんたが出ていっても、赤ん坊をここに置いていかなくちゃならないよ」

デッサは赤ん坊が自分のところから連れていかれる様を想像して、焦りを覚え、涙ながらに、自分は乳が充分に出ないのかと心配した。自分の赤ん坊がおっぱいをもらっている――。呼吸が速くなり、心臓が耳元でばくばく打っているように感じた。もっと深いわけがあるのだ。だがデッサは向こうを向いた。

エイダは、白人女性とほとんど同じように、デッサに話しているというより、自分自身にしゃべっており、実際に応えを期待してはいなかった。すでにエイダはデッサが話したことをすっかり忘れてしまったように見えた。デッサはいつもの倦怠感に身を委ねた。みんな逃亡奴隷なんだ。エイダも、ハーカーも。ほかに何人いるんだろう？　そして白人女はみんなを住まわせて、乳までやってくれて――。デッサは白人女が彼女の赤ん坊に授乳しているのを知っていた。実際にその場面を見たから。それは、白人女性についてデッサが教えられてきたすべてに反することだった。だが、その事実をあまり詳しく突き詰めることは、デッサの存在自体をほぼ否定することになる。白人女が逃亡奴隷を住まわせていること――。その事実さえ、考えるにはあまりにも大きな問題だった。ときどき、デッサは赤い髪の罠に嵌り、乳白色の肌のなかで溺れそうな気がした。白人女の額には、片方の薄茶の眉のすぐ上に小さなホクロがあった。女は、デッサにはなんの匂いなのかわからない微かな匂いがした。奴隷たちは、なぜこの場所に逃げてきたのか？　それは、彼女が住まわせてくれるからだ。なぜ彼女は奴隷たちを住まわせているのだろうか？

「……うしろに。マミーはあの服もちゃんと作ってくれたわ」。白人女は今度は縫物をしていた。膝に優美にかけられた白い布に大きくて揃わない縫い目を刺していた。思わずデッサは彼女の話に耳を傾けた。「……聖セシリア祭の夜だったわ。もちろんマミーは母に夜会用ドレスの着付けをしなくてはならなかったの」

こんな白人女は母さんの会話に出てきたことがなかったけど、とデッサはうとうとしながら考えた。そして、こんなことを話題にするなんて。晩餐会《ばんさんかい》と正装用ドレスのこと――地味な普段着じゃなくて。「……わたくしは全部自分で着たのよ。だから、ちょっと怖い気持ちもあったの――ウィンストン家は王族と親戚だったのよ、もしかしたら爵位を持っていただけだったかしら」。白人女は一瞬言葉を止めた。「そうね、ダフネがよく話していたから、わたくしがそのことをちゃんと覚えていると思うでしょう」。そうではないの、と彼女は首を振って優しく笑った。「マミーなら覚えているわ」

デッサは突然、心に痛みを感じた。もしかしたら母さん《マミー》はケインのことも、ご主人がジーターを売りに出すことも「知らなかった」のかもしれない……。

「……マミーはそのことを信じかねていたわ。すべてがずっと昔に起こったことだったし、それを見た人はもう誰も生きていなかったから」

あたし、この眼で見たんです、とデッサは言い出した。女主人があたしを売ったみたいに、ご主人はジーターを奴隷商人に売ったんです。だが白人女は、途切らせることなく言葉を続けた。「……綺麗な服だった。ところで、マミーは歴史のことは何一つ知らなかったけど、服のことはちゃんと知っていたのよ。それは確かだわ。マミーはわたくしにとても綺麗なドレスを着せてくれたの。レイノルズ家の娘たちだって――彼女たちのお父さんは銀行の頭取で、フランス・シルクで作ったズロースを穿《は》いているという噂だった。その彼女たちでさえ、いつもわたくしのドレスを素敵ねと言ってた」

デッサは白人女を見つめた。あの人、狂ってる。こんな話をでっち上げるなんて、あの、あの――。

「……あの娘たちときたら、最新流行の仕立て屋に注文した服のようなふりをしたのよ。でもわたくしはいつもこう言ったの。『あら、この可愛いお洋服はマミーがわたくしのために急いで仕立ててくれたものよ』って。そうして、わたくしがウィンストン家の大広間に入っていったときも、マミーが縫ってくれたドレスを着ていたわけ。ドレスはマミーの――」

「それって、『母さん《マミー》』が作ったわけない」。突然デッサの口からこんな言葉が飛び出した。デッサはそう言いながらも、白人女が言いたかったことの真意を理解していた。「マミー」は召使であり、奴隷（ドーカスという名の？）であり、ちょうどキャリーが若奥様の赤ん坊を死ぬまで世話をしていたのと同じように、この女の世話係だったことを。しかし、女がぽかんと口を開けてじっと見つめている様子に煽《あお》られて、デッサは続けて言った。「母さん《マミー》はあなたのものを何一つ作ったわけない！」

「あら、マミーは――」。そこで、白人女は混乱して言葉を止めた。心に負った傷が赤いシミのように女の顔に広がった。

それを見て、デッサは再び激しい言葉を放った。「あなたは母さん《マミー》のこと何も知らないくせに」

「よく知ってるわよ」。白人女は憤然として言った。「パパがくださったのよ――」

「母さん《マミー》は、マクアレン郡ボーフォード川沿いのシメオンに近いヴォーガム農園に住んでいます」。

奴隷たちは、見知らぬ白人に訊かれたら、このように答えるようにと教えられていた。つまり名前とか、どこの農園の者かと訊かれたときの応え方である。白人女はあんぐりと口を開けた。まるで魚みたい、水から陸《おか》にあがった魚みたい、とデッサは女を軽蔑の眼差しで見た。誰にだって、この白人女を正気に戻してまともに考えさせることができるはず。

「あら、あら――わたくしのマミーはね――」。白人女はしどろもどろに言った。

デッサのなかで言葉が弾けた。「あなたの言ってる「マミー」はね――」。あの白い赤ん坊は決してキャリーからジェサップの居場所を奪ったことはなかった。白人の女の子は誰一人母さん《マミー》の胸からわたしの居場所を奪うことなどできなかった。誰にもできなかった。「あなたに「母さん《マミー》」などいないのよ」とデッサはきっぱりと言った。

「わたくしのマミーはいるわ――マミーは確かにいたわよ」。白人女性は今では叫び声になっていて、震える手には白い布がくしゃくしゃに握られていた。

「あなたが覚えているのはこんな袖とかあんなボンネットとかだけ。どこかのパーティーとか――。あなたが住んでいたところには家族がいなかったわけ？　「マミー」は誰かの名前じゃないし、本当の名前じゃない」

「マミ――」

白人女の赤ん坊が泣き始めたので、彼女は立ち上あがって赤ん坊のほうに行こうとした。デッサの声が、涙を浮かべて泣く赤ん坊の声に重なり、白人女を椅子に釘づけにしていたらしい。「ほら！　ほら！　あなたは「マミー」の名前も知らないのよ。母さん《マミー》には名前があって、子どももいたのよ」

「マミーには子どもがいなかったわ」。白人女は、指を自分の胸に突きさして、ついに立ち上がった。

「マミーにはこのわたくしがいただけよ！　わたくしは彼女の子どもみたいな存在でした」

「それじゃあ、なんという名前だったんですか？」デッサは嘲るように言った。「子どもが自分の母さんの名前も知らないわけね。マミーの名前はなんと言ったんです？　なんという――」

「マミーよ」と白人女は大声で叫んだ。「マミーが彼女の名前だったわ」

「母《マミー》さんの名前はローズだった」。デッサはそう叫んで、なんとか座る姿勢になろうとした。「ローズって、真っ赤な花よ、黒っぽく見えたの。母さんが娘の頃、肌の色にふさわしいとその名前がついた――すべすべの黒い色だった。そしてみんなは母さんの吐息のこと、からかったの。母さんは酪農場で働いていたから。母さんの息が牛乳のような匂いがすると言ったわけ。そうよ、母さんの口はバターのようにつやつやしていて、母さんのキスは酸化したミルクのようにツーンと強い味がしたわ」

「あなたは嘘を言ってるのよ」。白人女は冷たく言った。彼女は怒りに震えて、「嘘つき！」と言い放った。

　デッサは身体を起こして膝立ちになり、白人女の顔に言葉を投げかけた。「母《マミー》さんはね、十人の子どもを生きて授かったのよ」。デッサは指を立てて数えながら子どもの名前を言った。「最初の子は母さんの名前をもらってローズ。二人めは、白人たちが名前をつける前に死んだ。母さんはその子を、一度会ったことのある従姉《いとこ》の名前をもらってミンタと名づけた。畑に出る歳まで生きたのはセスが最初だった。リトル・ローズは母さんがエイモスを身ごもっていたとき死んだ――ジフテリアに罹《かか》って命を落とした。ありがたいことに、神さまはセスを助けてくださった」。母さんがよく話していた通りに、デッサは彼らの名前を思い出していた。みんなに忘れられないように、と母さんはよく言っていた。この可哀そうな子どもたちは母のもとからいなくなったけれど、今生きている人の記憶からも死んでしまわないようにと。

「エイモスはある年のイースターの一週間を生きた。彼は母《マミー》さんの子宮を萎《な》えさせたようで、ベスを授かるまで、一人も生きられなかった」。母さんは子どもたちの名前を言い続けたが、言葉に出すことが余りにも辛くなって言うのをやめた。

「母さん《マミー》が残した子どもは二人だけで、セスとベスだった。母さんが大奥様と一緒にリーヴズ農園に来たとき、セスは売られていった。ジーターのように売られていった。ジーターの本名は父さんの名前をとってサミュエルだった――キャリーだけが、父さんのジュニアだからとジーターと呼んでいて、それからずっと彼はジーターと呼ばれた。ベスは大奥様が大旦那様のリーヴズご主人と結婚する二年前に生まれたけど、病気がちだったので置いていかれた。そしてローズが新しい家に到着する前に死んだ」

これらの名前は何年ものあいだ埋もれていたけれど、デッサには忘れることができなかった。デッサは死者たちの名前について話し始めていたが、白人女がとっくにいなくなったことに気がつかなかった。すでに子どもたちが二人とも泣いていたのだが、その泣き声が聞こえるなか、デッサの声は響き続けた。

「ジェフリーは母さん《マミー》がリーヴズ農園に来て最初の年に死んだ。シーザーはキャリーより二つ年上だったけど、お客のために留めていた馬に頭を蹴られた。キャリーは新しい農園で生まれて育った最初の子どもだった。そしてデッサ。デッサ・ローズ、女の赤ちゃん」

怒りがすっかり尽きて、デッサは悲しみの涙を流していた。「ああ、神さま、母さんのそばにキャリー・メイがまだいてくれますように」

第四章

あの黒んぼ《ダーキイ》、なんと図々しいこと！　怒りにいきりたち、何も目に入らず裏口のドアをぴしゃりと閉めて、ルーフェルは外に出た。急な階段を駆け下りて、エイダを乱暴に押しのけ——エイダは一番下の段に足をかけたところだった——ひとことも言わずに進んだ。あの娘《ウエンチ》ときたら、自分の名前もちゃんと知らないくせに、この家で、このわたしに向かってマミーのことで意見しようとしているわ。ルーフェルは庭を大股で横切ると、ごく自然に川に通じる小道を降りていった。生意気で無礼なふしだら女め！　鞭で打ってこらしめなきゃいけないわ。もしわたしの奴隷なら、絶対に鞭で叩いてやるのにと悪意たっぷりに思った。あるかないかわからない小道を歩いて左に折れ、木々が川の上流を囲っている細長い川岸に入った。ここらあたりは陽射しが斑《まだら》模様をなしていて、ほかの場所より涼しかったのでルーフェルは歩調を緩《ゆる》めた。もちろん彼女は、自分とデッサが二人の違うマミーの話をしていることはわかっていた。どうしてあの頭のおかしい娘は、このわたしの知るマミーを、彼女がよく知っていると言えるのだろう——そう考えたものの、自分も同じことを半ば望んでいたことにも気づいた。ルーフェルは黒んぼ《ダーキイ》娘がしばしば寝たふりを決めこむのを知っていたが、娘がルーフェルの言葉に困惑したような驚きの表情を見せることにも感づいていた。それと、娘の大きく見開かれた眼は信頼関係を持ちたいと訴えているようにも見えた。ルーフェルはいかにも懐かしそうにチャールストンのことを話したことはなかった。それはマミーが嫌い恐れるようになっていたことだから。ただチャールストンでの暮らしが過去に確かにあったことの証拠を誰かにいろいろ話したかった。黒んぼ娘の、眠たげながらも言葉をそのまま真に受ける注意力は、あのチャールストンでの出来事が本当にあったということを、ともかくも確認してくれそうな気がした。ルーフェルは顔を真っ赤にして怒った。彼女は娘と変わらぬ振る舞いをしたわけであり、見知らぬ黒んぼ娘と思い出話をしてしまったのだ。

マミーは、お嬢様《ウエンチ》は人を信用しすぎる、心を開きすぎると言うだろう。ルーフェルにはそれがよくわかっていた。娘は生意気だったが、自分の立場を忘れて、そこらの貧乏白人のようにくだらない話をしたのはルーフェルのほうだった。ルーフェルには、マミーの声がはっきりと聞こえた。わたしはあの娘を元気づけたかっただけだわ、とルーフェルは弁解がましく考えた。一日じゅう、あのベッドに寝ているなんて、よほど退屈に違いない。もし自分がもうちょっと長くしゃべったらどうかしら、そう、ルーフェルは自分が孤独であり、マミーの死からずっと、ときに沈黙が自分を押し潰しそうになることを認めていた。それに、話してほしいと誘われたようだったのに——。ルーフェルのなかで憤怒が膨《ふく》れ上がった。とにかく、あの娘があれほどの憎しみを露《あら》わにするほど挑発しなかったはずだ、とむっと怒りがこみあげた。あんなにいっぱいでっち上げて意地悪するなんて。

ルーフェルが狭い川岸に出ると、木の脇にいた黒い人影に出くわした。彼女は気づいていなかったし、相手もそうらしかった。叫び声をあげる直前に、ルーフェルはそれが娘に会いにきた黒んぼ《ダーキイ》の一人だとわかった。魚釣りをしていた。使い古した帽子を被り、木の幹に背をもたせかけ、膝と膝のあいだに釣り竿を挟んでいた。彼女が近づいてきたことを感じとったのか、あるいは足音が聞こえたのか、男は動いた。帽子がするりと脱げ、釣り竿が落ちて、身体は立ち上がろうともがいていた。始めのうち、襤褸《ぼろ》服に身を包み、明るい色の帽子を被った腕と脚だけの不格好な黒い影に見えたので、ルーフェルは吹き出しそうになって口を覆った。男が身体の均衡を取って立ち上がると、空を背景に黒い影がのしかかるように見えたので、ルーフェルは喉まで出かかった笑い声を引っ込めた。彼女はすんでのところで大声をあげそうだったが、彼のほうから話しかけてきた。

「驚かないで」。優しく腕を広げ、手を上げて、ルーフェルの眼をまっすぐに見て言った。「俺、釣りをしてるだけなんで」。男は釣り竿で小川を指した。「侵入するつもりはなかったんです」。だが彼はそこを立ち去る気配を見せなかった。

ルーフェルは混乱して言い淀《よど》んだ。「どうして――」。わたしの領地だわ、と彼女は憤《いきどお》りを感じながら思った。「あなたたちときたら――」。どこにでもいるのね。彼らはどこにもいた。家にも、ベッドにも――それにマミーは――。ルーフェルは泣き崩れた。もちろん、ルーフェルはマミーの名前を知っていたはず、と自分に言い聞かせた。ひどい狼狽から立ち直れば、すぐにマミーの名前を思い出すだろう。マミーは――。

「奥さん」。彼女のすぐそばで、熱い身体が彼女を引き寄せていた……。「ミズ――」。腕をあの肩のまわりにかけて、ルーフェルの頭は黒い首の擦《す》りきれた襟元に、マミーの胸のあの場所を探していた。「マミーは」と、ルーフェルは柔らかく、くしゃくしゃのハンカチに顔を当てて泣きじゃくった。そして痛ましいほどはっきりと記憶を蘇《よみがえ》らせた。「そう、ドーカス。ドーカスという名前だったわ」

ドーカス。ルーフェルがときどき主張していたように、パパは誕生日の贈り物としてドーカスをプレゼントしてくれたわけではなかった。ドーカスは以前の女主人のお供でフランスを旅したことのある、並外れて優秀な淑女用のメイドで、千百ドルもした奴隷であり（千百ドル出せば、農作業用に優れた働き手を買うことができた！）、十三歳の少女へのプレゼントとしてはあまりにも高価だった。ドーカスはカーソン家の淑女たち三人全員の世話をし、縫物、洗濯、髪結い、着付け、ドレス選びなどの仕事をこなした。家族がドーカスをマミーと呼んだのは、母のカーソン夫人が、その呼び名のほうが長いあいだ一家に仕えてきたように聞こえると考えたからだった。ドーカスは一家の淑女たちの世話をした。カーソン夫人は襟ぐりの深いドレスが好きだったし、ロウィーナはスカートの派手な裾《すそ》襞《ひだ》を好んだが、ドーカスはそういう下品な趣味を控えさせる役割も果たした。彼女は、五歳のベンジャミン二世に友だちが訪ねてくるときには全面にピシッと糊の利いたシャツを着せ、年長の男性たちには、当時まだ一般に流行してはいなかった柔らかい布のネクタイを先駆けて着けるよう進言した。ルーフェルには真っすぐ背筋を伸ばして立つよう教え、赤ん坊のように柔らかく細い髪を麦芽とレモン入りのお湯ですすいで、子どもっぽいほっそりとした顔に似合うように整えた。そしてドーカスはルーフェルを愛した。マミーがずっと愛したのはルーフェルだった。マミーは微笑んだ瞬間、ルーフエルの心を盗んだのだった。

「ドーカスと申します」。ルーフェルは自分の部屋に見知らぬ奴隷を見つけて、はっと驚き、誰なの？　と尋ねると、奴隷女は即座に答えた。彼女の顔はクリームのまったく入っていないコーヒーの色に見えた。ルーフェルは混乱し、自分のしわくちゃの袖なしドレス《ピナフォア》と顔のまわりにほつれた柔らかい髪を意識しつつも、この女はひょろ長いし品もなさそうだと感じた。「ドーカス」は新しいピンのようにピカピカで小綺麗だった。ドーカスの長く幅の狭いエプロンは汚れ一つなく、彼女の黒っぽい大きめの服の腰ではなく、胸の下でピンで留めていた。ドーカスの豊かな胸の上を、寸分たがわず折りたたんだ白いネッカチーフが蔽っていた。そしてクリーム色のバンダナ——。違う、バンダナじゃないわ、とルーフェルは自分の描いたイメージを正した。黒人女が頭に被っている絹のように見える布は、たいがいの黒んぼ《ダーキイ》が頭に結んでいた派手な色の帯状の布とは似ても似つかない。これはスカーフだわ。片耳の後ろで輪にして結んである。ルーフェルは、ほかの家内奴隷のむしろ決まりのない服装に慣れていたので、この黒人女《ダーキイ》のきちんとした外観には居心地の悪さすら感じた。ルーフェルは再び戸惑い、あら、この人、とてもおしゃれな感じがすると思った。「わたしはお嬢様とミズ・ロウィーナとお母さまのお世話をいたします」と黒人女は楽しげに言った。彼女はルーフェルの下着を整理ダンスに片づけて引き出しを閉め、こちらを向いて言った。ルーフェルが黙ったままだったからだ。

「お嬢様はミス・ルーフ――?」

「ルースよ。ルース・エリザベスです」。ルーフェルは呪《まじな》いが解けたように、ようやく言った。黒《ダーキイ》んぼが彼女の名前をきちんと言えた試しがなかった。不明瞭に発音したり音節を曖昧《あいまい》に言ったりして、ついにはどんな名前なのかほとんどわからなくなってしまう。二人の家つき召使の不注意な発音はカーソン夫人を苛立たせた。しばしば彼女は怒って召使の口をぴしゃりと叩いた。だから無意識のうちに、ルーフェルもこのとき自信をもって、しっかりと、そしてはっきりと「ルース・エリザベス」と言った。

「まだお若くてやせっぽちのお嬢様なのに、とても立派に言えましたね」

ルース・エリザベスは威厳を傷つけられて、きりりと姿勢を正したが――というのは、ルースは背丈が伸びたこと、そして突然胸が大きくなってきたことを意識して悶々《もんもん》としており、身を前屈みにすることでなるべく目立たせないようにしていたからだ――黒い顔にパッと蛍が飛ぶような微笑みに魅了された。眼が笑みで輝いていた。だが一瞬ルーフェルは、その眼差しにためらいがあって、黒い眼が、わたし、よろしいでしょうか? ちょっとからかっても? と問うているのを感じとった。ルーフェルは黒人《ダーキイ》女の蛍のような笑みに惹《ひ》かれつつも、その明らかに確信のある口ぶりに心を乱されたが、同時に彼女が不安を仄めかしてもいることに安堵した。そのほうが黒人女に似合っていたし、ルーフェル自身を少しほっとさせてくれた。

ルーフェルは孤独で、自分を醜くて不器用だと感じていた。マミーはルーフェルの話し相手になってくれたし、髪の毛も、多少ふっくらした唇の微笑も褒《ほ》めてくれて、彼女に真っすぐ背筋を伸ばして歩く姿勢も教えてくれた。ドーカスはカーソン夫人が批判するところを褒めてくれ、叱責するところを抱擁して安心させてくれた。ルーフェルには、あの枕のように柔らかいマミーの胸に話せなかったことなど、なんであれ、今では瑣末なことのように思えた。あのクッションのような胸に抱かれて、フェルル様、ルーフェルお嬢様、と名づけてもらったのだもの。マミーの唇から、その名前を言われると、自分が愛されていることを、耳で、心で確信することができた。

今ルーフェルの髪を触る手は硬く、胸も腕も硬かった。ルーフェルは身を起こしてすすり泣いていた。黒い手が親切にもルーフェルにくしゃくしゃの布を差し出した。ルーフェルは上品にきちんと鼻をかんだが、そのとき初めて、自分のペチコートでも涙をふいたことに気がついた。ルーフェルはひどく驚いて黒人《ダーキイ》のほうを向き、息を呑んだ。見たことのない黒さだった。顔を黒く塗ったミンストレル・ショーの芸人のような膨れた唇と飛び出た眼をしているのではないかと思い、じっと眼を凝《こ》らした。予想に反して、ルーフェルが見たのは影のある眼と彫りの深い顔立ちだった。顔立ちは――ハンサムだ！　ルーフェルは衝撃を受け、ほとんど憤りに似た気持ちでそう思った。彼女はもう一度見た。今度はこっそり探るようにして見た。そして自分と黒人、男と女の自分が同じ地面の上に一緒にいることをしっかりと感じとっていた。ルーフェルがはっと驚いた瞬間、男は彼女の肩から腕を離した。気まずくなり、ルーフェルは男から身を遠ざけた。

「ドーカスは」。男は咳払いした。「ドーカスって。死んだ女性《レディ》のことですね？」

ルーフェルは今一度鼻をすすり、頷いた。「ドーカスはね。まるでわたくしを自分の子どもみたいに育ててくれて。まるで――」。ルーフェルはどもりながら言ったが、再び泣き出しそうだった。自分がマミーの子どもと考えることが、黒人《ダーキイ》女の子どもだと考えることがどれほどばかげた話なのか、はっきり理解したからだ。そして身震いした。黒んぼの子どもだなんて。モビールの街で、使い走りをしたり、悪ふざけをしたり、小銭を無心したりするのをときどき見たことがあったけれど、あの腹を突き出して襤褸を着た腕白《わんぱく》小僧たちと自分が同じだと考えるなんて。マミーは奴隷だったし、黒ん《ニ》ぼ《ー》《ガ》だった。それと、「マミーは――。マミーはわたくしのメイドでした」とルーフェルは混乱して言い訳がましく言い終えた。「わたくしの世話係の召使だったの」。でも、マミーはわたしの友だちだった、とルーフェルは思った。マミーの愛おしい記憶から自分が距離を置いたことを恥じて、強い口調で言った。「マミーはわたくしを愛してくれました。愛していなかったって、ほかの黒人《ダーキイ》の誰にも言わせないわよ！」と激しく付け加えた。ルーフェルは泣きじゃくりながら、身体をずらし男の優しい温かさにそっと寄りそった。「ところで、あの娘《ウエンチ》」とルーフェルは怒りを露《あら》わにして続けた。「あんたたちがいつもちやほやしている娘だけど――」

「デッサですか？」

「あの娘が――言ったの。マミーはわたくしを愛してなどいなかった。わたくしを愛することなんてできなかったと言ったの」

「騒ぐほどのことじゃないです」。男は静かに言った。「黒人《ダーキイ》がよく言うことですよ」

「あの娘が――」

「デッサはドーカスのことなんて何も知らない。奥さんに会ったばかりだし。どうしてそんなに動揺するんです？」

ルーフェルは話そうと口を開いたが、すぐに閉じて顔を背けた。「わたくしはただ思い出していたの、マ――」。舌がもつれた。「思い出していたの。彼女のことを」。さらには、あの懐かしい顔も思い出せなくて、怒りの涙を瞬《まばた》きして払い落した。あの愛おしい顔立ち、コーヒーのように黒い肌とクリーム色の頭のスカーフ、ふくよかな唇が眼に浮かんだときには、顔立ちが微妙に変化して、いつしか別人の顔に重なって見えた。

「奥さんはドーカスをとっても深く愛しておられたんだね」

ルーフェルは頷いて鼻を拭ったが、静かな声に心が和《なご》んだ。「わたくしは、十三歳のときからずっと毎日ドーカスと話をしてきたの。そのあいだずっと、わたくしがマ――、ド――、いいえ、彼女に何か話してないことがあったとは思わない。そう……」。男の疑い深そうな表情を見て心が揺さぶられ、目を背けた。この男《ひと》はマミーを知っていたの？「もちろん、全部を洗いざらい話したわけではなかったわ。わたくしが――。結婚したあとは、結婚した淑女には人に話せないこともあるもの。でも、そのほかのことは全部マミーに話したわ」とルーフェルは大急ぎで言い、彼女とマミーが共有した記憶を思い起こした。「わたくしは舞踏会のあとや、ちょっとした散歩のあとにもちょくちょく、グレイソンやレジーナ、ドリーたちと一緒に――彼女たちはわたくしの特別な友だちでした――家に帰ったの」

ルーフェルの思い出に残る特別な一日などはなく、ただグレイソン家の奴隷の一人のポンペイを従えて町をぶらぶらしたときの気配、あるいはグレイソンの料理人が午後のティータイムのために焼いたバターたっぷりの可愛いクッキーの味が蘇るだけだった。ルーフェルが外出から家に戻ったとき、いつもマミーが待っていてくれたわけではなかった。たいがいの場合は、マミーは母カーソン夫人の着替えを手伝っているとか、姉ロウィーナの蜂蜜色のブロンドの豊かな髪のもつれを櫛《くし》でほぐしていた。だが、マミーはいつも必ず時間を見つけては、ルーフェルの一日の出来事を聞き出して、どんなに小さな手柄にも喜びの声をあげ、慰め忠告し宥《なだ》め、たしなめてくれるのだった――。ルーフェルが、アビゲイル・ソーレンソンの舞踏会に着ていったドレスについて話し始めたとき、そばで人の動く気配がした。男は、帽子を片手に持ち、別の手には魚を持って立ち上がった。ルーフェルも立ったが、顔が燃えるようだった。ああ、またやってしまったとルーフェルは気づいた。記憶が、口が、我を忘れて走り出してしまった――。まるで黒人《ダーキイ》たちが、自分の話す生活のことをなんでも知っているかのように。

「失礼。奥さん、敷地に侵入してすみません」。黒人《ダーキイ》はお辞儀をして立ち去った。「すみませんでした」。男は去っていった。

ルーフェルは、自分に怒りを覚えて地団駄《じだんだ》を踏んだ。彼らはもちろん羨ましく思っていたのよ。わたしの思い出を羨ましいと思い、わたしの人生が黒人たちより遥かに恵まれていること、これからもきっと恵まれた暮らしができることを羨んでいるんだわ。ルーフェルは泣いていた。マミーがいなくて寂しくて。木の下に腰を下ろし、自分と会話しながら、しくしく泣いた。

エイダは黒人娘《ダーキイ》のために寝室の床に藁ベッドをしつらえていて、ルーフェルが屋敷に戻ったとき、そのことを報告した。ルーフェルはエイダには応えず、乳が張って疼《うず》くほどだったので、クララを抱こうと身を屈めた。

「お嬢様には柔らかい卵とカスタードをあげました」。エイダは急いで言った。

ルーフェルは胴着《ボディス》の紐《ひも》を手探りでほどこうとしていたので、この言葉も無視した。閉めた寝室のドア越しに赤ん坊の泣き声が聞こえたが、ルーフェルはこの赤ん坊に乳をやる気になれなかった。黒んぼの赤ん坊を、隣人が無関心に見るように初めて見た――いや、そういうふうに見てみよう。赤ん坊の黒い肌が獣の毛皮のように見えた。

「赤ん坊が夜寝ているあいだに、デッサを階段の裏側に移動させます」。エイダは大きな声で言った。

わたしが何も応えない理由は、実際によく聞こえないからよ、とルーフェルはいらいらしながら思った。クララは乳を飲みながら思う存分遊んで、すでにルーフェルの腕のなかで眠そうにじっとしていた。片方の乳房の固さは楽になったが、もう片方はまだ引き続き疼いていた。

「ドーカスが眠っていた場所に移しますが」とエイダは続けた。「――もしそれでよろしければ」と彼女は急いで付け加えた。

エイダの明らかな狼狽ぶりを楽しみながら、それじゃあ、あなたも、家のなかの問題については、女主人の許可を得なくてはならないとついに理解したわけね、とルーフェルは意地悪く考えた。ルーフェルは怒りを露わにして、声に出して言った。「あの娘がどこで寝ようとわたくしは構わない」。あの赤ん坊にも乳をやらなくてはならない、とルーフェルはうんざりした気持ちで思った。彼女は寝ついたクララを寝室に連れていき、ベビーベッドに寝かせた。黒んぼ娘《ダーキィ》は目を覚ましていたが、ルーフエルは泣きわめいている赤子を抱き上げるときデッサの眼差しを避けた。エイダは後ろのほうでうろうろしながら、ルーフェルとデッサを交互に落ち着かない様子で見ていた。

マミーがこんなわたしたちを見たら、一瞬のうちに成りゆきを理解していただろうと、ルーフェルは客間に戻ったとき思った。そして喧嘩をふっかけたほうに謝罪を要求しただろう——双方に謝らせないにしても——マミーは、ルーフェルとロウィーナが喧嘩したときはいつもそのように仲裁したから。そしてすぐに思い直した。ほら、また同じことをするのね——と怒りながら自分に言って聞かせた。わたしったら、黒んぼ《ダーキィ》はみんなマミーみたいだと期待しているんだわ。家族のように思ってしまう。声に出さぬままルーフェルは心のなかで泣き叫んでいた。

ルーフエルは納得したかのように、客間のロッキングチェアに腰を下ろし、乳房を赤ん坊の探る口に与えた。赤ん坊は彼女の乳房に小さな拳をのせて、貪《むさぼ》るように乳を吸った。赤ん坊の靴ボタンのような眼は涙で光っていた。ルーフェルは赤ん坊の瞬きひとつしない眼差しが不愉快になり、顔を背けた。ルーフェルの指は、ほぼ自然に赤ん坊の絹のような巻き毛を撫《な》でていたが、それは彼女の子が生まれたてのときの、髪のない頭とはずいぶん違っていたし、真っ茶色の肌は自分の子どもたちの青白い肌とは、際立つ対照をなしていた。たまらなくなってルーフェルは目を閉じた。そして溜息をつきながら、身体にじかに伝わってくる赤ん坊の乳を吸うリズムに身を委ねた。

それからしばらくして、彼女は大きなベッドに横たわり、まだ眠らずに、夜の深い沈黙のなかで聞こえる娘の柔らかく規則正しい寝息を心地よく聞いた。彼女は静けさが、静寂が大嫌いだった。コオロギの鳴き声に耳を傾け、ティミーが寝返りを打《う》つのを聞き、クララがしばしば吐く溜息を聞いているときは、静寂の延長に耳を傾けているようで、まるでルーフェルだけが目を覚まし、ものを考えている存在であるかのように思えた。それはマミーが生きていた頃には気づいたことのない、茫漠《ぼうばく》とした虚空の世界であった。エイダはいつもマミーを「ドーカス」と呼び、その名前をあまりにも気軽に口にした。それはルーフェルにもよくわかっていた。ドーカス。ルーフェルはマミーの顔を思い浮べながら口に出して名前を言ってみたが、今心に浮かぶ懐かしい顔を見ても何の慰めにもならなかった。まるであの娘《ウエンチ》がルーフェルの愛しいマミーを盗み去り、代わりに別のマミーを置いていったかのようだった。ルーフェルは自分の赤ん坊に飲ませるようにして黒人娘の赤ん坊に乳を飲ませているが、もしマミーに子どもがあったとしたら、マミーも胸に赤ん坊を抱いて授乳したかしらと疑問を抱いた。もしも子どもたちが売られていったとすれば、マミーはその苦しみにどうやって持ちこたえたのだろうか――。それは、もしマミーに子どもがいたとしたらの話、とルーフェルは一連の考えを遮《さえぎ》った。それは黒人娘が話したことだけが根拠だった。それに繰り返し思ったことだが、自分と黒人娘は同じ女性の話をしていたわけではなかった。だが、マミーに子どもがいたかもしれない、ルーフェルはその事実を知らないことを思い悩んだ。

マミーはブラックベリーが好きだったが、ルーフェルはそのことは知っていた。毎夏、ジャムを作って貯蔵し、マミーは黒んぼ《ダーキイ》が調理しようとしている材料から工夫してタルトを作った。ルーフェルの屋敷では良い料理人に恵まれず、また例の調理コンロも使いこなせなかったが、マミーはいかにも手荒な畑仕事用の奴隷を説き伏せてタルトらしきものを作らせた。それをルーフェルは微笑みながら思い出していた。マミーは絹織物で服を作るのが好きだったし、お天気に恵まれているときは、台所に続く中庭で樫《かし》の木の下に置いた椅子に座って、家事全般の仕事を指図していた。マミーに恋人はいたのかしら？　子どもは？

ルーフェルがマミーと知りあってから長年のあいだ、マミーが頭にはバラ結びの布を、胸には雪のように白いスカーフをつけていない日は一日たりとなかった。あるとき病気が重くなって、階段裏の藁ベッドから起き上がれなくなった。あまりの変わりようだった。黒い顔は、一筋二筋銀色に光る白髪まじりの黒髪に縁どられていたが、その髪は極細の絹糸がもつれたように柔らかかった。それでもなお、マミーは同じように振る舞った。病気が大したことではないように見せ、ルーフェルのご機嫌をとった。ルーフェルは黒人《ダーキィ》たちに頼んで、マットレスを階段下の窮屈な一角から客間に移動させて、マミーの介護をしたのだった。マミーもルーフェルも逆の役割を、つかの間楽しんだ——もっとも、マミーが許したのはそこまでで、それ以上のことはさせなかった——ルーフェルも、マミーがちょっと風邪を引いたぐらいで大病になるとは思ってもいなかった。

マミーは親切で思慮深く、強かった。マミーの短い黒髪が、髪に意思があるかのように指に巻きついていた。マミーは細い指をしていて、親指と中指は、針仕事のとき、指ぬきを嫌ってつけなかったため硬くなっていた。マミーの好きなものは、ブラックベリーと絹と台所に続く中庭の樫の木だった。彼女が知っていたのはそれだけで、それ以上は何も知らなかった。ルーフェルはいくぶん恥じ入る思いだった。十一年も一緒にいて、最後のときになって初めて、愛を惜しまなかった手の下に、愛した人の髪の感触を知るなんて。本当に、そのような無知は悲しみよりひどいものだわ。ルーフェルは熱っぽく思い返していた。マミーはフランスが好きになれなかった。母のクララ・カーソンが訊いたとき、あら、それは美しいところでしたよ、とマミーは素っ気なく答えた。あるいはそのように、カーソン夫人は友人たちにしばしば話していた。それは母が友だちの前で新しい奴隷のことを話したときのことで、今ルーフェルが苦々しい気持ちを新たにして思い返すには、当時はまだ、世間体のためには、フランス語がしゃべれない「フランス」かぶれのメイドを持つより、マミーという名の年配の召使を持つほうがましだとわかっていなかったのだ。家族が名前で呼ばなくなったとき、マミーは気にしていたのだろうか？　それが理由でマミーはわたしの呼び名を変えたのだろうか？　ルーフェルはぞっとする思いだった。マミーがいつも愛おしいとか可愛いと思ったものが単なる復讐の対象であり、家族がマミーから奪ったものすべてへの小さな報復だったとしたら？　いったい、マミーは何歳だったのかしら？　どうしてフランスへ行ったのかしら？　ルーフェルはマミーに訊いたことがなかった。マミー、あなたに子どもがいたの？　と。

　黒人娘の寝息が部屋を満たしているようだった。ルーフェルは考えた。フランスでは奴隷はみな自由だったのだと。それはちょうど、ヤンキーが奴隷を誘惑して北部に行かせるようなものだった。マミーは前の家の奥様をそれほど愛していたのだろうか？　まったく知りもしない女性に対する愚かな嫉妬が突然ルーフェルに湧き上がったが、すぐに自分をたしなめた。マミーはあなたのために、ここに留まるという選択をしてくれたのよ。農場にいた無気力な黒んぼ《ダーキイ》たちと同じように逃亡することだってできたのに。だがこう説明したところで、奴隷たちが森に逃げても、北部へ逃亡しても、それはフランスで自由の身で暮らすのとは同じではないとルーフェルは理解していたし、自分にもそのように言い聞かせていた。そしてマミーはその機会を捨ててまで帰国したのだ。マミーには子どもがいたのね。あの午後の黒人娘の言葉どおり、マミーに子どもがいたとすれば国に戻ってきただろう、それはルーフェルにもわかる。あの娘は彼女のマミーをなんと呼んでいたっけ？　ローズだわ。ドーカス。ローズ——すべすべの黒い肌。ルーフェルはあの言い方を思い出した。マミーの残り香のような、爽やかで気取った香り——ドーカス。ローズ？　この娘は、マミーのコーヒー色の黒い肌も「すべすべの黒い肌」と呼ぶのかしら？　ルーフェル自身、この娘の顔にずっとマミーの眼を見ていた。娘はチャールストンから来たというし。きっと、マミーはずっと昔にチャールストンに帰ってきたのだ。

　ルーフェルは夜明け前のあるとき、くぐもった赤ん坊の泣き声で目が覚めた。彼女はしばらくじっとしていた。まだ眠気から脱しきれないのを意識しつつ、目が腫《は》れて瞼が重かったが、乳が張っているのをうすうす感じていた。黒い赤ん坊はずっと泣いていたんだわ。ルーフェルはベッドからよろよろと出て、そう気づいた。あの愚かな黒人娘はなぜ赤ん坊をわたしのところへ連れてこなかったのかしら。少なくともわたしを呼んでくれたらよかったのに。ルーフェルは屈んで赤ん坊を抱き上げた。これまでぼそぼそと口にしていた不満は、昨日の夕べ早くに、どれほど嫌々その赤ん坊に乳をやっていたかを思い起こすと、一気に収まった。このわたしが赤ん坊を空腹のまま放っておくなんて、あるわけない。そのことはあの娘もよくわかっているはずだわ。ルーフェルは少しだけ自己正当化して考えた。それでいて自分が黒人娘にもエイダにも強い支配力を持っていることを理解して、ルーフェルはむしろ心地よく思った。赤ん坊はルーフェルの手の感触を察知したかのようで、泣くのをやめ、顔をこちらに向けて、鼻先で彼女の胸を探った。この子はこんなに小さな身体をしているのに、あんなに大きな声で泣く。あんなに強い意志を持つ、とルーフェルは思った。不注意に抱くとこの子を殺してしまうかもしれない。それでもこの子は世話してほしいと泣いていたし、誰かが世話してくれると信じていたのだ。保護してやりたい気持ちと自責の念に突然かられて、ルーフェルはベッドに戻って胸を開け、赤ん坊のまさぐる鼻先に当てて乳をやった。ルーフェルは、黒人娘に意地悪をしたくて赤ん坊の空腹を利用していたのだ。それに気づいて深く恥じた。

ルーフェルは、マミーとこの娘のことについても、エイダによく訊くべきだとわかっていたが、どうも気が進まなかった。もっとも無害な質問をされたときですら、エイダはとても奇妙に振る舞うことがあった――それはまるで、ルーフェル以外の誰もがすでに答えを知っているとでも言いたげだった。そしてこの件については、ルーフェルはエイダとほぼ同じ意見だろう。ルーフェルはマミーの友だちだったのにと、無知な自分が悔やまれた。ルーフェルから歩みよって昼食が終わったらエイダを呼びにやろうか、それとも夕食のあとで自分で台所に行ってもいい。ルーフェルはその日は漠然と過ぎてゆくのにまかせた。自分自身のこれまでの思慮の足りなさに怒りを覚え、エイダに自分の無知を曝《さら》けだしたくなかったからだ。

ハーカーが夕食のあとで黒人娘を訪ねてきた。彼が立ち去ったとき、衝動的にルーフェルは外に出てあとを追い、彼が中庭を横切ったところで声をかけた。ハーカーはマミーを知っていたから、あの娘をここに連れてきたのだ。急ぎ足で裏階段を下りて追いかけ、必ずや彼女の質問に答えてもらおうと思った。ハーカーは、ふさふさした髪の上で帽子を少し傾け、中庭の端でルーフェルを待っていた。いつもどおり愛想のいい顔だったが、いくらか構えて警戒している様子も伝わり、そのためルーフェルのほうが気まずさを感じた。そういうわけで、ハーカーに尋ねたのは、訊くつもりだったマミーのことではなく、あの娘のことだったが、当初意図していたより、ずっと挑戦的な質問となった。「チャールストンから来たというあの娘のことだけれど？」

ハーカーは躊躇《ちゆうちよ》していたが、やがてかなりおどおどした態度で認めた。「違うんです、奥様。奥様はああいう場所をあまりご存じないでしょうけど。それがわかるのは、ああいう場所に住んだことのある人だけです――そういう人は多くいませんから」。はにかむような笑いがゆっくり顔をよぎった。「僕たちはただチャールストンだと言ってみただけです。だって奥様はそちらのほうのご出身だそうで、あの娘が凌いできた苦労も少しはおわかりいただけるかと思いまして」

ということは、わたしの同情を買うためだったわけね、とルーフェルは勝ち誇り、うっかり口に出してしまった。「マミーに――いえドーカスに子どもがいたのかしら？」

「まあ――。僕が知る限り、ドーカスは子どものことは話しませんでしたよ」。それから、少しわかりかけてきたらしく、こう言った。「デッサがドーカスの家族だと思っていらっしゃるわけじゃないですよね？」

ルーフェルは、そうだとは思ってはいなかったが、にもかかわらず、その問いは彼女の心のなかにいつもあった。さて今度は、ルーフェルは自分が感じているより冷静になって、「ところで、そうなの？」と尋ねた。すんでのところで、ルーフェルはハーカーが笑い出すのではないかと思った。それほどその質問はあまりにも滑稽だった。

ハーカーは訝しげにルーフェルを見た。「僕にはそうだとは思えませんが」。彼はゆっくりと言った。「ですが、僕もあまりよく知らないんです。ネイサンは知っているかもしれません。ネイサンに訊いてみたらどうでしょうか」

「ネイサンって？」

「背の高い、黒めの肌の奴ですよ――」

ルーフェルは、小川のところにいたその黒人《ダーキイ》を思い起こした。黒めの肌。みんなは黒めの肌と呼ぶのね。あの黒い肌を、ルーフェルには漆黒に見えた肌を思い浮かべていた。

「僕から、ネイサンに来るように言いましょうか？」

ハーカーの質問にルーフェルははっとした。「いえ。いいえ」。ルーフェルは、エイダが客間にいる、あるいはあの娘が階段の下にいるところで、黒人男に質問している自分を想像して、いささかパニック状態になった。「いいえ。大した問題ではありませんから」。ルーフェルは急いで言った。「ありがとう。ハーカー」と言って、彼女は立ち去った。あの男は畑仕事があるのに、きっと小川に出て、また釣りをしているに違いないと思った。小川に行って自分で彼を探せばいいんだわ。

翌日、昼食のあとで、ルーフェルは赤ん坊が二人とも眠ったのを確認してから、その黒人《ダーキイ》男を探しにいった。ルーフェルの全地所で最良の釣り場は、先日その男に出会った場所から少し下流に行ったところの川淵だった。バーティーはその釣り場をルーフェルだけが使える場所にとっておいてくれた。夫は、奴隷たちには農地の西側の川を使わせていたが、屋敷に近い水場に奴隷が近寄ることを禁じていた。黒人たちは川の上流の釣り場に関する限り、だいたいにおいてその規則に従っていたが、ハエが蜂蜜に引き寄せられるように、彼らはみな、川淵に釣りに行っていた。奴隷たちが懲罰を受けるもっとも頻繁な理由の一つに、そこでの釣りがあった。その午後、川淵にも上流の釣り場にも人影がなかったので、ルーフェルは引き返そうと踵《きびす》を返した。そのとき、あの黒人男が木々のあいだから姿を現わした。

「俺をお呼びですか？　奥さん」

「いいえ」と彼女はびっくりして言った。男と顔を突きあわせると、自分が何を知りたかったのか、まったくわからなくなった。

「まあ、正確に言えば、呼ばれたわけじゃないですが」。男はここで黙り、まるで彼女のほうから話してくれるのを待っているかのようだったが、ルーフェルは自分が何を言いたいのか思いつかなかった。男は続けた。「ハーカーが言うには、奥さんはデッサのことを訊きたいと」。彼は話を止めた。ルーフェルは言うべきことを心のなかで探したが、何も見つからなかった。「もしかしたら、奥さんはデッサのことで何か俺に訊きたいらしい、とハーカーは思ったようで」

男は、答えます、とは言わなかったことに、ルーフェルは気づいた。それはちょうど、昨日ルーフェルが散策中に川辺に突然姿を現わして彼を驚かせたときに、彼がまともな言い訳もせず、またすぐに立ち去ろうともしなかったのと同じだった。黒人《ダーキイ》たちは、びっくりして不安げな白人の前でどう振る舞ったらいいのか、さっぱりわからないかのように見えた。ルーフェルは、このような状況で彼女の立場がいかなるものかに、これほど無頓着な黒人たちに出会ったためしがなかった。ハーカーもエイダもアナベルも、誰一人として、ルーフェルが特に要求したこと以外に手出しはしなかった。彼らはルーフェルが特別に指示しない限り、自発的に行動することはなかった。彼らは決してルーフェルに恩を売らなかった。マミーはアナベルのこういう態度をのろさのせいにしたが、エイダには同じ態度を認めようとしなかった。ルーフェルが思うには、エイダの今の振る舞い方は、しばしば生意気とすれすれのところだった。ハーカーはエイダのような図々しさの欠片《かけら》も見せることはなかったが、彼は土地についての知識を活用して、ルーフェルに対する忠誠とか義務を超えて、土地を有効に使う方策を練ることを買って出たと彼女は理解していた。ルーフェルはまた、ハーカーには一定の慎みがあることも感じとっていた。それは、ここまではお役に立ちますが、それ以上はだめですよ、という弁《わきま》え方だった。ハーカーだって、あの娘について難なく話すことができるはずなのに、とルーフェルは今や不満に思った。確かにハーカーはマミーについてももっと知っているに違いない。けれど、自ら話すことはせず、ハーカーは彼と同じほど恩を売らない、この見知らぬ男に引き継がせたのだ。ルーフェルは嫌悪感を持って、この黒人男《ダーキイ》を見やった。

「ハーカーによれば」——男はルーフェルの眼差しに応えるかのようにして話した——「奥さんはデッサとドーカスのことを知りたいそうで」

彼女は頷いた。自分が引き続き沈黙することで、男がさらにしゃべらなくてはならなくなるのを期待していた。

「デッサは、どう見てもドーカスと血縁ではないです」。少し間をおいて彼は言葉を続けた。「ともかく、俺が知る限り、関係はないです。デッサは、モンクス・コーナーあたりの農園にいて、母親、父親、姉妹、兄弟たちもそこにいたんで——彼らみんな、あそこら辺の出なんです」

「あんたたちみんなして、彼女はチャールストンから来たと言ったわよね」。ルーフェルは少なくとも彼らの作り話を暴露したことに満足感を覚えた。

男は肩をすくめた。「チャールストンであれ、オーガスタであれ、大して変わりはないです。デッサが奥さんの知りあいの誰かを知ってるなんて、あり得ない。あの娘は——」

「あんたたちみんなして嘘をついたわけね」

「そうなんです、奥さん」。男は、罪の意識の欠片もなく認めた。「それに、俺たち、奥さんを傷つけるつもりはこれっぽっちもなかった。デッサはひどい目に遭《あ》ったんで。もし真実にちょっと尾ひれをつけて言えば、あの娘が休める場所がもらえるかと——」。男は肩をすくめ、手のひらを上に向けて広げた。

まるで、それですべて説明がつくかのような言い方ね、とルーフェルは憤慨した。彼女はいきりたって踵を返した。「待って」と彼は突然彼女の腕に軽く触って言ったが、すぐにさっと手を引いた。ネイサンは手をズボンでこすり、ルーフェルのちょうど肩の上あたりの一点を見ていた。「俺はデッサが閉じ込められていた懲罰箱から出てくるのをこの眼で見たんだ。それがどんなものかわかるかい、奥さん？　強情な奴隷を閉じ込める箱で、寝ることも座ることも立つこともできない、そんな箱なんだ。息が吸えるように二つ、三つ穴があるけど、奴隷の多くは窒息して死んだよ。デッサは鞭打たれ、懲罰箱に入れられ、陽射しに晒《さら》され、汗だくのまま放っておかれた」

「でもあの娘は背中に鞭の傷跡がなかったわ」とルーフェルは素早く返した。

ネイサンは一瞬彼女の顔をじっと見つめたが、その眼差しのあまりの大胆さに不安を感じたルーフェルは、その場を立ち去ろうとした。「デッサは尻と両脚を鞭で打たれた。両腿の内側に沿って焼き印を押された」

ルーフェルはぶるぶる震えた。そんなことが真実であるはずがない。あまりにも、あまりにも恐ろしいとルーフェルは思った。それにしても、この黒んぼ男がどうやってそのことを知ったのだろう？「どうして知っているの？」ルーフェルは挑むように問うた。不本意にも興味をそそられていた。「そのことをどうやって知ったの？」

ネイサンは今度は彼女のほうに目を向けてはいたが、じっと見てはいなかった。「俺はデッサを買った奴隷商人の奴隷だった。旦那がミニフリー付近で奴隷を買いまくっていたとき、畑仕事の経験があって、子どもができた奴隷がシメオンで売りに出されているって聞いたんだ。主人のウィルソンは、そんな掘りだし物なら、たとえひどく遠回りしても見に行く奴で、そして俺をお供にした。だから俺はデッサがちょうど懲罰箱から出てくるところを見たんだ」

「農園主らが、ちょうどデッサの服を鞭で剝ぎとったところで、残ってた服は——服もズロースもシユミーズも――ずたずたに裂けて身体のあちこちに垂れ下がるか、あのひどい傷跡にくっついてた。いいかい、焼き印は腰の下だけに押されたんだよ。奴ら、「彼女の売値を下げる」ことだけはしたくないんだ。これは、デッサの女主人がウィルソンに言った言葉だぜ。女主人はうまい具合に話を進めた。俺はその場にいて、その言葉も聞いたよ」。ネイサンの顔には頑固そうな表情が浮かんでいて、まるでルーフェルに反論してもらいたいかのようだった。「女主人は、この娘には傷跡があるけど、それでも四百ドルの価値があるって、正面切ってウィルソンに抜かしやがった」。ネイサンは首を振って、悔しそうにくつくつ笑った。「旦那相手に、こんないい商売をした奴はそう多くないですよ」
「俺には、デッサがどれだけ長く懲罰箱に入れられていたのかわからない。でも顔は腫れ上がり、血まみれで汚れていた。あんなところに拘束されていたんだから立てるわけがないと思った。でもデッサは立ち上がった」。ネイサンは静かに語気を強めて言った。「立ち上がったんだぜ」

ルーフェルには、ネイサンが説明したとおりの場面を想像することができた。男が自分で、娘の手を縛り、鞍の前橋《ぜんきょう》に引き縄を巻きつけて、農園の庭を横切り、庭をぐるりと回って屋敷の入り口まで馬を歩かせていく。娘は馬の後ろで転びながら進んでいく。馬車道に並んでいる奴隷《ダーキイ》たちを見ながら。なかには顔を隠すものもいたが、まっすぐ前を見ているものもいたと、ネイサンは説明した。娘の家族がその場にいたとしたら、娘の母ローズがいたとしたら、どんなだっただろうとルーフェルは思った。娘の両腿でずっと燃え続けているに違いない焼き印の火を感じとれそうな気がした。
「女主人は玄関のポーチに立ち、ウィルソンと話していた。ウィルソンは馬に乗って、俺を見て馬を速足で歩かせ始め、俺に急ぐよう叫んだ。俺が空を飛べないように、娘が走ることなんかできっこないってわかってた。それに俺は彼女を引きずるなんて嫌だった。そしたら、ウィルソンが馬で戻ってきて、俺の馬の尻を「ピャッ！」と鞭打ったんだ。俺が馬を押さえるまで、デッサは中庭をだいぶ引きずられたよ。ウィルソンがすぐそばに来て、助けようとした俺の手を押さえてこう言った。「助けるな、奴隷隊として歩く最初の稽古《けいこ》だからな。女には頑張ってもらわねばならん」」

「彼女は泣いてたよ。涙で顔の泥が固まって、頭のてっぺんから爪先まで泥だらけ。まるで道端に捨てられたゴミくず。彼女はなんとか身体を起こしたけど、身体じゅうの皮膚が悲鳴をあげてるって俺にはわかった。でも彼女は白人男のウィルソンに一度も情けを請わなかった。そのときも、それからも、俺の知る限り一度も」

「なんと恐ろしい話なんでしょう」。ルーフェルは少し間をおいて息をついだ。焼き印を押されてすぐ歩く、両腿の激痛を想像しながら――。「悪徳商人だわ」

ネイサンは再び肩をすくめた。「それでも主人のウィルソンは、残酷の限りを尽くすっていう極悪なタイプじゃない。ただ商品を傷つけたくないだけなんだ。もっとも安ければすぐ買ってしまう奴だけど。あのとき、ウィルソンがしたことのほとんどは見せびらかしで、奴隷の扱い方を女主人に見せるためだった。だから農園から見えないところに来るとすぐに、俺がデッサを馬に乗せても反対しなかった。傷が治って歩けるようになるまで荷馬車に乗せたさ。つまりウィルソンには彼女を殺す気はなかったってことだよ」

「わかりますとも」。ルーフェルは優しく言った。話を聞いて、それはますます恐ろしいことに思えた。人の身体にそれほどの暴力を加えるなんて。本当にそんなことが起こったならの話だけど、とルーフェルは自分に言い聞かせた。彼女は黒んぼ男《ダーキイ》が事の成りゆきを話している途中で、低めの切り株に腰を下ろしていた。男は彼女から二、三フィート離れたところにしゃがんでいた。ルーフェルは、二人がずいぶん長いあいだ話をしていたことに気づいて立ち上がり、ドレスを注意深く手で直したが、まだ立ち去る気にはなれなかった。「あなたたちみんなは、どうやってこの農場まで来たの？」ルーフェルは好奇心にかられて訊いた。

ネイサンは躊躇した。そして簡潔に言った、「奴隷隊《コッフル》から逃げてきたんです」

ルーフェルは信じられないという表情で彼を見た。彼女は奴隷隊《コッフル》をいくつも見たことがあった。川船の上の奴隷隊は見慣れた光景だったが、男は鎖で繋がれ、女は身体を覆う襤褸さえ満足に着せてもらえず、みんな汚くて惨《みじ》めだった。ルーフェルには奴隷隊を実際に見た記憶と、目の前にいるこの黒《ダー》人《キイ》男とを重ねあわせて考えることは難しかった。奴隷たちは悲惨さを極めていたが、ここにいる男は生命力に輝いていた。そのことに関連して言うなら、あの娘は、男が話したすべてのことを潜《くぐ》りぬけてきたにしては、驚くほど健康に見えた。ルーフェルは厳しい表情で男を見た。「あの娘は相当にひどいことをしたに違いないわね」と言ったが、それがどんな犯罪だったのか、とても想像できない様子だった。

「それはわからない」。男も立ち上がった。「奴隷の主人には、大した理由がなくてもひどい罰を与える奴もいるから。もしかしたら、デッサも大したことはしてないのでは。デッサが何をしたにしても、「奴隷としての売値を下げる」ほどの罪じゃなかったってことさ」

穏やかに咎《とが》めるような口調はルーフェルを嘲るように聞こえたので、彼女は反駁《はんばく》した。「きっと、あの娘はご主人に言い寄ったに違いないわ。だから女主人は、それほど残酷になったのよ。それが理由だったと、わたくしは信じるわ」

「奥さん、ウィルソンがデッサを買ったとき、彼女はとっくに妊娠してたんですよ」。男は言った。「お腹に抱えていた子は、今あんたの部屋で寝てる。これには白人の男は関わってないよ」

「でも」。赤ん坊の褐色の顔を思い起こしたが――「赤ん坊の髪が」と絹のような手触りが記憶に浮かんだ。「あなたは、あんな髪の黒んぼがいると言うんじゃないでしょうね」とルーフェルは頑固に言い放った。

「奥さん」――彼は首を横に振り、穏やかな笑みを浮かべた――「俺が見た限り、どんな黒人《ニグロ》の赤ん坊も生まれたてはみな繻子《しゆす》みたいな輝く巻き毛を持っていて……でも大きくなると縮れるんです」

——ネイサンは指を鳴らした——「六カ月もたたないうちにね。一年経って、あの子を見てくださいよ。髪に櫛が通らないから」

「本当に？」それを聞いて微笑んだ。嘲りの混じった真面目さで男は頷いた。そのおどけた仕種にびっくりして、ルーフェルは笑った。少し罪の意識を感じつつ我に返り、意図していたより遥かに鋭く尋ねた。「あなたは赤ん坊の父親なの？」

「違いますよ、奥さん」。ネイサンは落ち着いて答えた。

「わたくしにはね。あなたたちはみんな、恋人どうしに思えるわ」。ルーフェルは好意的にネイサンに微笑みかけた。恋人どうしなら、彼が明らかに娘を守ろうとしている理由が説明できるから。

彼は首を振った。「デッサは恋人のことなんかとっても考えられる状況じゃなかった」。ネイサンはルーフェルを見ることなく言った。

「そうね」とルーフェルは、ネイサンの気取らない主張に心を動かされて、我知らず話し始めた。彼女は口ごもったが、それでも、内心、人はしかるべき理由がなければ奴隷を鞭打つ気にはならないはずだという思いに駆りたてられた。「そんなひどいことをされるには、何か重大なことがあったに違いないわね」

「それがなんにせよ、デッサはそれを償った。男は死んだし、母親とも会えない。さて、ドーカスですが」。ネイサンは再びルーフェルのほうを向いて唐突に言った。「ドーカスのことはあんまり知らんのです。ドーカスはたいがい、奥さんのこと、お二人がしたことを話してた。ドーカスは奥さんのことをそれは大切に思ってました。だから、ふつうの会話のほかは、ほとんど奥さんのことばっかでしたよ」。彼は肩をすくめた。「エイダは、ドーカスがヴァージニア出身だと信じてるみたいで」と彼は続けた。「俺たちが思うに、——ドーカスはゆっくり腰を下ろして、昔のことを話したりはしなかった、それは奥さんも知ってるでしょう——もしかしたら二人ぐらい子どもがいたかもしれない。でも子どもたちは売られたか、早いうちに連絡が取れなくなったか。ドーカスが奴隷だった家の人たちはあちこちよく旅に出たようで、彼女はいろんな違う場所について知ってた。白人は滅多に黒人の子どもを連れて出かけないけど、ドーカスは旅のお付きで動き回ってた。だから子どもがいても、自分の子どもの消息を知ってたかどうか」

それはもっと辛い話だ、とルーフェルは涙が溢れるのを瞬きして抑えた。

「奥さん？」ルーフェルは顔を上げた。「俺はデッサの言うこと、あまりくよくよ考えたくないんです。あいつ、本当にひどい目に遭《あ》ったから。奥さんも辛かったでしょうね――ご主人は行方知れずだし、ドーカスも死んで」

ルーフェルの常識からいえば、ネイサンが言ったとおりだったが、自分があの黒人娘に喩《たと》えられたのを聞いて憤慨した。「わたくしにはわかっていたわ。あの小さな悪がきがマミーの血縁などであるはずがないって」。ルーフェルは辛辣な口調で言った。

「女主人としては、黒人娘《ダーキイ》の身体の傷跡をどうしても見ておく必要があるってわけかい？　えっ？」

「ええ――」。ネイサンの口調は、証拠が見たいと思うルーフェルの願望が卑しく了見《りようけん》の狭いものだと仄めかしていた。ルーフェルは身体が熱くなって顔に血が上った。自分が黒人娘の裸の腰を調べているイメージが、心のなかに鮮やかに浮かんだからだ。「そうね――」。ほかにどんな方法で、黒人たちが話したこととの真実を知り得るというのだろうか？　「この問題には、あなたが話したこと以上の何かがあると、わたくしには思えるの」。ルーフェルは、その場を立ち去りざま、ネイサンに言葉を投げかけた。「ですから、わたくしはこの問題をとことん追及しますからね」

ルーフェルは、いくらか動揺して屋敷のほうへ急いだが、それでいて、黒人娘がマミーと関係がなかったことに安堵していた――もっとも、あのような恐怖の物語を聞いたあとでは、ルーフェルは娘の混乱ぶりや、娘の母親の愛へのヒステリカルな拘《こだわ》りをよく理解することができた。しかし娘の母親が彼女を愛していたからと言って、マミーがわたしを愛していなかったことにはならないとルーフェルは思った。そしてマミーが自分をただ充分に愛してくれたばかりでなく、自分の自由意志で思う存分愛してくれたと信じたかった。かなり真剣に、ルーフェルはマミーの心痛に個人的な責任を感じた。マミーがいつもわたしの痛みを宥めてくれたようには、わたしはマミーの心の痛みを宥めてあげられなかった。それどころか、わたしはマミーの心痛の種だったかもしれない。そう思った。ルーフェルは、マミーの髪の毛一本だって、故意に傷つけたことはなかったはずだ。もちろん、そういうことはなかった。屋敷に近づくにつれて、ルーフェルの足取りは重くなった。何かあるとしても、自分はマミーの世界の中心だった——。そして子どもたち、マミーの子どもたちは——女の子だったの、男の子だったの？　マミーは子どもたちから引き離されていたのだろうか？　どうやって子どもたちは、そのような痛みに耐えたのだろうか？　などなど、わたしは知りたい。それから、柔らかい人肌を焼き焦がす焼き印の鉄を想像した。本当に、鞭打ちだけで充分だわ。ルーフェルが聞いたもののなかで、鞭打たれている奴隷の叫び声ほど痛ましいものはなかった。バーティーは、本当に鞭打ちをやめてくれたのか、あるいはエイダが一度仄めかしたように、ただ奴隷たちを森に連れていって鞭で打っていたのか？　そしてマミーのことだけれど——。誰か、マミーを鞭打ったことがあったのだろうか？　ルーフェルは知りたいと思った。そう思うだけで、強い怒りが込み上げたことに驚いた。そして、マミーのルーフェルとの親しい関係そのものも、農園主人によっては鞭打ちの理由になったかもしれない、と気づき愕然とした。マミーの辛辣な受け答えや、気の進まないことは忘れっぽかったことなどを思い出していた。忘れたほうがルーフェルのためだと思えば、忘れたかのように振る舞ってくれた。

鞭を打つには大した理由は要らないという黒人男《ダーキイ》の言葉を思い起こした。しばしば、バーティーの場合は、鋤《すき》の刃が折れた（金がかかるから）だけで、あるいは動きが鈍いというだけで鞭打つ理由になった。でもそれは始めの頃だけだったわ、とルーフェルは自分自身に反論した。バーティーは優しい主人になっていった。そう、ルーフェルはグレン農場で、奴隷が鞭打たれた最後がいつ頃だったのか思い起こすことができなかった。確かにルーフェルには奴隷たちの悲鳴が聞こえていただろうし（パーティーが奴隷を鞭打つときには森に連れていっていたのでない限り）、マミーはルーフェルに教えてくれていただろう――それとも教えてはくれなかったのかしら？　ルーフェルは、マミーと二人で最初に、あの鞭打ち特有の甲高い悲鳴を聞いたときの、マミーがしっかと口を閉じていた顔を思い浮かべていた。マミーの血の気の失せた肌と苦痛に満ちた表情は、彼女に、ルーフェルお嬢様、なんとかしてくださいましと乞うているように見えた。それで、彼女は確かにできることはした、そうよね？　パーティーのご機嫌をとったり、やめて、と懇願したりした。もっとも始めのうちはほとんど効き目がなかった。だけど確かに悲鳴は止んだわ、とルーフェルは自分に繰り返し言い聞かせた。それにしても、こんなひどいこと、つまりこの娘に対してなされたことは常軌《じょうき》を逸《いっ》していた。それに農園主は娘に焼き印まで押した。もし男の言葉をそのまま真実と考えるならばの話だけれど。焼き印を押して売りとばすなんて。娘はよほどひどいことをしたに違いないわ。ルーフェルはこう信じることに固執した。もっとも、そう信じてもほとんど慰めにはならなかったけれど。

ルーフェルが屋敷に戻ったとき、娘は藁ベッドでうとうとしていた。赤ん坊は娘の腕のなかに大切そうに抱かれ、母親に寄り添っていたので、ルーフェルは入り口で少しのあいだ立ち止まって二人を見つめていた。二人は絵に描いたように安らかに見え、真っ白なシーツを背に娘のチョコレート色と漆黒の肌が鮮やかで、赤ん坊は寝具と娘の腕に映えて、焼きたてのパンのように輝いていた。娘が鞭打たれ焼き印を押されたという男の話は、その瞬間だけ、嘘のように思えた。つまり、騙《だま》されやすい相手を担《かつ》ぎ、親切な人間の善意を利用して、有利に取引するための作り話のように思えた。ルーフェルはゆったりとした足取りで床を横切り、藁ベッドのそばに膝をついた。娘はほとんどすぐに目を覚ました。娘の眼は黒い顔のなかできらきら輝いていたが、ルーフェルの眼差しを受けて頭を下げたので、すぐに見えなくなってしまった。「あなた、名前はなんと言うの？」ルーフェルは鋭い口調で訊いた。

「デッサです。デッサ・ローズです、奥様」。娘はかすれた声で言った。

ルーフェルはいささか面食らった。彼女は娘がそれほど躊躇なく答えることを期待してはいなかった。「なぜ、逃亡したの？」

娘は目を下に落として、ベッドカヴァーを不安げに引っ張っていた。「なぜって、なぜって、わたしの赤ん坊を奴隷にしたくなかったからです」。娘はようやく一気にこう言ったが、まだルーフェルの顔を見ようとしなかった。

ルーフェルは赤ん坊を見て、モビールで見た黒人の子どもの姿を重ねていた。わたしがあなたたちをここから追い出したなら、この赤ん坊も町で見かける子どもと同じになるのよ、とルーフェルは意地悪な気持ちになって思った。「前の女主人は、なぜあなたをそんなにひどい目に遭わせたの？　それを聞かせてちょうだい」

「なぜって、女主人にはそれができるからです」。娘は顔を背けて、震えおののくような長い吐息とともに言った。

ルーフェルは娘の主張に真実そのものの響きを感じて、一瞬、頭が真っ白になった。手がほとんど自然に動いて、娘の身体からシーツを取り払おうとした。娘はルーフェルに触られて、あっとたじろいだ。あまりにびっくりして警戒心から目を見開いた。ルーフェルは顔を赤らめ、そのようにして傷跡を調べることがどれほど屈辱的な行為か、初めて気がついた。「あなたの――傷はちゃんと治ってきているの？」

「はい。はい奥様」

あら、この娘は本当にわたしを怖がっているとルーフェルは思った。ルーフェルは、自分が余所者の黒んぼ《ダーキイ》たちから危害を蒙《こうむ》る危険性があることに初めて気がついた。近隣との長年の疎遠ゆえに生じた損失を挽回《ばんかい》するために、彼女はいつの間にか、少々意地の悪いやり方だが、逃亡奴隷たちを利用しようと思ってしまった。誰かがどこかでサットン家から逃げた奴隷を使っているわけだから、どうして自分がここにいる奴隷たちを利用してはいけないのか？――彼女は逃亡奴隷たちを逃げてきた先から誘《おび》き寄せたわけではなかったし、ここに居座ることを彼らに勧めたわけでもなかった。ルーフェルはエイダさえ、奴隷売買や逃亡奴隷の新聞広告に用いられるお決まりの挿絵の人物として連想していた。つまりズボンを膝までまくり上げ、頭には何も被らず、肩にかついだ一本の棒に持ち物を束ねた逃亡奴隷の絵。その真っ黒な顔とまん丸の白い眼は、挿絵全体にちょっとコミカルな空気さえ漂わせていた。ルーフェルはいまだにエイダもほかの黒人たちのことも、ときどき仕事を手抜きする怠け者であり、仕事も懲罰も避けて適当に働いている者たちとしてしか見ていなかった。だが、この娘とあの大柄の黒んぼ男は――特に男のほうは、と彼の図体の大きさと沈着冷静な態度を思い起こしながら考えた――それに、娘の様子を見にくるあの黄色い肌の少年だってみんな、相当に筋金入りの悪党に違いない。きっとそうだ。彼らはどうやら、奴隷隊《コッフル》から首尾よく逃げてきたに違いなかったから。だけどこの娘はわたしを恐れている。ルーフェルは拍子抜けして座り込み、突然笑いたい衝動と闘っていた。まるでわたしが犯罪者のようだわ。思わず知らず口がねじれた。娘の恐怖を見て心が落ち着き、ルーフェルは立ち上がって部屋を出た。

娘《ウエンチ》は起きあがり、周囲の様子に気づき始めたが、ルーフェルにはほとんど口を利かず、利くときも、目を下に向けたまま囁き声ほどの小さな声しか出さなかった。娘の遠慮がちな態度はルーフェルをうんざりさせたし、彼女が赤ん坊に手を伸ばすと尻込みする態度も、ルーフェルが赤ん坊に授乳してベッドに戻したときの、いかにもこそこそと調べまくる様子も不愉快だった。どう見ても、娘は指一本でも爪一つでもなくなっていないか調べているようだ、とルーフェルは憤然と思った。ルーフェルは激昂して娘に言った。「前の女主人があなたを虐待したからといって、わたくしたちみんなが虐待すると思わないでちょうだい」。その後、確かに娘はルーフェルが近づいても尻込みしなくなったが、明らかに娘は彼女が赤ん坊に授乳することを嫌がっていると思う。だから娘は彼女と何気ない日常の会話すらできないのだ。ときどきルーフェルは声に出して笑いたくなった――実は、あの「悪魔の女」呼ばわりは冗談にすぎないとずっと思っていた。また、マミーをめぐるあの愚かで激しい喧嘩を思い出しても、娘の無口と臆病な態度は見せかけにすぎないとわかったし、ルーフェルはそういう欺《ぎ》瞞《まん》に怒りを覚えつつ困惑もさせられた。

　娘はエイダとも娘に会いにくる黒んぼ《ダーキイ》たちとも、とても打ち解けて話をしていた。ルーフェルは客間に座っているとき、彼らの会話をしばしば耳にしていた。時おり、ルーフェルは柔らかいクスクス笑いや、押し殺したようなふふふという笑い声を聞いたが、それがどれほど羨ましく思えたことか、そう思う自分に驚いた。ルーフェルは、娘が寝室にいたとき、こっそりと見つめ、仲間に笑われながら、「悪魔の女」呼ばわりされるような、いったい何をこの娘はしでかしたのだろうと思った。あの図体の大きな男が娘の話をしたときの話しぶりには、娘への称賛しか感じられず、その声に恐怖や遊び半分を仄めかすものは何もなかった。もっとも、あの黒んぼをびっくりさせるには、こんな小柄な厄介娘ではきっと不充分だろう。男の広い肩幅や硬い筋肉が盛り上がった腕を思い起こしながら、そう思った。ルーフェルは、娘の話のどこかに、もっと深い物語がある、しかも娘のマミーへの関心とまったく無関係ではない物語があると感づいていた。今はそれがいかに関わっているかわからなかったけれど。この奇妙な不安は、娘についての彼女の疑問に答えが出ていないためだと感じて、ルーフエルはある午後遅く、衝動に負けて小川へぶらぶらと歩いていった。

　ルーフェルも黒人男《ダーキイ》も、今度はお互い相手に面と向かっていることを強く意識していた。男は立ち上がって帽子に手をやった。「こんばんは」。彼は少し頭を下げてお辞儀した。ルーフェルは左右の足に交互に体重を移して、ぎこちなさそうに立っていた。「釣りをしているの？」彼女は訊いた。

男は頷いて、まるで自分の身分を今思い出したかのように「ええ、奥さん」と言い直し、もう一度帽子を触った。

「ここは釣りには格好の場なのね」

男は肩をすくめた。「いや、あそこの淵の釣り場ほど釣れるわけじゃないけど、ここのほうが静かでね。今夜は、みんながあっちで釣ってるんですよ」と彼は説明した。

どちらの釣り場も黒人《ダーキイ》は使用禁止よ、などと男に言うのはいささか失礼なように思えたので、ルーフェルはただ頷いた。彼女は、前に来たときに座っていた切り株を見つけたので、スカートの裾を注意深くたくし込み、またそこに腰を下ろした。少し経って、男は置いていた釣り竿を拾い上げて、釣針を川に投げ入れ、彼女から少し離れた場所の地面に腰を下ろした。二人とも黙ったままだった。

ルーフェルは咳払いした。「なぜあなた方はあの娘のことを――」

「デッサのこと？」と男は静かな口調で尋ねた。

「そう、あの黒人娘のことよ。なぜあなたたちは彼女を「悪魔の女」と呼ぶの？」

「それ、どこで聞いたんです？」男は鋭い口調で訊いた。

ルーフェルは、男からついに思いどおりの反応が得られたことを嬉しく思い、肩をすくめた。「あら、わたくしだってあれこれ噂は聞いていますよ」と彼女は明るい声で言った。「それは、あなたたちがみんな、あの奴隷隊《コッフル》から逃げてきたことと関係あるのよね、そうでしょ？」

男はわずかに歯を見せて笑った。「それは、白人たちがでっち上げた名前です」。男は無関心を装って言った。

「そう。なら、なぜみんなにもそう呼ばれているのかしら？」ルーフェルは突っ込んだ。

「それはその、騒動があって――。ハーカーが話したように」、男はむっとして言った。「デッサはみんなと同じように自分の務めを果たしただけなんです。ただ、あのでっかい腹のせいですぐ目をつけられちまう」。男は突然くつくつ笑った。「デッサはウィルソン主人の背中に跳び乗って、旦那を恐怖で震え上がらせ、半殺しにする気だった――旦那は刺された豚みたいにギャーギャー泣き叫んで、デッサはもう死神《バンシー》みたいな叫び声をあげていた。俺が思うに、白人たちは地獄に堕ちたかと思ったろうね」

「それじゃ、あなたたちは白人を何人か殺したわけね？」とルーフェルは激しい口調で言い、ついによく理解した気になった。男が奴隷隊《コッフル》一行から逃亡してきたと彼女に告白したときからずっと、心の奥でくすぶっていたのがこの疑問だった。

「奥さん」、男はルーフェルをしっかりと見て言った。「俺たちは、白人たちが危害を加えない限り、こっちから襲うことは絶対しなかった」

「あなたたちは、わたくしを殺す気なの？」

「まさか。奥さん」。男は心底衝撃を受けたような口ぶりだった。

「もしそうだとしても、わたくしには教えないわね」とルーフェルは、まだ信じられないという気持ちを込めて言った。

「奥さん」。男は真面目に言った。「ここにいるみんな、誰も、あんたに危害を加えることなんか考えてないし、奥さんや子どもさんを傷つけることなんか思ってもみないよ」。男は咳払いした。「俺たちはみんな、俺たちをこんなふうに住まわせてくれる白人なんて滅多にいないってわかってます」

男の言葉は、逃亡奴隷たちがルーフェルに負っていると彼女が考える感謝の表現とは違ったが、彼女はそれを聞いていくらか気持ちが楽になったし安心もできたので、好奇心に満ちて尋ねた。「それは大きな乱闘だったの？」

「あの奴隷隊《コツフル》の乱闘ですか？　いや、大したもんじゃない」。男はあっさり言いきった。

「そう」。ルーフェルはがっかりした。「あの娘は――オデッサは、あなたが話したように本当に奴隷商人に跳び乗ったの？」

「そう、まるで騾馬《らば》に乗っかるみたいにね」。男はそう言い、即座に笑った。「ウィルソン主人はでかくて逞《たくま》しい男なんだけど、デッサは鞍につくイガのように彼にくっついた。彼女は素手で旦那の頭を殴りつけ、俺たちに「捕まえたよ。こいつを捕まえた」と大声で叫んでた。ああ、あのときのデッサはなかなかのもんだったよ」と男は頭を振りながら言った。

「あなたたちはみんな、その奴隷隊《コツフル》から逃げてきたわけ？」とルーフェルは訊いた。

「いいや、奥さん。ネッドはラウンズ郡あたりから、レッドはダラス郡のどこかから逃げてきたらしい」

ルーフェルは、男が話した黒人たちについては、ぼんやりとしかわからなかったし、男が名前をあげた郡がどこにあるのか、もっと不確かだった。ルーフェルは自分の無知を隠すために、皮肉たっぷりに言った。「あなたたちはみんな、残忍な主人から逃げてきたというのね、そうなの？　あなたたちのそれぞれが、あの娘の女主人が彼女にしたのより、もっとひどい鞭打ちを受けたってわけね、そうだったの？」

「そんなことないよ、奥さん」。男は静かに言った。「キャスターは、老主人が死んで農園が潰《つぶ》れたとき、それまで暮らしていたところが売られるのが嫌で、逃げたんだ」。男は話を止め、様子を探るようにルーフェルを見た。「ウィルソン主人は俺に手錠をかけたり、ブーツを俺に投げたりしたことがあったけど、ときどき――ときどきだけど、なんで俺が汗水たらして働いてるのに、旦那は楽しくしてるんだろう、なんでこの俺が一生懸命働けば働くほど、旦那が儲かるのかって考えたんだ。でもこんなこと、奥さんにはわかりっこないよね？」男はそう付け足して、ルーフェルを睨《にら》みつけた。

男の軽く嘲るような口調は、ルーフェルが先頃マミーに対して抱いていた悩みを思い起こさせた——。マミーもこんなふうに感じていたのかしら？ ルーフェルは急いで立ち上がった。それほど自分を酷使した相手を愛することなどできるわけがないのでは？

「エイダが言ってたけど、奥さんはチャールストンの凄い家から来たんだって？」

ルーフェルは足を止めた。ルーフェルが見るところ、男はルーフェルをじっと見つめていたが、それは男に特有の、相手をどぎまぎさせるほど大胆な目つきではなく、うつむいた睫毛《まつげ》の下から見る眼差しだった。ルーフェルは一瞬怪しいと思った。きっとこの男はわたしを騙す気なんだわ。「わたくしの一族はそれほど立派じゃありません」。ルーフェルは、あの別の機会に話したことを思い出して、言葉に用心して言った。だが男に印象づけたくて、すぐに続けて言った。「そう、町の人たちから一目置かれてはいましたけど、飛びぬけて裕福だったわけじゃないの」

男は、わかったというように頷いた。「エイダが言ってましたよ。ドーカスがいつも、奥さんが招かれたパーティーとか舞踏会の話をしてたと」

「そうね」。ルーフェルは「わたくしは確かにパーティとか舞踏会によく出かけたわ」とゆっくりと言い、そして百もの蠟燭《ろうそく》の炎で煌《きら》めく舞踏会場を懐かしい憧れの気持ちとともに思い出していた。宝石のように美しい女性たちのドレスの裾が、彼女の目の前で万華鏡のように揺れ動いていた。

「もうすぐ帰ってきますよ」

黒人《ダーキイ》男の声は、夫がいた風景を呼び戻したので、ルーフェルはぼんやりとした表情で男を見た。

「なんですって？」

「ご主人ですよ」。男はさっと付け加えた。「もうすぐ帰ってくると思いますが？」

「そうね」。彼女は不安げに言った。「そうね。そろそろいつ戻ってきてもいい頃だと思って待っているの」

「きっとでかい仕事をしてるんで、なかなか帰ってこれんのでしょう」

バーティーが、こんなに長いあいだ家に帰らずに、どこの川かわからないけど、川で金儲けできそうなことっていったいどんな仕事なんだろうか？

「――賭け事」

ルーフェルがこの質問を自分に投げかけたのは、これが初めてではなかった。一瞬、彼女は声に出して言ったかもしれないと思い、今男から聞いたひとことが、その答えなのだと思った。ルーフェルは信じられない気持ちで男を睨みつけた。

男は彼女ににたりと笑いかけた。「ああ、それなんですが、奥さん。ハーカーの元の主人は賭博師でして。カード博打でハーカーを勝ち取ったんです。それに、主人のカード博打でハーカーは自由の身になったというわけで」。男がバーティーのことを話しているわけではないと知るや否や、ルーフェルの気がほぐれた。男はうろたえることなく話し続けた。「ハーカーは、少なくとも彼が言うには、俺たちみたいに逃げる必要がなかったらしい。ハーカーの主人はエース札をたくさん持ちすぎて捕まったんです――エースは四枚だけど、奥さん。カード・テーブルに三枚のエース、そして主人の手に二枚ってわけで。あんたのご主人はそんなことしないでしょう」。男はずる賢そうな目つきをして言った。あるいは、横目で盗み見しているように彼女には思えたが、彼は何気なく続けて言った。「ハーカーの主人は、そこいらにいるふざけた野郎、つまり詐欺師でして。毒蛇にかまれた傷薬に効く油とか魔法の不老不死の霊薬《エリクシル》なんかを売ってた。でもそれはただのアルコールのエキス。それがまた、よく売れたんだって――とくに独身女性や未亡人にね」

男は話を止めて息を継いだが、ルーフェルは男の早口の話しぶりに満面の笑みを見せた。「あなたって」。彼女は手を叩いて言った。「あなたって、最高に面白い黒んぼ《ダーキイ》ね――」

「ネイサン」。男は微笑みながら言った。「名前はネイサンです、奥さん」

ルーフェルはほとんど気づかなかった。「なんなの」と彼女は大笑いしながら訊いた。「「アルコールのエキス」とか「未亡人」とか、ハーカーの逃亡とどう関係しているわけ？」

それほど繋がりがないと、あとでわかった。ハーカーは賭博場をうろうろしているうち、ほかのトランプ詐欺師たちに五枚のエース・ゲームのからくりに気づかれるのはまずいと考えた。ハーカー自身、五、六枚のカードを肌身離さず、隠し持っていたからだ。彼の主人が紳士たちに酒をついでいるときに機を見計らって、ハーカーは予備のカードを主人の懐にすっと滑り込ませていた。ところが主人が事前に打ちあわせた場所に姿を現わさなかったので、これは主人が大負けしたのだと判断し、ハーカーは賭博場付近から逃亡した。以来、ハーカーは放浪者となった。「やがて彼はたまたまグレン農場に行きついて、親切な白人女性ミズ・――」。男は彼女の反応を待つかのように話を止めた。

男のふざけ半分の慇懃《いんぎん》な物言いが楽しくて、彼女は「ルーフェルよ」と反射的に答えてしまい、臍《ほぞ》を噛《か》んだ。

男は帽子にそっと手をやり言葉を続けた。「――フェル奥様という名の方がハーカーを迎え入れたんです」

ルーフェルは愛称を使ったのに、男がいっさい反応を示さなかったことが嬉しくて、また男が彼女の愛称をさらに短縮形で言ったことに奇妙に感動して微笑んだ。

「そうこなくちゃ」と男は言った。「あんたのように素敵なレディが、悲しい顔をしちゃダメだ」。男はつっけんどんに言った。

「あら、あら」、はっと驚いてルーフェルは口ごもりながら言った。「ありがとう、ネイサン」。彼女は心を打たれて言った。

ネイサンがどういう男なのかわかった今、ルーフェルは頻繁に彼に会うようになっていた。ネイサンは二日に一度は例の娘に会いにやって来るので、時おりルーフェルはそのあとで彼と一緒にぶらぶら歩いた。彼が何か面白い冗談を言ったり、逸話を話し終えるのをしばらく中庭の隅で足を止めて待ってから、屋敷に戻った。しばしば二人は川辺でも会っていた。夏にはスケッチブックを手に川辺に座って過ごすのが彼女の日課になっていた。自分には諷刺漫画の才能があると思っていたが、バーティーは褒めてくれたことがなかった。諷刺漫画の形式は、ルーフェルにはかなり低俗な趣味とも思えたが、諷刺漫画で想像力に任せて描く奇抜な人物像のほうが、ありのままを写す静物画や風景画などよりも大いに気に入っていた。バーティーは静物画や風景画のほうが淑女らしいと褒めてくれたが。そういうわけで、ルーフェルは滅多にスケッチをしなかった。彼女は川面《かわも》で戯《たわむ》れる陽の光を眺めたり、垂れ下がる木々の大枝のはざまに揺れる様々な緑の色合いを数えたり、少し居眠りして夢を見ることもあったが、それがどんな夢だったのか覚えてはいなかった。

今ではときどき、ルーフェルは、かつてティミーを連れて出かけたようにしてクララを連れていき、木立の下にキルトを広げた。ときどきティミーとダンテも加わった。子どもたちは野原や森に誘われて怪しげながら心躍る冒険の合間に足を止め、エイダは冬用に缶詰にしたり乾燥させたりするための果実摘みを一休みして、ルーフェルと一緒に腰を下ろした。もっとも頻繁に彼女の相手をしたのはネイサンだった。ルーフェルが笑いながら彼を咎めるとネイサンは鋤の仕事を交代したんですと言って安心させた（「仕事はハーカーがやってくれます」と笑いながら付け加えた）。ネイサンは罠や釣り竿を作るのが得意で、そういう彼の特技は畑を耕すより遥かに重宝された。ネイサンはティミーとダンテに、森に溢れるほどいた小さな獲物を捕らえる罠作りを教えた。二人の子どもたちはまだ鍋料理に貢献するほどではなかったが、ネイサンはつねに食卓に様々な新鮮な肉を提供していた。それにネイサンは魅惑的な物語を語って聞かせた——おしゃべりする動物や霊を持つ木々、絶対に死なない人間たちの物語だったが、それらをネイサンは「本当にあった話」だと誓って言うのだった。しばしばこれらの物語にハーカーが登場した。彼らのあいだでは、ネイサンとハーカーの二人はおよそ黒人《ダーキイ》にできることはなんでもできるということになっていたが、ルーフェルにはとてもあり得ない話だとわかっていた。

ネイサンの前歯二本のあいだには隙間があって、彼のにっこり笑いは、開放的で屈託《くったく》がなく魅力的だった。縁が少し赤い眼をネイサンは自由自在に躍らせたり、キラキラと輝かせたりできた。ネイサンは、かつてルーフェルを楽しませてくれたマミーの役割を大いに担ってくれたのだ。ルーフェルはマミーを自分のほぼ一部だと見ていたが、それと同じようにネイサンを見ることはできなかった――ネイサンの観察眼はたいがいの場合、あまりにも際どいものだった。彼の意見や立場はときに、やや奇想天外で――ネイサンは、天国で蜂蜜を飲みながらおとなしく過ごしているより、動物や鳥になってこの世に戻り、やがて人間に変身することを願っていたし、女性は男性と同じぐらい賢明だとし、未来を見透す人間も何人か話に出てきた――彼は面白くもない収穫報告を、怪《け》しからぬほど滑稽に聞こえるように作り上げることとすらできた。ネイサンはマミーがいつもルーフェルに示した態度、つまり敬意と寛大さのようなものを持って接してくれた。時おり、ルーフェルはチャールストンやモビールで見たり聞いたりした出来事を話題にすることがあったが、自分のことを語る必要はほとんどないと感じていた。たいていの場合、耳を傾けるだけで満足だった。

ルーフェルはネイサンとの会話を通して、農場の奴隷小屋に住む黒人たちについて情報を得ることになった。ネッドは悪ふざけが得意な若い悪漢。レッドは生まれた農園の近くにいる「妻」に恋焦がれていた。キャスターやジャネットやほかの黒人たちのことも――こうしてルーフェルは今一度、農場での日々の決まりきった仕事を意識するようになった。彼女はちょうどマミーから情報を得ていたように、ネイサンを利用して、庭の向こう側の生活に参加したのだ。ここにいる黒人たちは、もちろんサットン家の奴隷ではなかったので、彼女は自分の言葉に注意していた。ネイサンはエイダやあの

てくれた。
娘《ウエンチ》と同じほど厳重に、そして素早く本音を隠すことができたはずだが、彼は遥かに親しく付き合っ

ルーフェルは今でも、あの娘が、心地よい癒しに満ちたマミーのイメージを壊してしまったことへの憤りを感じていたが、もう二度とあの娘に愚かな反論をしなかった。娘がいかに憎しみと悪意に満ちていようとも、娘にはルーフェルを愛してくれたマミーの姿を変えることなどできなかった。たとえときに意地悪で、手厳しく、内心は反抗的だったとしても、マミーは愛し心配する気持ちからルーフェルをわが娘のように大事にしてくれ、ルーフェルからの愛を当然の権利として求めた。彼女はこれを愛だと理解していた。それについてルーフェルは娘にもっと言いたいことがあったが、娘の堅苦しい慇懃ぶりを見て、その話題を再び持ち出す気にはなれなかった。

ルーフェルは、奴隷隊《コッフル》からの逃亡の話と、地下室から娘を救出した話を何度も何度もネイサンから聞いた。彼女は、ネイサンの「本当にあった物語」がそうだったように、この話もだいぶ誇張された話に違いないと理解していた。ルーフェルはその行為自体を賞賛したいとは思わなかったが――もちろん誰だって、奴隷の逃亡や主人への攻撃など認められないだろう――それでもなお、彼女のなかの何かが、娘の意志に、その行為を可能にした度胸に拍手を送りたいと思った。娘はそこらにいる若い奴隷娘にすぎないが、なんとか自分自身を自由の身にしたわけだから。

ルーフェルの言葉や行為には、娘やエイダが彼女に心を許すようになる要素は何一つなかった。あるとき彼女が寝室に入ると、エイダが娘の髪をとかしていた。年上の黒人女《ダーキイ》は背がはしご状の椅子に腰かけ、娘は藁ベッドに座って背中を椅子の横木にもたせていた。娘は頭をエイダの膝に預け、エイダの指は娘の短くてこわい髪の房のあいだをリズミカルに編んでいった。二人はとても仲が良く、安心しきっているように見えたので、ルーフェルはまるで自分を侵入者のように感じた。二人の黒人女がルーフェルに気づいた瞬間、二人ともびくっとして不安げになり、娘は目を伏せてうつむいたし、

エイダはぎこちなさそうに椅子から立ち上がった。もう少しで、ルーフェルは自分の寝室に入ってきたのに許しを乞うところだった。

娘が赤ん坊の名前を決めようとしているとネイサンから聞いたとき、ルーフェルはすぐには名前の候補を提案しなかった。ルーフェルは赤ん坊をボタンと呼んでいたが、それをティミーとエイダも聞きつけていて、ルーフェルには完璧なほど便利な名前に思えた。危ういところで、ボタンではどう？と冗談で言うところだったが、明らかにネイサンはこの件を真剣に受けとめている様子だった。ネイサンは赤ん坊の父親の名前に因《ちな》んで、本気で赤ん坊をケインと名づけたかったらしく、ハーカーもそれに賛成だった。娘は、彼女を救出してくれた人たちに敬意を表する名前を望んでいた。赤ん坊の父親も、デッサの彼との人生も死んでしまったし、デッサは息子の名前を呼ぶたびに、悲しい過去を蒸し返したくはなかった。ルーフェルは両方の言い分を聞いて、それらみんなを思い出すような、少なくともみんなを体現するような名前がいいと思い、両方の美しい妥協として、思わず「デズモンド」はどうかしら、と半ばユーモラスに提案した。「デズ」はオデッサの名前を、「モンド」〔フランス語で「世界、人々」の意〕は救出した人たち、ネイサン、カリー、そしてハーカーを表わしていた。この三人は赤ん坊が自由の身で誕生することに貢献したわけだから。

こうして、ボタンはデズモンド・ケイン（愛称はモニー、オデッサが金貨《マネー》と同じほど輝いて聞こえるからと言った、とネイサンが話してくれた）となった。ルーフェルの目にとまるような儀式らしいものもなかった。ルーフェルは口にはしなかったが、農場の女主人として、少なくとも助言を求めてほしいと思っていた。そのことを、ルーフェルは密かに数えていた娘を好きになれない理由の一つに加えたが、そのなかには、デッサがルーフェルに対して冷淡な態度をとることやエイダと日増しに仲良しになっていることも含まれていた。今では、ボタンの名前を決める段階でルーフェルが何か提案できたことに個人的な喜びを覚え、娘が相変わらずよそよそしい態度を崩さなかったことに対して少し仕返しができた気がしたのだ。もしかしたら、マミーも、彼女の名前をルース・エリザベスからルーフエルと変えたときに同じように感じたのかもしれない。今回、この名前によってルーフエルはデッサの赤ん坊の小さな一部を自分のものにできたし、少なくとも赤ん坊の一部に彼女が作ったものの印《しるし》を残すことができた。

ルーフエルはネイサンとの時間をさらに頻繁に求めた――ネイサンは少なくともルーフエルを一人の人間として扱ってくれた――そして娘への腹立ちをネイサンをからかうことで発散し、あなたってデッサにずいぶんと優しいのね、とルーフエルは言い張った。「しょっちゅうデッサの話ばかりするもの」とルーフエルは、デッサのお手柄を聞くのにまったく喜びを感じていないかのように、何食わぬ顔で言うのだった。

始めのうち、ネイサンはルーフエルのからかい半分の発言を無視し、笑いながら否定した。ある日、ネイサンは本気で怒って口走った。「もちろん俺はデッサに優しいよ。カリーはデッサに惚《ほ》れてるけど、俺は「カリーにも優しいんだ」」。ネイサンは苦々しい表情を浮かべて笑った。「奥さんはご自分でも、俺たちが一緒に乗り越えてきた苦しみをいくらか経験してるんだから、二人にも「優しく」してやって」とネイサンはルーフエルから顔を背けて言った。

ルーフエルはネイサンが本当に動転していることを、うろたえつつも理解した。「ネイサン」とルーフエルは悔いている様子で言った。「わたくし、からかっているだけなの、わかるでしょう」

しばらくして、ネイサンはルーフエルのほうを向いた。「たくさんの黒人が奴隷制度に痛めつけられてきたことはわかるでしょう。奥さん」。ネイサンはうんざりした様子で言った。「蛇《コッフル》になったり、動物になったり、なんていうのは、自分たちへの哀れな弁解なんだ。そして奴隷隊は最悪。売られて奴隷隊として歩かされるか殺されるか。でもデッサは奴隷制度に殺されなかった」。ネイサンは溜息をついた。「俺は奴隷制度を生き延びられなかったみんなにすまない。俺たちが自由になった今、奴隷制度のもとで死なずに生きているみんなにはもっとすまない。だけど俺たち三人は——俺たちは反乱を起こしてうまくやり抜いた。あの事件のあとは何か特別なものを感じるんです」

「ご主人がここに帰ってきたら、どうなるんです？」

夏の盛りで暑く、しかも蒸していた。ルーフェルとネイサンはなごやかに黙ったまま腰を下ろしていて、汗をかき、時おり、あれやこれやの話題について、のらりくらり話をしていた。この質問はルーフェルを突然動揺させた。「えっ——あら何も起こらないわよ」。ルーフェルは何週間もバーティーのことを考えていなかったし、それに、彼の名前を心で呟いた今ですら、バーティーの行方についてよく感じた恐怖も呼び起こされることはなかった。むしろルーフェルは、ネイサンがバーティーについて質問することのほうが不安になった。

「ご主人は、奥さんみたいに、収穫の分け前を俺たちにくれるんですか？」ネイサンはただなんとなく訊いた。

収穫を分ける。この言葉がルーフェルの心で何度も響きわたっていた。今年は大した額になるだろう。ハーカーによれば、綿花三十俵、オーツ麦とジャガイモに加えてトウモロコシの収穫も百ブッシエル〔米国では、一ブッシェルは約二十七キロの重量〕近くの収穫になるという。綿が唯一の現金収入になるが、バーティーが収穫を少しでも黒人たちに分けるなんて考えられなかった。

「それともご主人は、俺たちを自分の奴隷だと言うだろうか？」ネイサンは静かな口調で続けた。

ルーフェルはネイサンを見たが、本当のことは答えられなかった。バーティーはそう主張するだろうと彼女にはわかっていた。夫はなんでもするだろう。そう思うと胃が痙攣《けいれん》した。夫は彼らを自分の奴隷にするだろう。夫は生意気な黒人《ニグロ》も、賢い黒人も、自由黒人も信じないだろう。だから夫は農作業の働き手を手もとに置いておけなかった。夫は黒人たちを酷使し、食べ物にも着る物にもケチだった。ルーフェルには、実際に現場を見なくても、そのことが理解できた。マミーは屋敷内や屋敷の近くで働く黒人はみんな清潔を保つようにしっかり監督していてくれた。バーティーはルーフェルが屋敷と中庭から遠く離れた場所まで出歩くことを嫌がった。ルーフェルは時おりバーティーと一緒に馬で畑まで出かけて、遠くから働き手を見たことがあった。彼らは悲惨に見えたし、夫もそれを認めていた。だがあの頃、奴隷制度はかくのごとく、まことに悲惨なものだった。だからルーフェルは悲鳴を耳にしない限り、奴隷たちの悲惨な状況を受け容れていた。ルーフェルは唇を噛んだ。自分は再び、そのように目を瞑《つむ》っていられるだろうか？　ここにいる黒人たちは鞭打たれたり、売られてはならない。彼女は唇をなめた。「わたくしは——わたくしは夫があなたたちを売るなんて許しませんから」

ネイサンは口元に、おどけたような安堵の表情を浮かべてルーフェルを見た。ルーフェルは顔を赤らめた。バーティーが帰ってきたら、黒人たちと変わらぬほどに、妻の自分にもなんの権利も認めないだろうに。

「ご主人が帰るとき、俺たち、ここにいる必要はないんです」とネイサンは言い、ルーフェルに近寄った。「ハーカーは、俺たちが遠くへ行く計画を立ててます——もし奥さんが手伝ってくれるなら」。不安ながら、思わず好奇心をそそられて、ルーフェルはネイサンが真剣な口調で続ける話に耳を傾けた。「覚えてます？　ハーカーの前の主人がペテン師、つまり詐欺師だったたって。さて、詐欺師とハーカーが、運が傾いたときに使った手が一つあったんです。二人は知らない町に入って、詐欺師がハーカーを競売で売りとばした。二日後にハーカーは逃亡して、事前に打ちあわせた場所で詐欺師と合流した。これを二つの町でやって賭け金を稼いだってわけです。ハーカーの計画では、俺たちみんなで南部の黒人《ブラック》奴隷地帯に下っていき、俺とハーカー、もしかしたらほかに二、三人売って、三、四回その手を使えば、九千ドルか一万ドルは稼げるというんです。そこで俺たちは稼いだ金を奥さんと分ける、つまり山分けです。五千ドルは奥さんに、あとの五千ドルは俺たちがこの土地から逃げる金にできる」

ルーフェルはその策略にいささか抵抗を感じたが、同時に面白いとも感じた。いかにもネイサンらしいとルーフェルは思った。バーティーにやめてほしいと願っている詐欺行為そのものに彼女が加わるようにと提案するんだから。「わたくし、そんな大金をどうしましょう？」ルーフェルは訝しげに訊いた。

「なんでもできますよ」。ネイサンは大笑いした。「ご主人は元手を稼ぎに出かけたそうですが、今度ご主人が帰ったら、元手があると言えますよ」

夫が戻ってきたら、その大金をきっと自分のものにする。二人でモビール、いや、さらに先までの旅を再開して、二階も完成できるかもしれない。夫は奴隷をたくさん買って、土地をもっと開墾し、もっとたくさんの綿花を植え、二人の元の暮らしがまた始まる。タイミングの悪い浪費、隣人との喧嘩、無謀な策略、打ち砕かれた期待、綿花栽培一筋への拘りなどがまた始まるのかしら。この土地周辺では誰も、綿花は二、三エーカー以上の土地には栽培しなかった。ハーカーは言ってたもの。ここの土壌は、栄養に飢えた綿花を育てるには痩せすぎているし、砂が多すぎて綿花には向かないって。ルーフェルは混乱していた。バーティが家族に素敵な家庭を築いてくれたことを、ここでしっかりと自分に言い聞かせた。そのことを認めないのは、欲深くて恩知らずの愚か者だけだわ。

「もしご主人が帰ってこなかったら、奥さんはどうするんです？」

その質問は底知れぬ恐怖への扉を開いた。それは、うち続く夏の暑さのなかで、ルーフェルが永遠に消えてしまったと思い込んでいたものだった。あと一歩でパニックに陥りそうで頭がくらくらした。

「ドーカスはいつも、奥さんはチャールストンに帰ると思ってたようで」

ネイサンの落ち着いた言葉は、ルーフェルをパニックの縁から連れ戻してくれた。ネイサンのほうを見た。チャールストン。実家の援助に頼らずに、家族に猛反対される危険を冒すことなく帰っていくことなど――。

心の奥深くまでかき乱されて、この会話を続ける気になれず、ルーフェルは苛立って話題を変えた。「あなたは奴隷のとき、何をしていたの？」ネイサンはこれまで話した「本当にあった冒険談」は別にして、彼自身の人生について詳しく語ったことがなかったので、ルーフェルは長らく興味津々だった。「何をしていたの？」と彼女は繰り返し訊いた。

ネイサンはかなり長く黙っていたので、ルーフェルは、彼を怒らせてしまった、何も話してくれないのではと思った。

「黒人《ニグロ》の爪先を地面に植えて奴隷を栽培する奴隷商人に働かされた。商人は、黒人をもっと黒くするために、毎晩インクを飲ませた」

ルーフェルは、ネイサンがユーモアを取り戻したことを喜んで笑みを浮かべたが、いつも彼がするように、冗談でもって彼女の質問をごまかされたくはなかった。「本当は何をしていたの？」

「奥さんのような美しい白人女性を愛していたんです」

ルーフェルは頭をさっとこちらに向けた。ネイサンはにっこり笑ったが、前歯の隙間がきらきらして、シェリー酒色の眼が躍っていた。ネイサンの嘘があまりにも法外だったので、ルーフェルは笑い声をあげた。「いいえ、真面目に」と彼女は言い、いくらか落ち着きを取り戻したが、笑いすぎてまだ息を切らしていた。

「真面目な仕事でした」。ネイサンはルーフェルをじっと見つめていたが、ネイサンの眼のきらめきと唇のまわりに潜む笑みだけは、彼の表面上の真剣さにそぐわぬものだった。「白人女性のなかには、黒人男《ニグロ》に手を出さずにいられないたちの特別な方もいて。黒人男《ニガー》のなかには、白人女性にはやらせない特別な者もいますが」

こんなに大笑いしたのは久しぶりで、いつから大笑いしなくなったか思い出せなかったほどだわ。

自分の笑い声に紛れて、ネイサンが優しくくつくつと笑うのを聞いて、ルーフェルはそう思った。「わかったわ」と彼女は突然言った。「それじゃ、生まれた赤ん坊をどうしたの？」ルーフェルは自分の大胆な言葉に驚きさえしなかった。

「相手と愛しあう《メイク・ラブ》だけですよ」とネイサンは堂々と言った。「赤ん坊は作らない」。ルーフェルは肩をすくめた。「馬車とか服を作《メイク》る人もいますよね。白人男性は苛酷な労働も作《メイク》りだす。それで」——ネイサンはちらっとルーフェルを見やった——「情欲にも忙しい。俺だって」——彼は咳払いした——「レディと愛しあってもいいじゃないですか？」

　それはルーフェルが今まで聞いたなかでもっとも滑稽でもっとも不敵なほら話だった。そのような話の内容の半分も理解したとは言えなかったけれど。「何を」と彼女は尋ねた。「ハーカーは何をしていたの？」

「ああ、あいつは大声で喧嘩《レイズ・サンド》してた」

「砂《サンド》って砂粒《グレイン》のことね」。ルーフェルは軽はずみにキーキー声で言った。「つまり、やがて大きくなると岩になる砂粒ね」

「いや違う。地獄の騒動《レイズ・ヘル》のことさ」とネイサンは笑い声をあげた。「それが終わったら、次は悪魔《レイズ・》の大騒ぎ《ザ・デヴィル》さ」

「それでエイダは？」とルーフェルは訊いた。「エイダは何か奇妙なものを「育《レイズ》て」ていたんでしょう」

　ネイサンはまじめな顔つきになって言った。「知ってるでしょうが、女は男ほど楽しいときを過ごしてるわけじゃない」

　ルーフェルはネイサンがもっと冗談を飛ばすことを期待していたが、彼は何も言わなかった。二人とも今は黙りこくっていて、一緒に大笑いしたあとで気まずい思いをしていた。「バーティーは賭博師だったんでしょう、ネイサン？」ルーフェルは突然尋ねたが、夫が憑《つ》かれたように川に戻っていったこと、これまでの留守の後、あるときは夫が意気揚々と興奮気味に、またあるときは、むしろこちらのことのほうが多かったが、不機嫌に黙りこくって帰ってきたことを思い起こしていた。彼女はこの質問をするに足るほど事情がよくわかっていなかったので、自分の直感力に我ながらびっくりした。だがいったん口にした以上、ルーフェルはこの問題を打ち切ることができなかった。「夫は賭博師だったんでしょう?」ネイサンが答えずに躊躇していたので彼女はもう一度尋ねた。

「そうです、奥さん」と彼は言った。重々しく溜息をついて、ネイサンはルーフェルをじっと見た。

「はい。そのとおりなんです」

「どうしてマミーはわたくしに言ってくれなかったのかしら？」ルーフェルは、バーティーの欺瞞よりもマミーの沈黙にいっそう裏切られた気になって、声をあげて泣いた。夫とマミーは共謀して、一緒に企んで、ルーフェルに本当のことを知らせないようにしたのだろうか？

「マミーはどうこう言える立場にはなかった」

「でも、ともかくわたくしに言ってくれるべきだったわ」とルーフェルは主張した。

「俺は、彼女は知らせようとしたと思う」。ネイサンはあっさりと言った。「それで、もしマミーが伝えたとして、奥さんはどうやって、自分の力でここから出ていくつもりだったんですか？」

母が手紙に書いて寄こしたことは真実だったに違いないとルーフェルは思った。つまり夫は浪費家であり、二流の悪漢だったのだ。ここ何年ものあいだ、いったい借金がいくらあったのかしら？

「もしかしたらドーカスが間違っていたのかもしれない」とネイサンが言った。「もしかしたらドーカスは知ってることを、すっぱり奥さんに知らせるべきだった。もし奥さんの結婚前にドーカスが真実を知っていたら、奥さんに伝えようとしたのでは。でも、ドーカスは何も知らなかった。そして一緒にこの土地に越してきて——。奥さんたちは幸せだった。ずっと、少なくともドーカスは奥さんが幸せだと思ってた。それに幸せな人生をこそ、二人とも望んでたんでしょう」

ルーフェルは何も言わずにネイサンを見た。彼に言わせるなら、ルーフェルが真実を知りたくないあまり、自分でバーティーの真実に目を瞑ってきたことになる。ルーフェルは目を逸らした。今度バーティーが帰ってきても、彼の偽りの姿をそのまま見て見ぬふりをするマミーはもういない。「そうね」。ルーフェルは立ち上がりざま言った。独りきりになって、よく考えたいと必死に願った。「もう帰らなくちゃやならないわ」

ネイサンも立ち上がり、帽子に手をやった。「それじゃ奥さん」

ルーフェルは頭がくらくらするなか、屋敷に戻った。わたしはバーティーのこともよく知らなかったわけだわ。わざと夫を知ることを避けてきたのだ。今でも夫の顔立ちを思い起こすことができない。ああ、わたしの記憶では、夫は青い眼と黒い髪を持っていた。そして夫はハンサムだった。だけど、どうしても、これらの特徴を何か親しい顔かたちとして思い浮べることができない。ほかにも自分で見ることを拒否しているものがあるだろうか？　ルーフェルは苦々しく問うた。

バーティーは死んだのだ。ルーフェルは歩きながら、これまでより心静かに、夫が死んだ可能性を考えていた。以前、夫は一週間や二週間なんの便りも寄こさず、家を出て帰ってこなかった。あの最初の夏も、夫が留守のあいだ、一通の短いメモしか受け取らなかった。しかし、たとえそんな夫でも、ひとことも断らずに、これほど長いあいだ家をあけて旅先に居続けることはしないだろう。本当に夫は死んだに違いない。そして、もしバーティーが死んだなら――。五千ドルはルーフェルには想像できないほどの大金だった。

ルーフェルは深い物思いに耽《ふけ》りつつ、屋敷に静かに入った。寝室のドアを通り過ぎたところで小さな物音を耳にして、足を止め音もたてずにドアを押し開いた。娘《ウエンチ》がドアに背を向けて窓辺に立っていた。様子がわからなくて、ルーフェルは足を止めたままだった。娘はまだ立ち上がってはいけないのに。「少し待ってちょうだい、エイダ」と娘は振り向かずに言い、ズロースを穿こうと身を屈めた。一瞬だったが、娘の胸と臀部が化粧箪笥の鏡台に映った。そのとき初めてルーフェルは、娘が全裸であることに気づいた。娘の臀部にあまりにも酷《むご》い傷跡があったので、娘が何か服を着ていると思ったほどだ。「エイダ、明日って言ったわよね」と娘は、腰回りでズロースをしっかりと留め、顔を上げずに言った。

　黒い身体がちらっと見えて不意打ちを食らい、ルーフェルは同情のあまり息が止まりそうになったが、やっとの思いでこらえた。ひどく困惑してドアを閉めた。娘の腰は切り裂かれた猫の顔のように見えた。傷の瘢痕《はんこん》は娘の陰部を溝を掘るように貫いていたから、陰毛が二度と再び生えることはないだろう。弱々しくドアに寄りかかり、見てしまったことを後悔した。娘には傷跡も痛みも隠す権利がある。ルーフェルは、おのずと溢れる涙をこらえた。衝動的に、寝室のドアを開けた。

「オデッサ――」。そう言い、何を話したらいいのか確信が持てず、言い淀んだ。娘はドレスを引っつかんで、裸の胸元の前で、硬直したようにしっかりと握りしめて立っていた。ルーフェルは、娘の明らかな困惑の下にくすぶる敵意を察知して、痛々しく顔を赤らめた。そこで、マミーのことで娘とかわした口論に決着をつけたいと願っていたことを思い起こした。「あの日のことだけれど」――ルーフェルは話を止めて咳払いをした――「あの日のことよ。わたしたち、同じ人の話をしていたわけじゃないの。あなたのお母さん《マミー》はあなたを生んでくれた人よ。わたくしのマミーは、わたくしのマミーはね、わたくしを育ててくれただけなの。だけどマミーはわたくしを愛してくれたのよ」。ルーフェルは付け加えずにはいられなかった。「マミーは確かにわたくしを愛してくれました。あなたのお母さんがあなたを愛したようにね」

　娘は一瞬、目を細めてルーフェルをじっと見た。ゆっくりと、娘の緊張していた肩の力が抜けた。「わかってます、奥様」。娘は溜息をついた。「よくわかってますから」。娘は怒りも後悔の表情も見せずに言った。

ルーフェルは突然、娘が半裸であることに再び気づいて、はっとした。「服を着替えているあいだ、人に見られないようにこのドアを閉めておきましょう」


その週の後半、ルーフェルとネイサンは初めて愛をかわした。午後、ネイサンが屋敷にやって来たのだ。ルーフェルは寝室にいて、ネイサンがアナベルに部屋の外に出るよう命じるのが聞こえた。彼はノックもせずに寝室に入ってきてドアを閉め、ルーフェルに服を脱ぐように言った。それがあまりに権威に満ちた言い方だったので、ほとんど考える暇《いとま》もなく手が胸元の締め紐《ひも》に動いていった。彼女は急に手を止め、上げた手を降ろしながら、神経質そうな笑い声をあげた。ネイサンはルーフェルを腕に引き寄せて抱いた。そのあとは笑いごとではなかった。彼が慣れた手つきで彼女の胴着をするするとほどくと、ルーフェルは彼にぴったりとしがみついていた。ネイサンは彼女を抱き寄せると、口はすでに彼女の胸を愛撫していた。ネイサンの舌がルーフェルの身体に沿って濡れた炎の跡をつけていった。彼はルーフェルの両腿のあいだから、その名づけようのない深みに入り、孤独な洞窟を満たした。正体なく、もつれ重なる二人。その日は砕け散って千夜《せんや》となり、限りない数の星となった。

ネイサンはルーフェルに真実を告白した。もっとも、のちに彼は最初の愛人はルーフェルの美しさにはとても叶《かな》わなかったこと、ネイサンが愛人になったときは、女はすでに若くはなかったことを話して、ルーフェルを安心させた。強情で聡明なミズ・ロレインは――ネイサンはそれ以上彼女の身元を明かさなかった――若いうちに、大きな財産を相続した。誰一人、彼女の激しい情欲を宥めることができぬまま、四十歳近くになってようやく――ネイサンが想像するに四十ほどだったが、歳のわりに若さを保っていた――彼女の言葉を借りるなら、「結婚という鎖」によって「窒息させられる」ことに譲歩した。それまでは奴隷を愛人に持っていて、友人から買った奴隷とか、ジョージア州の海岸から奥へ入ったところにある、自分の農園から呼び寄せた奴隷たちを相手にしていた。彼女は若い奴隷たちを選んだ――ネイサンが町の屋敷に来るように呼ばれたのは、まだ十五歳になるかならないかのときだったが、すでに肩幅や手足の大きさは、大男に成長することを約束していた。ネイサンは屋敷に呼び出されて不安だったが、ミズ・ロレインのメイドに案内された裏階段を上ると、女主人の寝室だったので、すっかり怖気《おじけ》づいた。ミズ・ロレインがネイサンに裸になれと命じたとき、ネイサンは耳にした言葉が本当であるはずがないとひどく取り乱し、メイドの姿を必死で探した。メイドはすでに姿を消していた。ネイサンは半ば気が狂うほど恐ろしく――眼を凝らしてよく見ると、ミズ・ロレインは、身体が透けて見えるような何かを纏《まと》っていた――ネイサンは言われたとおりにしたが、勃起させることはまったくできなかった。

ミズ・ロレインは優しく嘲るような笑い声をあげ、ネイサンにベッドの端に腰かけるように言った。彼女は彼の前に跪《ひざまず》いて彼のペニスを口に入れた。恐怖におののいて、始めのうちネイサンは彼女の頭部を手でなんとか引き放そうとしたが、すでに彼女の口と舌がネイサンの全身に強烈な歓喜の波を送り込み、彼にできたのはただ彼女の頭部を抱えて呻き声をあげることだけだった――そして今にも自制の縄から飛び出ようとする筋肉をどうにか抑えようともがいた。「奥様」。ネイサンは半狂乱で囁いた。「奥様」と、今度はなんとかして彼女の頭部を引き放そうとした。「奥様、僕は、僕は――」。彼はなんと言えば彼女に理解してもらえるのかわからなかったが、彼女の口に放射するのを恐れた。「奥様――」。もう我慢の限界だった。オルガスムの強い力がベッドに彼を揺り戻し、彼はそこに横たわった。彼女が彼を非難し、掟に従わせるだろうと思ったが、もうどうでもよかった。しかし彼女は、まだ勃起していた彼のペニスに身をくねらせた。彼女の唇は彼の精液で濡れたままで、彼の唇を求めた。弱々しく反発したが、ペニスが彼女の膣の筋肉に引っ張られていてすでに興奮し、唇を彼女に重ねた。「おまえが、わたしといることを誰かにひとことでも漏らしたら、ペニスを叩き切ってやるから」。彼女はそう囁いた。ネイサンは彼女の言葉を信じたが、脅迫には挫《くじ》けなかった。むしろ、自分の身体の一部ばかりか命も危険に陥《おとしい》れられたと知ったことで、言い表わすことのできない欲望の頂点に突進していくことになった。

ミズ・ロレインはベッドの相手を若いうちに手に入れたが、男たちが慣習以上の取引を学んだことを見てとるや、そして男たちのほうで、発覚する恐怖や彼女への畏怖の念が弱まったり、彼女と打ち解けて口が利けるようになり、ほかの人に自慢する可能性を見出《みいだ》すや、彼女は男を追い払い、売りとばすのだった。ネイサンはかなり若いうちに彼女のもとに連れてこられたので、少なくとも彼女と面と向かって会っている限り、その段階に達するまでに長い時間があった。ミズ・ロレインが彼の唇に指をあてて、黒人《ニガー》たちにしゃべったって、猿に話をさせようとするのと同じだから（黒人の性奴隷とはどんな輩《やから》なのか自問する気になるまでには、さらに時間を要した）と言ったとき、暗黙の裡《うち》に彼女が言うことを信じた。それに彼女としても黒人と性行為などしたくはなかったのだ。ネイサンが口に出して言える頃までに、彼はまた、なぜミズ・ロレインが最低のなかでも一番底辺にいる黒人の情夫を選ぶのか、その理由をいくらか理解していた（あるいは理解したと思っていた）。とにかく性欲の強い女《ひと》だった。彼女はそれほど頻繁に彼を呼び出したわけではなく、せいぜい毎月一、二回だった。だが、呼び出した日には、一晩中眠らせないほど求めたし、ときには丸一日あるいは二日にわたって彼を放そうとはしなかった。もし彼女が白人男性を相手に性的欲求を満たそうとしたなら、たとえそれが自分の階級外の男性だったとしても、男に沈黙を守らせる方途《ほうと》はなかっただろう。もし黒人男《ブラック・マン》が自慢したなら、彼女は男を殺すこともできる。知る者がいたとして、メイドのほかに誰が女主人の習慣を知っていたのか、ネイサンには最後までわからなかった。彼は誰にも口外しなかったし、誰も彼に話をしなかった。これぞ、ミズ・ロレインが望んだことだった。つまり、監督下に置くこと。

ミズ・ロレインは、人々が噂しているような白人男性たちほど酔狂ではなかった。彼女は口で交接することもあったが、ネイサンには一度しかそれを許さなかった。彼はそれに応じたが、それは、彼がそれを望んだからではなく——口に射精することに決して慣れることはなかった——それを求められたと思ったからだった。ネイサンは多くの女性とつきあって初めて、通常、女たちは自分にしてほしいことを男にするのだとわかった。こんなことはネイサンにとってまったくの新しい体験だったし、いまだにいささか不愉快だったが、いっぽうでは彼に大きな喜びを与えてくれたので、その快楽を返すのが嫌だったわけではなかった。彼は大胆になって不意打ちで彼女を攻めた。彼の舌があの小さな滑りやすいところをひょいひょい動いていき、自分が何をしているか気づく前に、指が彼女に歓喜をもたらした。彼女は身をよじらせ足で蹴ったが、膣から溢れた粘液が舌に触れてくるまで彼は続けた。彼女はその晩、レイプされたと大声をあげるわよ、おまえを売りとばしてやる、おまえの身体の隅々まで鞭打ってやると脅《おど》した。それ以来、彼女との性行為でネイサンがリードしたことはなかった。

どの時点でミズ・ロレインが、ネイサンの沈黙を分別の証《あかし》と受けとめ始めたのか、ネイサンにわかる由《よし》もなかったが、彼女によれば、これまでのどの性奴隷よりも彼を長く引きとめていたし、彼を売りに出すより「種馬」として貸し出すと約束した。それはネイサンの望むところではなかった。ネイサンはミズ・ロレインにすっかり魅了されていたし、サヴァンナの町が好きだった。彼は御者の仕事も、馬を御することも、お洒落な制服も馬も愛していた。彼はまた、あまりに朧気《おぼろげ》だったのではっきりと言い表わすことができなかったのだが、彼女が提案したことにどこか屈辱的なものを感じていた。ところが、ネイサンには気まぐれに思えたがミズ・ロレインは結婚を決意し、約束とはうらはらに、彼をウィルソンに売り払った。ネイサンは彼女の裏切りの理由を理解した——彼女との関係を自慢げにしゃべる気にはとてもなれなかったが、恐怖と欲望という双子の責め苦から遠のいた農園で、果たして黙っていられるか自信がなかった。実際に、グレン農場に落ち着くや、こうしてしゃべらずにはいられなかったわけだから。ネイサンは自分の運命の変化について理性的に考えようと努めた。御者は粗暴な仕事だったが、ウィルソンは特に残忍な主人ではなかった。どちらかと言えば、ウィルソンはネイサンに好意的だった。ネイサンはきちんと仕事をこなしており、生意気だと思われることなく、面白おかしく気の利いた受け答えを返す術《すべ》を心得ていた。ネイサンがもっと辛辣《しんらつ》な言い返しをしたとしても、ウィルソンのさらに高い評価を得ていたかもしれない。実際のところ、ネイサンは大方の奴隷が晒《さら》される苦労をいくらか知っていたので、不平を言う気にはならなかった。ミズ・ロレインは、黒人男のほとんどが夢見ることもできないような経験をさせてくれた。

夜が更《ふ》けると、ネイサンは奴隷小屋の男たちに、あの白人女の陰部ほど可愛らしいものは世界じゅうにない、ミズ・ロレインの先にもあとにも黒人女《ブラック》を知っていたから、それは間違いないと話した。彼はどうしても主張したかったのだが、性奴隷の喜びは、白人女のあそこがしっかり締まって、最後の種が出終わるまで男のペニスにくっついている、そしてまた男に満たされるために開く、などというようなことじゃない。愛のまじわりをあれほど甘美にするのは、紛れもなく恐怖だとネイサンは理解していた。男たちが言うように、オルガスムが死のようなものだとすれば、黒人男《ニガー》は白人女の腕のなかで二重の死を体験するのだ。そしてネイサンはそれを生き延びた。彼は股間に密かに重くぶら下がる強い力を意識しながら、少し背が伸びたように歩いた。

ネイサンの肌は茄子色《なすいろ》で、それは豊かでビロードのような艶《つや》を放つ濃い藍色《あいいろ》の肌だった。彼の横にいるルーフェルの肌は真珠のような輝きを帯びていた。二人は汗をかき安らいでおり、ネイサンはルーフェルの胸に顔を埋め、片脚は彼女の両脚に挟まれていた。彼女は彼の背中をさすっており、彼の指は豊かな陰毛のなかで遊び、膣の滑らかな唇をいじっていた。仰向けになって、ルーフェルは彼が再び入ってくるのを待っていた。

二人にはドアが開いた音がまったく聞こえなかった。びっくりした驚きの声が聞こえた。「奥様――。ネイサン！」

驚いたルーフェルはネイサンの肩越しに、ショックで目を大きく見開いた娘《ウエンチ》の顔を見て、それからエイダのバンダナもちらっと見た。

「ネイサン」。娘は一息ついてから大股で寝室に入ってきた。「それにミズ・ル、イ、ン、トまで――。まあ呆れた。あんたたちは大馬鹿者よ――」

「デッサ」。ネイサンは身を起こして怒鳴った。

「おまえ、わたくしをなんて呼んだの？」ルーフェルは叫んだ。

「ミズ・ルイント！」デッサはわざと厳しい口調で繰り返したが、エイダに止められ、もがいていた。

ネイサンはベッドから出た。ネイサンはエイダと一緒に、すでにもがいてはいなかったが荒い息をしていたデッサを抱きかかえて寝室から外へ連れ出した。ネイサンはドアを閉め、ルーフェルのほうを向いた。「あの娘、わたくしをなんと呼んだの？　ネイサン」。ルーフェルは訊いた。

「ルーフェル」。ネイサンはゆっくりと、口を大きく開いてにっこり笑って言った。「ミズ・ルーフェル。あの娘はそう言いたかったんですよ」。彼はルーフェルに手を差し出した。「あの娘はミズ・ルーフェルと言いたかっただけなんだ」

ルーフェルはネイサンの手を離した。「堕落した女《ルーインド》」。あの娘はそう言った。堕落した女。それが、あの娘が言いたかったこと。

黒人女性《ネグレス》

「愛しの黒人女性《マ・ネグレス》よ、
踊っていただけませんか《ヴレヴ・ダンセ》、
僕と踊りませんか《ヴレヴ・ダンセ・アヴェク・モア》、ここ《イシ》で？」

——タジ・マハール〔ミュージシャン、一九四二―〕
『ケイジャン・ワルツ』〔一九七四年リリースの曲、歌詞はフランス語〕

第五章

　わたし、あんな恐ろしいもの、見たことなかった！　ネイサンが――あの白人女に乗っかってたんだ――。夜のように真っ黒で、そしてとてつもなく――とてつもなく満たされた様子だったよ。彼女がモニーに乳をやってるところをもう一度初めて見たような驚きだった。部屋に入ってベッドの二人に出くわしたとき、それぐらいびっくりだった。わたしが「ミズ・ルイント」と呼んだとき、彼女が動転したのを見た。だから、わたし、まったくの意地悪でその名前をもう一度言ってやった。本当は、もっとひどい名前で呼んでやりたかったぐらいだ。わたしがずっと彼女を罵倒《ばとう》していたので、ネイサンとエイダが慌《あわ》てて寝室からわたしを連れ出した。わたしのなかで何かが絶叫していた、わたし、大事な人を取られてしまうの？　また失《な》くしてしまうの？

　それで、わたし部屋から出たけど、エイダがわたしの後ろでがみがみ言ってるし、わたしは裏口の階段をほとんど転がり落ちそうだった。エイダによると、わたし、あの白人女をあんなふうに呼ぶなんて「行き過ぎだった」って。ミズ・ルーフェルは「わたしらに良くしてくれた」んだって。ああ、ごもっとも。そのときエイダにとって白人女は「ミズ・ルーフェル」だったんだ――だけど、彼女こそ第一に、わたしに白人女を「ミズ・ルイント」と呼ばせた張本人じゃないか。いずれにしても、わたしが考える限り、あの白人女こそ黒人《ブラック》男と寝たりして、「行き過ぎた」行ないをしたんじゃないか。それにネイサンだって。わたし、ネイサンに凄《すご》く怒っていて、唾を吐いてやりたかったほどだよ。

エイダは中庭を横切って歩いているあいだずっと、ぷりぷり怒っていた。わたしたち、ここから出ていくんだよ。もしわたしが、あの「おバカな黒人男《ニグロ》」が欲しいのなら、奥様がネイサンを捨てたとき、自分のものにできる。そう言われて、わたしすっかり頭にきた。わたしは身のまわりにも、自分のなかにも厄介ごとを、そして苦痛を感じていた。エイダときたら、まるでわたしがその辺の夜の相手を必要としているみたいな話しぶりだった。「あんた、このどさくさで、アナベルがつけた名前で奥様を呼んだんだよ」とエイダは言う。そうだ、わたし、モニーのことを忘れてた。そう言われるまでモニーのことが記憶から抜け落ちてた。そんなにあっさりモニーのことを忘れるなんて。第一、わたしらが寝室に行ったのはモニーの様子を見るためだったのに。

いいかい、わたしらみんなが内輪で話すときはいつも、「ミズ・レディ」と呼ぶんだ——。面と向かっては「奥様《ミストレス》」か「ミズ・ルーフェル」だった。だけど、ネイサンを含めてみんなが彼女を「ミズ・ルイント」とも呼んでたのさ——内輪で呼ぶときだけどね。これ、アナベルが白人女につけた名前なんだ。どっちの名前も、わたしには同じような意味だった。ルイントのほうが彼女にふさわしい名だったけどね。だって彼女は大邸宅に見えるけど二部屋しかない屋敷に住んでるし、わたしらみんなをまるで自分の奴隷のように見せかけてたのさ。どう見たって、まるでわたしらがいったいどこの誰なのか、彼女がどれだけ貧乏なのか、わたしたちが知らないみたいな扱い方だった。部屋はたしかに大きかった。だけどその辺の貧乏白人《バクラ》と変わらず、二部屋しかなかった。それに、あの階段だって二階に通じていたわけじゃない。十段も上る前に屋根裏にゴツンとぶつかって終わり。そこから上には何もあるわけないってわたしらみんな知ってた。たいがい午後になるといつも、わたしがモニーを昼寝のため寝かすと、彼女は森のどこかに出かけていった。わたしもエイダも、彼女が客間にいないときは森に出かけていると思ってた。わたしらがいつものように台所に腰かけていると、白人女もネイサンも屋敷に入ってきても全然わからない。どう考えたって、彼女がいるのを知っていたなら、わたしらがあの寝室にずかずか入っていくわけがない——わたし、「わたしとエイダ」って言ってるけど、この件にエイダはあまり関わってない。あの白人女をみんなの前で嘲笑《あざわら》ったのはこのわたしなんだ。

生まれて初めて、わたしは声をあげて泣きたかった。わたしはお屋敷にもう戻れないし、モニーを連れてこられないいし、ネイサンにも会いたくないし、ともかく二度と彼とあの白人女が一緒にいるところを見たくない。ベッドで一緒にいたあの二人の記憶がわたしの目にも心にも突き刺さっていた——黒と白と赤。赤は、彼女の髪の色だ。だけどわたしには血の赤に見えた。

その夕方、わたしは奴隷小屋に移った。本当のことを言えば、引っ越して持っていくものは多くはなく、モニーと（エイダが屋敷に行ってモニーを連れてこなくてはならなかった）わたしが着ていた服だけだった。これらの服だって、ミズ・ルイントがくれたもの。わたしが持っていたものすべてをくれたように。彼女にこんなに恩があるということを思うと苛《いら》ついた。どう考えても、白人女がわたしらを農場に住まわせてくれる理由がわからなかった——気まぐれな悪魔の仕業《しわざ》ならいざ知らず。「立派な農園主人」の話だけは耳にしていた——立派な白人の話は聞いたことがなかったけど——それに、ミズ・ルイントが「立派な主人」に値するわけがなかった。「立派な主人」の誰一人、とにかくにも、わたしたちを住まわせてくれるはずがなかっただろう。だから、どうして彼女がこんなふうにしてくれるのか、わたしには謎だった。

地所にわたしらを住まわせてくれても、正確に言えば、奴隷を盗んだことにはならない。それは疑う余地のない真実。だけど、わたしらが農場にいることを、誰かにしゃべることだってあると、わたしにはわかっていた。それに、逃亡奴隷《ブラック》を匿《かくま》っていることで白人連中が、彼女を逮捕することだってできるんじゃないか？　彼女が一人の黒人男と寝るためだけに、わたしたちみんなを住まわせるなんてあり得ない、と自分に言い聞かせたんだ。いや、できるだろうか？　そして、わたしは恐くなった。

エイダが言うように、ミズ・ルイントはわたしたち全員を追い払うことだってできる。そのとおりだ。だけどわたしは、彼女が実際にわたしたちを追い出すことはないだろうと信じていた——誰が収穫するんだ、誰があの少年の食べ物を作るんだ、誰が下着を繕《つくろ》うんだ？　だけど、彼女がその気になれば追い払える、わかるね。なにしろ彼女は白人だし、ここは彼女の地所なんだ。わたしごときが、どんな意見だって好き勝手に口を開いてポンと言っていいはずがない——少なくとも彼女に向かっては。わたしはネイサンに言いたいことが山ほどあったけど、彼が寝室のドアからわたしとエイダを追い出してからずっと会っていなかった。

奴隷小屋はエイダが言っていたとおりの場所だった——土間だけの一部屋で、丸太と丸太の隙間も塞《ふさ》いでない小屋だった。ハーカーが差しかけ小屋を建て増しして男たちの寝場所にしていて、わたしは小屋の女用の側に移った。それまでも、わたしの体力が戻るや、エイダが夕食を届けるのを手伝って、あの大きくて重いヤカンを運ぶため、一、二度奴隷小屋に歩いていったことがあった。そこにいるたいがいの人は見てわかったし、みんなはモニーのことを知っていた。奴隷小屋に誰かいる限り、モニーを膝や腕に抱いてくれる人には事欠かなかった。

女はあと三人いた。フローラは大柄でずっしり太ったアザラシのように茶色い女。ジャネットは小柄でインゲン豆のようにひょろっとした女（二人とも畑で働いていた）。ミリーは年老いた女で片足に潰瘍《かいよう》ができていたが、エイダの洗濯を手伝ったり、ドーカスが使っていた織機で布を織っていた。わたしは屋敷の仕事を受けもって、台所でエイダの手伝いをしたり、縫物係として実際に繕いものをしていた。わたしは綺麗な縫い目の針仕事ができたし、かがって繕うのも得意だった。これは母さんがみんなに教えてくれたことで、わたしたちは小綺麗にしている術《すべ》を知っていた。だけどわたしは生地《きじ》を裁断することはできなかったし、手の込んだ素敵な服が作れたわけじゃ全然ない。それでも、ミズ・ルイントのできることから見ればずっとましだったので、わたしは縫物を特技だと思っていた。

ネイサンらを加えると八人の男がいた。アンクル・ジョエルと彼の孫のダンテはこの農園の奴隷だった。アンクル・ジョエルは自分では数えきれないほど何回も売りに出された。白人たちは彼に屋敷に来るように命じ、新しい主人を指さすだけだった。最後のときは、前の主人がわずかばかりの借金のかたとして自分を手放したのだと彼は思った。彼がダンテをほかに売らないでください、と懇願したところ、新しい主人の息子への贈り物としてダンテを捨てるように寄こしてくれた。ダンテは片方の手足が不自由だったので、彼を大切に思っていたのはアンクル・ジョエルだけだった（もっともダンテは健常者にできることはなんでもできた）。ご主人様《マスター・マン》、アンクル・ジョエルはミズ・ルイントの夫をそう呼んだが、その呼び名が汚《きたな》らしく聞こえるようにも言った。「ご主人様」は、二人のいずれも欲しくはなかったから、屋敷に戻る道中ずっと、最悪の取引をさせられたと不満たらたらだった。ネッドはわたしとだいたい同じ年頃の若い仲間だった。キャスターもレッドもハーカーと同じぐらいの歳だった。わたしたちは誰一人、自分が何歳なのかはっきり知らなかったが、おおよその年齢を推測するなら、ハーカーは三十に近いだろう。わたしは、せいぜい十七か十八だった。アンクル・ジョエルを除いて男たちはみんな畑仕事をした。アンクル・ジョエルは屋敷と奴隷小屋の食糧を賄《まかな》う野菜畑を作っていたし、何頭もいない家畜の世話をしていた。ネイサンの仕事は主に狩猟と魚釣りだった。

夕方になると、彼らは奴隷小屋の前に腰を下ろした。全員がそうしたわけではなく、毎晩そうしたわけでもなかったが、通常、彼らは小屋に入る前に一、二分小屋の前で腰を下ろしたもんさ。エイダは夕食を持ってきたとき、少しだけ腰を下ろすことがあったし、台所を綺麗に片づけてから、また小屋に歩いてきたりした。今思うと、みんな静かだったなあ——みんなは暑さのなかではあまりしゃべらないし、一日じゅう畑仕事をしたあとでは話をしなかった。ああそう、ときどきは確かに言葉をかわしたし、たまには物語をあれこれ語りあった。アンクル・ジョエルがハーモニカを吹いてくれた。わたしが屋敷で臥《ふ》せっていたとき、一、二度、夜陰を通して、弱々しげなハーモニカのむせび泣くような音色を聞いていた。それは、ヨタカの声よりも悲しく、フクロウよりも寂しげで、わたしの心にひどく痛ましく響いた。ハーモニカの響きはわたしに故郷のことを思い起こさせたから。でもここは故郷の奴隷小屋とは違っていた。わたしはあの最初の晩、モニーを抱いて腰かけ、みんなのなかで余《よ》所者《そもの》だと感じていたんだ。

　天気のことや収穫のこと、みんなが話題にしたのは、そういうことだった。ミリーの足、モニーのこと——だけどモニーが眠ると——再びお天気のこと。とても暑かった。ハーカー、カリー、そしてレッドはどこかへ出かけていて、その場にいなかった。ネイサンはきっと屋敷に行ってるんだと思った。エイダもアナベルも小屋のほうに来ていた。エイダはわたしには「こんばんは」以上のことは言わなかったけれど。ほかのみんなは話をしていた。わたしの藁ベッドをここまで運んでくれた人たちは、わたしがなぜ移ってきたのか訊きたがっているのを感じたよ。誰も訊いたりしなかったけど、みんな、それ以上は話したくない様子だった。

　だいぶたって、ハーカーとカリーが戻ってくると、誰かがネイサンはどこかと尋ねた。みんなが「こんばんは」と挨拶したあと、ジャネットがもう一度ネイサンのことを訊いた。わたしは何も言わなかった。エイダはほんの少し間をおいてから言う。「お屋敷に行ってるのさ」。それを聞いて誰も何も言わなかった。「ミズ・レディと寝てるんだよ」

　その後、誰も何も言わない。ついにハーカーは膝を叩いて大笑いする。「こりゃあ、ぶったまげたよ、カリー」と彼は言う。「ネイサンの野郎にそんなことができるなんて、思ってもみなかったぜ！」

　カリーはワーッと大きな叫び声をあげた。「それじゃあ、ミズ・レディはどうしたって、この作戦を引き受けることになるな！」

　わたしは耳を疑った。この人たちったら、こんなこと全部計画に入れてたわけ？「ネイサンがあの白人女とあんなことするなんて、わたしが知る限り作戦には含まれてなかったはずよ、ハーカー」とわたしは主張した。

するとみんなが一斉にわあわあ意見を言った。だけど、わたしの発言を聞いたハーカーは、わたしのほうを向いて、「おまえは何をそんなに怒っているんだい、デッサ？」と訊く。

「だって、相手は白人女だよ、ハーカー」。わたしがそう言うと、しゃべっていたみんなは黙った。

「奥様のほうが積極的なのさ」。ハーカーはあっさりと言いきる。それはいかにもきっぱり断言したいような言い方だった。いつも沈着冷静、何ごとにも慌てない、少なくとも彼はそうあろうとしていた。

ハーカーの言葉を聞いて、全員が大笑いの渦に呑《の》まれたが、やがてエイダが言う。「あのバカ男のせいで、わたしらみんな殺されちまうよ」

「そんな羽目にはならないさ」とハーカーが実に鋭く言う。「俺たちの誰かが口にしない限り」

この言葉を聞いてみんな、ぴしゃりと黙った。わたしたちの誰も人に言うつもりはなかった。ハーカーはわたしと同じほどそのことをわかっていたと思う。だけどハーカーがあれほど厳しい言い方をしたのは、わたしたちにはみんな、他言する可能性があるということを理解させるためだったと思う。事実を知り、それを他言することは、実際にそれを自分でやるのと同じほど悪いことだった——少なくとも白人連中に話してはならなかった。その後、まるでもう待ちきれないと言いたげに、ハーカーは思いを爆発させた。「《西》へ行こうよ。さあ、今こそ」。すると男たちはうきうきダンスを始め、笑っていた。

ハーカーはモニーを抱き上げて、エイダに預け、わたしを立ち上がらせた。わたしとワルツを踊ろうと誘ったのよ。わかるかい。だけどわたし、踊る気分になれなくて彼の手を払いのけてしまった。「こんなふうにして、わたしたちが《西》へ行く道を探ろうというわけ？」わたしは彼に訊く。「わたしらにガミガミ厳しいことを言って悩ませて」。わたしはモニーを抱いて小屋に入り、横になった。

みんながネイサンと白人女のことを話しているのが聞こえた。ハーカーは、白人男が帰ってきて、二人を捕まえるところをこっそり観察する役をしても構わないと主張していた。ハーカーは二人が捕まるのを望んでいたわけじゃない。わかるね。ハーカーは兄弟分が捕まるのを望むわけがなかった。だけど彼はそのときの白人男の顔が見たかったんだ。「ご主人の眼が飛び出ると思うよ、そうだろ？」ハーカーは実に真剣な表情で訊いた。「口をみっともないほど大きく開けて、それから真っ赤になるんだ。真っ赤になって怒るに違いない。だが彼か彼女のどちらかに怒りをぶつける前に、卒中の発作で死んでしまうかもしれないな」

この頃までには、みんなしてひどく激しく笑いころげていた。ハーカーが言ったことが真に迫っていたので、わたし自身も笑いたいぐらいだった。奴隷が女主人と恋をする、しかもご主人の妻と愛しあうなんて、白人男が卒中を起こすに違いないもの。わたしには前のご主人が真っ赤になって怒る――真っ青になることだってある――様子を眼に浮かべた。白いミルクのような奥さんのなかに奴隷の黒いハエが入っているのを見つけるや即刻、死へまっしぐら。もちろん、ご主人の眼は飛び出ているだろう。わたしの眼も飛び出たもの。だけどわたしはとても笑う気分にはなれなかった。ご主人は真っ赤になるかもしれないが、もしご主人が死ななければ、奴隷が殺される。そう。ネイサンはこんな大騒ぎを起こして、明日にも死んでしまうことだってある。わたしは、あの白人女を誘惑して彼が死ぬ危険に陥ったことでネイサンに激怒したし、ネイサンにそうさせてしまったことで白人女にも激怒した。

ネイサンもカリーもハーカーも、わたしの気持ちが荒れていたときずっとそばについていてくれた。エイダは、わたしが大人しくしていたのは彼らのおかげだと言った――彼らの手と眼と声のおかげ――。それらの手と眼と声が、わたしと死とのあいだに、あるいはわたしと狂気とのあいだに立って守ってくれたんだ。わたしたちはお互いに心を開いていた。ああ、わたしは彼らに感服していたし

──彼らもわたしに感服してくれていた。だって、いいかい、わたしたち、逃亡をやってのけたんだよ！　そして、彼らはわたしを連れに戻ってきてくれて、また逃亡したんだ。奴隷制度のもとでは、滅多に逃亡しなかった。逃亡のことを思い出して、わたしたちは大笑いした──わたしがあの地下室に拘留されていたとき、「話し相手」だった白人男のことで、彼らはわたしをからかった。あんたたち、奴隷小屋で女の子を口説いていたのかい、わたしのお迎えがこんなに遅くなるなんて、とわたし言ったのさ──わたしたちが親密になったのは、あの救出劇があったからなんだ。

わたしは産後、あのベッドに寝ていたときずっと、彼らとそれまでの人生の思い出の数々を語りあったけど、みんななかなか話し上手で話が弾《はず》んだ。カリーは、元の主人が彼を奴隷として、また同時に息子のように育てるふりをした話をして、聞いていてすっかり気が滅入った──彼に文字の読み方を教えたが書き方は教えなかったし、話の仕方を教えたが、考えることはさせまいとしたことなど。ネイサンは奇想天外な危ない振る舞いの話をしてわたしたちを魅了した。そしてハーカーは《西》の話をして、みんなを燃え上がらせた。ハーカーは言葉をいくつか繋いで、広大で草生い茂る谷間、澄みきってキラキラ輝く小川、奴隷の土地と自由の土地を分かつ川が目に浮かぶように話した。そしてわたしたちのあいだには、嘘偽りなどはまったくなかった。

お母さん《マミー》は、カリーにとって夜のおっぱい以上のものではなかった。カリーは売られてしまうまで母親がどんな存在なのか、知る機会もなかった。わたしがモニーを身ごもったように、誰かがカリーを身ごもり、モニーがわたしのお腹を蹴ったように、カリーもお母さんのお腹を蹴っていたんだ。だけど彼が知る限り、まるで瓶に閉じ込められていたみたいだったのだろう。お母さんはカリーにとって、一つの顔ですらなかった。カリーはそんな母親の話をしながら泣き、そして、あの羽毛ベッドでカリーを抱きしめたのはわたしだった。だけどカリーの話はみんな聞いていた。ネイサンもハーカーもカリーの話を聞いて恥ずかしがることなんかなく涙を流した。わたしは、仲間の一人が母親のことをそれほど知らないなんて考えてもみなかったし、その話を聞いて深く傷ついた。白人女の全部が、わたしが恐れ、憎悪するすべてだった。だから、仲間の一人が白人女と愛を交わしたいと思うなんて、わたしを傷つけるだけだった。

　わたしはネイサンとハーカーが最初に「作戦」について話し始めたとき、それは冗談にすぎないと思っていた。それはみんなでそこから出ていくことができるぐらいまとまった金を得るために、自分たちの身を奴隷制度に売り戻す話だった。この資金作り計画は、エイダがわたしをベッドで休ませていた長いあいだ、仲間どうしで時間潰しに話していたことだった。ハーカーの考えというのは、誰かが主人の役を演じ、仲間たちは売られたあとで逃亡する、そして「主人」役は別の町で、再び仲間を売るというものだった。これは、ハーカーの元の主人が、運が傾いたときにハーカーと一緒に実行した金稼ぎの方法だった。ハーカーの主人は、お決まりのならず者で、たいがいは賭け事をして稼いで——主人はハーカーが十一か十二のとき、ケンタッキーのトランプ賭博で彼を勝ちとった——彼は贅沢な暮らしをしていたが、つまるところ、ときたま詐欺師かイカサマ師になるだけで、それ以上にはなれなかった。

　最初の計画では、カリーが「主人」役だった——彼は縮れ毛のほかは問題なく白人の役をこなせたし、読むことはそこそこできたし、書くことも少しはできた。だが、チラっと見ただけで、誰にでもカリーが人前で黒人《ニグロ》の一団を売るには若すぎるとわかってしまう。そこでわたしたちは、ハーカーがカリーの顔に口髭《くちひげ》を描いて年配に見えるようにしたらどうかと冗談を飛ばしていた。ハーカーはこの手の変装も詐欺師の主人から学んでいた。

　白人女ルーフェルを仲間に入れようと言ったのはネイサンだった。ああ、名前を出したわけじゃなかった。でもいったんネイサンの考えを聞くと、はたして事がうまく運ぶかどうか見極める段階になった。そしてネイサンが言うように、首尾よく計画を進めるためには、主人役として、金に困っている正真正銘の白人が必要だった。面白おかしい冗談じゃなければ、自分たちを奴隷として売るとか、お互いに身体を売りあうなど、わたしは思ってもみなかった、わかるね。だけど計画に白人を加えるとなったら、落ち着かない気持ちになった。わたしが聞いたことのある白人のなかで、こんな悪ふざけに付きあう白人は絶対に一人もいなかった――そして、もしそんな白人がいるとしたら、最後にはわたしたちを騙《だま》して稼いだ金を分捕《ぶんど》るためだけさ。わたしが産後休んでいたあのベッド脇で、わたしらみんなが聞いたり、語ったりしたのはこんな話の数々だった――ひどい仕事をうまくやり終えても、黒人《ダーキィ》は感謝もされず、自由とか恩恵とかの約束を白人たちは守ってくれたためしがなかった、などなどだった。だから、みんなが話していることが冗談ではないとわたしが理解するのは難しかった。ミズ・レディだって金がいくらかあれば助かると思うよ、とハーカーが言い、みんなが出かけているあいだは、カリーが農場を監督する――カリーは白人に見えるほど肌の色が白かったから――と言い出したときですら、みんなは本気で白人女を信用するのか、わたしには信じられなかった。そこで、わたしは――話を続けるだけのために――わたしは引き続き彼女をしっかり見張っておかなくちゃね、と言った。彼らがそんな大それたことを彼女に頼めるずうずうしさを持ちあわせているとは思えなかったが、わたしはこの計画から退き始めた。

　誰が赤ん坊たちに乳をやるの？　わたしはみんなに訊いた。わたしの赤ん坊に自分で乳をやれないなんて、心の奥深くまで傷ついた。わたしは女とはとても言えないと、恥ずかしい思いでいっぱいになった。そして、赤ん坊が白人女のおっぱいをもらっているなんて……。ああ、わたしは受け容れていたよ。選択の余地はなかったもの。だけどわたしはその場を見たくなかったんだ。彼女はまるで自分の赤ん坊に乳をやるのと同じように振る舞った。ミズ・ルイントはとても忘れっぽい、とみんなに言ってやった。ひどくなると、モニーが泣いたら我を忘れて、人前でおっぱいを出して乳をやりかねないほどなんだ――わたしは、冗談のつもりでこう言ったんだけど、それでもなお、それほど注意力の足りない人を信頼することがどれほど危険か、その点を仲間に知ってもらいたかったわけ。すると、みんなは大笑いした。わたしがミズ・レディのことを実に見事に言い当てている、とみんなは思ったのだ。ミズ・レディは黒人《ブラック》と白人の違いをよく知っていたのは事実。それは確かなんだ。彼女はそれほど愚かではなかった。だけど、一般に白人連中が黒人を見ると、醜い何か、憎悪すべき何かを見てとるけど、彼女には色の違いしか見えないんだ。この点をわたしはよく知っていたが、わたしにはとても理解できないことで、それが心底恐ろしかった。だけど、それこそが、ハーカーもほかの仲間も、彼女がその計画に乗ってくるだろうと想像した理由だった。

ハーカーもレッドも、ネイサンと白人女の件についてあまり話題にしたくなさそうだった——寝物語はもうたくさんだねとレッドは言う。そういうわけで、やがて、みんなは《西》のことを話し始めた。誰一人《西》について何も知らなかったが、ハーカーだけは、《西》の森や小川、その川を見たことがあるかのように語った。奴隷制度はそこを流れる川を渡ることができないため、川向こうの土地では、誰もが自由なんだと話した。

わたしはハーカーの話のすべてを、つまり土地や川、そしてその川を渡っていくことを実際に信じたかどうかわからない。そんな話は、わたしには薄気味悪く聞こえたけど、それでいて心に訴えるものがあった。ハーカーは言う、そこでは奴隷制度が許されてないんだ。みんな自由なんだよ。僕は生まれた土地からずいぶん遠くまで旅してきたけど、奴隷制度が尽きる場所まで来たわけじゃない。僕たちは遠くまで旅をし、もっと遠くへ行けるだろうが、我々黒人たちが自由に暮らせる場所にはなかなか辿《たど》り着けないだろう。わたしは奴隷制度がいったい世界のどこまで続くのか、考えると恐くなった。

わたしは奴隷制度のなかにいても夢を抱いていた——ケインが自由についてわたしにくれた夢。何日も何日も、わたしは自由を呪った。自由は、娘時代にわたしが愛した人すべてを奪っていったから。

ケインも奪った。奴隷制度のなかで、自由の夢だけを見ていた。あの見知らぬ奴隷小屋で横たわっていたときでさえ、まるで夢が真実になったと思えたものよ。わたしはもう奴隷じゃなかった。わたしは白人のベッドに寝かせてもらい、白人が使う物をお古だけど使わせてもらった。そうだわ。自由の夢が現実になったんだ。だけど、自由はわたしが想像だにしなかったかたちで、そして耐えられるかどうか、わたしにわからなかったほどの傷とともに訪れた。その夢は、わたし自身のためではなくとも、モニーのためには生きる価値のある何かに違いなかった。《西》はここよりは生きやすい場所に違いなかった。

わたしは白人女のベッドで静養していたとき、そんなことを考えていたんだ。仲間と冗談をかわしつつ《西》に行く話をしているハーカーの言葉に耳を傾けながら。だけどその晩、奴隷小屋でモニーを脇に抱きかかえて、みんなの話を聴いていると、わたしの眼に見えたのは、ネイサンが白さのなかで、白いシーツと白い枕と白い胸に抱かれて寝そべっている姿だった。ネイサンがしていたのは、ただ白さを際立たせているだけ。彼は白さのなかで黒いシミにすぎなかった。つまり、わたしたち黒人は、白人の眼にはシミにしか映らない。利用されて拭《ふ》き取られるシミでしかない。わたしは前の女主人の眼にも、木の下で書き取りをしていた白人男アダム・ネヘミアの眼にも、その眼差しを見てとらなかっただろうか？　わたしたちは白人の眼には無であり、存在してはいなかった。わたしは、わたしたちの持っているすべてを水滴のように呑み込んでしまう存在に委《ゆだ》ねることなどできなかった。わたしの自由を白人女の手なんかに委ねることは決してしないとわたしは決心したのだった。

その翌朝、わたしがモニーを抱いて農場の林地を通ったとき、ネイサンに呼び止められた。光のせいだったけど、ネイサンは影になって木の幹に寄りかかっていた。彼の姿を目にするや、わたしの心は躍った。彼が会いに来てくれて嬉しかった。もちろん、ネイサンのところに近づくまでには、わたしが彼についていくつか怒っていたことを思い出した。わたしは屋敷に住むのが、どれほど便利なことだったか理解し始めていた。ああ、夜具は同じものを使っていた――トウモロコシの殻を詰めたふとんを奴隷小屋に持ってきたから――それにわたしはドーカスが寝ていたあの小さな隠れ穴で窮屈に休むのが好きだった。だけど今は、白人女がモニーに授乳するため、朝は早く屋敷に行かなくてはならず、夜は遅く小屋に戻ってこなくてはならなかった。わたしは夕方、屋敷を出る前に、モニーにミルクに溶かしたグリッツを与え始めていて、しばらくするとモニーは寝ついて朝まで寝てくれた。だがモニーは小屋での最初の晩は寝てくれず、なんとか寝かせようと頑張ったが――ジャネットは蓄えていたわずかの糖蜜で砂糖のおしゃぶりを作ってくれた――小屋のみんなが起き出すまで寝てくれなかった。仲間はわたしに気を遣うあまり、口に出して文句は言わなかったが、わたしの動きが彼らに聞こえたのと同じように、彼らが身体を上下左右に動かしてざわざわ音をたてるのをわたしは聞いていた。そういうこともあって、わたしはどれほどネイサンに会えて嬉しかったか、彼に気づかれたくはなかった。

「デッサ」。ネイサンはわたしが彼に近づくと言う。「どうしたというんだ?」そう、「おはよう」でも「元気?」でもなく、「おまえ、どうしたというんだい?」と言ったのだ。まるで狂っているのは、このわたしであるかのような言い方だった。

わたしはあまりにも驚かされ傷ついた――なぜなら誰が何を間違っているのか、わたしには明々白々だったから――わたしはネイサンを通り越して歩いていった。「わたし、これでも一人の人間なのよ」。わたしは肩越しに言った。「だから、きちんと分別のある人間として扱ってよね」

「それじゃあ、なんで分別のある人間として振る舞わないんだ?」。ネイサンはきっぱりと言いきったが、すぐにわたしの横まで歩いてきて、まるで答えてほしいと言わんばかりに続けた。「なんで怒っているんだ、デッサ?」

ネイサンにはすでに答えがわかっているはずだと、わたしは思った。前の農園主人がケインにしたことをネイサンに話していたからだ。だから、若奥様がわたしをひどい目に遭《あ》わせたことをネイサンはわかっていると、わたしは理解していた。白人連中はわたしの命と赤ん坊を除き、世界じゅうのあらゆるものをわたしから奪っていった。そのうえ白人たちは、わたしの命も赤ん坊も奪おうとしたのだ。だからわたしの救出に力を貸してくれて、辛い逃避行のあいだずっと、わたしと友情を築いてきたネイサンが、わたしをひどく傷つけた白人の一人と横たわり快楽に溺れているのを見たとき――わたしが口にすることは何一つ、あの苦痛がどんなものだったのか、ネイサンには伝わらないだろうと感じた。ネイサンが白人女と関係を持っちゃいけないと、このわたしが説明する気にもならない。ネイサンこそ、なぜそんなことをするのか、自分で説明すべきだとわたしは思った。

「なぜ、いけないんだい？」ネイサンがわたしに訊き返してくる。

そう言われて、わたしは即座に立ち止まった。「なぜ、いけないですって？」わたしは訊く。「奥様の夫が帰ってきたらどうするつもりなのよ？」

「ご主人が帰ってきたら、俺たちみんながどうするか、だろう？」ネイサンは実に素早く応酬した。「奥さんは言ってた、ご主人は俺たちを自分の奴隷として売って、全員を奴隷制度に戻すだろうって」

「ご主人はきっとそうしたくなるはずよ。家に戻ったら、自分のベッドであんたが寝ているところを見つけるわけだから」

ネイサンはにやりと笑った。「それじゃあ、おまえは俺が奥さんといちゃつくのを止めりゃ、サットンご主人は俺たちと公明正大な取引をなさるとでも言うのかね、えっ？」

ネイサンの前歯のあいだの怪しげな隙間がきらきらしていたので、わたしは笑わずにはいられなかった――ネイサンはわたしを笑わせたかったのだ。いいかい、たいがいの男たちは、ちょっと辛辣なことを口にして女を笑わせたり面白がらせたりできれば、女は自分の思うようになると感じるものなんだ、わかるかい。確かに、砂糖でおびき寄せれば、より多くのハエを捕まえることができると思うよ。だけど、わたしの勘は当たってたよ。わたしは笑わされたからって、誤魔化《ごまか》されやしないさ。

「あんた、あの女《ひと》が白人だから好きなんだろう」とわたしはネイサンに言った。

「そうとも」と彼は言う。「俺は、彼女が白人だから好きなんだ。俺がおまえを好きなのは、おまえの肌の下にあの痛ましくも美しい赤い血を見たからなんだぜ。それで、そのどこがいけないのさ？」

わたしは、ネイサンを引っぱたいてやりたかった。わたしをカンカンに怒らせたから。「どういう意味かわかってるくせに！」

「おまえは、白人男がいつも自分だけの権利として渡さないものを俺が欲しがってる、と言いたいのなら、そう、そのとおりなんだ。それも欲しい」

「「もし白人男がろくでなしだったとしたら」、その男の「嗜好」も女も同じ穴のムジナなのよね？」

このことは、わたしが休んでいたベッド脇で、ネイサンが口にした意見だったので、彼にそれを思い起こしてもらいたかった。

「いいかい、デッサ。ルースは君を売り払った女主人じゃないんだ。ルースの夫がケインを殺したわけじゃない――」

「だけど、ご主人は、あんたもハーカーも、ここにいる誰だって、あんたが今やってるようなことをしなくても殺してしまうわ。もしかしたら、ケインがしたほどのことでなくたって殺される」。わたしはそう付け加えた。わたしはネイサンがケインの例を持ち出したことが気に入らなかった。それに、ネイサンがあの白人女の名前を愛らしく呼ぶことに気づいた。「ルース」、それは彼女がまるでネイサンの恋人ででもあるかのような呼び方だった。ネイサンは、持てるすべてを見せびらかして、そのすべてが、まるでわたしの心のなかにもあるかのように見せたいのだ。わたしにはわかっていた。何がケインを殺したのか、それはご主人の権力だったことを。貧しかろうがそうでなかろうが、白人男は誰でも、こと黒人奴隷《ニガー》に関する限り、その権力を手にしていた。「あんたはどうして、自分のためにならないとわかってることをしているの？」

「俺には充分ためになってるけど」

「答えにならないわ」

「俺にはこれ以上の人生があるとは思えないけど？」

わたしはただネイサンを見た。彼がそんなこと言うなんて、ほかの黒人たちほど辛い人生を送ってこなかったからだ――ネイサンは、売られるまでは奴隷を虐待したことのない上流階級の白人女性に所有されていたと話していた――だが、ほかの奴隷たちが経験した虐待を見てきたし、ネイサンはその痛みを理解していた。そもそも、ネイサンが逃亡計画に参加したのは、彼の幸運がほかの奴隷たちを傷つけることに依存している、そのことに耐えられなかったからなんだ。ネイサンは、わたしがその事実を知っているとは思わなかったし、わたしに知ってもらいたいとも思っていなかっただろう。でもわたしにはよくわかっていた。

もしかしたら奴隷制度のもとでは、小柄な黒人御者《ブラック》が多少はいただろう。だけどわたしが出会った御者はいずれも大柄で黒かった。概して御者は腕っぷしの強い男の姿を思わせた。強さは白人男の「右腕」そのものだったし、強さこそ、御者自身が心得る役割だった。ところで、ネイサンは確かに大柄で黒かったが、彼はあの奴隷商人に売られるまでは、白人男性の右腕になろうとは思ってもみなかったと思う。あるいは、ネイサンはそう願うほどもう若くなかったのかもしれない。もしかしたら、威張り散らしたり殴ったりすることを好む面が最初からネイサンにはなかったのかもしれない。だけどネイサンはそれを好きであるかのように振る舞わなくてはならなかった、少なくとも、自分にとって暴力は仕方がないというふりをしなくてはならなかった。わたしたちが反乱を起こした奴隷隊《コツフル》から逃げおおせたあとになっても、ネイサンは、人びとが一般的に、大柄で真っ黒の黒人男《ニガー》がそうであるに違いないと想像するような強い男である様子をあまり見せたがらなかった。わたしはそう思っている。だがネイサンは一般の強そうで真っ黒な黒人とは違っていたし、そのことをわたしはよく理解していた。

わたしは頭のなかを駆けめぐるこれらすべてのことを言葉にして言い表わすことができなかった。わたしには、これらのことを口にするだけの充分な言葉も経験もなかった。わたしにできることと言えば、感じとることだけだったから、わたしの傷ついた身体がわたしを裏切っているように感じた。ネイサンとカリー、そしてハーカーもまた、わたしのために何かを犠牲にしてくれた。そのことで、わたしは彼らに——そして彼らはわたしに——血を分けた兄弟姉妹のように固く結ばれていると感じていたんだ。ミズ・ルイントはこの強い絆に少しも加わってはいなかった。彼女が絆に加わろうとした唯一の行為は、絆の結び目を緩《ゆる》めることに繫がった。もしかしたら、わたしは誰に対しても同じように感じただろうけど、相手は白人女だった——しかも正気の沙汰とは思えない白人女だった。

さて、わたしが問うた質問に対してネイサンが答えたわけだが、わたしたちは二人とも一向に満足できなかった。だからわたしは白人女にさらにいっそうの怒りをぶつけた。

わたしはモニーと繕い物すべてを持って台所先の中庭に行った。いつかのように二度と口を滑らせてはならないと思ったが、白人女の近くにいたくなかった。どう見ても、わたしから彼女に言うことなどそんなに多くはない。彼女はわたしに対していつも奇妙に振る舞った。わたしに気づかれてはいないと思いながら、こっそりわたしをいつも観察している様子も変だったし、わたしが彼女に触ることを恐れるような振る舞いをするときもあった。わたしは彼女の眼が嫌いだった——彼女の眼は、あの白人男ネヘミアの眼ほど意地悪なものではなかったけれど。ネヘミアの眼は雪空のように虚《うつ》ろで、青白く重々しかったが、彼女の眼は湿ったモルタルのように灰色だった。しかし、たいがい彼女は相手を見ていない、決して見ない——なのに話しかけてくる。彼女は部屋のど真ん中に汚れた下着を片づけずにそのままにしていたけど、あれは子どもに一番最初にすべき躾《しつけ》なんだよね。つまり後ろを振り向いて拾いなさいって。それに彼女はエイダを親類であるかのように、「おばさん《アーンティ》」と呼んだ。

白人はそんふうに振る舞うものよとエイダが言った。それじゃあ、わたしにわかるわけない――わたし、売られるまで、生まれた奴隷小屋から一マイルほどしか外に出たことがなかったから。わたし、白人について知っているほとんどは、あの奴隷隊《コッフル》で学んだことだけ。エイダは物心ついた年頃からお屋敷に上がって働いてきたので、白人連中のことはすべてエイダにはお見通しだったと思う。エイダは、かなり厳格に管理されているお屋敷の生まれだったが、そこは女主人が毎朝、食糧を秤《はかり》で測り、毎晩、戸棚に鍵をかけて管理していた。いいかい。お屋敷の物は一つ残らず、自分で注文するという類《たぐい》の徹底ぶり。エイダの前の女主人は、ご主人のことに関する限り、何も見ざる、何も言わざるという類の白人女の一人だった。そしてご主人は奴隷小屋のありとあらゆる女と寝ていて、奴隷の数が増えて結構だと主張していたんだ。エイダも農園主の娘だった――だからと言ってエイダが特別扱いされたわけではなかった。エイダはたまたまご主人が売らずにおいた子どもたちの一人だった。ご主人はアナベルとはなんの関係もなかった――アナベルの色の白さはエイダ譲りだった――ご主人がアナベルを好奇の目で見ることがなかったならば、エイダはその屋敷に今でも留まっていたかもしれない。いいかい、アナベルはご主人の孫なんだよ。それに、アナベルはまだ十三にもなっていなかった。エイダは、奥様からご主人に思いとどまるように言ってもらいたくて相談したのだが、そんな話を屋敷に持ち込まないでおくれ、と奥様に言われたのだ。これはエイダが自分の過去について、わたしに打ち明けてくれた最初の一件だった。「ご主人はそこまで卑しくならなくてもいいだろうに」。唇を震わせ、傷跡のように見える眼は水中を泳いでいるように潤《うる》んでいた。エイダの話を聞いて、わたしは故郷の奴隷小屋での出来事を思い出していた。仲良しのマーサの声が聞こえた。「あの男はただ、やらせろと言った」。それは、ある日、ご主人の弟が畑でマーサをレイプしたあとで、彼女が言った言葉だった。ああ、わたし、多くの女奴隷が苦しんできたことを経験せずに済んだ。

そしてエイダは続けてこう言う、白人女って本当につまらない人間たちだけど、その言い訳なんかありゃしない。あの連中は言葉でなんでも命令できるんだから。レフォニアおばさんもエマリーナも同じことを言ってたっけ。黒人の女たちは、仲間うちでは白人女にそれほど我慢してたわけじゃない――だけど彼女たちは、女主人の前ではそんな素振りも見せなかったさ。奥様の前では従順そのものの奴隷だった。それに黒人女たちが白人女のことだけを特別に話題にしていたわけじゃなく、お屋敷にやってくる人たちみんなの噂をしてた。だけどエイダの好みの会話というのはこれさ。ミズ・ルイントは家事がまったくできない。ドーカスがいなかったなら、ミズ・ルイントは死んだも同然だったろうって。本当のことを言おう。わたしはね、あの白人女には興味はなかったんだ。いつもそうだったんだけど、たいがいの場合、エイダが話をしていたけど、わたしはそう熱心に聞いていたわけじゃなかった。だけどそのときは、ハーカーをはじめ、みんながわたしにあまりに心を開いて話してくれなかったので、わたしはエイダの話を注意して聴くようになったんだ。

エイダは、ここのご主人が旅に出る前にこの農場に住みついていた。エイダはハンツヴィルあたりからやって来たのだが、彼女もアナベルもその町に辿り着くまでにはすっかり疲れ果てていた。二人は盗みを働いたり、森で手に入るものを掘り起こして食べて凌《しの》いだ。ここにいるみんなは、同じようにしてここまで逃げてきたのだ。逃げ、食べ物を乞い、盗み、飢え、また逃げた。そして、いつも自分はどこに向かっているのかわからなかった。わかるのは、元の農園には戻れないということだけ。いいかい、みんなはお屋敷などにとても行けず、仕事を求めるなど論外だった。ときどき、番犬がいなければ、奴隷小屋で食べ物を恵んでもらえた。だけど、そこらあたりには、奴隷小屋はそれほど多くはなく、実際、農場も疎《まば》らだった。だからエイダはこの農場に居つくことになった。このあたりの農場の白人は、黒人《ブラック》をしっかり見張っている様子もなかった。そのあたりには黒人があまりいなかったので、白人たちは黒人の全員を知っていると思っていた。

　さてドーカスはエイダの友だちになった。エイダは、あたりに誰もいなかったときにイチかバチか賭けてみることにして、ドーカスに食べ物をもらえないかと訊いたら、恵んでもらえた。エイダとアナベルは、奴隷小屋からあまり遠くない場所に洞窟を見つけて、昼間はその近くで過ごし、中で眠り、夜になって出歩いた。ご主人が旅に出たあとで、エイダは料理人の掘っ立て小屋に引っ越してきた。そういうわけで、エイダは白人女のことをよく知ることができたわけ。そしてエイダは女主人についてしゃべり続けた。ミズ・ルイントはあのふがいない夫を紳士だと思っており、奴隷のことは何も知らない様子だったという。

「ねえ、いいかい、ミズ・ルイントは上流階級の出であるわけないんだ。黒んぼ《ダーキイ》への話し方すら知らないんだから」。わたしは、エイダが缶詰作りをしていた木の下で、天板が石のあの大きなテーブルのところで一緒に腰かけていたんだ。わたしたちは作り話が得意だった。エイダは、誰かが何かをミズ・ルイントに言ったという話が好きだった。エイダはわたしがアナベルの名前を出さないことだけを願っていたが――もちろん、わたしは口にしたことはなかった。だけど、エイダにそれを主張しようとしても無駄だった。エイダはいったん頭に何か考えが浮かぶと、ありもしないものでも引っ張り出そうとするから。わたしは、自分が欠点のまったくない人間だなんて思ってなかった――わたし、言葉には気をつけてたよ――それでわたしは話を続け、エイダに許しを乞うた。ともかく、エイダがもっとも腹をたてていたのは、あの愚かな黒人《ニグロ》（ネイサンのこと）だった。

「ネイサンが寝た白人女は、ここの奥様が最初じゃないって知ってるよね」とエイダは話し始めた。まるでこの事実が、わたしがどう感じているかを左右すると信じているかのような口ぶりだった。だけど、わたしはエイダの話を信じなかった。エイダは、わたしがただ嫉妬心の強い女だと思ったのだ。エイダはわたしが黒人男《ニグロ》のことで笑いものにならないように説得するため、なんでも口にして、わたしの思慮分別は、ネイサンとあまり変わらないとまで言った。ネイサンが最初の白人女主人の元に留まっていたのは、彼が「ある特別なサーヴィス」を奥様に施していたからなんだともエイダは言った。

　さて、わたしはそれを聞いて声に出して笑った。黒人《ブラック》男は白人女の服の下に潜《もぐ》ることを考えただけで殺されるというのに、ネイサンは白人女を相手にそんなことをする常習犯だったわけ？　もちろん、ネイサンが白人女とそんなことをするなんて、悪いに決まっている。わたしがその行為についてただ一つ言えるとすれば、二人とも気が狂ってるということ。だが、エイダと口論するのはやめて、思慮分別については同意した——ネイサンが偉大なる分別の持ち主だということを事実として知っていたけれども。だけど、いいかい、ネイサンは、きわどい悪さが得意な、いわゆる赤眼の黒人《ニグロ》の一人だったんだ。わかるね、地獄でシャツを泥だらけに汚したあげく、天国に飛んでいって着替えてくる類《たぐい》の黒人だった——それも、地獄に戻っていって、悪さの限りをもっと「学ぶ」ためなんだけど。これは間違っていると誰もがわかっていたけど、拍手喝采するほかなかった。だから男たちは、ネイサンがお屋敷で白人女と発情しているのも素敵な転換点だと考えていたのさ。エイダはこう言ってた。つまり、白人男がいつも仲間の黒人女と寝ているのを真似したんだと。いいかい、白人男のすべてが、わたしたちに対して動物的な振る舞いをしたわけではなかった、だけど相当な数の白人男は動物的だったから、わたしたちは日常的に彼らを恐れていたし——黒人の男たちは、わたしら女たちの立場を慮《おもんぱか》って白人男を恐れたのだ。わたしは奴隷のときには、レイプは免れたけど、あの奴隷隊《コッフル》に繋がれていたとき、白人男がわたしを、大きなお腹をした傷だらけのわたしを見る厭《いや》らしい眼差しに気づいていた。

　女たちは男たちほどは、ネイサンとミズ・ルイントの情事を愉快なことと思ってたわけじゃなかった。ジャネットは、ネイサンはミズ・ルイントをレイプしたらよかったのに、少なくとも少しは叩きのめしたらよかった、だってネイサンはいずれこの件で告発されるわけだから、と言った。ミリーですら、ネイサンもミズ・ルイントも、まるで自分たちのしていることが、わたしたち全員になんの危険ももたらさないかのように、どうして屋敷のあちこちをそんなに平然と歩き回れるのか理解できなかった。だが概して、誰一人、文句をぐちぐち言ったわけじゃなかった。ハーカーは、これはネイサンの問題なので、文句があるならネイサンに直接言うべきだと言った。いいかい、こうしたことはエイダが教えてくれたんだ。直接わたしには誰も何も言わなかった。だって、わたしはかの有名な「悪魔の女」だったからね。この件は、わたしと「わたしを助けた男たち」のあいだの問題だった。ほかの仲間はこの件に立ち入らないようにしていた。

仲間たちは、わたしを「悪魔の女」という名前で呼んでも傷つけるつもりはなかったことを、わたしは知っている。事実、仲間はその名前に誇りを感じていた——だって、仲間の女の一人が白人連中をやっつけるのに役立ち、一人の白人男を死ぬほど脅《おど》したわけだから。わたしはどう見ても、あんなことをやってのけられる女には見えなかったはず。わたしが言いたいのは、わたしはそりゃあ頑丈な女さ——奴隷女は頑丈でなくちゃ——だけどわたしは大柄じゃない。みんなは、この点、つまりこんなに小柄な女が白人男に飛びかかった話を聞いて大喜びしたんだ。だけどわたしはジェミナがその名前を言うのを聞いた最初から、「悪魔の女」と呼ばれるのが決して好きではなかった。それに今ではみんな、別の意味でこの名前を受けとり始めていて、もしかしたら、あの「悪魔の女」伝説はまんざら冗談ではなかったかのように、わたしを見るんだ。以前は、ミズ・ルイントは頭がおかしくなったとみんなで噂していたのに、今度はわたしを見る目が変わった。まるでわたしが恩知らずであるかのように、妙な目つきでわたしを見る——あるいは、羽毛ベッドで寝られるのに、トウモロコシの殻の寝床を選ぶ愚図《ぐず》であるかのように、わたしを見るんだ。もちろん、わたしの前に来てこんなことを直接言ったりする者は一人もいなかったよ、わかるよね。ただみんなはそういうふうに振る舞った。わたしには誰も何も言わなかった。だからわたしが何か言えた相手はたった一人、エイダだけだった。

それでもなお、みんなはネイサンにはぎこちない思いを抱いていた。男も女も不快な思いを抱いていたのさ。白人男なら、こんな醜聞を外に漏らさないためには、人殺しだって厭《いと》わなかっただろう。

わたしたちはみんな、どこかの白人がこの情事を発見することを心配していた——もっとも実際には、わたしがこの農場に来てから見た唯一の白人と言えば、ミズ・ルイントが花の種を買った行商人だけ。彼女を訪ねてくる人など一人もいなかった。これがわたしたちが、この農場で少しは安全に感じていられた理由なんだ。ミズ・ルイントはそれほど周囲から孤立して暮らしていた。しかし彼女とネイサンとの情事は——白人連中が知りたくてたまらない秘密だったように思う。

白人女は、わたしが彼女をミズ・ルイントと呼んだことを謝罪しない限り、わたしと一緒にはどこへも行かない、とカリーを使って伝言を寄こした。さて、わたしはそれでも構わないとカリーに言った。だって、まさかミズ・ルイントと一緒にどこにも行くつもりはなかったから。エイダはふうーっとヤジった。カリーが近寄ってきたとき、エイダとわたしは小屋の脇あたりに腰を下ろしていたから、きっと日曜日だったに違いない。ほかの仲間も外に出ていたが、とても暑い日だったので、大方は魚釣り場に行っていたと思う。

カリーはまだ幼さが残る少年で、手首が袖の先からいつも見える格好は、兄のジーターを思い起こさせた——大きくて、がっしりとした骨格が、皮膚からぽんとはじけて飛び出しそうだった。ああそうそう。肌の色では二人は似ても似つかなかった。カリーが昼間の明るい色なら、ジーターは真っ黒な真夜中の色だった。だけど、カリーの身のこなし方の何かがジーターを思わせた。わたしがカリーに最初に注目したのは、彼が兄に似ていたからだ。わたしがジーターを最後に見たとき、わたしはほんの幼い子どもで、兄はカリーの今の年頃だった。ジーターはわたしの記憶のなかでは決して歳をとらない。わたしが今ジーターを心に呼び起こすと、農園主が兄を売り払ったあの日の姿がくっきりと鮮やかに眼に浮かぶ。

「ネイサンがあんたをこんなお使いに寄こしたの？　ん？　ハーカーにも言われたの？」と、わたしはカリーに訊いた。カリーは、ネイサンとハーカーにはしっぽを振る子犬のようなもので、カリーにしてみればこの二人が言ったりしたりすることは何一つ間違ってはいなかった。そう、これまでわたしが言ったこともカリーにとっては何一つ間違ってはいなかったけど、今はこんな事態に及んで事情が変わった。ああ、わたしはミズ・ルイントには大いに怒り心頭だったので、彼女にごめんなさいと謝るぐらいなら舌を噛《か》んだほうがましだった。

「これはミズ・ルーフェルが言ったことなんで」とカリーは白人少女のように顔を赤らめて話した。カリーはそれほど色が白かった。カリーは十歳の少年のように見えたが、彼自身それに気づいていて、それが彼をますます不機嫌にし――ますます顔を紅潮させた。カリーの顎《あご》にはまだ毛も生えていなかったから、その赤面を隠すものは何もなかった。一瞬、わたしはカリーに恨みをぶつけたことをいささか申し訳なく感じた。だがそれから、カリーがミズ・ルイントの伝言を預かってきたことを思い起こして、わたしはますます怒りに震え、意地悪丸出しで付け加えた。「特に、ハーカーが話しているような、あんな浅はかな計画に乗る気はないからね」

さて、この返事が仲間みんなの反感を買うことになった。だって、みんなはハーカーの計画に熱い期待を寄せていたからだ。キャスターとミリーですら――この二人は一番の恐がり屋だったのに――ハーカーの計画は白人連中を騙す妙案だと思ってたんだ。仲間のみんなにとって、ハーカーが間違った計画を立てるはずがなかった。

キャスターとフローラをはじめ、みんなはこれまでの生涯ずっと農地で働いてきたし（その点に関してては、このわたしも同じだった）、みんなよく働いた――鍬《くわ》を手に苗を植え、鋤《すき》で耕した。だけど誰一人、いつ何を、どれだけ植えるか決めたことはなかった。働き方は知っていても、管理すること、あらゆる作物の種まきから収穫までの段取りを知らなかった。そして農作業の管理はハーカーの得意な仕事だった。ハーカーは土地のこと、種まき、作物を健全に育てる術など農作業のすべてを心得ていたものの、ほかの仲間の経験に耳を貸さないほど自分の意見に凝《こ》り固まっていたわけでもなかった。それで、ハーカーは自分の知識に加えてほかの仲間の知識も取り入れて管理したので、その年の収穫は前年の二倍になる見込みだった。こういうやり方によってハーカーはほかの仲間みんなから一目置かれていたわけだ。

ハーカーはグレン農場にやって来て、しばらく滞在すると決めたあとでさえ、しょっちゅう歩き回っていた(このこと、つまりハーカーがあちこちの土地を訪ねていたことは、わたしが最初にハーカーに注目した事柄の一つだった。それまでわたしは、さっと荷物をまとめて歩いて旅に出る黒人《ニグロ》を見たことがなかった。わたしが言いたいのは、走って逃げる奴隷は知っていたけど、という意味。つまり、鞭打たれるのを先延ばしにしたいか、あるいは誰かに――恋人とか母親に――会いたくて抜け出す奴隷は知っていた。だけど、旅に出たい気分だからと言ってただ出ていくなんて聞いたことがない。ハーカーの旅は、わたしが知る限り、前代未聞だった。わたしたちはみんな、ある場所に所属していたわけで、その場所からあまり遠いところには移動しないことを生まれながらに知っていたような気がする。しかしここには――多かれ少なかれ――行きたいところに歩いて出かける黒人がいたのだ。しかも、どこに行くにも少しも恐がる様子がなかった。ハーカーはここに戻ってくるにも、どこかへ出かけるにも、何も恐れてはいないというところが、わたしがハーカーを凄い人だと称賛するようになった最初の振る舞いの一つだった)。ハーカーは、グレン農場から南へ三、四日の道のりを下ったところで、カリーとネイサンに偶然出くわした。二人は、ネイサンの脚が動かなくなるまで、こんなに遠くまで逃げおおせたのだった。ああ、そうだった。二人がわたしを捕まえた奴隷捜索隊から逃げたとき、一発の銃弾がネイサンの脚を撃ちぬいたんだ。カリーもネイサンも撃たれた脚をどうしたらいいかわからず、傷が膿《う》んでただれていた。さて、ハーカーは二人が森に隠れているところに偶然出くわして、二人をグレン農場に連れ帰り、エイダが傷の手当をした。ごく自然な成りゆきながら、二人ともハーカーを高く評価した。そういうわけで、ハーカーが農場を出る話題を持ち出したとき、みんながハーカーの提案に従う決心ができていた。この人物は仲間みんなの指導者であり、救世主でもあったので、わたしがハーカーの計画をばかにしたとき、みんなは狼狽《うろた》えたってわけ。

わたし自身、ハーカーを高く賞賛していたが、自分たちを奴隷として売り渡すという考えにはとても賛成できなかった。もっとも、本当のことを言えば、彼の計画はそれほど愚かなものではないと、わたしにはわかってたんだ。黒人仲間が売れるのは間違いなかった。白人連中は、鎖に繋がれた奴隷隊《コッフル》が町々を歩いていると同じ質問をした。「売りに出す奴隷はいるかね？」ああ、確かにわたしたちはいくらか現金を稼ぐことができるだろう。白人連中は、実際に奴隷が姿を消してから一日か二日経たないと、奴隷が逃げたなどと考え始めることもしなかった。それに大きな農園だと、新参の奴隷が二、三日いなくてもわからないだろう。奴隷がもっとたくさん逃亡しない理由はただ一つ、彼らが逃げて行く先がどこにもないからなんだ。行先なしでは逃げることは厳しい。逃げて農園主に捕まれば、恐ろしい鞭打ちを免れなかった。逃亡する行先がどこにもなかったので、大方の逃亡奴隷は捕まって鞭打たれた。

しかし、ハーカーの計画では、逃げた仲間を捜索隊が追ってくる頃には、彼らはすでに別の町にいて、もう一度売られる準備が整っている手はずだった。もし捕まれば、自由黒人の通行証を見せればいい。それに奴隷所有主という連中は、買ったばかりの奴隷の見分けなどつかないものだ。わたしはハーカーがドーランを少し塗るところを見たことがあった。それで驚くほど変わったわけではなかったが、顔立ちは充分に変わったものになり、もし本人をよく知らなければ、誰かほかの人物と見間違えたかと思うほどだった。こんな細工は万が一のためのもので、そもそも誰も捕まるはずがなかった。

逃亡というのは、第一に、みんながいかにして目的地に着くかが課題だった。きっと仲間の一団はなんの騒ぎも起こさずにこの計画を五、六回はやってのけられただろう。いやいや、こちら側からすれば、つまり売られ役の面々からすれば、間違いなく首尾よく運ぶはずだ。わたしが危ういと懸念したのは、売る役を誰が担うかの問題だった。

この計画に白人を一人も加えなくてもうまくやりおおせる方法があるに違いないとわたしはなんとなく思っていた。そして、もしネイサンとハーカーがこの問題をよく考えるなら、どんな方法でも見つけられると、わたしにはわかっていた。わたしは男たちの知力には大きな信頼をおいていた――兄のジーターは世界をひっくり返せるだろうと思っていた。そして一般的に言って、人は男であれ女であれ、一つの物事を充分な時間をかけて考えぬくなら、難問を切りぬけるなんらかの方途《ほうと》を見つけるだろうと、わたしは強く信じている。そういうわけで、これぞ、わたしが二人に言いたかったことなのだ――特にハーカーに言いたかった。なぜなら彼こそいろんな考えに長《た》けた人物だから――その解決策を見つけてくれと。

エイダは、わたしたちは誰かを信頼しなくてはならないと言う――だけどわたしは白人女を全面的に信頼できなかったし、それは白人の誰だって同じこと。われらの仲間はみんな、白人は邪悪で裏切るものだと知っていた――だからこそ、わたしたちは今、こんな羽目に陥っていると。そして、必ずしもこちら側からあちら側に敵意を向ける必要はないよ、そう言うハーカーの論点を理解することはできるものの、わたし自身はこの計画に加わりたくはなかった。

「ミズ・ルイントはまだ僕たちに敵意を抱いてはいない。この作戦は僕らの利益になるばかりかミズ・ルイントにも利益をもたらすんだ」とハーカーは言った。

これは別の日の夕方に起こったこと、もしかしたら、一日かそこら経ってからの話。わたしたちは再び、小屋の前に出て腰を下ろしていた。エイダでさえ小屋に来ていた。ネイサンは屋敷に行っていた。誰もネイサンのことを口にしなかったが、みんながその事実を知ってもいた。それでもなお、ミズ・ルイントが黒人《ニグロ》たちのために一役買う白人のイメージがあまりにも滑稽だったので、わたしはつい笑ってしまった。「ミズ・ルイントは独り言ばかり言ってる」。わたしはハーカーに言った。「そのこと、エイダが保証してくれるわ」

「もしかしたら、ミズ・ルイントは話せる人が誰もいないんだよ」と彼は言う。「デッサ、ミズ・ルイントは僕たちの側にしっかりつくことで、利害関係を共有するんだよ」

「あの女、気が狂ってる。わたしたちみんな、それがわかってる。あんたは、自分の身も自分の自由も、一人の狂った白人女の思うままに任せていいの？」

「作戦に尻込みしているのは、ミズ・ルイントじゃないよ。彼女はやる気だと言ってるよ」。ネッドは意見をはっきり言った。ハーカーがネッドに黙るように合図するのが見えたけど、わたしはあのいつもながらの間抜けな若僧の言うことなんか気にするつもりなど一切なかった。ネッドはいつだって仲間に悪ふざけをしてたんだから――たとえば、ズボンの裾を縛っておくとか、わたしらが納屋に入ったところにバケツの水をドサッとかける仕かけとか。ネッドはいつもその類の気まぐれないたずらを仕かけてた。ありがたいことに、ネッドはいたずらを卒業してくれたが、迷惑な奴であることに変わりはなかった。そして話題は、みんなどの役をやるかということになり、まるでメイド役をやれるのはわたししだけみたいな成りゆきになった。ジャネットだってフローラだってメイド役は務まるはずなのに。だけど、ミズ・ルイントがメイド役をやらせたいのは、このわたしだった。彼女をミズ・ルイントと呼んで侮辱したのは、このわたしにほかならなかったのに。

「君はどうやってこの農場に来られたと思ってるんだい？　君はイチかバチか運に賭けたんじゃないの？」とハーカーは訊く。

「運の話をするのね」。わたしはハーカーに言った。「だけど、わたしは運のこと、知ってるわ。ご主人という運、奥様という運」。運の働きがなければ、わたしはまさしく今、ケインを愛している。今日もわたしの家族と暮らしているはず、わたしはしみじみそう思った。わたしが、あの日あの場所にいた運について言えば、ハーカーが正しかった。「ネイサンが白人のベッドで白人と寝ている今、あとどのぐらいわたしたちは白人連中がいるところで、このまま安全でいられると思ってるの？」とわたしはハーカーに訊く。

仲間たちはみんな、しばらく何も言わなかった。わたしが奴隷小屋に移ってきてから、こんなふうにみんなで集まったときにこの問題を誰かが持ち出したのは、これが初めてだった。そしたら、ジャネットが意見を言った。「さて、あんなことを黒人《ニグロ》がするなんて本当にバカなことだよ――」と彼女は口火を切る。だが、ジャネットが言い終わる前に、あのいつものまぬけのネッドがぎゃあぎゃあヤジって言う。「バカだって？　バカなのか！　おまえら、ネイサンに相手にしてもらえないからってヤキモチ焼いてんだな」。そしてネッドは、「おまえらみたいな年増の騾馬《らば》は誰も欲しがらないからな」と声を潜めて言ったが、みんなにちゃんと聞こえていた。すると暗闇のどこかで、「フン」という声。まるで今にも笑い出しそうな声だったが、笑い出す前に声を押し殺した。そして沈黙。沈黙が続くなか、ネッドのほうを見ると、ネッドの頭のあたりでわたしの怒りが火を噴いたように見えた。わたしは目を閉じずにはいられなかった。騾馬って、みんなはわたしたちのことを騾馬だと思ってるの？　騾馬。わたしは息が詰まって話すこともできなかった。わたしは、冬にはケインの脚のあいだに足を入れて温まっていたものだ。仲間がわたしをあの地下室から救い出してくれたとき、踵《かかと》がざらざらに荒れていて、お屋敷のシーツに引っかかってシーツを破いてしまった。ジャネットの肌はヒッコリーの木を思わせたが――赤茶色で丈夫だった。フローラの肌は桃の皮みたいにすべすべしていたが、手は大きくて固かった。エイダは――。だけどネッドがしゃべっていたのは、肌の色や肌の感触じゃなかった。

騾馬。ミリーは十八年のあいだに十七人の子どもを産んだ。子どもたちは離乳すると全員がミリーから引き離され、彼女が子どもを産まずに二年経つと追い出された。白人連中は、フローラの赤ん坊を取り上げ、別の農場に授乳のため貸し出した。フローラはどんな男にも負けぬほど畑仕事ができたからだ。こんなふうにしてフローラは奴隷制度に破壊された。だからフローラは逃亡したのだ。自分の赤ん坊は自分の元に置いて育てたかったからだ。ジャネットは赤ん坊が産めなかったため、虐待された。エイダの主人は彼女と寝たうえ、娘とも関係を持とうとした。わたしは、白人たちが赤ん坊を奴隷にしたいばかりに、赤ん坊が生まれるまで死刑を猶予された。ああ、わたしたちは確かに子を産む騾馬だった。白人連中は黒人女を食い物にした、その惨《むご》たらしいやり方のほかにどんな手でわたしたちを虐待できるというのか？　そして今でも、わたしはケインの唇に、汗で汚れ湿ったわたしの首のうなじをそっとかじってほしい。ケインの手の硬いひび割れが髪に引っかかると叫び声をあげそうだったけれど。通り雨のあとのケインは豊かな大地の匂いがした。その匂いをかぐだけで涎《よだれ》が出そうになったし、妊娠中の女は泥を食べたくなったんだ。わたし、ケインが農園主人でなくてよかった、奴隷監督でなくてよかった——そういう人たちはわたしの大切な記録帳のなかには出てこない。ケインは、わたしが女主人のような、ミズ・ルイントみたいな白い女であってほしいと思っていたかしら？　あの青白い肌と滑らかな髪？　そんなもの、男たちは欲しがっていたのだろうか？

目を開けたら、ネッドが見えた。彼は確かにチリチリ頭でまぬけだった。ハーカーがネッドを謝らせたことはわかっている。ネッドのように若くて無礼な場合、誰かがちゃんと注意しておかなくちゃならなかった。だけど、叱るのにどれぐらい時間をかけたのか、どんな言葉で叱ったのか、わたしにはわからない。わたしは、「騾馬」と「フン」のあいだのどこかで、ぱっと閃光に打たれたのだ。そしてわたしはその瞬間の記憶と、そのときの感覚を思うと、まだ震えが止まらなかった。この瞬間こそ、農園主をほとんど殺しそうになり、奥様の首を絞めそうになった閃光だったし、奴隷隊《コッフル》の反乱にわたしを駆りたてた怒りの光だった。その閃光がわたしたちの仲間の一人にほとんど同じように放たれたことが、わたしを怯《おび》えさせた。ネッドは厄介な奴ではあったが、わたしたち黒人の仲間でもあったのだから。そうなんだ、わたしは震えていた。あの感情は、あの怒りは、わたしの喉元で唸《うな》る猟犬のように恐ろしく、敵味方の区別もつかないような怪物で、いったん放たれるとその区別などなしに襲いかかろうとする。

ハーカーはわたしに話しかけていた。ハーカーはレッドを彼が元いたダラス郡の農場に差し向けて、レッドの妻のデブラと赤ん坊を連れてくるように命じた。デブラはまだ授乳中なので、わたしたちが留守のあいだ、モニーに乳をやってくれることになる。これでみんなに必要なのは、わたしとミズ・レディがこの計画に参加することだった。わたしは唾を呑み込んだ。あの血に飢えた猟犬がまだわたしの喉元にいたから、わたしの声は荒々しかった。「別の騾馬に頼むんだね」とわたしはハーカーに言った。「この騾馬は、どうしたらメイドになれるか、わかっちゃいないから」

仲間たちはトウモロコシの皮をむき終えて、仕事が一段落したところだった。仕事はキリがなく、これで終わりということがなかった。耕したり、苗を植えたり、摘み取ったり、皮むきをしたり、農場ではいつも何かやることがあった。わたしたちは同じ時間に起き出したが、今では夜少し遅くまで起きていて、小屋の前で以前より長く話をしていた。ある晩のこと、仲間はアンクル・ジョエルにお得意のハーモニカを吹いてくれと頼んだ。わたしが生まれた農場ではいつも音楽があったが、ここグレン農場に音楽が流れていたことはあまりなかった。わたしたちは鶏とともに起きたが、畑への道中に掛け合いの歌声をあげる者はいなかったし、働いている最中に労働歌《ハラーソング》を歌い始める者も滅多になく、あっても稀だった。

アンクル・ジョエルは生き生きとした愛らしいメロディーを吹き始め、間もなくわたしたちはみんなで手を叩いた。ネッドは即興の歌詞をつけ、アナベルは跳ね回って踊った。彼女は月明かりに照らされてなかなか美しかった。わたしが彼女を知ってからずっと、アナベルは髪をとかしたことがなかった――エイダが言うには、アナベルの髪が柔らかすぎるのだそうで、わたしがときどきアナベルの髪に指を入れると指がチクチクしたが、手櫛《てぐし》できちんととかして結ってあげ、コーンロウ編みとかシード編みに結ったり、少なくともチリチリの髪にバンダナを巻いてあげた。だがその晩、アナベルのチリチリ髪は顔に垂れかかる短いカールや長い巻き毛に見えた。アナベルの足取りは羽のように軽く、身体は柳のようにしなやかだった。やがてほかのみんながダンスに加わった。

あの農場では、夜がビロードのようで、まるでもう一枚の皮膚のように、とても暖かく肌に寄り添っていた。それはまるで、昔いた故郷で過ごした夜のようだった。そしてどういうわけか、その晩わたしは、あの昔が過ぎ去ってしまったことを悲しむのではなく、懐かしい気持ちになったのが嬉しかった。わたしのなかの何かが、まだあの昔のバンジョーに耳を澄ましていたけれど、わたしはそのようなときを再び生きて迎えられたことを喜び、その場に腰を下ろして足を叩いて拍子を取っていた。

ハーカーはにっこり微笑《ほほえ》んで、わたしにお辞儀してダンスに誘った。彼の最初の誘いの声は聞こえなかった――ハーカーはわたしの横に少し離れて立っていて、わたしはみんながハーカーとは別のほうに動いて踊る様子を眺めていた。わたしがハーカーのほうを向いたとき、彼は「ダンセ？」と言った。たしかそのような言葉を。わたしにはその意味がわからなかったが、彼が何をしたいのかわかった。わたしは彼を見上げて微笑んだが、心臓はドキドキ激しく鼓動していた。わたしは仲間たちと同じように楽しげに振る舞っていて、ハーカーとこれ以上口を利かなくてもわたしは一向に構わないかのような態度を示した。しかし実を言うと、ハーカーやネイサンやカリーを中庭や離れ小屋あたりに見かけると、心が張り裂けそうになった。わたしは彼らが微笑んでくれないか、何か言ってくれないかと必死に期待していたのだった。

「フランス語なんだ」とそのときハーカーは話し、わたしが腰を下ろしていた地面のそばに身を屈めた。「フランス語でダンスを誘われたこと、何回ある？」この言葉はわたしの気持ちをくすぐるものだったが、ハーカーはさらにフランス語をしゃべった。「ネグロ」は黒人男の意味で、「ネグレス」は黒人女のこと。「空白《ブラン》」は白人だと言う。それを聞いて、わたしはミズ・レディのことを思いながら声に出して笑った。彼女は確かに、あの顔の後ろには何一つ揺れ動くものがないかのように見える。ハーカーはこれらの単語をニューオーリンズで覚えたのだと話してくれた。ニューオーリンズでは黒《ブラ》人《ック》たちはフランス語訛《なま》りで話しているのだそうだ。聞くところによれば、海に続く島がいくつもあるし、ニューオーリンズから先の、海の向こうの離れ島には、黒人たちが自由を勝ち取った場所があるという。奴隷隊《コッフル》で鎖に繋がれて歩かされていたとき、奴隷たちはこんな噂話をしていたので、わたしはハーカーに訊いた。わたしたち、ハーカーがいつも行こうと話している《西》ではなくて、どうしてそこへ行けないの？　《西》に行くためには、相当のお金が必要なのに。

「もしかしたら」と彼は話した。「もしかしたら、黒人《ブラック》たちが自由に暮らせる島が本当にあるかもしれない。だけどそこへ連れて行ってもらうには、見知らぬ白人に頼むほかないんだ。いったん船に乗せられると——それだって一つも確かなことじゃないし——いったん船に乗ってしまうと、僕たちは、完全に白人のなすがままになるんだよ。あるいは、たとえば北部を目指すとしよう。ネイサンならきっと御者として働けるだろうし、カリーだって若いからなんとか生きていけるだろうけど、僕やほかのみんなは——君を含めて——農作業しかできない。北部では土地は高いし、都市で僕ができることと言えば、法律では禁止されていることなんだ。それに、今度は僕の隠れ蓑《みの》になってくれる白人がいないし」と、冗談を飛ばすみたいにハーカーは付け加えた。「ここと北部のあいだには、幾重にも奴隷制度が立ちはだかっている。そしてもし元の所有者が僕たちを北部で捕まえたら、南部に連れ戻されてしまうんだ」

わたしにはハーカーの言うことのすべてが正しいとわかった。そういう話を聞いていたし、わたしは身をもってその正しさを証明したわけだし。奴隷は一人の主人から逃亡することはできるけど、だからと言って奴隷制度から永遠に逃亡したことにはならない。わたしは逃げて行く場所を見つける難しさを痛感していた。

「いや北部には行かないよ、デッサ」とハーカーは言う。「僕は《西》へ行きたいんだ。だって、《西》には奴隷制度がないってわかってるから。ある黒人男《ブラック・マン》から聞いた話なんだよ。彼は《西》に行ったことがあって、《西》から無事に戻ってきたんだ（そして僕は噂の島に行って無事に戻ってきた黒人に会ったためしがない）。《西》では奴隷捕獲人も、捜索隊も黒人を悩ますことがないんだ。だけど、どっちの方角に行くにしても、デッサ、旅に出るには金が要る」

さあ、この問題を解決する計画はこれしかないんだ、とハーカーがわたしに言っているような気がした。そしてついにその晩、彼に言われた。

「デッサ」と彼は言う。「エイダから聞いたんだけど、君と奥様は互いにろくに話もしないんだってね」

わたしは、ミズ・レディに何も言わないほど愚かじゃなかった。それに彼女がわたしに話しかけてきたときは応えていた。だけど、彼女が外で腰を下ろしたならば、たいていは屋敷に戻って何か用事を見つけるか、ミリーが織り機と格闘している納屋に降りていった。そこでわたしは、不注意なことを口にした。「奴隷はふつう、わたしが知る限り、主人に向かって言うことなどそう多くはないもの」

「彼女は、君の主人じゃない」

「わかってる、だけど、彼女はわかってるかしら？」

ハーカーはわたしに向かって舌打ちをした。この仕種《しぐさ》はわたしもするけど、ほかの人がすると、いつもいらいらした。「奥様は君に何をしたというの？」

さて、そんな言い方をされるとすぐには何も言い返せなくて、ただ怒りが込み上げた。「あなたはなぜ彼女の味方をするのよ？」

「二人のあいだのもめごとを聞いただけで、どっちの味方もしてないさ」

「じゃあ、ミズ・レディに訊いたらいいじゃない？」

「彼女いわく、君は面と向かって彼女を侮辱する名前で呼んだそうだね」。ああ、それなら誰もが知っていることだ。「あの呼び名は、彼女にふさわしいから」とわたしは言った。わたしは仲間が、わたし一人を悪者扱いすることにうんざりした。「上品な白人淑女がここに一人ぼっちで、わたしら「黒んぼ《ダーキイ》」に囲まれて暮らしていらっしゃる」

「やめろよ、デッサ」とハーカーは厳しい口調で言う。わたしはすぐに身構えた。わたしは誰にもなじられたくはなかった。「デス」と彼は言ったが、これまでわたしの名前を口にしたことがなかったかのような呼び方だった。ただ「デス」と、それは優しい口調だった。「いったい、どういうことなんだ？」ハーカーの言い方は、彼がわたしと同じほど傷ついているかのように聞こえた。どうなっているのか、わたし自身わからなかった。わたしにわかっていたのは、わたしはあんな関係を好まなかったということだけ。「僕とちょっと歩いてこよう」と彼は言う。「おまえと話がしたい」

小屋の近くでは、なかなか二人きりになれなかったので、少し離れたところにある魚釣り場のほうへ歩いていった。わたしたちは木立のなかの小さな開墾地で足を止め、丸太の上に腰かけた。二人ともしばらく何も言わなかった。

「君は今ネイサンのこと、男として好きなの？」とハーカーは突然訊いてきた。

ハーカーがわたしとネイサンのことを訊くなんて、あまりにもびっくりしたので、わたしは声に出して笑った。ハーカーはわたしたちのことをよく知ってるんだから、互いを好きになるとか愛しあうとか考える暇もなかったこと、わかっていそうなものだった。ネイサンが格好悪い男だという意味ではなかった――それにわたしはネイサンが好きだった。ネイサンには強い愛情を感じていたが、あくまで兄弟としての愛だった。ネイサンはわたしの兄のような存在だった。やがてわたしは怒りを覚えた。男と女の関係になると、世間が考えることと言えば、男女の愛があるかどうかの問題に還元してしまう。誰かが別の誰かに欲情しなくてはならないわけだ。わたしが、ネイサンを自分の恋人として求めなくてはならないのか。ネイサンには、わたしが知るミズ・ルイントではなく、もっとましな人を相手にしてほしいと願ってはいけないのか。「突き詰めるとそういう話に行きつくわけね、ハァ？」わたしはハーカーに訊く。「誰かがいつもほかの誰かの服の下に手を入れて探ってるってこと？」

「君を怒らせるつもりはなかったんだ、だけど――。君はネイサンのこと、きっと彼の何かが好きに違いないんだ。だったら、ネイサンを友だちとして失ってしまってもいいのかい？」こんなことを言われるなんて思いもよらなかったので、わたしはハーカーから少し顔を逸《そ》らした。だがハーカーはただ話し続け、その言葉が心に残った。「もしかしたらネイサンはこんなことをする自分を君に誇らしく思ってほしいと願ってるんじゃないか」とか、「もしかしたら、ミズ・レディだってお金のためだけに計画に加わるわけじゃないのかもしれない」とか、「僕たちが知る限り、彼女は本気で加わりたいと思ってるんだよ」などと話した。

「それで二人は、あんな関係をずっと続けて、これからどうするんだろう？」わたしと友だちのふりをしながらネイサンがミズ・レディと愛しあっているなんて、わたしは恨めしかった。

「そんな分別のないことを言うなんて、君らしくもない」。ハーカーがこう言ったので、わたしはかっと怒った。

「分別ですって？　わたしが感じていることより、ネイサンが感じていることのほうが分別があると、なぜ言えるの？　あんたには、誰にも負けない分別があるって言うの？　ネイサンは？」

「デッサ、デッサ。僕はそんなふうに言うつもりはなかった。僕が言いたかったのは、君はある「分別」を持ち、ネイサンは別の分別を持つということなんだ。それだけだ。でも君たちは、一人の白人女性をめぐって友情まで失うことになるんだよ」

そんな言い方はされたくなかったけれど、それでもなお「ネイサンたら、とても熱心みたいね」とハーカーに言った。

「みんなが諦めてくれと頼んだとして、誰のためだったら君はケインのことを諦める気になったかい？」

ハーカーがこの質問をしたとき、わたしの心はひっくり返りそうになった。「わたしのケインへの愛と同じってことなの？　ネイサンは彼女に同じほどの愛を感じてるっていうの？」

「もしかしたらね。わからないけど。ネイサンは自分で言えばいいんだ。でも君たちは二人ともお互いにもう話もしないんだよね。いいかい。僕はいつも君たちが互いに思いあっている様子をとてもいいなあと思っていたんだ。だから僕は、ネイサンとカリーと一緒に君の救出について行ったんだ。始めのうちは、僕は君がネイサンの女か、ネイサンかカリーと深い関わりがあると思っていた。二人ともそんなふうに君のことを話していたからね。そして、君がどっちでもなかったことを知ったときは、さらにいっそう君たちの関係に感心したんだ」

ハーカーがわたしたちの関係について、そんなふうに感じていたなんて全然知らなかった。わたしはこれまで、ハーカーは逃亡そのものに興味があって、その計画が彼の関心を引いたと思っていた。それでもなお、わたしは言いたかった。「それじゃ、わたしがネイサンが間違っていると二度と言っちゃいけないっていうの？」

「デッサ。君はもう言ったじゃないか」

「それにネイサンは気にしてないし」

「君が気にしてるのと同じぐらい、ネイサンも気にしてるんだ。デッサ、君たちの友情からすれば、君にはネイサンの女にも、カリーの女にもケチをつける権利はないよ」

わたし、ネイサンの女たちのことで文句を言うつもりはなかったとハーカーに言った。「でも、もしわたしがその気なら、彼女よりうんとふさわしい女を見つけてやれると思う」。ハーカーはただわたしをじっと見ていた。「ネイサンがわたしと話したいのなら、いつでも喜んで話をするつもりよ」、わたしはついにハーカーにこう言った。「だけどネイサンもカリーもあんたも――あんたたちみんな、わたしには何も相談したくないんでしょう。わたしはどこかの白人女ともこの計画とも、少しも関係がないと思っているのね」。ハーカーはわたしの反論には何も言わなかった。しばらくして、わたしは言った。「あのね。彼女はわたしの傷跡を見たがったのよ」

「知ってる」とハーカーは言った。「ネイサンが話してくれたから」

いいかい、白人連中は奴隷を競売にかけるとき、ときには買い手によく見えるように、男であれ女であれ、奴隷を脱がせて、裸にして立たせるって知ってるよね。白人たちは、奴隷の身体に鞭の跡があんまりたくさん残っていると、買いたがらないんだ。鞭の跡は反抗的な性質を持っている証拠だから。ミズ・レディがわたしの傷跡を見たがっているとネイサンに言われたとき、奴隷競売の場面がわたしの心にぱっと閃《ひらめ》いた。つまり、ミズ・レディはわたしの話を信じる前に、商品をその眼で見ておきたかったんだ。わたしがそのように答えると、ネイサンは彼女に傷跡を見せるようには勧めなかったが、ネイサンもハーカーも、わたしにとってこれがどれほどひどい侮辱なのか理解してはいなかった。もしかしたら、ミズ・レディは女性なんだし、わたしが見せても大したことはないだろうと、二人とも思ったのだろう。わたしが傷跡の件にあまりにも拘《こだわ》っていると二人が考えていたことは、わたしにもわかっている。実際、わたしがこの件でミズ・レディに反感を持っていたことも事実だった。

「下腹部の傷跡を見たがったのは、ミズ・レディが最初ではなかったこと、僕はわかってるよ」と、ハーカーはいかにもぶっきらぼうに言った。それからハーカーは優しい口調になり、彼が言いたいことをわたしに理解させようとした。「デッサ、君だけが奴隷制度で傷ついたんじゃないんだ。ここに暮らしている仲間のみんなが、なんらかの痛みに耐えてこなくてはならなかった。いやいや、ミズ・レディには君に傷跡を見せろという権利などないさ。彼女は強引に見ることもできたのに、実際には見なかった。見たい気持ちと、見なかったという事実は比べものにならないのではないか？」

ハーカーは話を止めたが、わたしは何も言わなかった。「いいかい、デッサ。君にあの女性を辱《はずかし》める名前で呼ぶ権利などなかった。僕たちは彼女をずっと信頼してきたんだよ。ちょうど彼女も僕たちを信頼してくれているようにね。それを君は今さらなんで邪魔するんだ？」

わたしはミズ・レディが自分の白さを信頼しているだけで、わたしたちの黒さを信頼してはいない、みたいなことをぶつぶつ呟《つぶや》いた。そのときハーカーは、膝で組んでいたわたしの両手を握った。それから彼は「デッサ」とわたしに言う。「君がネイサンに熱をあげているわけじゃないとわかって嬉しいよ。だって僕は、君は素晴らしい女《ひと》だと思っているからね」

ハーカーのこの言葉にわたしは息を呑んだ。誰かがわたしを積極的に口説こうとしてくれた日からずいぶん時間が経っていた。それにハーカーは、わたしがどんなふうに素晴らしい女でいたいのか知っていて、彼にはわたしの素晴らしさを判断する資格があるとわかっているような口調で言ったのだ。わたしは腰かけていた丸太から、咄嗟《とっさ》に立ち上がった。わたしは、女であることに目覚めたばかりの乙女のように、そわそわとして恥ずかしかった。「そんなことを言いたくて、あんたはわたしをここまで連れ出したわけ？」わたしはきわめて鋭い口調で言った。

「ジャネットたちの前で、こんなこと言わせたいの？」と、ハーカーは本当に無邪気そうに訊く。

ハーカーの言い分がまったく愚かに思えたので、わたしは答えることもしなかった。「それがネイサンと白人女の関係とどう繋がってるというの？」

「だって君がネイサンのことをぼんやり想い続けていて、彼のことで相手の女に嫉妬しているのだとしたら、僕が君に言い寄っても無駄だからね」

そのほかに言うべきことがなさそうで、わたしたちは月明かりのなかで互いを見つめながら、ただその場に立ち尽くしていた。わたしはすっかり面食らい、その場に留まりたい気持ちと立ち去りたい気持ちのあいだで揺れていたが、ハーカーがキスし始めたとき、わたしは彼を止めなかった。しかし、わたしの腕のなかのハーカーの身体にどこか違和感を覚えて、わたしは思わず身を離した。ケインは細かったので、彼を抱きしめるのはわたし自身の身体を抱きしめている感じがした。ハーカーはネイサンほど大柄ではなかった――ネイサンの筋肉はいっぱいに詰めた綿袋のように膨《ふく》れていた。ハーカーはネイサンと同じほど背が高かったが、痩せ型だった。それでも、ハーカーの肩を自分の肩と間違えるほどではなかった。わたしはハーカーから身を離した。頭がくらくらした。わたしは声に出して笑いたかったし、泣きたかった。どうにかして、ハーカーがケインではないことで意地悪したかったし、もう一度キスもしたかった。だからわたしは走って逃げた。

わたしは自分が間違っていたと認めたくはなかったけれど、翌日お屋敷に行ったとき、無礼だったことを詫びた。「ごめんなさい」も言う気持ちはなく、「お許しください」と乞う気持ちもなかったのだけれど。わたしは、一部屋しかない奴隷小屋で育ち、ずっと畑で働いてきた。部屋に入る前にノックすることも知らなかった。だけど白人の女性には、部屋に入ってきてほしい人は名指しする権利がある。白人女がわたしに入ってきなさいと命じない限り、彼女が誰を呼び出そうが、わたしがとやかく言うことではなかった。

奴隷制度のもとでは、「死がわたしたちを分かつまで」などということはなかったし、二人がそう言わない限り、「殺されるか売られるか」という言葉も意味をなさなかった。二人が互いに愛しあっているならば、その気になれば――ときどき、その気になれないこともあったが――どこでも愛しあえた。もし農園主が結婚させてくれるなら、ホウキを跳び越える式も挙げた。だけど人は夢を見ずにはいられない。夢こそ、翌朝目が覚めて起き出す理由の一つだ。ケインはわたしの夢だったので、男性について、ケインとの愛以上のことを夢見るつもりはなかった——少なくとも近い未来においては。ところが今ここに、ほかの男をじっと見ているわたしがいた。見やるところはどこであれ、ハーカーが帽子を取るときの、ふわふわした髪がスポンジのように後ろに跳ねる様子が見えた。あるいはハーカーが気楽に動く様子が、心地よさそうに歩く様子が見えた。わたしは、ケインを愛したときどうだったかを思い起こそうとした。この男性、ハーカーがケインでないことに怒りを覚えた。わたしは恐くなり、自分を恥じた。

わたしは、あの懲罰箱のなかで長いあいだ泣いた。痛くて、悲しくて、汚物にまみれて泣いた。あの汚物はわたしの汚物。汚物のなかで寝起きすると、人を変えちまう、わかるよね。もう赤ん坊じゃないんだ——赤ん坊は肌が清潔だし、心も綺麗なんだ。赤ん坊は、糞が面白いと思うんだよね。見せようとするんだ。だが、こんなに汚物まみれになるってわかるかい。自分の汚物のなかで寝起きすると、自分がどれほど卑しい人間なのか嫌というほどわかる。だからわたしは泣いた。まるで動物のようだった。動物のように鞭打たれた。動物のように汚物にまみれていた。わたしは、人間がほかの人間にこれほどひどい仕打ちができるなんて、全然知らなかった。それに、わたしには陰部に焼き印を押された傷跡がある。黒人奴隷の身体に傷跡があるのは稀なことじゃないし、わたしたちのたいがいは、眼に見える傷よりも見えない傷跡を遥かにたくさん抱えているけど、わたしは身体が不自由なダンテのように感じてしまい、ハーカーにも、ほかの誰にもわたしの身体を見られたくなかった。

ある晩、ハーカーはわたしのところにやって来て、わたしたちは魚釣り場に行った。彼は木々の下に毛布を広げた。その頃、わたしはキリスト教徒ではなかったし、ハーカーも同じだった。ことが終わったあと、わたしは身体を起こして、服を腰のまわりにかけ、身体を横に引きずって木に背中をもたせかけた。

ハーカーはそこに寝ていた。カケスのように素っ裸で、気の向くままに静かに。両手を頭の後ろに組んで、両脚を足首で交差させていた。ハーカーはまるで自分の小屋の自分のベッドでくつろいでいるかのようだった。「デッサ?」声は夜のように静かだった。「デッサ、僕は白人連中が君をどれほどひどく鞭打ったか知ってるんだ、わかってるね」。ハーカーの頭がわたしの脚のすぐそばにあった。彼はわたしの服を持ち上げ、腿《もも》にキスをした。彼の唇が触れるところは燃えさかる火のようで、わたしは震えていた。「鞭の跡なんて君を少しも損なうことはないんだ」。彼はそう言って、再びわたしの腿にキスをした。「傷跡は君の価値を高めるだけなんだよ」。ハーカーの顔は涙に濡れていた。彼はわたしの膝に頭を埋めた。

第六章

　ケインは太陽の光さながら、歌さながらだった。ハーカーは雷であり、稲妻だった——。いや、わたしに対するハーカーの振る舞い方が雷だってわけじゃない。彼の振る舞い方のことじゃないんだ。そうじゃなく、ハーカーがわたしの心に入ってくる独自の流儀、わたしを揺さぶる彼なりの流儀のこと。あるとき、「僕は君に会うまで、何も欲しいと思わなかった」とハーカーはわたしに言った。わたしたちは森のいつもの場所に行っていた。「僕たちが何を食べるかとか、どこで寝るかについては、白人の主人に決めさせてもいい。僕は着替えはいつも自分で管理していたし、主人がわからなくったって、食べ物の食べ方ぐらい自分でわかってるんだ」。ハーカーの考えでは、自由黒人《ニグロ》は奴隷より恵まれていたわけじゃないし、自分で工面したり、心配したりしなくちゃならないことがいっぱいあるんだって。だから、ハーカーは白人主人が面倒をみてくれるままに従い、自由の身となってからは、何も欲しがらないことにしたんだって。そしてわたしに、「君を欲しいと思うまでは」欲しいものは一つもなかったと話した。

　彼はこうも言った。「ほかに愛する場所がないからと言って、森のなかでこっそり君を愛するなんて嫌だ」。ハーカーがこう言ったのは、別のときだった。彼と一緒に何時間もいるのにわたしは少しも嫌にならず、翌日も疲れ知らずの頃だったから。「それが、君を説得して、この作戦を実行しようとした理由の一つなんだ。僕が出産を助けた赤ん坊モニーの面倒もみたいし、君にもっとたくさんのことをしてあげたいんだ。僕が誰かの奴隷であれば、そんなことできるわけがない」

それでわたしはハーカーが本気で言ってくれているとわかった。その頃までに、わたしはハーカーのことをずいぶん長いあいだ知っていた気がしていた。もちろん、何年も知っていたわけじゃない。ほんの数週間しか知らなかった。だけどハーカーはあの地下室から救出してくれて、赤ん坊の出産を助けてくれて、ベッドで休んでいたときはそばにいてくれた。二人でおしゃべりをいっぱいしたから、わたしは彼のことを深く理解していると感じていた。そして今ここでハーカーは、わたしたちの未来のことを話して、わたしに約束してくれようとしていたので、わたしはびっくり仰天した。ケインはこんなこと言わなかった。いいかい、奴隷には未来は存在しなかった。未来は農園主の持ち物だったからね。わたしたち奴隷は未来について考えてはならず、もし考えたなら、それは反抗心の印と見なされた。だから、ハーカーがこんなふうに未来を語るとわたしは恐くなった。もし、わたしがケインに逃亡するようせかさなかったら、彼がご主人を殴ることはなかっただろうと、ときどき感じていた。あのバンジョーが壊されたって、わたしたちの命に比べたら、大したことないじゃないか？　バンジョーは新しいのを作ればよかっただけ。今ここで、ハーカーは、同じ反抗的な印を見せていた。そうとも、ハーカーは法律も規則も奴隷たちに不利にできていることをよく理解していたけど、彼はまるで、そういう法律を見据えたうえで、自分の知恵を研ぎ澄まそうとしているみたいに振る舞った。彼は自分のしたいことをもっと面白く、いいかい、少しわくわくするようなものにしたいと思ってたんだ。そんな調子でハーカーはあの企みを進めたわけだ。わたしたちは失敗とか起こりうる事態を恐れたけれど、恐怖心があったからこそ、みんなはもっと深く、もっと速く考えようと頑張った。

ハーカーは、レッドが妻のデブラを連れて戻るのをみんなで待つあいだ、何度も繰り返してわたしたちをその計画に引き戻した。ハーカーとキャスターとネッド、そしてフローラは、わたしたちが売る奴隷だ。わたしたちの仲間の誰もが、競売では八、九百ドルで簡単に売れるだろう――ネイサンはそう言った。そして、ネイサンは三年も奴隷商人の御者を務めていたのだから、彼の知識は信用できるとみんな思った。わたしはそれまで金銭を扱う経験が全然なかったので、わかるよね、金額はわたしにはそれほどの意味をなさなかった。わたしはネイサンの言い方から判断したのだけど、彼はそれは結構な金額だと言わんばかりの口調で言ったのだ。ハーカーもネイサンも女たちを売りたくなかった。わたしたち女は男より多くなくても、大きな儲けをもたらしたと思う。女奴隷は凌辱《りょうじょく》される運命にあったので、ハーカーもネイサンも女たちをその脅威のもとに引き戻したくはなかったのだ。奴隷制度のもとでは、これが女奴隷の宿命だった。女にはわりに高い値段がつけられた。女奴隷の子どもたちは農園主人の持ち物となったからだ。これが農園主たちが男奴隷に農園の外で女に言い寄るのを許したくない理由だった。なぜなら子どもたちが農園主のものではなく、ほかの農園主の所有になってしまうからだ。つまりほかの農園主の富を増やすことになるからね。だけど女は自分たちだけで収穫を管理できない。それでフローラは――大柄で、頑丈な女で、あの真っ茶色の肌、骨の髄まで真っ茶色だった――自分が売られる役をすると申し出たんだ。

わたしたちの見積もりでは、わたしやネイサンを売らなくても充分な金が儲かる算段だったし、わたしは売られる役に回らなくて申しわけないとは思わなかった。わたしにとって、もう一度奴隷の身になる芝居をするだけでも、それは恐いことだった。男たちはその計画のすべてがペテンだと見ていた――農場に残る仲間は別にして。ネイサンですら、自分が馬車を御しているために、ペテンの「痛快さ」を見逃すのはちょっぴり悔しいと感じていた。だけどわたしには危険も失敗もありうることが理解できた。だから、《西》を目指すのでなければ、そんな計画に加わらなかっただろう。

わたしたちは、ルイス・スミス湖の湖岸沿いをウィルカーソンまで馬車で行き、そこで船に乗り、ウォリア川を下って、タスカルーサ郡の州境を越えたところにあるヘイリーズ・ランディングまで行く予定だった。ハーカーはその地方について、モビールまでの道を、さらにジョージア州との州境を越えるところまで知り尽くしていた――そこはハーカーの元の主人が賭博と詐欺の悪事のため追いかけられて捕まったところで、ジョージア州との州境からそれほど遠くないオペライカの一角だった。それでハーカーは自分一人でそこいら一帯を北に南に歩き回っていたのだ。わたしたちはヘイリーズ・ランディングから陸路を行き、タスカルーサ郡、ピケンズ郡、グリーン郡に跨《また》がるウォリア川とシプシー川のあいだの町々で仕事をする予定だった。

ミズ・レディは夫が熱病で倒れたとか、脚を骨折したとか、作り話をすることになっていて、わたしは夫が死んだという話を二度ほど聞いた。わたしたちは仲間を売ったあと、日にちを決め、どこか場所を決めて待ち合わせることになっていた。売ったあと二日は待つことにして、別の場所に移動する。売った仲間が戻ってこなくても、連れに戻ったりはしない。何もしゃべってはいけない。主人に対して注意深くしていたのと同じほど奴隷に対しても注意深くしなくてはならなかった。無分別にしゃべるような人間に頼れば、わたしたちの命はなかった。わたしたちはみんな奴隷だった。わたしたちは何一つ知らないし、命令されなければ何一つしてはならないはずだった。ミズ・レディを、きちんと「奥様」と呼ばなくてはならず、「奥さん」とか「ミズ・ルーフエル」などと呼んではならなかった。万が一捕まったら、何もしゃべらず、怯《おび》えながら、ミズ・レディが作ってくれて靴の爪先に隠し持っている「自由通行証」を見せること。ミズ・レディは、危ない状況に立たされた場合、高圧的な態度をとると同時に無力そのものであるかのように振る舞うことになっていた。わたしたちは、ウォリア川とトンビグビー川の合流地点に近いアーコポリスで最終的に待ち合わせ、アーコポリスから船でグレン農場に戻る計画だった。一行は、十月の二度めの綿摘みの前に農場に帰る予定を立てた。

レッド、デブラ、ジャネット、アンクル・ジョエル、ダンテ、そしてカリーは農場の畑で必要な仕事をこなすことになっていた。エイダがカリーの縮れ毛を刈り込んでまったくわからないようにすると、ミズ・レディはカリーを町に連れていき、チャールストンの弟でしばらく滞在すると紹介した。これは、ミズ・レディの留守中、白人が農場で監督しているように見せるためだった。アンクル・ジョエルは農場の奴隷だと近隣に知られていたので、町と農場のあいだでは、カリーとアンクル・ジョエルがいれば、いかなる疑惑も生じないだろうと判断したのだ。いいかい。いつ道に迷った行商人や旅行者が農場に立ち寄るか知れないからね。だが、お屋敷は街道からは外れていたし、近隣の住民はミズ・レディを訪ねてきたりしなかった。

ハーカーは、わたしとミズ・レディが服の下に現金を隠すためのベルトを何本か作ってくれて、わたしたちが縫い目と縫い目のあいだに金を隠せるようにペチコートを直させた。わたしはベルトに金を隠すことについてぶつぶつ文句を言った。なぜなら、本当のことを言うと、ペチコートと服のあいだのベルトをいっぱいにするほどの大金を稼ぐことが実際にできるとはとても信じられなかったからだ。わたしとミズ・レディがいつも金を肌身離さず持ち歩くことになっていて、金を決して荷物に入れないこと、わたしたちのどちらかが部屋にいない限り、金を部屋に置かないこと、また掛け売りは絶対にしない決まりになっていた。ハーカーは金貨か「支払い保証つき小切手」のほうを好んだ。紙幣をあまり信用していなかった。

ハーカーは読み書きがちゃんとできなかった――もっともたいがいの奴隷よりは読み書きがそこそこできたし、文字の意味をいとも易々《やすやす》と理解した。ハーカーは文字ではない記号をいくつか創り出したが、記号を文字のように使って、わたしたちがどこに集合するか、何をするべきか理解させた。そういうハーカーの姿は眺めていて、なかなか頼もしかった。彼はわたしたちが油断さえしなければ対処できないことなど何もないと、わたしたちに感じさせた。ハーカーをそれほど必要としているなんて、恐いほどだった。

わたしたちは夜明け前に馬車で出かけた。旅ゆく暗闇のように黙したまま静かに、屋敷からあまり遠くない小川の浅瀬を渡り、町の外れを通った。わたしたちは、多くの住民が起き出して活動し始める前に近隣から離れたところまで行きたかったのだ。ネイサンが馬車を御し、わたしは赤ん坊のクララを抱いて前の席に、ミズ・レディとネイサンに挟まれて座った。ハーカーらは馬車の荷台に乗った。わたしはモニーを置いていきたくはなかった。モニーはすでにわたしを母親と認識していて、わたしを見ると微笑んだ。ああ、わたしはモニーを置いてどこへも行きたくはなかったよ。だってミズ・レディはクララを連れていくわけだから。だけど赤ん坊の授乳の件で意見を言ったのはわたしだったし、白人連中は、白人の母と赤ん坊には、より親切にしてくれるだろう、助けようと格別に手を貸してくれるだろうというハーカーの意見はよく理解できた。

わたしはハーカーと一緒に後ろに乗りたかったけど、今やわたしはいわゆる「マミー」で、可愛いお嬢様の世話係だったし、女主人と奴隷《ニガー》とのあいだに適切な距離も取らなくてはならなかった。わたしはネイサンの隣にいたが、それは「奥様」の隣でもあった。わたしたちは話をかわした（ハーカーは不愛想にしていてはだめだと言ったから）――おはよう、ご機嫌いかが、よいお日和《ひより》で――でもわたしは自分の感情は表に出さなかった。あの朝、ネイサンとミズ・レディに挟まれて腰かけていると、二人が互いに求めあっているのを感じた。そのときは手で触れあうわけではなかった。二人とも隣にいるわたしにさえほとんど触らなかった。だが二人のあいだには何か特別なものがあったので、わたしは腹が立ってかっかした。わたしは、二人がわたしの怒りに気づいてほしいと思ったよ。確かに今はふざけている場合じゃなかったし、わたしは二人のどちらかではなく、ハーカーに隣にいてもらいたいと強く願ってたわけ。

その日、わたしたちはあまり多くの人に出会わなかったし、家もまばらだった。この辺りには住民があまりいなかったが、ハーカーは人が多く集まらない道を通っていかせた。わたしたちは緩やかな坂道になっていたり、鋭い斜面へと下ったりしている山の背に沿って旅をしたが、どこも森だった。

時おり、煙が空に白い筋となってゆらゆら立ち昇るのを見た。あるとき、大火が起こって焼き尽くされた場所を見た。焼け焦げた幹が、見渡す限り一方に、通り道から扇状に広がっていた。昼頃になり、ネイサンは森のなかに馬車を進め、エイダが用意してくれた食べ物を分けあった。わたしは、ネイサンとミズ・レディのあいだの席から立ち上がる機会ができて嬉しかった。わたしたちは食べ終え、両脚を伸ばしてから道路に戻った。道は獣の足跡としか言えないもので、ハーカーが通り道があると言わなければ、道があるのがわからなかっただろう。

夕暮れ近く、わたしたちは、かなり大きな農園に行き着いた。屋敷そのものは、グレン農場ほど立派な構えではなかったが、それまで目にしてきた丸太で隙間を塞いだものではなく、きちんとした羽目板で建てられており、本物の二階建てだった。ミズ・レディはネイサンを使いに出し、その晩の宿をお願いしてみることになった。わたし自身の気持ちでは、みんなで道路脇で野営することもできると思った——野営用の寝具や設備など充分な用意をしていたから。わかるね。わたしは第一、こんなことでとやかく気難しいことを言いたくはなかったし、芝居はなるべくあとに延ばしたかった。ほかの仲間も同じ思いだったと思うけど、仲間どうしではあまり会話をしなかったし、その日、旅が長くなればなるほど、わたしたちは無口になった。わたしが野営したらどうかと言ったら、ハーカーはダメだと言った。彼はわたしたちがあまりに疲れた状態でウィルカーソンに到着するのを好まなかった。疲労困憊していると世間の注目を浴びてしまう。第一、白人淑女がこれほどたくさんの黒人《ニグロ》を連れているだけでも注目されて当然なのだ。

わたしたちは、その晩、オスカー氏の農園に泊まった。ネイサンは仲間のみんなと一緒に奴隷小屋に行かされたが、わたしはミズ・レディと一緒に屋敷にとどまった。この場所でわたしの新たな教育が始まった。わたしは、あの羽毛ベッドで意識が戻ったとき、わたしが愛した人が一人もいなくなったことを受け容れた。わたしにとって愛の人生は死んでしまったと思った。わたしはあの地下室で自身の人生の通夜を執《と》り行なった。それなのに、いまだにわたしは生きていた。始めのうち、わたしは自分が見ているものが信じられなかった――白人の女が黒人の赤ん坊に乳をやっていた。黒人《ニグロ》たちが自由であるかのように振る舞っていた。わたしがあんな部屋にいるなんて、考えられないことだった。わたしの眼が見ていたものを理解する言葉が見つからなかったし、自分がそこで何をしていたのか、もっとわからなかった。わたしは、自分の知っている誰かであると同時に見知らぬ誰かでもあった。わたしは、どこかにあることすらまったく知らなかった世界で目覚め、生きていたからだ。だからあのベッドは墓であると同時に生まれた場所でもあった。わたしがケインのところに走っていき、北へ行こうと言ったとき、あるいはケインがレフォニアおばさんに会いに行けと言った瞬間に、わたしは世界に生まれ出て、人生を始めたのだった。わたしは売られていくまで、白人に近づく機会があまりなかった。頭を下げるとか発言に気をつけることのほかに、どのように振る舞うべきなのかあまり知らなかった。だからわたしはミズ・レディにあれほど生意気になってしまったのだ。だって分別を知らなかったし、分別を弁《わきま》えた人たちにしっかり耳を傾けてこなかったからね。だけど、わたしがミズ・レディと一緒に、あの客間に入っていったとき、わたしが畑仕事用の奴隷として知り損ねたことを学び始めたのだった。

　オスカー氏の妻と二人の子どもたちは、それがどこにあるのか見当もつかなかったが、「エリートン」とかいうところの親戚を訪ねていて留守だった。だが彼はミズ・レディを歓迎して客間に招き入れ、お茶を出すようにベルを鳴らした。彼は大柄の、いわゆる赤ら顔の白人男で、肌は真っ赤に近かった。もじゃもじゃした砂色の口髭《くちひげ》を蓄え、笑顔を絶やさず、ミズ・レディの前で、黒人《ニグロ》がするほど深々とお辞儀した。彼女もオスカー氏に笑顔を振りまき、彼が彼女のまわりをうろつくのがお気に召したかのようだった。ミズ・レディは、ミズ・サットンと自己紹介し、モビール川沿いにある父親の農園に、収穫の手伝いをする奴隷を連れていくところだと話した。これが、その地域のさらに南に行き着くまで彼女が話すことになっている物語だった。もっと遠くまで行くと別の物語を語る手はずで、五、六の作り話が用意してあった。ハーカーはわたしにも何かと教えたが、ミズ・レディには、そういう作り話の特訓をした。

オスカー氏は屋敷にはあまり多くの召使をおいていなかった。料理人が玄関に出てきて応じてから、夕食を用意するため引き下がった——彼は愛想よくミズ・レディを夕食に誘い、彼女も愛想よく誘いを受けた。いいかい、わたしは片足ずつ交互に重心を動かして立ち尽くしたまま、クララを抱いて、その光景を見ていたんだ。だって、ミズ・レディはわたしに下がりなさいとも、ここにいなさいとも言わなかったからね。さてしばらくして、二人ともひと通り会話をし終えると、若い娘が入ってきて、奥様のお部屋の用意ができましたと言った。「奥様」は椅子から立ち上がりざま、顔の汗を拭っていたハンカチを落としてしまった。ミズ・レディが拾おうと身を屈める矢先、オスカー氏は彼女の腕をつかみ、「失礼します。黒んぼ《ニガー》」とわたしのほうに振り向いて言う。「拾って差し上げなさい」。わたしはクララを抱いていて両手が塞がっていた。しかも、彼はわたしのほうをまっすぐに見てはいなかった。わかるね。だからわたしはただその場にじっと立っていた。

「デッサ！」ミズ・レディは、わたしのドレスの裾をぐいと引っ張って、叱るように小声でわたしに言った。「黒んぼ《ニガー》！」と彼は実に鋭い口調で言う。このわたしですら、このときは、聞こえる範囲にいるすべての奴隷に言ったのだと理解したが、この家の奴隷娘が、わたしが動く前に、ハンカチに手を伸ばして拾い上げた。オスカー氏はとても満足げだった。「旅行鞄《かばん》をお持ちしなさい」と彼は肩越しに言った。今度はミズ・レディがわたしのドレスを引っ張る必要はなかった。わたしはクララを片方の腕に抱いて、小さい鞄を手に持った。奴隷娘は大きな鞄を二つ手に取り、わたしたちは二人のあとについて、あたふたと客間から出た。

寝室ではさらにお辞儀と笑顔を振りまいたすえ、ついに彼は部屋を出ていった。ミズ・レディはドアを閉め、わたしはクララのおむつを替えるためベッドに寝かせた。「誰かが」とミズ・レディは、窓の外を遠くまで見やりながら言う。「ここらで誰かがしっかり注意しないと、計画のすべてがダメになってしまうわ」。彼女がそんなふうに遠回しな言い方をするので、わたしは怒りが込み上げた。だがそれでも、わたしは理解するのが遅かったと自分で気がついた。ハーカーが、無分別にしゃべっても振る舞ってもいけないと言ったとき、どんな意味で言ったのか、これでよくわかったのだ。わたしは奴隷だったし、わたしは「黒んぼ《ニガー》」だった。わたしはミズ・レディの態度を、その旅の残りじゅう忘れることはなかった。彼女がわたしにそれを思い出させなくてはならなかったことで、自分に強い怒りを覚えた。

ミズ・レディは鞄から緑のドレスを取り出して、わたしにアイロンがけを命じた。わたしは彼女を見た。黒か茶かグレイか濃紺の服のみ、ハーカーが着てもいいと言っていたし、帽子はあの赤毛が隠れるほどのものを被るように指示していたから。ハーカーは彼女に決して派手な服を着てもらいたくなかったわけだし、緑のドレスは、特に胸ぐりが深く開いたスタイルで、少しも地味には見えなかった。わたしは鞄の一番上から紺のドレスを取り出した。「奥様が着る服についてハーカーが言っていたのは、こちらなのではありませんか」とわたしは彼女に言った。

「それはアフタヌーン・ドレスよ」と彼女は言った。「ディナーには向かないわ」

もちろん、わたしはそのような習慣については何もわからなかったけど、白人連中の前で、彼女が着飾ってこれ見よがしに振る舞うのは、計画に含まれてはいなかったし、わたしもそれはよくわかっていた。「奥様にはおとなしく上品に振る舞ってほしいとハーカーが言ってましたけど」「ハーカーが言ってたのは、わたくしは上流階級の淑女役であって、ほかの誰もがわたくしを淑女とみなして振る舞うことでした」とミズ・レディは、きっぱりと言いきった。

ちょうどそのとき、奴隷娘がお茶を持ってドアをノックしたので、わたしたちは、娘がお盆を置くあいだ、口を噤《つぐ》んだ。娘が立ち去ろうとしたちょうどそのとき、彼女は緑のドレスをわたしの手に押しつけた。「この服にアイロンをかけなさい、オデッサ」と彼女は言う。「こちらにコテはあるでしょう?」と娘のほうに微笑みかけた。わたしは彼女もドレスも引っつかみたい気にかられたが、娘はまだ部屋にいたので、ドレスを受け取らざるを得なかった。ミズ・レディは、「ありがとう」とぞんざいな口ぶりで言った。それから、「わたくし、ショールも羽織《はお》りたいの」と言い、ショールもわたしの腕にかかるように投げて寄こした。

実際のところ、わたしはその奴隷娘に頼んで、ドレスもショールもなんとかアイロンがけしてもらった。わたしはとても怒っていたので、コテで焦がしてしまったかもしれなかった。わたしを怒らせたのは、ドレスそのものではなかった。そんな田舎町でミズ・レディがどのドレスを着るかなどそれほど大きな問題だとは思わなかった。わたしが言いたいのは、オスカー氏がすでに彼女に色目を使っていたことなんだ。問題は、ミズ・レディがハーカーの計画どおりの規則を守らずに、勝手に振る舞っても構わないと考えていたことだった。ミズ・レディはわたしの言い分を糺《ただ》すことはできるけれど、わたしのほうから反論してはならなかった。彼女が緑のドレスを着ることは仕方がなかったにしても、彼女の身勝手についてはハーカーに伝えるつもりだった。

淑女のメイドを務めるのは、想像していた以上に大変なことだった。何かを取りに行くとか運ぶとかだけに留まらなかった。もっとも、それだけでも大変だということは神様もご存じ。言っておくけど、特によくある二階建ての家では、お湯を運ぶだけでも、それは大変だとわかるよね。この家もそうだった。赤ん坊の世話はまったく問題ではなかった。世話をしているあいだずっと、クララは片言で話しかけてくるし、抱き上げるときは、そのまるまる太った腕を、わたしの首に回してくる。クララはお腹が空いてるか眠いか、おむつが濡れない限り、泣かない子よ。いえいえ、お嬢様はなんの問題もなかった。だけど、ミズ・レディの面倒をみるのは、わたしに発作を起こさせるほど厄介だった。

あのね。白人女はドレスの下にも下着をたくさん着けてるんだよ。ミズ・レディはわたしが知りあいになってから一度も正装の支度を手伝わせたことがなかったのに、その晩、一挙に正装したんだ。スリップ、コルセットの芯《しん》、シュミーズ、長靴下、靴下止め、ペチコート、そしてズロースを着こんだのさ（わたしは、これらすべてが要らないと今でも感じている。「慎み深さ」を守るためにこんなにたくさん身に着ける必要があるなんて、いったいどういう類の「慎み深さ」なんだろうと問わなくちゃならないよ）。あんなにたくさんのホックや紐、スナップなどどう止めたらいいのかさっぱりわからなかった。支度しているあいだじゅう、彼女はしゃべり続けていたし。ミズ・レディは髪をアップにして結い上げてほしいと言ったけど、わたしはそこまではしないことにした。わたしは、あのもじゃもじゃの髪の毛が顔にかかってきて目が覚めたあの晩のこと、今でもはっきり覚えてるよ。わたしは触りたくもなかった。彼女は結局、髪を大きな束に編んで頭のてっぺんで纏《まと》めた――すぐに崩れて落ちてきてしまったけどね。

ミズ・レディが去ったあと、わたしは涼風にあたれることを願って、炉端近くの床と同じ高さの涼しいレンガの上に寝床を用意した。ミズ・レディが入ってきて、クスクス笑いでわたしを起こした。オスカー氏と彼女は長い「おやすみ」を交わしながら入り口に立っていたと、わたしは思う。ところが、彼女は、わたしが身動きする音を聞いてドアを閉めた。部屋の蠟燭《ろうそく》の火が消されてからしばらく経っていたが、彼女が手にしていた蠟燭の明かりで、彼女だとわかった。彼女は笑い声をたてていた。「ミスター・オスカーったら、本当に愛嬌《あいきょう》たっぷりの悪党だわ。だってわたくしがテーブルを立とうとしたら、何度も笑わせたり、赤面させたりして引きとめたのよ」と言う。彼女はしゃっくりして笑いこけた。そんな姿を見て、わたしが最初に会ったとき、いかに彼女が振る舞ったかを思い出した。クスクス笑って魅力を振りまいているばかりで、まるで頭が空っぽみたいだった。今夜の彼女は酒も飲んでいた。ピーチ・ブランデーの匂いがした。わたしは急いで、緑のドレスを脱がせベッドに寝かせたが、こんな状態の彼女を見るのは不安だった——もしあの好色な白人男の前で滑って転んでいたとしたら、どうなっただろうか？　だけど、しっかりしてもいた。ミズ・レディの振る舞いは、それ以上ひどいものにはならなかったが、わたしには翌朝ハーカーに言いつけることがたくさんあった。

　わたしは、何かぶつぶつ呟く声で目が覚めた。白人男とミズ・レディがベッドに寝ていると気がつくまでしばらくかかった。最初のうちは、わたしは困惑し驚いた。もし彼女がそんなことをしたかったのなら、わたしは台所で寝てもよかったのに。そして嬉しくもあった。なぜって、これでネイサンがよからぬ相手とつきあったのか、彼に教えてやれるから。ミズ・レディはかっと怒り、近くのものを手当たり次第に手に取った。ああ、これで、わたしにはネイサンとハーカーに話すことがたくさんできた。それからわたしは、ミズ・レディが男をベッドから追い出そうとしていることに気がついた。彼女は小さな声で話していたが、まだ怒っていて、しかも怯えているように聞こえた。「奥様？」とわたしは言った。わたしはそれほど大きな声を出して言ったわけじゃなかった。万が一、わたしの勘が間違っていると困るから。でもミズ・レディにはわたしの声が聞こえていた。

「デッサ。オデッサ、この男をベッドから追い出してちょうだい」と彼女は叫んだ。

　さて、わたしは起き出して、あたりを見回し、男を殴る道具を探し始めた。すぐ手近にあったのは枕だったので、わたしは枕で男の頭をバンバン叩き始めた。わたしたちはすでに大声で叫び、騒ぎたてていた。わたしには、男が酔っぱらっているのがわかった——二人の女に枕で叩かれたんだよ！　わたしたちはなんとかして男をベッドから押し出そうと頑張って、二人とも裸足《はだし》で男が死ぬほど強く踏みつけようとした。男は腹ばいになって床を這《は》いながら、どうにか部屋を出ていった。わたしはドアをぴしゃりと閉め、簞笥《たんす》を引きずってきてドアの前に置いた。わたしたちは二人とも簞笥に寄りかかってようやく、はあはあと息をついた。

「それ、使ったのね？」とミズ・レディはわたしを指さして聞く。わたしは枕の一つをまだ手にしていた。彼女も枕を持っていたが、あの白いネグリジェを着て、髪が四方八方に飛びはねていて、まるで幽霊のようだった。わたしは笑い始めたが、なるべく声を抑えようとした、わかるね。そのときは彼女も笑い声をあげていた。声を抑えようとすればするほど、わたしたちは声をあげて笑った。さて、ちょうどそのとき、あのピーチ・ブランデーの悪酔いが回り始め、彼女は汚物壺に走り、ぎりぎりで間に合った。

わたしはミズ・レディを助けてベッドまで連れていった。ベッドに座った彼女はとても惨めに見えた。わたし自身もあまり良い気分ではなかった。もし、オスカー氏が酔っぱらっていなかったとしたらどうだったか？　わたしは自問していた。それと、もし彼が戻ってきたら？　そのときは膝が震えていて、ただ寝床に戻りたいと思った。

「デッサ？」ミズ・レディがわたしを呼びながら、まるで言葉が出てこないかのようにベッドを叩いていた。だけどわたしにはわかった。そのとき、わたしも独りでいたいとはあまり思ってはいなかった。

その晩、ミズ・レディはクララのそばで鼾《いびき》をかいて寝ていたけど、わたしはしばらく眠れずにいた。白人女性もわたしと同じように強姦される立場にあったのだ。そう思うと、わたしは眠れなかった。白人男があんなふうに白人女性に乱暴するなんて、奴らが黒人女《ブラック》にしているように力ずくで女性を凌辱するなんて、わたしはまったく知らなかった。ハーカーもネイサンも、あの屋敷では、いや、どこの屋敷でだってわたしたちを助けられないのだ。白人連中は、黒人男が白人女と愛をかわすなら黒人男を殺す、わたしはそれをよく知っていた。でも白人女を襲っている白人男を、黒人男が退散させたとする。その場合も白人連中はその黒人男を殺すだろうか？　わたしにはわからなかったし、知りたいとも思わなかった。

その後、わたしとミズ・レディは、クララを両脇から包むようにして一緒に眠った。そしてその事件のあと、わたしはミズ・レディにあまり冷淡ではなくなった。正確に言って、温かく接したわけでもなかった、わかるね。だって、わたしは白人女性に対してどんなふうに温かく接すればいいのかわからなかったからね。だけど今は、わたしたちのあいだには、ただ単にあの悪《わる》のオスカーのことに限らず、秘密ができたように感じた——もちろん、オスカーのことは誰にも言わなかったけれど。その夜のことは、ハーカーにもネイサンにも話す気にはなれなかった。それは、まるで我が身の過失を告げ口するように思えたからなんだ。わたしが言いたいこと、わかってくれるよね。わたしはミズ・レディをしっかり見張っていることになっていたのに、何かがわたしの注意力を素通りしてしまった。そのうえ、あの悪のオスカーが、ミズ・レディがわたしに尊大な態度をとったことの倍返しをしてくれたんだとわたしは内心思ってしまった。だが本当のところ、わたしが何も話せなかったのは、白人男らの女に対する欲望はいずれ同じもので、黒人女《ブラック》から奪い取るものを白人女からも奪うのだということがわかったからだ。だって奴らはやりたければ、やれる立場なんだから。ミズ・レディがオスカー氏に襲われてわたしの名を呼んだとき、わたしに伝わってきたあの恐怖の叫びを決して忘れない。こんなことが起こると、ミズ・レディは、わたしが襲われたときと同じほど無力になること、我が身を守るのは自分自身であり、女同士が互いに守るほかないと、あのとき知らされたこと、それを忘れはしない。

　わたしら一行はルイス・スミス湖に到着し、ウィルカーソンでハーカーとネッドを売った。実はそんなに早い段階で誰も売る計画はなかったのだが、「二人合わせて千六百五十ドル」の買い手が現われたのだ。ネイサンは、綿花栽培があまり盛んではないウィルカーソンあたりの田舎町の状況を考えるなら、良い売値だと言った。ハーカーが、ネッドさえもが繋がれて、あの奴隷制度の牢獄に戻っていくのを見るのはわたしには心痛の極みだった。だがわたしにはわかっていた。信じきってもいた。もし牢獄から逃げられる者があるとするなら、きっとハーカーだと。ハーカーはそういう精神の持ち主だったからね、わかるね。それに、もしあの性悪のネッドに規則を守らせる者がいるとしたら、それもハーカーしかいなかった。

ミズ・レディは稼いだ金でわたしに新しい服を買ってくれた。これはネイサンの提案だった。わたしはちゃんとした淑女のメイドには見えない、ちゃんとした淑女はわたしみたいな格好をしている女をメイドとして所有するわけないから、とネイサンが言ったのだ。それまでわたしが着ていた服は、彼女の古い服の丈を詰めたり、幅を直したりしたものだった。それらを自分でできるだけ清潔で綺麗にしていたけれど、確かに、かなりつぎはぎされたものだった。そう、働き手の格好としてはあれで充分だったかもしれないが、立派な淑女のメイドにはふさわしくなかった。

彼女はわたしに新しい服を二着買ってくれた。格子柄のものとウルシ色の綿素材のもの、頭に被るバンダナを二枚、肩にかけるネッカチーフ、下着の着替えを三組、靴（白人たちが奴隷によく履《は》かせていたお馴染《なじ》みの茶褐色の作業靴《ブロガン》ではなく――いやしくも奴隷に何か履かせてくれる場合の話だが――確かに本物の靴と言えるもので、白人が履くのと同じ上等の靴だった）、それとストッキングも買ってくれた。わたしのこれまでの人生でこれほどたくさんの衣類を手にしたことはなかったし、それらはハーカーとネッドを売った金で買ってもらったので、いっそうの宝物となった。

ミズ・レディは、コショウもいくらか買い、コショウを入れる小さな携帯用の嗅《か》ぎたばこ入れを二つ買った。左右どちらの手でも、親指一本でさっと開けられる作りだった。それと、帽子止めのピンも。長いピンはミズ・レディが頭のてっぺんに帽子を止めるのに用い、短いピンは肩がけチーフ用で、ピン先をわたしの胸元の結び目に埋めて襞《ひだ》を留めるのに使った。それからわたしたちは、悪のオスカーみたいな輩《やから》に二度と悩まされることはなかった。

わたしたちがウィンストンで下船する前に、キャスターもフローラもネイサンも、売れるとなればわたしも、五、六回繰り返し売ることもできたはず。だけどヘイリーズ・ランディングに到着するまでは、わたしたちがミズ・レディの父親の農園に手伝いに行くという最初の作り話どおりに事を進めることに決めた。ヘイリーズ・ランディングはウィンストンより大きな町で、わたしが奴隷隊《コッフル》に繋がれて歩かされる途中で見たいくつかの町には及ばなかったものの、この地域にしてはかなり大きかった。わたしたちは、ルイス・スミス湖の南端のウィンストンで、ハーカーとネッドを待つことにした。二人は、わたしたちが到着して間もなくやってきたので、みんなでヘイリーズ・ランディングに向かった。

この町で、わたしとミズ・レディはホテルに宿泊し、ネイサンは馬車屋に宿を取って、ハーカーとほかの仲間は、監獄の後ろにある奴隷用の囲い地に泊まった。それから、ネイサンはミズ・レディと一緒に、「個人による競売」、「欠陥なし」、「有望な奴隷たち《ニグロ》」と告知するビラを印刷してもらいに出かけた。当時はね、奴隷は一人残らず「有望」だったんだ。「欠陥なし」というのは、奴隷になんの問題もないという意味で、売買のビラではいつも「保証つきの健康体」だった。ネイサンが言っていたことだが、奴隷商人たちがときたま、ビラに「欠陥なし」と印刷させ、新聞広告にも載せるのは、農園経営に行き詰まった農園主が奴隷を売るんだ、うまい話だ、と買い手に信じ込ませるためだったという。「個人による競売」と書いたのは、投機家とか奴隷商人、あるいは悪質な買い手に売らないためだった。わたしたちは、仲間の誰一人、奴隷商人の手には渡したくはなかった。いったん奴隷隊《コッフル》に加えられた仲間を救い出すには、買い戻すしかなかった――先の反乱でネイサンとわたしたちがどれほど幸運だったか、その点を忘れてはならなかった――だから注意し過ぎてもし過ぎることはなかった。これと同じ理由から、手で配るチラシには、一番好ましい買い手は、「家族用に必要としている」農園主と市内の住民である旨《むね》、つねに断り書きが添えてあった（ネイサンはこのような詳細を暗記していたが、ときどき、ほかに誰もいない道路脇で、それらの言い回しに即興の韻《ライム》を踏んでみんなで歌って、しばしの時間を過ごすこともあった。今ここですぐには節《ふし》の一つも思い浮かばないけれど、手渡しのチラシに書かれた言葉は心から離れたことがない)。

わたしたちが通り過ぎた町のいずれにも、片側だけサスペンダーをつけた白人男性の一団がいて、ホテルや旅館の前に腰を下ろしていたり、公園の噴水や市役所前広場のあたりをぶらぶらしていた。こんな白人連中が奴隷売買に興味津々だとか、まして金を持っているとは思わないよね。だけど、競売の主催者が競売用の箱を立てて、「商品」について宣伝文句を張り上げる頃には、かなりたくさんの群衆が集まった。わたしが奴隷隊《コッフル》にいたとき、商人はわたしを台に乗せて売ろうとはしなかったし、それにわたしは競売を見たことがなかった。もちろん、競売の噂は聞いていたし、買い手が口のなかを見たり、身体に触ったりすることも知っていた。しばしば奴隷たちは、どれだけ足腰が丈夫か見せるために飛び跳ねたり踊ったりさせられた。わかるよね。こんな話は聞いたことがあっただけで、経験したためしはなく、実際に見たのは、その日が初めてだった。

わたしは群衆にまじって、クララを抱いてネイサンとミズ・レディのあいだに立ち、商人らが仲間の逞《たくま》しさを宣伝するのをじっと見ていた。「畑仕事向き極上の奴隷だよ。こいつの腕を見てください」と競売人は、キャスターの肩を先の尖《とが》った棒でぐいと突いて言った。「極上だよ」と彼は、秘密を囁《ささや》いているかのように口に手を当てて言うのだ。「正真正銘だよ」と今度は、キャスターの陰部を指して言った。白人たちはみんな大笑いした。これは大きな冗談だった。キャスターはあの懲罰箱に潜り込むほうがまし、とさえ思っているように見えた。「子孫増加、間違いなしだ。こいつには何一つ悪さをした証拠はないよ」とキャスターの向きを変えさせて、シャツをまくり上げて背中を見せた。

「九百ドル、さあ九百ドルの上は?――はい九百七十五ドルで売れました」

「奴隷、安かったな」と群衆のなかにいた白人男が言う。わたしはクララをミズ・レディに渡してその場を去った。

ネイサンがわたしを呼ぶ声が聞こえたが、わたしは歩を緩めなかった。わたしは、ミズ・レディから何も言われたくなかった。ネイサンはわたしに追いついて、小道に引っ張っていった。わたしは泣いていた。ネイサンはわたしを胸に抱きしめてくれた。わたしの身体を揺さぶった。「あと二、三回やれば、終わるんだ。あと二、三回で終わりだ」と彼は言い、わたしの頭と首すじに雨のように流れ落ちた。「仲間がこれ以上売られることはないよ」。ネイサンの身体は震えていて、彼の涙がわたしの頭と首すじに雨のように流れ落ちた。わたしたちはお互いの身体を揺さぶりあい、小声で慰めあい、そして声をあげておいおい泣いた。それから壁に背をもたせて、いささか恥ずかしそうな顔を見せながら、少しだけ笑った。「俺たち、辛いときを過ごしてきたよな？」ネイサンは涙を拭いながら言う。わたしは頷《うなず》いて自分の顔の涙を拭った。この兄がいなかったなら、わたし、今頃どこにいたかしら？　わたしはそう思った。ネイサンを胸に抱き、もう一度彼を抱きしめたかった。「デッサ」と彼はわたしの手を取って言った。「デッサ、俺は奴隷制度のもとで育ったんだ」

わたしは手をさっとネイサンから引いた。わたしは、ヴォーガム農園の材木置き場で売りに出されたあの朝からずっと、あのときのわたしをネイサンにもう一度見せたいと思ったことがなかった。だから、ネイサンが今になって、それを持ち出すなんて心底傷ついた。ネイサンは、わたしが彼に対して感じていた親密さを利用して、わたしたち二人のあいだにミズ・レディを割り込ませたように感じた。それでわたしは、かっと怒りに燃えた。「そういうこと？　相手のしていることが気に入らなければ、今度はひとかどの人間、ごたいそうな奴隷主人になったつもりで説教を垂れるわけね？」「おまえはどうみたって、白人主人には到底なれっこないよな」。ネイサンはそう皮肉を言って、再びわたしの手を取った。「デッサ――デッサ、どうして俺が君も彼女も好きでいちゃ、だめなんだい？」

わたしが消えるかミズ・レディが消えるか、わたしには、そういうことのように思えた。そのほかにもある。わたしはネイサンに話した。「わたしがミズ・レディに話すわ。それ以上にしてほしいことある？」

「俺はおまえに、友だちになってほしいんだ」

「友だちをやめたのは、わたしのほうじゃない」

ネイサンはわたしを見て、ようやくにっこり笑った。「おまえは大したやきもちやきなんだね？」息子よ、おまえに、わたしの言いたいことがわかるかい？　わたしが何を言っても、ネイサンは何か言い返してくるのさ。ああ、わたしはネイサンを怒らせることだってできるし、彼を悲しませることだってできる。いつかきっと、わたしは、うんと邪悪に振る舞ってネイサンを追い払おう、そしたらネイサンは、わたしがあまりに彼を憎んでいることにうんざりして、わたしに構《かま》わなくなるだろうと思った。それまでは、ネイサンは、「友だち」とか「兄弟」とか言ってわたしを手放さないだろう。そしてわたしがネイサンに「そうね」とか「違うわ」のどっちを言っても、今までの関係とは決して同じじゃなくなる。このこと、つまり物事が決して前と同じではないことが、つねにわたしの痛みだったと思う。わたしは、あまりにもたくさんのものを失ってきた。本当にたくさんのものを。そしてこの兄はわたしが手に入れたものの大切な一部だった。ネイサンは――彼はそのときはもうにっこり笑ってはいなかった。それどころじゃなかった。ネイサンはわたしの手を取って、じっと見つめた。わかるかい――そして、わたしはそのとき、こんなことを考えていたと誓って言いたい――まるで、黒人《ダーキイ》が、自分だけが知る秘密をこれぞと思う「運」に、「変化」に、新しいことや「別の」ことに賭けるときみたいだ。そして、ダンテをはじめとする、わたしが知る黒人たちに、そのような秘密を一つも持たないものはいただろうか？　「ばかねえ」とわたしはそれでもまだネイサンに寄りかかりながら、言い放った。

ネイサンの腕がわたしの身体をもっときつく抱いた。「おまえみたいな生意気な黒人女《ネグレス》には、俺みたいなばかな黒人男《ニグロ》が必要なんだぜ」。わたしは声に出して笑った。

わたしはね、黒人男《ブラック》と白人女の関係を許すようになったという意味で言ってるんじゃない。仲間の誰一人、こんな関係がいいと思ってなかったと思う。それに以前にも増して、わたしたちは微妙な立場にあったからね。微妙に不安要素があったんだ。だけどその旅の全体を通して、ネイサンとミズ・レディが手を取りあったり、短いあいだ二人だけで歩いたりはしたけれど、それ以上のことはしなかったと思う。これは商売《ビジネス》だったし、ハーカーは、わたしとの関係にも、それ以上に羽目を外すことは許さなかったから。わたしが知るところ、あの最初の朝以後は、ネイサンとミズ・レディとのあいだに同じ情熱が流れていると感じたことはなかった。それに、しばらく経つと、気持ちがあまりにも親密になって手を取りあう必要もなくなるんだね。わたしの言いたいこと、わかってくれると思うけど、周囲の仲間にしっかり気を遣うと、一人の人間への特別な感情など人前で見せなくてもよくなるんだ。そういうわけで、わたしたちの誰も、ネイサンとミズ・レディの関係についてはあまり考えてはいなかったと思う。そして彼女について言うなら――。

それはさておき。ミズ・レディに対するわたしの見方は、オスカー邸でのあの夜の出来事以来、いくらか変化していた。誰かとあんなことを経験したなら、親近感とか信頼関係が深まらないわけないからね。そして、わたしたちが一緒に過ごす多くの時間に話をせずにいられなかった。始めのうち話題と言えば、明日何をしようかとか、誰それに会ったとかで、それ以上は話さなかった。時間が経つにつれて、競売とかハーカーたちが持ち帰る物語について話した。ある晩わたしたちは、あの悪のオスカーについて話して大笑いした。しばしば、わたしたちは旅と計画遂行で疲れ果ててしまい、お互いに、おやすみとも言わずに寝てしまった。わたしたちは次々と行動に移していった――みんなそれぞれが口にする一言一句に気をつけながら、資金作り計画は順調に進んでいた。

あの頃のことを思い出すとね。黒人《ニグロ》に縄とか首輪をくっつけると、それを見た白人の一人が、その黒人をいくらで買うと言い出すように仕向けるだけで売買は成立したんだよ。わたしたちは滅多に競売をする必要がなかった。始めのうちは、わたしたちは物語をなるべく単純なものにしていた――ハーカーの前の主人は、最高の嘘はつねに真実にもっとも近い嘘だと教えていたからね。そういうわけで、ミズ・レディは仲間たちを平凡な畑仕事用の奴隷として売った――そのときには極上の働き手という触れ込みだったけど、実はみんな、つねに極上で――それに信頼しうる働き手ということになっていた。ミズ・レディは悲しい表情で言うんだ。一家は奴隷を売るつもりなんて全然なかったんですと。ミズ・レディはいつも暗い色のドレスを着ているため、奴隷を売るのは、家族の不幸が原因だという印象を与えた。赤ん坊のクララだって、奴隷たちが売られると、彼らを慕って大声で泣き叫ぶんだ。でも（ミズ・レディは続けて言う）極上の畑用の奴隷はお安くは買えませんよ。彼女はいつも、仲間たちのことを畑用の奴隷とだけ言えばよかった。だけど白人連中はこう聞いてくる――「大工仕事はできないという意味かい？」、「そいつ、レンガを積めないのか？」、「その女、料理ができなくちゃだめだ」とか。少し間《ま》をおいて、ミズ・レディはようやく言い始める。「ええ、この男は石工なんですよ」とか、「ええ、荷馬車を引けますとも」

わたしたちは、フローラを洗濯女でアイロンがけが大得意として売ったよ。その当時、フローラはコテを見たことすらなかったのに。こういう家事ができる人間は、さらに高い値段で売れたからなんだ。ときどき主人がそういう奴隷をよそに貸し出して、賃料を稼いだりしたくらいだ。ああ、息子よ、わたしにこれだけは言わせておくれ。奴隷制度は、それは醜悪だった。だからわたしたちは農園主からできるだけ多くの金を巻き上げるのが正しいと感じていたんだ。そしてミズ・レディは見事にやってのけた。彼女は、泣くクララを抱いてあやしながら、同時に奴隷の値段を吊り上げることができた。実際のところ、彼女はそんなふうにして買い手を油断させるのが好きだった。白人たちが寄ってきてクララに声をかけて遊んだりすると、ミズ・レディはさっと売買を止めたよ。彼女が色目を使うだけで、保安官が手渡し用のビラを貼りましょうと言ってくれる始末。ミズ・レディが微笑むと、ある農園主は五十ドルも買値を上げた。彼女に「勇ましい」と思われる男になりたいだけのためにね。色目を使い、くすくすと含み笑いするのは、とっくに上っ面だけの装いになっていたが、彼女がこういう手管《てくだ》を使って、行く先々で出会う人たちとうまく渡りあう様子を見て、わたしはわくわく興奮したものさ。

わたしたちはいつも、少し警戒を緩めて一緒に話しあえるように、どこか道路から外れた場所で昼食をとるようにしていた。ハーカーは、わたしたちが偽装を解くのを許そうとしなかったが、決まりはそこまでだった。ミズ・レディはいつもどこかに、丸太とか大きな岩とか、袋の一つとかに腰を下ろしていて、わたしは彼女のそばに、彼女とほかの仲間とのあいだに座った。そして、わたしたちみんな、彼女を奥様《ミストレス》と呼んでいた。「ミズ・ルーフェル」も「ミズ・レディ」も、仲間うちでしか用いなかった。そう、みんな「信用できる働き手」だったことは間違いないよ。だけどミズ・レディと親しげに振る舞うのは、わたしたちの得策とはならなかったはず。ネイサンとハーカーは意見を交換しあって、物事が軽快に運ぶように心がけていたし、仲間のみんながクララと遊んだ（実はね、クララがいても、面倒なことにはまったくならなかった。屋敷では、わたしはクララの世話をすることがあまりなかったけど——それはアナベルの役目だったから。アナベルはクララの子守りだった。だけど、クララは機嫌のいい赤ん坊で、にっこり微笑んで誰にでも抱かれる子だった。旅の移動途中や、ミズ・レディとわたしがホテルで仲間を待っていたときなど、わたしたちは笑ったりクララと遊んだりして何時間もゆっくり過ごした）。わたしたちは、そんなふうに道路脇で休憩をとったり、計画を練ったり、いろんな話をした。

金を稼げば稼ぐほど、《西》の地がますます現実味を帯びてきた。何を買っておいたらいいだろうか？　いつ出発したらいいのか？　こんなことを話題にした。わたしたちは、セントジョー〔ミズーリ州北部の町セントジョゼフのこと〕に向かったらいいのか？　それともカウンシルブラフス〔アイオワ州、ミズーリ川東岸の都市〕に行ったほうがいいのか？　セントジョーのほうが近かったが、その町は奴隷制が残る地域の近くにあった。だからわたしたちはカウンシルブラフスを目指すことに決めた。わたしは、グレン農場に戻ったらすぐに出発する心づもりができていたけど、ハーカーは、それはダメだと言った。これは長旅になるから急ぐだけが能じゃない。わたしたちが必需品すべてを買って荷造りをするのに、しばらく時間がかかるだろう。準備が整うまでには冬を迎えるだろうし、北に向かうのだから悪天候しか予測できなかった（実はね、恥ずかしながら、寒い天候はどこから来るのか、北のほうから来るって、わたしは全然知らなかったんだ。それに、ハーカーが教えてくれるまで、鳥たちが南に渡っていくことの本当の意味を知らなかった。わたしが奴隷制度に断固反対するのは、こういうふうに奴隷を無知のまま捨てておくからだ。かりそめにも奴隷制度を許す日が来るとしても――だってわたしはあの辛かった経験を忘れる気にはなれないと思うから――鞭打たれたり、売られたり、殺されたりしたことを。だけど、白人たちがわたしたちを無知のなかに閉じ込めておいたことは、絶対に許さないと思う）。冬が終わるまでは出発できないだろう。わたしたちは何一つ持っていなかったわけだから、あらゆる必需品のうち、少しずつでも買いそろえる必要があった。

　そして、いろんな話の数々。ハーカーの話。彼が売られた場所には、暗闇でも黒人《ニグロ》が見える五百ポンドの体重のブルドッグがいて、奴隷小屋を見張っていたという。キャスターの話。そこでは、黒人奴隷を巨体に育てていて、一人の奴隷が一食で小麦粉を樽の半分と胴肉を全部たいらげる――それらをバックアップするのは樽一杯分の野菜とシロップ満杯の水をバケツに一杯。フローラを買った農園主は彼女を無理やり恣《ほしいまま》にしようとした――そんなふうにして、彼は自分の所有する女奴隷全員を痛めつけていたのだ。だけど男は酔っぱらっていたので、フローラは男が「気を失うのを助けてやった」と言う。フローラは朝まで待たずに、その農場から逃げてきた――わたしたちが次の町に到着すると、彼女はすでに二日も待っていて、わたしたちを待たずに次の町へ向かう予定だったと言う。ネッドを買った白人の一人は、ネッドを鞭打ってくれと書いた紙切れを持たせて保安官のところに行かせた――都市とか町には、こんなことをする奴隷所有者がたくさんいる。自分の手で奴隷を鞭打つのが嫌だからなのさ。途中でネッドは通りがかりの白人男の足を止め、紙に「なんて書いてあります？」と聞いた。男が答えると、ネッドは次に出くわした黒人に紙切れを渡し、銅貨を二つやって、紙切れを保安官のところに持っていって答えを聞いてこいと言った。こんなことは、褒《ほ》められたトリックではなかったけど、それも奴隷制度が多くの人に教えたことでもあった。つまり自分が嵌《は》められないようにするためには、相手を選んではいられない。泣きたくなかったから、大いに笑った。その話を聞いて、これまで奴隷として扱われてきた自分たちの姿を見ていたのだし、わたしらをこんなふうに卑劣にしてしまった奴隷制度の残酷さを見ていた。そんな自分たちの姿を弁護するためには、唯一、体験談を身の毛もよだつような話か冗談にでっち上げるしかなかった。

強盗が銃で、わたしたちの馬車に止まれ！　と命じたこともあった。あれはネッドを売ったすぐあとだった――いや、あれはキャスターだったかねえ？　わたしたちは仲間を何回も売ったので、いちいち覚えているのは難しかった。そのとき一緒にいた仲間は、ハーカーただ一人で、荷台に乗っていた。わたしはネイサンとミズ・レディのあいだに座っていたが、ハーカーと一緒に荷台にいられたらと願っていた。彼がわたしに触れたような気がした――違う、手で触れたわけじゃないの。ハーカーはほとんどわたしに手を触れることはなかった。彼が近くにいるとわかるだけで、わたしの五感はあまりに圧倒されて、ときに目眩《めまい》を感じるほどだった。その日、出発は予定より遅れたけど、日暮れまでには次の町に到着する計画だった。わたしたちはネッドを売った場所にいたのだけれど、そこの人たちに聞くと、目的の町は道路を下って行けばすぐに見つかるという話だった。ところが夕暮れ時になってもまだ、一行は一軒の家も見えない道路を進んでいた。あとになってわかったけど、奴らはわざとそう言って騙したわけで、仲間を売った場所にいた一人が、わたしたちが現金を持っていることを知って、金を盗む好機を狙っていた。さて盗賊は篠藪《とうやぶ》に隠れて待ち伏せしており、二人組が覆面をして馬に跨《またが》っていた。一人が手綱を握って騾馬を制止していて、もう一人がわたしたちに銃を向けた。

「両手を挙げろ！」銃を持った男が言った。

ミズ・レディは大きくて、くにゃっとして引き紐のついたバッグを持っていた。手提げ袋のようなバッグだったが、かなり大きかった。バッグにはいろんなものが少しずつ入っていて、たいがいはクララのものだった。彼女は冬用に、かぎ針編みを始めていたので、編み物道具も入っていた。そこで、ミズ・レディは叫んだ。「何をするの？　どういうつもりなの！」それはまるで、行儀の悪い少年たちが掃除したての床に泥の跡をつけたとか、洗濯物に石を投げつけたときのような物言いだった。彼女はそんなふうに「どういうつもりなの」と言って、バッグを馬の顔に投げつけた。この馬はわたしたちに銃を突きつけていた男が乗った馬だった。馬が後ろ足立ちになったので、男は馬を制御しようとして銃を落とした。

あのね。こいつらときたら、わたしらにはとても敵わなかったわけだよ。だってわたしらは、一致団結して実に見事に対処したからね。ミズ・レディが馬を目がけてバッグを投げつけた瞬間、ネイサンは馬車の手綱をわたしに握らせ、騾馬を制していた男に飛びかかっていった。わたしはクララを抱いたまま頭をひょいと下げて座席と馬車の前部のあいだに潜《もぐ》り、ミズ・レディを引っ張ってわたしたちの上に屈んでもらった。わたしが目を上げると、ハーカーは男の一人に銃を向け、ネイサンはもう一人の男の喉を締め上げていた。ミズ・レディは身なりを整えると、無防備な人たちを虐《いじ》める悪漢ども、と騒いでいた。事の次第はそんなふうに、バン、バン、バンと見事に終わった。まるでわたしたちがこの本番前に、似たような大芝居を百回もやっていた感じだった。

わたしたちは二人組を縄で縛った。ミズ・レディはまだ騒いでいた。二人組の覆面を取ることさえしなかった。こんなろくでなしの白人男に興味を持つ人間なんか、この世にいるわけがないじゃないか？――馬を逃がし、盗賊はみじめな有様のまま捨て置いたのさ、そのうち誰かが通りかかって、道路脇で縛られた二人を見つけてもらえるようにね。「この二人に説明させましょうよ。どういうつもりなのか！」とミズ・レディが言ったので、わたしたちはどっと笑いころげた。

もちろん、ネイサンもハーカーも、イチかバチかやりましたねと、ミズ・レディをちょっぴりからかってみせた。褒め言葉の一つもかけてあげなくてはならなかった――だって実際に、女独りで、それもバッグ一つでやっつけられる悪人どもはそう多くはないからね。ネイサンもハーカーもすぐに助っ人に入らなければ、ミズ・レディはひどくやっつけられていただろうさ。こんなハプニングは、話を聞けばよくよく理解できるし、冗談以上に面白かった。わたしもミズ・レディもとても良い気分にさせられたので、物事に厳しい見方をする気が緩んでしまった。そういうわけで、ミズ・レディが、わたしたち二人であの悪漢のオスカーを枕で叩きのめした話を持ち出したとき、今の冗談話の続きを話している気分だった。この頃までには、オスカーは、わたしたちにとって恐い相手というより滑稽《こっけい》な男になっていたが、どういうわけか二人とも、仲間の前ではオスカーの話をしたことがなかった。さて内緒話が明るみに出た今では、オスカーはハーカーにもネイサンにも滑稽では済まされなかった。二人とも奴隷小屋でのレイプについては想像できたが、屋敷内では、特に本人が警戒を怠《おこた》らなければ、白人女性が凌辱されることなど考えてもみなかった。わたしたち二人してオスカーの話を――いかにもうまくやっつけたかのように話したからだが、ハーカーもネイサンもかなり動揺した。ハーカーはわたしを、ネイサンはミズ・レディをたしなめた。わたしは、第一にミズ・レディがその話題を持ち出したことを怒っていた。ミズ・レディは、みんなが彼女に怒っていることで、わたしたち全員にひどく腹を立てた。そしてクララはわあわあ泣いた。わたしたちの議論のやりとりがクララを起こしてしまったのだ。目的地に着くまでには、みんなそれぞれが口を尖らせて怒っていた。

ネイサンは次の町でミズ・レディに小型ピストルを買ってベッド脇に置くように言い、彼とハーカーはわたしたちにピストルの撃ち方を教えた。こうしてわたしたちの旅は続いた。キングズストア、ユートー、ヤンシィヴィルなど、わたしが覚えているのは、こういう町の名前だった。いずれの町にも、一、二日以上は滞在せず、滞在中もどこかのホテルで待っているだけだった。農園の家で過ごす夜もあったが、野営したこともあった。今では、栄光ある南部という言葉をよく耳にするだろう、だけどね、あの頃の南部には栄光などなかった。わたしたちが通りぬけたところには、建物が三軒しかない町があった。綿花の倉庫、現金払いの店、それと倉庫と店の所有者兼支配人が暮らす家の三軒だった。たまに町が結構栄えていそうに見えるところがあると、そこで足を止めることがあった。あるところで、わたしたちが目にしたのは、外に繋がれた一頭の熊だった。熊は白人らのペットだった――大きくて、臭くて、皮がむけて疥癬《かいせん》だらけで、中庭をもがくように動いていた。熊はちょっと哀れだった。わたしたちはその町には留まらなかった。生き物をそんなふうに扱う住民のいるところに留まりたいなどと、誰も願っていなかったからね。

誰も足を止めたくなかったさ。それに、まわりに白人たちが大勢いるからといって、ミズ・レディがわたしたちの決断に反対することなど、まずなかった。もちろん、金の力は大きかった。ミズ・レディは奴隷売買によって、相当の現金をもらえるはずだった――彼女が一番たくさんもらうわけじゃなかったが、なかなかの金額をもらうことになっていた。わかるね。さて、わたしは白人たちが大勢いる場所に身をおいて初めて、ミズ・レディがあの未完成の屋敷でどんなふうに暮らしてきたのか、ようやく理解することができた。みんなで稼いだ金があれば、ミズ・レディは立派な姿で白人社会に戻れるだろう。そしてわたしたちはみんな、彼女に親しみを感じずにはいられなかった。キャスターとフローラは彼女に対してまだ遠慮がちだったが、ときには、ミズ・レディに話しかけられていないのに、自分から話しかけるようにもなった。そうさ、わたしはそりゃあ彼女に仕えたさ。だけどミズ・レディは、その旅の過程で、白人が黒人を扱うような態度でわたしを扱うことは決してなかった。

たいがいの白人主人は奴隷を怒鳴りつけたり、平手打ちをくらわしたりしたけど、彼女は仲間の誰にも、そんなことはしなかった。

わたしたちが滞在した旅館とか屋敷などで、黒人の仲間が苛酷な扱い方を受けているのを見て、わたしはいささか戦々恐々となった。元の農園で、巡りくる季節を日々過ごしていたが、農場で威張り散らす監督と遠くから見ている主人のほかに、白人は見当たらなかった。わたしたちがなぜ平手打ちや罵倒の言葉に耐えなくてはならないのか、さっぱりわからなかった。懲罰棒や鞭に比べるなら、ひどい言葉を浴びせられたり小突かれたりするぐらいなんでもないことは理解していた。だけど、それでも嫌なことだった。それに白人たちにとって、わたしらはいつも黒んぼ《ダーキィ》か黒人《ニガー》か小娘《ギャル》でしかなくて、名前で呼んでくれたためしがない。

白人連中は、許しがたい振る舞いをしてもなんとも思ってはいないし、黒人《ブラック》たちも、たいがいはそれほど心を痛めてはいないんだとネイサンは言った。ミズ・レディによれば、そんなに苛酷なことをするのは下層階級の白人だけで、ほとんどの農園主は、ほかの召使と同じように奴隷たちも処遇しているのだそうだ。

わたしはミズ・レディの前で奴隷制度の話をするのをあまり好まなかった。遠慮していたのかどうかわからないが、仲間の誰もミズ・レディとあまり意見を異《こと》にするのを望まなかった――それでも、彼女のほうから話題にしたときにネッドが、貧乏な白人は奴隷を所有していませんと思いきって意見を言った。いいかい、ミズ・レディは白人全部が卑劣だとは信じていなかった。もし白人たちが奴隷のことを彼女ほど知るならば、奴隷制度はなくなるだろうと彼女は思っていた。奴隷制度が夫を破滅させたと彼女は考えていた――奴隷を所有すれば、どれほど金が儲かるか、そればかり見ていたのだと。そう理解して、わたくしは奴隷制度は間違っていると思ったんです。だって、奴隷たちは労働する手と家畜にすぎず、ときには名前すらなかったのですからね。彼女がこう言ったとき、フローラは実に真剣な顔をして、「お願いです、ミズ・レディ。そんなこと、白人たちの近くではおっしゃらないでください」と言ったんだ。フローラがそう言ったときの口ぶりに、みんなで大笑いしたものさ――いいかい、フローラは滑稽な口調だったが、真剣で大真面目でもあった。フローラは、そんなことを言う白人たちが、ほかの人の奴隷と親しく話をしただけで、町から逃げ出すことになるのを実際に見てきたのだ。わたしたちはミズ・レディに、ほかの白人連中から嫌われる言動を人に見せてほしくなかった。それに彼女自身、自分がたいがいの白人たちとまったく同じだとは思っていなかった。もしほかの人に気づかれたらどうしようと、彼女はいつも言ってたよ。わたしはね、ミズ・レディのこの意見を信じているけど、彼女は右を向いても左を向いても、ほかの白人たちがわたしら黒人を買いまくっているのをしっかり見ているのに、どうしてこんなことが言えるのか理解できなかった。奴隷制度は、それがどれほど惨《むご》たらしいものか白人たちが理解しない限り、解決しない――なにしろ、白人が作ったものであり、白人が維持している制度なんだから。主人はいつだってわたしを自由にすることができたはずだし、自由にすると言われれば、わたしは決して嫌ですとは言わなかっただろうよ。もしかしたらネイサンとほかの仲間も奴隷制度の実情を知ってたんだろうけど、ミズ・レディには誰もその話をしなかった。

ネイサンはアーコポリスからあまり遠くない小さな町で、暴走中の馬と馬車を止めた。そのとき馬車には誰も乗っていなかったけど、馬車が滅茶苦茶に破損するのをネイサンが食い止めたのは確かで、もしかしたら、馬が人を轢《ひ》き殺すか、馬も怪我をする事態になったかもしれなかった。馬の持ち主はネイサンの働きにいたく感動し、即刻その場で、ネイサンを九百ドルで買いたいと申し出た。これは一瞬の出来事だった、わかるよね。わたしはクララと手綱を手にして馬車の座席に腰かけていた。ミズ・レディの口はあんぐり開いたままで、ネイサンも白人男も彼女の反応を待って立ち尽くしていた。「あら、まあ。彼は、わたくし個人つきの召使で、わたくし個人つきの御者でございますの」。彼女はそう言って、この世で最高に立派な馬車に乗っている貴婦人のように、ぴしっと背筋を伸ばした。「千ドルで、いかがです？　奥様」。男は彼女がちゃんと言い終える前に言った。「わしは馬の調教師でしてね。でもこれほど馬を見事に操る御者を見たことがありませんのでね。勇気には報いなくちゃならんのですわ」

これを聞いて、わたしたちはみんな目をしばたたいた。わたしたちはこれまで一人も、八百ドル以下で売ったことはなかったが、競売にもかけずに、千ドルも稼げるのは稀なことだった。「まあどうしましょう」。ミズ・レディはすでにどもりながらしゃべっていた。「あら。それじゃあ、アーコポリスまで誰がわたくしの馬車を御してくれるんでしょうか？」

「奥様、こうなさってはいかがでしょう」。男はすっかり冷静になって言う。「馬車をここでお捨てになればいいでしょう。千百ドルお払いしますから。残りの旅程は乗合馬車をお使いになればいいのですよ」

こういう話になったので、わたしはミズ・レディを突っついて、わたしら一行は、アーコポリスでハーカー「ご主人」に会わなくちゃならないし、わたしたちが到着したときに、ご主人お気に入りの御者に会えないとがっかりされますよ、と言って注意を引こうとした。するとネイサンは、言いくるめるように言った。「ああ、奥様」。まるでそこらの阿呆《あほう》さながらだったが、ネイサンの人なつっこい赤眼のなかで悪魔が躍っていた。「ああ、どうかお願いです、奥様。こちらのご主人は馬をたくさんお持ちだそうですし」

わたしの推測では、千百ドルとネイサンの悪魔のような眼が決め手だったと思う。わたしはネイサンを売ることにはそれなりの不安を感じていたし、ミズ・レディも同じ思いだったと思う。だけどネイサンの決意があまりにも固くて、もし彼女が許可しなければ、ネイサンは自分で自分を売ろうとしたかもしれなかったと、わたしは信じている。いいかい、ハーカーもほかの仲間もいつも面白い経験談を土産《みやげ》に戻ってきたからね。ネイサンはそういう話を聞いて、仲間が言う冒険や愉快な遊びに自分も出てみたいと願ったのは明らかだった。冒険に比べりゃ、稼いだ金を護るとか、女、子どもを護るのは軽い仕事だったんだ。だってネイサンはあの盗賊どもをとことんやっつけるのに加勢したんだから、今度は自分が自分だけの冒険をしたいと願ったわけだ。

わたしたちが最初にハーカーとネッドが奴隷制度に戻っていくのをじっと見送ったときから、ずいぶんと長い旅をしてきた。わたしたちは、それまで恐怖と震えとともにしていたことを、今は愉快に楽しんでいた。これはとても良いことだとわたしは自分に言い聞かせていた。だって、この売買計画は、奴隷制度はもはやわたしら奴隷を束縛していないことを証明したんだからね。わたしとミズ・レディだって、あの悪のオスカー相手に戦ったんだもの。ネイサンだって今度は自分が冒険する番だと思うのは当たり前だった。乗合馬車でガタガタ揺られながら道を行くうち、これでよかったと安易に信じたんだ。ネイサンを売ったことで、わたしたちの稼ぎは三万ドル近くにもなった――これは、なかなか凄い大金だったよ。わたしにとって金額自体には実際にそれほど大きな意味はなかった。わたしは大金をペチコートの縫い目に縫い込んだ袋に入れ、ズロースの両脚あたりまで詰め込み、腰のまわりに巻きつけて持ち歩いていた。わたしたちは大金を稼いだけど、これが世界じゅうにある金のほんの小さな一部にすぎないと思うと、心が張り裂けそうになったよ。わたしは自分に言い聞かせた。この金を、この大金を、わたしたちは手に入れるために頑張ってきた。この金があれば、わたしたちはどんな奴隷法も届かないところに行けるだろう。だから金は多ければ多いほどいい。

乗合馬車は夕暮れとともにアーコポリスに入った。ミズ・レディは町で最高級のホテルに部屋をとり、食事を部屋に持ってこさせた。食事をして寝た。わたしたちは疲労困憊していた。これで仲間を売ることも、資金稼ぎ計画も、旅も、恐怖に震えることも終わりだった。口から出る言葉に細かく注意するのも終わり。わたしは骨の髄までくたびれ果て眠りこけた。

翌朝になると事の次第がこれまでよりも楽観的に見えてきた。ネイサンは自分自身を――そして必要とあらばほかの仲間もしっかり護る力があることを、わたしはよく知っていた。第一、わたしはネイサンのおかげで自由の身になれたのだ。ネイサンがわたしたちをそれほど待たせることがなければ、ハーカーだってネイサンを売ったことについて何も言わなかったはず。事実、わたしがあまり心配しすぎると言って、仲間はみんな大笑いした。いえ違う、翌朝、わたしたちが上流に向かう船便について訊きにいったとき、本当に元気いっぱいだったわけじゃないけど、わたしはそれほど落ち込んでもいなかった。切符売り場の係が、船着き場から毎日、二、三便出ているので、ミズ・レディが出発したい日をいつに決めても予約は簡単だと教えてくれた。ミズ・レディは切符を買った。それからは待つほかにすることがなくなった。

それまでは時間は大切だった。わたしたちは旅を続けているあいだずっと、誰も追いかけてこないよう、幸運にすがっていた。でも今はこうして最終段階にいるのだから、細心の注意を払うことがきわめて重要だった。ハーカーとフローラらは、その町でわたしたちと合流するまで跡をつけられていないか、じっくり確認してきた。売られた仲間は迂回して戻ってきたけど、四、五日も待たせる者は一人もいないはずだった。仲間らはみんな町外れで待ち合わせ、全員でホテルに向かうことになっていた。信頼しうる助っ人が、売られた仲間にどこに来ればいいか伝えていたのだ。ミズ・レディはミズ・カーライルと名乗り、夫の収穫作業を手伝うために、父親が自分の農園から送ってくれた働き手を迎えに来たという話になっていた。

そういうわけで、わたしたちはひたすら待った。待っているあいだ、わたしとミズ・レディは買い物をした。買い物は、わたしがそれまでに経験したことがなかったものだ。ああ、そう、わたしは旅の途中で確かに、たまに現金払いの店に行ったし、わたしの最初の服を買ってもらった店にも行った。

だけどそういう買い物は、わたしにはあまりにも新しい経験で、どんな物を売っているのかよくわからなかったし、現金払いの小売店には品物がごちゃごちゃ置かれていたから、自分が何を探しているのかよく理解していない限り、何か一つを探すのは難しかった。ところで、アーコポリスの店はいささか様子が違っていた。ここにあったのは専門店街で、大きな商店が並び、絹織物から鉄まであらゆるものを売っていて、見たことはもちろん、聞いたこともない品物がぎっしり詰まっていた。卵の泡立て器、リンゴの芯抜き器、ジャガイモの皮むき器（これらは小型の機械じかけの指だろうと思った。時計から人形が飛び出すみたいに。ああ、そう。そういう時計の一つをこの旅で初めて見た）、シリアル用の鍋、シャツのアイロンがけに使う胸元用の板、ドレスをアイロンがけするスカート用の板、あらゆるサイズのコテを売っていた。わたしはすっかり目が眩《くら》んでしまった。商品に手を触れないではいられなかった。一ヵ所にそんなにたくさんの品物が揃っているところを見たことがなかったから。

　ミズ・レディはわたしたちの《西》への旅のためだけではなく、グレン農場で使うための物も買った。わたしは彼女が買う姿を見ていて多くのことを学んだ。彼女は店員に決して財布のなかを見せなかった。最初のうち、店員らはミズ・レディが何を買うつもりなのか理解し、次に彼女は店員の説明を理解してから買うことに決めた。そして納得するや、ミズ・レディはたくさんの物を買った（いずれの買い物も、これは黒人女《カラード》にはとても真似ができないと、わたしにはわかった。店員は、自分の知識をあまり黒人《カラード・パーソン》に知られたくないのだし、その品物については黒人には何も教えたくないんだ。いやしくも黒人が何かを知っているとわかれば店員は激怒する。黒人が何も知らないほうが、まんまと騙せるってわけだ。わたしらは知ることを許されてはいないんだ。知識がある素振りすら見せないがわたしらは実際には財布に金を持っていて、たとえ隣の店に行って買い物ができたとしても）。わたしたちはいろんな品物——砂糖、塩、コーヒー、お茶、小麦粉、糖蜜、皿、マグカップ、台所用品、毛布、マットレス用のカヴァー布を買った。それから、仲間たち用に、靴やブーツ、靴下、ドレス用のキャラコとラシャ布、ズボン用のデニム地、コートやマント用の厚地のウールも買った。ミズ・レディは、これらの品物全部を船着き場に届けさせ、出発まで取り置いてくれるよう頼んだ。

午前中に買い物を済ませたあとで、わたしたちは町を少し歩き回った。トンビグビー川が、そこアーコポリスで、ウォリア川と交差していたので、船の往来はひっきりなしだった。アーコポリスはかなり大きな町で、店がいっぱい立ち並ぶ広い大通りが二本あって、たくさんの人たちが出たり入ったりしていた。その旅のあとで、わたしはディケーターを見たし、セントルイスも見たから、アーコポリスがそれほど繁栄しきりの町ではないことを知っている。実際のところ、上流に向かって断崖に行くところより、下流に向かう船着き場のほうが賑わっていた。だけどわたしは何時間でも通りを歩いて耳を傾けたり、見て歩いたりして時間を過ごすことができただろう。洋服の仕立て屋とか、理髪店、印刷屋などのありふれた店も見たかった――印刷機だって、何度もゆっくり気の済むまで見たことがなかった。馬や、それぞれに異なる荷馬車や四輪馬車、白人たちの装いなども。こういうものは、わたしが奴隷隊《コッフル》で鎖に繋がれて歩かされたとき見ていた。いや、きっと見たに違いないと思う。だけどわたしはじっくり注意して見てはいなかった。あまりにも悲惨な気持ちに落ち込んでいたし、極度に怯えていたからね。そして今、わたしの眼はまだ満足なほど見たとは言えなかったので、言い訳をして通りに出た。もちろん、通りに出ているあいだは始終、仲間を探していた。これはネイサンがわたしたちと一緒のときにしていたことで、彼が町をぶらぶら歩いていると、仲間が彼の姿を見つけ、わたしたちの居場所がわかるようにしていたんだ。

午後になると、わたしはお使いに出て、パン屋で焼き菓子《ペーストリー》を買ったり、ミズ・レディが服を作ってもらっている仕立て屋に行ったりした。ときどき、わたしは彼女が読む新聞を買ったりした。一度わたしは手紙を出しに行ったりもした。ミズ・レディはグレン農場を預かっていたカリーに手紙を書いて、わたしたちは間もなく帰りますから、と知らせていた。わたしにとってこれも初めての経験だった。また夕方になると涼風にあたろうと、ミズ・レディはクララを抱いて、ホテル正面のバルコニーに腰かけていた。時はすでに十月に近づいていて、夏の終わりの最後の名残だったが、それでもまだ暑かった。わたしは彼女の椅子の後ろに立って、大きな棕櫚《しゅろ》の葉で二人を扇いでいた。彼女が夕食などの食事に降りていったときは、わたしもそうして涼んでいた――朝食はわたしが取りにいって部屋で食べた。夜になると蠟燭を消して窓を全部開け放ち、ベッド越しに下の通りを眺めていた。ミズ・レディは角部屋を取った。ときには騒がしかった――通り沿いに酒場があった――けど、窓を横切ってくるそよ風が暑さを和《やわ》らげてくれた。しばしばわたしたちはクララが眠っているあいだ、クララのことで、あれこれ話をかわした。

わたしたちは旅の途中で起こった、面白おかしいことを思い出していた。ミズ・レディは白人たちの何人かを、ものの見事に嘲笑することもあったが、わたしに面と向かってそんなことを言うなんて、わたしは愉快でたまらなかった――そして、あの悪のオスカーのことを前よりもいっそう笑った。その暗闇のなかで、わたしがキャリーとかマーサにしていたような小さな出来事をつい話しそうになって、急に口を噤《つぐ》んだものさ。そしてわたしは、ミズ・レディと白人社会のことや、彼女がどのようにして今のような女性になったのかなどについて知りたいと思った。彼女の夫はそれほどの人物には聞こえなかったし、彼女は一文無しのまま母親の近くには行きたくない様子だった。ミズ・レディは、あの奴隷隊《コッフル》のこと、あの地下室からの脱走についてしっかり訊いてきた。わたしはいくつかのことを、白人たちが奴隷を鎖で縛ったこと、農場では朝になるとみんなで歌を歌ったことなどを話した。でもわたしはケインのこと、家族を失ったことは話したくなかった。それらはわたしにとっていまだに癒えぬ心の傷だったが、あの奴隷隊について思い出すことは、ほんの少しだけど痛みが和らいでいた。だから、わたしたちは個人的なことを互いにあまり話さなかった。わたしは母さんのことを話題にしたし、ミズ・レディはドーカス――あるいは彼女が「マミー」と呼んでいた人の話をしたことは確かよ。だけど、相手は白人の女性だったし、旅のあいだはずっと、わたしはそのことだけは忘れなかった。

　それでもわたしとミズ・レディは、互いに仲違いせずにまずまずの関係を続けていたと思う。もしカウンシルブラフスについての話さえ持ち上がらなければね。これはある午後、わたしがクララのおむつを替えていたときにたまたま起こった。わたしたちは大した話題もなくしゃべっていたけど、あれはランチから帰ってきて間もないときのことだった。「わたくしね、あなたたちみんなと一緒にカウンシルブラフスに行こうと思ってるの」。ミズ・レディは突然言い出した。

　さてハーカーは、ミズ・レディに奴隷制度が終わるぎりぎりの地点まで、わたしたちと一緒に行ってほしいといつも言ってたんだ。わたしたちは途中で奴隷州の町をたくさん通りぬけなくてはならなかったから、できるだけ遠くまで白人と一緒に旅をすることは道理にかなっていた。だけど故郷のチャールストンは東の方角だから、《西》は反対方向だった。白人に反対方向に来てくれと頼むのはあまりにも厚かましい話だった——費用はわたしたちが喜んで払ったにせよ——、わたしたちのために大きく遠回りをしてもらうことになるからね。「ハーカーが聞いたら、とても喜びますよ」とわたしは言った。わたしの心に最初に思い浮かんだのは、この言葉だった。わたしには、ハーカーがそう心で願っていたとわかっていたからだ。「ハーカーは、カウンシルブラフスまでわたしたちを無事に連れていってくれる人には、かなりの額のお礼を用意していること、わたし知ってるんです」。わたしはクララのおむつを替えてから立ち上がった。ミズ・レディは何も言わなかった。彼女は手にしたハンカチを振《よじ》りながら、窓の前に立っていた。逃亡奴隷の一団を引き連れて奴隷州の町々をいくつも通りぬける旅をするなんて、ミズ・レディにはとても不安なことなのだとわたしは察した。

「白人って本当に憎らしい振る舞いをするわね」。ミズ・レディは、わたしのほうを向いて微笑みながら言った。「もしかしたら、もしかしたら、わたくし、あなたたちみんなと一緒に《西》の地へ移って行こうかしら。どう思う?・」まるで彼女はわたしが同意するみたいに、頷いて早口で言った。「わたくし、なんのためにここ南部の土地にいなくちゃならないの? わたくしには農場経営はできないわ。《西》へ移住していった女性たちのこと、ネイサンから聞いてるのよ」

ミズ・レディはさらに話を続けたが、わたしはネイサンの名前が出たところで、耳を傾けるのをやめた。わたしは長いあいだ、ネイサンと彼女が愛しあっていたことを考えていなかった。それまで主として、わたしたちはあまりにも多くのことが心に引っかかっていて、この恋愛の件にまで考えが及ばなかった――少なくとも、仲間のみんながしっかり芝居を演じなくちゃならなかったからね。だからネイサンとミズ・レディのあいだに特別な関係があったことなど、簡単に忘れていたんだ。だけど今、ミズ・レディがネイサンの名前を口にしたとき、この旅の始めに、二人に挟まれて馬車の座席に座っていたことを思い出した。わたしは身体が熱くなるのを感じた。「わたし、奥様はご実家に帰られると思ってましたが」。彼女が実家の家族を重んじていないことはわかっていたけど、危険と恐怖のあの感情がわたしに戻ってきた。白人女のミズ・レディがネイサンと一緒にいれば、わたしたちにどれほどの危険が及ぶのか、彼女には理解できないのだろうか? 彼女の家族はそういうことを何も教えてくれなかったのか?

「わたくしね、もう奴隷制度のあるところで暮らしたくないのよ。意見を言わずにはいられないと思うの」とミズ・レディは続けた。わたしを見ることができないかのように自分の手を見下ろしながら。だけどこれは妙な展開になったわけだ。だってそれは旅の終わりまでにミズ・レディのほうから聞く言葉でもっとも恐れなくてはならないことだったからね。彼女はそれまで見てきたような奴隷たちの扱われ方に反対する意見を言って、わたしらへの関心を引くってことが恐かった。彼女が今話題にしていることは、確実にわたしたちが世間の注目を浴びることに繋がるはずだから。「オデッサ、あなたはどう思う?」ミズ・レディは微笑みを浮かべながら、わたしをじっと見ていた。「あなたたちみんな、わたくしと一緒に行くのはどうかしら?」

「白人女性が、悪さ好きの赤眼の黒人男を国じゅう追っかけて歩くなんて、醜聞ものだと思いますが」。わたしは彼女に厳しいことを言ってしまった。舌を噛《か》んでしまえばよかったよ。ミズ・レディは頬を引っぱたかれたような表情を見せ、顔はシーツのように真っ白で、顎《あご》全体にソバカスが手形のように浮き立って見えた。「無礼な言葉も、無礼な振る舞いも許しません」。わたしの頭のなかで、この言葉を聞いたような気がする。そして、わたしはそのいずれかをしたいと思っていたような気がした。ええそう、わたしはその旅で少しは学んだ。「奥様」とわたしは言う。だけど「ごめんなさい」と言う気にはなれなかった。だってミズ・レディは自分の情事のために、わたしたち全員を危険に晒《さら》そうとしているんだから。わたしは何も言う立場にありませんとか、ペーストリーを買ってきますとか口ごもりながら言った。

わたしがドアから出ようとすると、ミズ・レディは言った。「立場ですか」。もう一度、「立場」と言う。でもそれはわたしに話しかけているというふうではなかった。「立場って。あなたたちは、なんにでもそんなふうに応えるのね。「お嬢様、わたしが言える立場ではありません」と口癖のように言って、わたしたちを嘲っているのよ、わかるでしょ。「おはよう、マミー」と言うと「わたしの立場ではありません」と応え、「こんにちは、デッサ」と言えば、「わたしの立場ではありません」と応える。あのね。わたくしは「立場」の話をしているわけじゃありませんよ」。彼女はもう叫ばんばかりだった。「奥様と呼ばないでちょうだい」。わたしには、ミズ・レディが自分の話していることの意味を理解しているようには思えなかったし、もっと聞いていれば、わたしが無礼な口を利く以上のことをしそうだと思った。だからわたしは、ドアをぴしゃりと閉めないように気をつけて部屋を出た。

「わたくしはね、友だちどうしだと言いたいのよ」と彼女は叫び声をあげ、わたしは何かがドサッとドアに当たる音を聞いた。わたしは荒い息をしながら廊下に立っていた。わたしたちが昼食から戻った時点に物事を戻したい、彼女がミズ・レディであり、わたしが資金づくり計画の仲間である関係に戻りたい、彼女がドアのところに来て、さっき言ったことをもう一度言ってほしいと心から願っていた。

「立場」の話とか「奥様と呼ぶな」という話じゃなく、「友だち」の話。ホテルをあとにしてから、ずっとわたしの心をよぎっていたのは、このことだった。そう言えば、わたしが「ディナー用のドレス」と「朝用のガウン」の区別がつかないと言って、ミズ・レディがすっかり怒って怒鳴ったこともあったけど——。ネイサンのことで意見を言っただけなのに、まるでわたしが友だちと奴隷の区別がつかないかのような言い方だった。かつてわたしは、マーサがあのロバート少年について、ロバートが男たちの前で女遊びの自慢をした様子をしゃべったとき、いきり立って怒った。わたしはそのことを思い起こしたが、それはわたしの心深くの痛みとなっていた。ミズ・レディが言ったのも同じことで、それはマーサの声のように聞こえたし、まるで姉のキャリーみたいにも聞こえた。だからわたしは怒りに震えた。わたしはゆっくりと歩いてから、再び速足で歩き始めた。この人、まったく忌々《いまいま》しい白人女だわ。シーツのように真っ白な顔をして、あのセンスの悪さときたら——黒人《ニグロ》男と寝るわ、逃亡奴隷を匿うわ、わたしと友だちになりたいだなんて。わたしはまた足を緩めた。わたしと友だちになりたいだって？　いったい誰があんな女と友だちになりたいって思うんだ？　わたしは足を速めた。まるで、わたしが彼女の友だちになりたがっていて、わたしたちみんなが彼女に《西》の地へ一緒に来てもらいたいと願っており、自分の欲しいものはなんでも手に入るのを、当然のことだと思っているように感じた。本当に「友だちどうし」なら、ミズ・レディが実際にそうしたみたいに、わたしたちを危険に陥れるだろうか？　そしてわたしの友だちになりたいと言う。わたしは足を止めた。こんなことをミズ・レディが考えていたなんて、わたしは想像もしなかった。そしてわたしはその言葉を信じたいと思った。わたしはミズ・レディを始めのうち誤解していたとは思わないが、夏の始めにわたしが目を開けたときに見た白人女は、その資金作りの旅に同行している女性とは別人だった。その午後、わたしはこのことを自分に認めていた。わたしが起こした大騒ぎのことで、ハーカーはわたしをからかうかもしれないし、きっと笑い種《ぐさ》にするだろう。でもわたしは、ミズ・レディがわたしに友だちになってほしいと言ってくれた言葉を信じたいと思った。彼女が意見を変えないでいてくれることを当てにはしないが、もうぐずぐずしていてはいけない、この結末がどうなるか知りたい、わたしはそう自分に言い聞かせた。「友だち」という言葉は、白人相手なら「約束」のようなものかもしれない。もし「友だち」が良い関係をもたらすとしたら、壊れもするものだ。だけどわたしは彼女から引き下がることもしたくはない。

パン屋にあと少しのところで、「オデッサ」と呼ぶ声を聞いたように思った。わたしをオデッサと呼ぶのはミズ・レディだけだったが、聞いたのは男の声だったので、わたしは足を止めずに歩いた。するとまた「オデッサ」と呼ぶ声が聞こえた。わたしは歩き続け、誰かほかの人を呼んでいるに違いないと思ったんだけど、前より速足で歩きながら、それでも声がどこから聞こえてくるのか知りたくてあたりを見回した。突然、手がわたしの肩を叩いてわたしをぐいと引っ張って後ろを向かせた。わたしがまず思ったのは、誰かが、あの金を盗もうとしているということだった。わたしたちは通常、二人一緒に部屋を空ける場合を除いて、ベルトを腰につけて出歩くことはしない。それにペチコートだって身に着けてはいなかった。下着は鞄に入れて荷造り済みだった。だけど――あの「友だち」とか「立場」とかの話になって――その日、わたしは咄嗟《とっさ》にホテルを出たので、ベルトを外してくるのを忘れてしまった。肩に誰かの手が触れるのを感じた瞬間、わたしの頭にまず浮かんだのは金のことだったので、あのコショウ入れを手探りで探し始めた。

「君だとすぐにわかったよ」。そしてわたしは、背丈がわたしとあまり変わらない白人男の顔を覗《のぞ》いていた。

男がデッサという名前の別人とわたしを間違えたと思ったので、男から離れようとした。だけど男に触れたわけではない、わかるね。わたしは、白人に無礼を働いたと責められたくはなかった。「旦那様、旦那様、わたしはあなた様を存じあげませんが」。わたしはそのように主張したが、とても恐かった。

「俺のことを知らないだって？　えっ？」男はにやにやしながら、わたしの顔をじっと見た。男は大きな歯をむき出し、唇は見えないほど薄かったので、にたりと笑うと、まるで苦しんでいるように見えた。男の鼻は嘴《くちばし》のようで、骨ばって尖っていた。眼が鼻の両脇に深く奥まっていた。男の眼は雲一つない空のように虚《うつ》ろだった。確かにそれはあの地下室でわたしに聞き取りをしていた白人男で、わたしを追跡する最後の白人男だった。眼を見てすぐに、それがあの男だとわかった。男の眼を覗き込んだが、眼にはわたしの顔がまったく映っていなかった。ああ、そいつは確かにあの男だった。わたしが気づいたことを男も察知して、にやりと薄笑いを浮かべた。

そのとき、わたしは真剣に男からぐいと身を引き剝《は》がし始めた。もちろん、白人たちは立ち止まって男とわたしを見ていた。わたしは白人たちに聞いてもらおうとして大声で叫んだ。「わたし、こちらの旦那様を知りません。わたしはあそこのホテル・ギルモアにご滞在のサットン奥様の奴隷なんです」。わたしはあまりにも動揺していたので、ミズ・カーライルと名乗っていたこと、働き手を待っているという作り話をすっかり忘れてしまった。見ていた人たちは何かしゃべっていて、笑っている者もいたが、誰もわたしを助けてはくれなかった。白人男は、わたしが来た道を戻る方向にわたしを引っ張って歩かせ始めた。わたしはぐいと男から身を引き剝がして走り始めた。「誰か、その女を止めてくれ。危険な犯罪人だ。報奨金つきだよ」。男がそう喚《わめ》きたてるのが聞こえた。すると両足に何かが当たって側頭部を打ちのめされた。

気がつくと、わたしは両腕を後ろできつく押さえられて立っており、耳元にぜいぜいと荒い息が聞こえていた。わたしは別の白人男の顔を睨《にら》んでいたが、床が近づいてきてわたしを引っつかみそうな気がした。目眩がした。両腕を押さえられていなかったら、わたしは倒れていただろうね。その男は奴隷監督のボス・スミスかと思った。同じような明るい眼と砂色の髪だった。だがこの白人男は机の後ろに立っていた。男の後ろの窓には鉄柵があって、わたしの後ろで別の白人男たちの声が聞こえた。始めのうちは、何が起こったのか思い出せなかったが、記憶が戻ったとき、わたしは身も心もバラバラになった気がして、呼吸するだけのためにも、自分が壊れないようにしっかり頑張った。ここは監獄だった。白人男は看守であり保安官だった。わたしは悲鳴をあげたかったけど、わたしにできたことと言えば、震えて唇を噛むことだけ。わたしの後ろにいた声が何かを言っていて、わたしには保安官の口が動くのが見えた。保安官は言う。「さてちょっと待て、ネミ――」

ネミ。今では、忘れるわけのない名前だ。だってわたしの心に書き取ってあるからね。ああそうとも。わたしはその男を誰かよく知っていた。わたしは言った。「わたし、ミズ・カーライルのところの者で、あそこのホテルに滞在しています。奥様の赤ちゃん、クララお嬢様の子守りなんです――」

保安官は、わたしの肩越しにいる誰かに、とても荒っぽく言い放った。「君は目当ての女を探しているからと言って、通りにいる黒人《ニガー》を誘拐しちゃいけないね――」

「保安官どの、こいつの言うことはまったくの嘘なんです」。わたしの耳のすぐそばでそう言う声が聞こえた。わたしを押さえていたのがネミだとは知らなかったので、びくっとした。ネミはわたしの両腕を後ろにぐいと引っ張った。「僕がこの女に近づいたとき、サットンとかいう主人の奴隷だと言ったんです。こいつは危険な犯罪人なんですよ。拘束してくださいよ」

誰かが言う。「ネミの言うことは本当さ、保安官どの。そいつがサットン家の奴隷だと言うのを聞いたよ」

「おまえ、いったい誰なんだい？」と保安官はわたしに言う。「ネミ、女を放してやれ。ここには俺たちが何人も揃ってるんだから、女は遠くへは逃げられないさ」。保安官は椅子を出してきて、わたしに腰かけるように言った。保安官は机の端に腰かけてわたしたちを見ていた。ネミがわたしの腕を放したので、わたしは椅子に座った。何かがわたしの身体を支えてくれることがありがたかった。両足がへなへなになっていたから。わたしは再び、ミズ・カーライルのところで働いていると言い始めたが、ネミはわたしが言い終えるまで待たなかった。

「保安官どの。この女の特徴は指名手配のビラに一致してるんですよ」。ネミは上着から紙切れを取り出して広げ始めた。

保安官は言う。「おい、何か意見を言いなさい」

「旦那様、わたしは生まれてこのかた、こちらの旦那様には会ったことがありません」。わたしはそう言うと泣き出したが、これは演技ではなかった。「こちらの旦那様はひどくわたしを脅していらっしゃる。わたしはかつて、サットン奥様のところにいたことがあります――。ああ、どうか、旦那様。ホテルに行って、ミズ・カーライルに聞いてくださいまし」

「僕が探している奴隷女は、尻全体に傷跡があるんですよ」。ネミは実に厭らしい口調で言った。「着ている服を脱がせましょうや。そいつに当人じゃないことを証明させりゃいいんですよ」

部屋には五、六人の男がいて、奴らはみんな、ネミに賛成しているように見えた。「大事な商品に疵《きず》つけることになります」とわたしは、男たちがわたしを見る眼差しに怯えて叫んだ。「商品に疵つけるぞ！」あの頃はこの言葉の本当の意味をよくわかっていなかったと思う。これは奴隷隊《コッフル》の鎖に繋がれていたときのこと。男たちが、綺麗で色の白い奴隷女が鎖綱につながれているのを見つけると言った言葉なんだ。「この商品に疵つけようぜ。こいつは農園主人が、高値で売ろうと取っておいた上《じょう》物《もの》なんだぜ」。それは奴隷商人だけが触れることのできた女だった。だが今度は、わたしの言葉が白人たちの勢いを止めた。つまり、わたしが誰かの所有になると気づき、商品に疵をつけると言われて動揺したんだ。

「忌々しいぞ、ネミ、おまえの覗き《ピープ》ショーもこれが最後だな。よしわかった、皆さん、ここから出て行くんだ。ここは監獄だぞ、カーニヴァル会場じゃない」と保安官が言う。保安官は部下の一人をホテルに行かせ、ミズ・カーライルを見つけてこいと命じた。すると保安官と小柄な白人のネミを残してみんな立ち去った。ネミは、わたしを留置場に入れて鍵をかけるべきだと言い、手配書の内容を読み始めた。「百ドルの報奨金あり。逃亡奴隷。黒い肌。やせぎす。白眼をむく――」

保安官は言う。「ネミ、そういう黒人《ニグロ》なら二十人ほど個人的に知ってるよ」

「焼き印を押されてるんだよ」。ネミは手配書を振りながら、実に早口で言う。「焼き印を押されてるんですよ、えっ、保安官どの。太腿にRの文字が、臀部《でんぶ》には鞭の跡があるんですよ。焼き印を見逃すんですか、えっ、保安官どの?」

保安官はネミを見るだけ。「家に帰りな、ネミ。この件は法に委ねよう」

「法的にはすでに処理済みだと言うんですか?」ネミは大声で喚いていた。「第一、法などというのが、こいつを逃亡させる手助けをしたんだ!」

保安官はそれを聞いて、上下の唇を合わせるようにして考え込んだ。「おい、こっちへ来な」と保安官はわたしに言う。わたしは保安官について、広い入り口を通り抜けて次の部屋に入ると、そこは留置場だった。そこには監房が三部屋あり、どれも空《から》だった。保安官は監房の一室にわたしを入れて鍵をかけてから、元の部屋に戻って机に座った。

わたしは監房の入り口で鉄柵にしがみついて立ったまま待った。本当に惨めな気持ちになった。そのとき、《西》の地もグレン農場も、わたしたちの冒険のすべても、これまでの二、三カ月のすべてがなんの意味もなさなかった。あの最初の監獄からも、自分を追跡する最後の白人男からも一度も逃げたことがなかったかのように感じた。わたしが苦しみぬいてきたことへのご褒美《ほうび》にこんなに近づいて、世界をこの眼で見て、心のうちに自由を感じていたのに——。わたしは本当に自分自身に注意を怠ってはならなかったのに。

わたしはすべてを疑った。ハーカーも仲間のみんなも永久に奴隷の身から逃げることはできないだろう。それにわたしたちはネイサンを売ってしまった。わたしはミズ・レディにネイサンを売らせてしまった。わたしはネイサンを売ることにしっかり反対しなくてはならなかったのだ。ハーカーとネイサンとカリーが祈りに応えて来てくれたあの日、わたしはあまりにも無感覚であまりにも何もわからず、祈ることもできなかった。だけどそのときは、何もわからなかったわけじゃない。わたしはあの傷跡の一つ一つを残らず感じとっていたし、傷の一本は臍《へそ》の近くまで縄のようにうねっている。ズロースの腰の部分がひりひりと痛くて痒《かゆ》かった。臀部を横切ってコール天の生地のようなミミズばれができていた。そして太腿には、Rの焼き印。ここはハーカーがキスしてくれて、唇で美しいものに変えてくれたところだ。こんな傷跡を愛してくれる人がいるなんて、愛されたらわたしの血が感動するなんて、想像もしなかった。この傷跡はわたしの正体を明かす証拠となるだろう。ネミは何も言わなくてもいいのだ。保安官が自分の眼で確かめるだろう。そしてここにいる白人男らはわたしを殺すだろう。

わたしはモニーのため、ハーカーのため、わたし自身のために悲しんだ。わたしにはミズ・レディがいてくれると自分に言い聞かせようとした——今頃は立ち上がって歩いてきてくれると。恐くてじっとしてはいられなかった。いつだって一人の白人淑女は、黒人《ニグロ》男二、三人と同じぐらい役に立つものだ。いいかい。わたしは元気を出そうと、こんな冗談を自分に言い聞かせていた。でもホテルのあの部屋にわたしがまだいるうちに、「友だち」と言ってほしかった。いや、冗談を言っても、とても笑う気にはなれなかった。笑うのは泣くのにあまりにも近いし、泣くのは懇願するのに、悲鳴をあげるのに近い。もしわたしが自制心を失えば、呻《うめ》き声をあげるだろう。自分を汚してしまうだろう。だから、自分の振る舞いに充分注意していた。

白人男のネミがわたしの前に立ったので、わたしはぎくっとした。彼はあの時計の鎖を指でいじっていた。わたしの注意を奪ったのはその仕種で、彼が指の爪で時計を叩くカチカチという音だった。この音こそ、わたしが木の下に座っているあいだじゅう、わたしの頭上で聞こえていた音だ。男が時計をカチカチ鳴らす音と、その吐息まで聞こえた。

「おまえみたいな賢い女は、断頭台で終わらなくていいんだぞ」。男はそう言ったが、まるで「よいお日和で」とか「おはよう」と言っているような口調だった。そんな調子で男は言う。男は唇を舐《な》めながら「おはよう。おまえ、男と寝たんだよな」、「そんなことで、とやかく言わないさ。おまえのような女には男が要るからな」と言う。わたしはそのとき自分が聞いた言葉を信じることができなかった。この白人男は――わかるかい、わたしは後ずさりし、口ごもったまま考えていた。わたしは少なくともそのとき、こんなことを言われたままに納得することができなかったし、二度と御免だった。すると男はわたしを罵倒し始め、「ずる賢いクソ女め」とわたしに言う。男はわたしの二、三フィート足らず前にいて、小さな声で話す。「捕まえたぞ」とほとんど囁くような小声で言うのが、わたしにはよく聞こえた。「さあ、捕まえたぞ」。男は自分の胸を叩いた。「まさにここでな。根こそぎ取ったぞ。おまえの嘘がまいた種だけどな」などなど、意味のないことをしゃべっている。男が頭を馬のように後ろに振り上げて髪を払いのける様は、野生動物さながらだった。男がわたしに近寄ってくればくるほど、わたしはどんどん後ろに退き、ついに寝棚の端にぶつかった。男はすでに鉄柵にしがみついていて、わたしに手を伸ばした。わたしはどうすることもできず悲鳴をあげた。

さてそのとき、保安官が厳しい口調でネミの名を呼んだので、彼は隣の部屋に戻っていった。男はわたしの視界に入ったり出たりして歩いていった。髪を払いのけてはいたが、下に垂れ続けていた。わたしは寝棚に留まっていた。わたしは保安官を少しも頼りにしてはいなかったが、ネミが保安官の言うことを聞いているようなので、気持ちが少しは落ち着いた。男はあまりにも突然わたしに出くわしたので、どんな規則にも、少なくともわたしが従っていた規則には従う様子がなかった。だが男は保安官にはあまり口答えしているふうでもなかった。これが少しは慰めになった。ミズ・レディがやって来るまで、保安官はネミがわたしに手を出すことを許さないだろうとわたしは信じていた。

ミズ・レディが来てくれても、事態が好転するとは考えられなかった。ネミは傷跡を見ることなしにわたしを認知した。わたしは傷跡を隠すことができないし、傷跡はわたしの正体をいとも簡単に物語る。ミズ・レディがいかにして、この事態に変化の波を起こしてくれるのか、さっぱりわからなかった。保安官は冷たく鋭い目つきの白人だった。つまり、わかるね、黒んぼ《ダーキイ》が自分で考えるより前に黒んぼの心が読める人と、わたしらがいつも冗談のネタにするような白人だった。もしかしたら保安官は大きな眼や即座の微笑みも好まないかもしれない。保安官は両足を別の椅子に跳ね上げて椅子に座り、何かを削っていた。彼にはもうボス・スミスの面影はあまり見られなかったけど、ただ見た目だけでは、保安官についてほかにあまり言うことがなかった――もっとも、保安官がネミをあまり気に入っているふうではなく、それには大した意味があったと思うけれど。

ネミはわたしから見えるところで、彼にもわたしが見える場所に座っていた。彼は両脚を組んで座っていた。時おり男は髪を後ろに払いのけたり、膝の上にある何かを振り落としていたが、それほど心配している様子ではなかった。これはネミがあの農場でわたしの聞き取りをしていたとき、いつもわたしに対して見せていた態度で、まるで自分は時間をたっぷり所有しているので、もしわたしが話すなら、いくらか時間を分けてやると言っているかのようだった。だからわたしは話をした。だって、あの地下室から出るためには何か言わなくちゃならなかったんだ。今となっては、わたしは話したことのすべてを覚えてはいなかった。ケインのことだけだ、ご主人がケインの頭を、あのシャベルで打ちのめしたことだけを話したのだ、とわたしは自分に言い聞かせた。でもわたしは、それ以上のことをしゃべったかもしれず、それが恐かった。もっとたくさんしゃべったに違いなかった。そうでなければ、この白人男はまるでわたしの所有者みたいに、わたしを探しにくるわけがないじゃないか？まるでわたしの臭跡を追いかける猟犬さながらに。

白人男は膝までズボンをぐいと引き上げ、右脚と左脚を組み替えた。わたしは短靴の上に覗く男のくるぶしが灰色で骨ばっているのを見た。そのとき、男が鼻のまわりをハンカチで塞いで、あの地下室の階段に腰かけている姿を思い起こした。わたしは実際に、それまで自分の体臭に気づいたことがなかった。ああ、鎖をつけられて地下室の地面にじっと座らされていたが、男が嫌がる臭いの元が自分の身体だと知って、わたしは本当に恥ずかしい気持ちになった。ときどき、男のそばに行って、男の頭上で腕を振り回してやろうかとか、男の顔に向けて風を送ってやろうかと、ひたすら思ったものだ。わかるよね。男に息を吹きかければ、男はわたしと同じように汚なくなると理解するだろうからね。ところが今は、とわたしは思った、今は男のシャツには襟もついておらず、くるぶしは汚なかった。そのとき、わたしの目には涙が溢れていた。こんなにくだらない白人男によって、これほど惨めな状況に貶《おとし》められるなんて。子どもたちよ、運命とはかくも残酷なもの。わたしたちの夢を踏みにじり、目の前に骨ばって汚いくるぶしをゆらゆら揺らすものなのだ。

やがて身体がかっかと熱くなってきた。気の狂った男が、まるでわたしの所有者であるかのように、国じゅうを渡り歩いてわたしを追いかけてきたんだから。ああ、男はわたしの名前さえちゃんと知らないくせに――オデッサという女の話をしている。そしてここに来て、男は自分勝手に、わたしが自由の身ではないと思い込んでいた。それに男は気が狂っていた。狂っていたに違いないよ。靴下も履かず、襟もつけず、袖口がよれよれの姿で歩き回っていたんだもの。男のこの哀れな姿こそ、わたしに一縷《いちる》の望みをくれた最初の印だった。立派な白人淑女の言葉を信じずに、こんな惨めな姿の白人男の言葉を信じるわけがないだろう。わたしはこれを頼みにしていた。いいかい。これぞ、まさしく白人男の姿だった。上着を脱いだときも、袖がめくれ上がっていた。男は汗まみれだった。あの暑さでは誰でも汗をかかずにはいられない。だけどわたしが言いたいのはね。男の汗はふつう雫《しずく》にならず、汗の玉が顔を流れ落ちたりしないんだ。そしてこの場所で、男は靴下も履かずに座っていた。もちろん、その姿はどこか異様だった。そのうえ、保安官は、男がすでに別の娘を何人か引っ張ってきたと言った。白人男は気が狂っている。わたしはそれを白人たちに証明してみせることができるだろう。わたしは腰のまわりに隠し持っていた現金入れのベルトに指で触れ、金のあるところをしっかりと抱え込んだ。わたしの服の下を男たちに見られていいわけがない。わたしたちがこれほどの大金を持っていることを誰にも知られてはならない。ミズ・レディはそのことをしっかり覚えていてくれるはずだ。わたしの傷跡を除けば、立派な白人淑女の言葉に反論するのは、狂った白人男の証言だけだ。こんなふうに自分に言い聞かせて、ミズ・レディが来てくれるまで、自分の心を落ち着かせていた。

彼女の姿を見る前に、声が聞こえた。「保安官どの。わたくしの使用人のことですけど、こんなばかげた話、いったいなんですの？」保安官は腰を上げ、ネミも立ち上がった。「この男性《かた》がおっしゃることですが、さっぱりわかりませんわ」。彼女はクララを腕に抱いていて、クララをあやすように背中を撫《な》でていたが、いささか動転しているように見えた。「デッサを盗もうとしてる人がいるんですか？　その方が主張していらっしゃるのはそういうことなんですか？　世間の男たちが、無防備な女性を餌食《えじき》にするなんて、言語道断ですわね」。ミズ・レディはわたしの前に立ち、こちらを向いて、監房で鉄柵を握りしめて立っていたわたしを見た。「オデッサ！」彼女はわたしのほうに近づきながら言った。「今すぐに出てらっしゃい！」とまるで彼女が監房を自分で開けようとしているかのような口調だった。ああ、神さま、わたしはすぐにも開けてほしかった。保安官が急いで机の角を回ってこっちへ来て、彼女の足を止めた。「奥様」と保安官は帽子に手をやって言った。「失礼をお許しください、奥様」

そこで白人男がミズ・レディにお辞儀をした。「奥様。アダム・ネミと申します」。そして微笑みながら、彼女の手を取ろうとした。彼女は身を引いたが、彼女がネミに注意を向けたのはそれだけで、わたしに何を質問しようかと考えあぐねているようだった。どうなってるの？　この男、誰なのよ？　などなど。

「奥様、わたし、この旦那様を存じあげません」。大きめの声を出して言った。男たちは、彼女がそれ以上わたしに近づかないように遮《さえぎ》っていたからだ。

「だけど、こっちは知っております」とネミは言い、「とてもよく知ってるんですよ」と胸を叩いた。「ネミ」と保安官は、ネミをしかめっ面で説得しようとしていた。「これは法の問題でして。奥様、この黒んぼ女《ダーキイ》は、逃亡中の犯罪人で報奨金つきなんです」

さて、こう言われると、ミズ・レディは少し挫《くじ》けた様子になって、「あら、あら、そんなはずありませんわよ」と言い、男たちを見回してから、わたしを見た。

彼女が何を頭に思い描いていたのか、わたしには見当がつかなかったが、驚いたに違いなかった。ハーカーはこんな事態を想定した作り話を用意してはいなかった。彼が旅に出てあちこち歩き回っていたときにも、わたしのことであれ、ほかの仲間のことであれ、報奨金のことは何も聞いたことがなかったのだ。あの地下室、あの奴隷隊《コッフル》の事件は、わたしたちが働いているグレン農場の遥か東で起こったことだった。ここであの事件の話を聞こうとは誰も予想してはいなかった。ああ、ハーカーは彼が売られていったある農場で、悪魔の女の噂を耳にしたと言っていた。だけどこんな噂話は黒人たちにとっては、魔教的《ヴードゥー》民間信仰の話であり、呪術物語の類だった。真実であるには、あまりにも現実味のない話だった。この旅で出会った白人たちは、逃亡奴隷の話に言及したことがなかった。「旦那さんたちは、別のデッサとわたしを間違えておいでなんです、奥様」とわたしは大声で叫んだ。「奥様、わたしが誰なのか、旦那様方に話してくださいまし。わたしに報奨金がかかっているはずがありませんから」

「この娘はわたくしのものなんですよ。報奨金がかかっているはずはございません」と、ミズ・レディが言った。

「この奴隷娘は、州の所有になってるんですよ、奥様」とネミは言う。彼はベストの袖ぐりに親指を引っかけて、胸を少し突き出してみせた。「僕が、自分で五十ドルの報奨金をかけたんです」

「保安官どの」とミズ・レディは、まるでネミの言ったことが聞こえなかったかのように、保安官のほうに向きなおり、微笑みながら、クララが保安官バッジと遊べる近さでクララを抱いて言った。「わたしたちは、お父様が収穫のために送ってくれた働き手を迎えに、エイキン〔サウスカロライナ州中西部の町〕からこの町に着いたところなんです。あのお方は」――ミズ・レディは肩越しにネミを振り返って――「うちの娘とほかの誰かを人違いなさっていらっしゃるんですよ」

「奥様、この奴隷女のために嘘をおっしゃるんですか？」。ネミは実にきっぱりと訊いた。

さてミズ・レディは、その言葉にきりっと居住まいを正した。白人男は、白人淑女を嘘つき呼ばわりしてはならなかった。「保安官どの、いったいこの方はどこのどなたなんです？」

ネミは改めて名前を告げ、それから二、三の仰々しい言葉を加えた。「奥様、このお方は、これまでも娘を何人か引っ張ってきたんです。そして服を脱がせたんですよ」。わたしは急いでそう言った。

これを聞いてミズ・レディの目がぱっと大きく見開いた。彼女が保安官を見ると、彼は真っ赤になった。「保安官どの、それは本当なんですか？ ここでいったい何が起こっているんですか？」

「悪ですよ、奥様」とネミは言う。「あの奴隷娘は、奥様の目を眩《くら》ましているんですよ。僕の目も眩ましたんですよ――始めのうちだけですがね。あなたのようにご立派な白人淑女は、黒んぼ女《ダーキイ》の心の暗闇をわかってらっしゃらない。歌ったり、笑ったり、そして年がら年じゅう、悪だくみをしてるんですよ」。おまえにはわかるよね。あの男が一言一句こう言ったわけじゃない。そこにいた誰もこう言ったわけじゃなかった。白人男がしゃべった言葉を再現することなんてわたしにはできない。だけど、わたしはそんなふうに理解したと、今わかるんだ。わたしの理解はどこも間違ってはいなかった。そしてこれこそ、ネミが言わんとしたことだった。つまりわたしはあまりにも恐ろしい何者かであって、人間の数には入らないという意味だった。わたしは農園のご主人と好色に耽《ふけ》り、彼をナイフで刺した。だからわたしが売りに出されたと言ったのだ。ネミがご主人のことを口にしたとき、わたしの心臓が口から飛び出そうになった。ネミは声を少しも変えずに言い放った。ネミのしゃべっていることの意味を保安官とミズ・レディが理解するのに、しばらくかかった。

白人男はよくしゃべった、わたしはそれを否定しない。ネミは目を大きく見開いて、両手をさんざん動かしながら囁くような小さな声でしゃべるので、何を言っているのか理解するためには、みんなは本当に注意深く耳を傾けなくてはならなかった。ああ、ネミの演技力は大したもんだったよ。ミズ・レディは彼から目を離すことができなかった様子。そしてわたしはすでに汗をかいていた。ネミの話のいくつかは、わたしが話したことだった。「この帳面に全部書きとめてあるんですよ」と、再び胸を叩いて言った。ネミの話では、わたしは奥様の首を絞め、白人男らに呪術をかけ、奴隷隊《コッフル》のすべての「男」と交わり、あの地下室で悪魔を呼び出したという。女性全体にとって危険人物だと、ネミはわたしに汚名を着せた。

ミズ・レディはネミを鼻で笑った。「小柄で厄介な黒人娘《カラード》が一人でそんなことを全部やったとおっしゃるんですか?」そして彼女は保安官ににっこり微笑んだ。

「この件は法によって対処します」。保安官はネミを遮った。「もしかしたらネミが探している奴隷娘は、そんなことの全部はやらなかったかもしれないが、この女は何かしでかしたんです。でなければ、手配のビラには載らないでしょうよ」

「でも、わたくしのデッサであるはずがございませんわ」。ミズ・レディがそう言うと、それで決着したかのように見えた。

「この女は、ビラの人相書きにぴったり一致していますよ」とネミは、ビラを振り回し、にやにや笑いながら言う。「奥様――。奥様、お名前はなんとおっしゃいましたっけ？ どうやら見覚えがある気がするんですよ……」。ネミはミズ・レディの顔をじっと見て、特徴をよく調べているかのように見えた。

ミズ・レディはネミから身を引いたが、その前にクララがネミの手のビラをつかんだ。「その人相書きですと、五十人の奴隷娘に一致しますわね」。そして彼女は懸命にクララからビラを取った。ミズ・レディはビラを保安官に渡したが、その微笑みには浮かない表情が見えた。ネミのこの指摘、つまりネミがミズ・レディを知っているかもしれないこと、彼女が何かを隠しているかもしれないことは、わたしの期待とは異なるものだった。

保安官は咳払いして、いっそう顔を赤らめた。「私どもが探している奴隷娘には焼き印の跡があるんですよ、奥様」

「そうなんです」。ネミはいきりたって叫んだ。「あの服の下を見てみましょう！」

さてミズ・レディはひどく驚いたふうだった。だって、特にネミがべらべらしゃべり始めたあとでは、彼女はずっと何かの間違いだと思っていたんだからね。でも、彼女が傷跡を見たことがなかったとしても、わたしの焼き印の跡については知っていた。「あらまあ――」。彼女はわたしを見て、クララを実に素早く撫でて、唇を噛み、眼差しを逸らして言った。「おやおや、わたくしはね――保安官どの――」とクララをあやしながら目くばせして言う。

ネミがミズ・レディに面と向かって、奴隷娘の服の下を確認せよ、などと無作法な物言いをしたために、彼女は口ごもっているのかとみんなは思った。ミズ・レディはネミが言ったことの最後の部分について、なんのことなのか思案しているのだとわたしにはわかっていた。つまり男たちと好色に耽り、白人男を殺し、呪術を使ったことなど、これは彼女も、最初のうちは、わたしの過去について、そしてわたしら仲間の過去についても、ずっと思っていたことだ。わたしがエイダと一緒にいるところを見て、彼女がどれほど恐かったかと聞いたとき、わたしは大笑いしたのだった。それにわたしが最悪の人間だと思わせるようなことを彼女にいくつもしてきたのも事実。彼女はそういうわたしの過去も思い起こしていたとわたしは推測した。そしてわたしの傷跡のことも、奴隷隊《コッフル》にいたことも、白人連中がわたしに課した恐ろしい仕打ちについても、彼女は知っていたはず。ネイサンが話していたからね。でもこういう辛い経験をわたしの口から話したことはなかった。もし、一つのことが本当だとすれば、ほかのことも本当だろうと彼女は怪しんだに違いない。わたしにはそれがよくわかった。

保安官はネミに謝罪させたが、ネミは自分の言い分が正しいと主張し、わたしの太腿の焼き印によって、わたしが誰であるか証明できると言った。保安官はミズ・レディのほうを見た。彼女はクララをあやしながら、わたしのほうを見た——だが保安官の前で、しかもあの汚らしいネミの前で、わたしに何が言えただろうか？　これまでずっと、わたしとミズ・レディは一緒に馬車に乗り、夜はずっと暗闇のなかで黙ったまま一緒に並んで眠った。でも今は、わたしたちはお互いに相手の眼を、相手の微笑みをどう読めばいいのかほとんどわからなかった。「オデッサには傷跡などございません」。ミズ・レディはクララを反対側の手にひょいと抱き替え、ハンカチで顔を扇ぎ始めた。彼女は保安官に目くばせしたが、彼は足元に目を向けて、彼女には注意を払わないようにしていた。

「法には証拠が必要ですよ」とネミは言う。今や彼は微笑みを浮かべ、あの懐中時計の蓋を叩いていた。「さて奥様、奥様がどなたかわかりました、たしか——」。ネミはミズ・レディに近づいて面と向かって何か言う。すると彼女は蛇を見つめる鶏のような表情でネミを見た。

わたしがこの白人男の悪臭を嗅《か》ぎとったように、今こそ保安官にネミの悪臭を嗅がせたいと心から願った。悪臭こそネミの正体であり、わたしの顔にまともにかかった悪臭そのものだった。獣猟犬のようにわたしの跡を追い、服の下を覗くように男たちを唆《そそのか》し、わたしに報奨金までかけているんだから。「奥様」とわたしが言う。するとミズ・レディがわたしのほうを向いた。わたしは服の下に隠してある、あの金入れベルトを軽く叩いた。わたしは彼女のほうを見てから、腰の下方を叩いている手に眼差しを向けた。ミズ・レディがわたしについて何を思っているにせよ、ネミが彼女のどんな秘密を知っているにせよ、わたしたちが稼いだ現金には現実味があった。わたしたちが成し遂げたことに比べるなら、ネミはどれほどの男だろうか？　「奥様」とわたしが言う。わたしは彼女のほうを見てから、ネミを見た――あの皺《しわ》くちゃのスーツと汚れたシャツの前面、顎に沿う影がネミの顔を汚らしく見せていた。そしてミズ・レディはネミを、スーツを、シャツを、まるで初めて見るかのように見た。

「保安官どの」――ミズ・レディはハンカチを鼻に持っていき――「お話がありますの、よろしいかしら？」微笑みもせず、目くばせもしなかった。ネミがついていこうとしたので、「二人だけで」と彼女は言い、わたしの監房に歩いて近寄ってきた。クララはわたしのほうに手を伸ばし、わたしに近づくや、赤ちゃん言葉を発し始めた。わたしはクララの手を取り、ミズ・レディを見た。彼女は唇を舐めてから、微笑みらしきものを浮かべた。友だちであろうとなかろうと、そのとき彼女にできた最善のことは、わたしが彼女の奴隷にほかならないと証明することだった。

「保安官どの、わたくしたちは働き手を雇うために大金を持ち歩いておりますの。服を開けてごらん、オデッサ――」。わたしは腰の途中まで紐《ひも》をほどき、ネミには見られることなく、保安官に見えるように身体の向きを変えた。「わたくしたちは二人だけで旅をしておりますの。ですから、わたくしが信用できない方の前で、奴隷娘に服を脱がせるわけには参りません」。ミズ・レディは肩越しにネミのほうを見やった。「それに、殿方の前でこの娘が身体を見せるなんて、絶対にさせませんよ――ほかの奴隷娘たちがさせられたようなこと、させませんわ」

「そういう娘らを見てくれる黒人のおばちゃんがいますから」。保安官はドアのほうへ足を進めた。

「コーレのところに誰かを呼びにやります」

するとネミが大声をあげて文句を言った。「黒んぼ《ダーキイ》に黒んぼを調べさせて、黒んぼを捕まえるなんてダメですよ。それこそ、この女をあの地下室に留め置いたとき、あいつらが犯した間違いなんです。こんな大事なことで、黒んぼの言葉を信用しちゃダメですよ」

「おまえこそ、法の言葉を信じて、一件落着にするんだな」。保安官はそう言って、ドアから出ていった。

ネミは部屋を動き回って怒鳴り散らした。ミズ・レディはわたしのほうを見た。わたしはただ首を振るだけだった。とても恐かったけど、どんなおばちゃんが来ようと、ネミに服を脱がされて見られる前に、イチかバチかやってみようと思った。

さて、コーレおばちゃんがやって来た。汚らしいパイプをふかして、ぶつぶつ文句ばかり言っている老女だった。保安官らが、この年寄をおばちゃん《アーンティ》と呼んでいたのは、まだ現役で仕事をしているからだと思った。だけど、足を引きずって歩く様子を見ると、れっきとしたおばあちゃんで、それもなかなかの年寄のようだった。保安官はおばちゃんをミズ・レディとネミに紹介した。ミズ・レディはネミを見て鼻をふんと鳴らしながら言う。どこにでもいる他人の一言で、大事な奴隷を辱《はずかし》められるなんて噴飯《ふんぱん》ものですからね。ネミは言う。ばあさん、この女の眼を見ちゃいけないよ、悪魔が宿っているからな。保安官は言う。この娘の陰部に鞭の傷跡があるかどうか見てくれ。「はい、わかりました」とコーレばあちゃんは言い、頭《こうべ》を垂れて、もぐもぐ言っているがはっきり聞こえない。「奥様」と小さな声でさらに何か言っている。

コーレばあちゃんは、両腕に折りたたんだ布をかけていて、始終もぐもぐ言いながら、監房の中が見えないように、この布をかけた。ネミが言うのが聞こえた。「その女は鎖に繋がれていたんで、両脚にタコができているに違いないですよ」。確かにそのとおりだった。心臓がドキドキ速打ちしていたので、囁き声でしか話せなかった。「おばあちゃん」とわたしは服の紐をほどきながら言った。「あのね、おばあちゃん、わたし、子どものとき受けた火傷《やけど》の跡があるんです。わたしの子守りをしていた娘がわたしを火の中に落としてしまったの。傷跡がとても恥ずかしいんです」。わたしはばあちゃんの眼を捕まえようとした。

コーレばあちゃんは、一度だけわたしを見た。眼が乳白色だった。わたしは、ばあちゃんは眼があまり見えないのではないかと思った。わたしはまだペーストリーを買うための二十五セント硬貨を手に持っていたので、ばあちゃんに渡してから服とシュミーズの上半分を引き下ろした。ばあちゃんの片手が、わたしの背中をさっと動いていったが、それは分厚いタコのできた手だった。ばあちゃんの手がどれほど優しく感じられたか、忘れることはないだろう。わたしがスカートも引き上げようと手を伸ばしたとき、ばあちゃんはわたしを制した。ばあちゃんは硬貨を口に入れて噛んでみて、本物だとわかると胸元に滑り込ませた。「ジョエルの旦那様、ジョエルの旦那様」。ばあちゃんは大声で叫んだ。「この娘のお尻には何も見えませんけど。背中にも傷跡はないですよ」

「嘘つきめ」とネミは喚いた。「保安官、こういう黒んぼ《ダーキイ》どもはタチが悪いって、言ったじゃないですか」。保安官がネミの怒りを静めようとしている声が聞こえた。わたしが服の紐を締め終えると、コーレばあちゃんは、監房にかけてあった布を引っ張り下ろした。

わたしが監房を出るとすぐに、クララがわたしのほうに手を伸ばしたので、わたしはクララを預かった。クララは小さな腕をわたしの首に回し、小さな手でわたしの顔を軽く叩いた。ああ、赤ん坊を再び腕に抱くことができてどんなに嬉しかったことか。

ネミは真っ赤になって怒っていたが、わたしが監房から出ていくのを見て真っ青になった。「保安官、これ本気じゃないですよね。眼の悪い黒人ばあさんの言うことを真《ま》に受けるんですか？　俺の眼でしっかり見させてくださいよ」。そしてネミはわたしに手を伸ばそうとした。わたしはさっと身をかわすと、保安官は隣の部屋にネミを押し込んだ。「ネミ、気でも狂ったか？　あの娘に構うんじゃない」

「あの女に間違いないんだよ」とネミは言う。「帳面にあいつのことをぎっしり書きとめてあるんだよ」

　そしてネミは手を伸ばして、わたしが彼に会ってからずっと書き込んでいた黒い表紙のノート綴《つづ》りを取り出した。ネミがその帳面からわたしに読み聞かせたことを思い出した。わたしが言ったことをネミが書きとめようとしていると知ったとき、あの猛暑のなかにいても寒けがした。帳面を見てわたしは、再びネミへの恐怖に襲われた。ミズ・レディがわたしの腕を引っ張っていたけど、わたしは身動きできなかった。

「「わたし、奥様を殺した」」、こうネミは帳面から読み上げながら、わたしのほうに近づき、「「だってわたしには殺せるから！」この女はそう言ったんですよ」と、わたしを指さして言った。「ここにもっとたくさん書いてありますよ」――ネミは帳面をぱらぱらとめくっていた。「ここに」。彼は帳面をわたしの顔の前で振り回しながら言った。クララが帳面に手を伸ばし、ネミの手から叩き落とした。ページが表紙に綴《と》じられていなかったので、用紙がばらばらに落ちて床一面に散らばった。ネミは紙を引っつかんで、保安官の手にもミズ・レディの手にも押し込んだ。

「ネミ、走り書きしただけの紙じゃないか。こんなもの、誰にも読めやしないよ」と保安官が言う。ミズ・レディは手に持たされた紙をひっくり返した。「それにこちらの紙には何も書いてありませんよ、保安官どの」と言う。

「なんだって？」ネミはまだ膝立ちのまま言う。「いいや、みんなここに書いてあるんですよ」。ネミがよろよろしながら立ち上がると、保安官はネミを引っつかんだ。「この女は鎖をつけられていたんで、足の内側で歩くんです。俺はこの黒んぼ《ダーキイ》を知ってるんだ。そう言ったでしょうが。俺はこの奴隷女をよーく知ってるんだ。あのスカーフの下には髪が帽子のように頭に乗っかってる。俺はこの女をよく知ってるんだよ。ミズ・ジャネット」と、ネミはミズ・レディに手を伸ばして言う。「おわかりでしょう。科学も。調査も。黒んぼの心理も、ここが知ってるんですよ」。ネミは側頭部を軽く叩いて言った。

それから、わたしとミズ・レディはこの場を去ろうと歩を進めた。「おまえら、共謀してるんだな」――ネミはわたしたちにつかみかかろうとした――「女どうし、つるんでいやがる」。彼は膝をついて、散らかった紙のあいだを這いずり回っていた。「似たものどうしだな。売春婦どもめ」「ネミ、頼むから」と保安官が言う。ミズ・レディは舌打ちして、足を止めそうになったが、わたしは彼女の後ろについて歩いていった。わたしは頭に血が上ってしまい、わたしたちがいつ外に出たのか、ほとんどわからなかった。ネミは卑しい限りだった。そしてわたしがネミの卑劣さの原因だった。彼はわたしを猟犬のように追跡してきた。そして今、どこかの猟犬がネミを逃すまいと封じ込めていた。ネミはわたしを知っていると、わたしのことをよく知っていると主張した。わたしたちが成し遂げたことが溢れてきて心が張り裂けそうだったので、わたしはミズ・レディのほうを向いた。「奥様」とわたしは言った。「ミズ――」。何を最初に話したいのか、自分でもわからなかった。わたしはミズ・レディを冒瀆《ぼうとく》したように感じた。彼女は足を止め、ぐるりと振り向いてわたしの顔を見た。

「わたくしの名前はルースよ」と彼女は言う。「ルースです。あなたの奥様ではありません」。まるでこのわたしが、彼女に「奥様」という名前をつけたかのような言い方だった。

「ああ、そういうことなら」とわたしは言った。「わたしの名前はデッサ。デッサ・ローズです。始めの○はつけない」。わたしは言葉遣いを気にせずに言った。彼女はいつもこういう具合だったよ。わかるよね。彼女に好意を感じているときに限って、怒り口調にさせられちまう。ルースは本当に良い人だったよ。

「わたくしのほうはそれで結構よ」。わたしたちは二人ともつっけんどんだった。クララがわたしの顔を撫《な》で始めたので、わたしは思わずしっかりと抱きしめた。ルースも抱きしめたかった。わたしにはもう彼女に対してなんの反感もなかった。「奥様」であることにも、ネイサンとの関係にも、白い肌の色にも何も。もしかしたらわたしたちはあまりにも正直だから対立せずには話すことができなかったのだ。しかし言い合いをしながらも、わたしのルースへの気持ちはずっと変わらなかった。

「ルース」、「デッサ」。わたしたちは二人で同時に名前を呼んだ。「あの白人男は誰だったの——？」「あの白人男は——」。そこで足を止めた。わたしたちは、暗くなっていたとはいえ、通り道では、アーコポリスでは、お互いを抱きしめることができなかった。わたしたちは、それぐらいの分別は弁《わきま》えていた。その町では、二人一緒に笑うこともできなかった。でもその晩、わたしたちは板張りの道を一緒に歩きながら、人目をはばからず、にやにや笑っていたんだよ。

エピローグ

故郷の農園から売られていったとき、わたしが恋しいと思ったのはこのこと。「おまえ、頭をあっちに向けな。あと二本編めばおしまいだから」。――奴隷小屋の女たちがいつもやってたのは、髪を編むこと。母親は子どもたちの髪を編むんだ――女の子も男の子も――子どもたちが畑に出るまで、子どもたちが手元にいる限りはね。こんなふうにして、子どもたちの髪をどんなふうに櫛《くし》でとかすか話しながら、仲間の話をしたんだ。母さんは、わたしたちの髪を――わたしのもキャリーのも――コーンロウ編みにした。自分の髪は編んで垂らしていたけれど。二本の大きな三つ編みの髪が母さんの両耳の上から豚のしっぽのように垂れていたよ。わたしの指はすっかり硬くなってしまったから、編むことしかできないけど、たくさんのとかし方を覚えたよ――コーンロウ編み、シード編み、鎖編みとか、糸を絡《から》めるとか。すこし大きくなると、女の子たちはときどき集まって、互いの髪を編みあったもんだよ……。子どもたちは大人の両脚に挟まれて、頭の上の大人たちの話に耳を傾けながら多くのことを学ぶものなんだ。こんなふうにして、わたしは母さんの腿《もも》のあいだに抱かれて、耳を傾けることを学んだ。そうやって、大人たちが話をするのに耳を傾けて、最初の話し言葉を覚えたもんさ……。

エイダがグレン農場で初めてわたしの髪を編んでくれたとき――エイダの両手、両脚、背中の椅子の桟《さん》の感触を感じたし、頭の後ろには女の匂いが立ち昇っていた――そのほかにも、別の人の膝に抱かれて髪をとかしてもらったこと、髪を梳《す》いていくほかの人たちの手の感触など、たくさんの思い出があるんだ。わたしは泣いた。エイダは膝の上でわたしの頭を揺らし、肩を撫《な》でてくれた。一つの束を編み終わると別の束を編んでいった……。

エイダは髪をいじることがそれほど好きではなく、自分の髪はバンダナの下に隠して短くしていたし、アナベルの髪に櫛を入れたこともなかった。ああ、その頃エイダは髪を洗っていたし、フローラルウォーターでゆすいでいたけど、二人とも髪に櫛を入れさせることはなかった。それは女主人の髪を結わなくてはならなかったことを思い出したくなかったからなんだ。白人の髪の毛はあちこちに跳ねるんだ、とエイダが白人の髪の話をすると、わたしらはみんなひどく不快な思いにさせられた。白人の髪が濡れると犬の毛のように臭いとも言っていた。そういうわけだったから、わたしが自分で髪がとかせるほどに回復するまでのあいだ、二、三回だけ髪をとかしてくれた。わたしはエイダのあらを探そうとして、髪の話をしているわけじゃないよ。奴隷制度がエイダの生気をすっかり搾《しぼ》りとってしまった。エイダに残っていた輝きはアナベルに引き継がれた。アナベルはエイダが咲かせた花であり、エイダの華《はな》となった。いや、わたしは髪のことで、エイダを責めるつもりなんてさらさらない。デブラはいつも髪を編むのが好きだったから、わたしたちは互いに髪を編みあった。フローラとジャネットも加わって、ときどき髪を編みあっていたよ。こういう交流を通して、わたしたちが単にごたまぜの逃亡奴隷の一団を超えた何かに、自分たちがどこかまともな存在だと感じるようになったと思う。子どもたちは、何か嫌なことがあると、いつも髪を編むんだねと言って、わたしをからかった。エイダは家の掃除係になったので、わたしは髪を編む役目を引き受けた。髪を編むのは楽しいことだった。とても単純に聞こえるだろうけど、髪を編んでいるだけで、髪の房をもう一つの房と編み合わせるだけで、ひどく悲惨だった日々の自分の姿を見つめることができた……。

ハーカーは……わたしに触れる――今でも。ときには、わたしに近づくために……ハーカーに触れると、今でも五感が震える。彼は決してわたしの弱点を嘲《あざけ》ったりはしない。わたしがハーカーの弱点なんだとも言ってくれる。いろいろ……言ってくれる。ハーカーはカウンシルブラフスじゅうを歩き回って、わたしたちを《西》の地へ連れていってくれる乗合馬車を探したんだ。誰もがわたしたちを連れていくのを嫌がり、《西》の扉は黒人《ブラック》には閉鎖されたと言った……。あの旅では、どこへ行っても、法律はわたしたちに味方してはくれなかった。いわゆる自由州を旅するときも、わたしたちは落ち着いて留まることができなかった。奴隷地域とカウンシルブラフスの途中のどこにも留まることができなかった。一晩以上、足を止めていることができなかったし、一つの場所を通るのに五百ドルも払わなくてはならなかった。乗合馬車の持ち主が「ダメだ」と言ったときはいつも、ハーカーのなかでひどい狂気と憎しみが暴れ狂っていた。破談になった交渉となんとか折りあおうとハーカーは待ち、自分を責めていた。そしてネイサンがハーカーと一緒に歩いてくれた。二人は、本当に危険な状況を、実に危険極まる状況のなかを歩いた。この国は、わたしたちに苛酷な労苦を課し……ひどく傷つけた。エックランドが乗合馬車にわたしたちを乗せてくれる唯一の条件は、わたしたちがルースの奴隷であり、わたしたちを自由の身にして《西》に行かせるという書面に彼女が署名することだった。それは、その春、《西》に向かった最後の乗合馬車だった……

　わたしたちは《西》の地にやって来て、ルースは故郷のチャールストンには帰らず、東部へ行った。ルースは……フィリィー・ミー・ヨーク〔フィラデルフィアとニューヨーク近辺のこと〕へ向かった――そこは奴隷制が認められていない町だという。わたしたちはみんな折りに触れて、ルースがわたしたちの元を離れていったことを残念がっていたと思う。ルースが一緒にいてくれなかったとき白人連中はわたしたちを難儀な目に遭《あ》わせたけれど、ルースならそんな面倒をわたしらにかけるはずがなかっただろうから……。難儀な目に遭うときも脱するときもルースがいなくて寂しいと思った――（ルースはわたしの名前をクララに言っているかしら？……黒人《ニグロ》は、法の庇護《ひご》のもとにあっても、わたしたちを守ってくれる白人がいてくれない限り、平和裡に暮らすことができない。そして、いったい誰と本当の友だちになれると思うかい？　あんなふうに愛することができるって思うかい？　ああ、ルースはきっと努力してくれたんだよ。わたしは心底それを信じている。もしかしたら、ネイサンと結婚していたかもしれない――もし、ネイサンが求婚していたらね……だけどルースは東部に行ってしまったし、わたしたちはみんな《西》に来てしまった……

　わたしが、《西》に来た話をあまりにも頻繁に繰り返していたので、聞かされた子どもたちは、すっかり暗記していることだろう。モニーはそれらの物語が、自分が成長過程で耳にした物語ではなく、まるで彼自身が経験した記憶であるかのように自分の子どもたちに語り伝えている――「ほら、おまえたち、これで話はおしまいだよ」――。子どもたちはこういう物語を聞きたがったよね――インディアンのことやバッファローの大暴走とか。それに、あの悪魔の女の話だって。あの最後の監獄から出たあとは、カリーやほかの仲間が、悪魔の女という名前を持ち出しても気にならなかったものさ。もしかしたらルースが言ってたように、コーレばあちゃんは悪魔のことをぶつぶつ言ってたけど――「悪魔」に「女」をつけなかったんだよね。

　……わたしは善良な白人男性にも何人か出会った――エックランドみたいな。彼はいつもわたしたちに公平だった。ネイサンはエックランドの乗合馬車二台の御者を務めたんだ。エックランドは何度もわたしの食卓に座って食べてくれた。そして通りを下ったところに住むブリムも善良な白人の一人。乗り換え地点の近くに住むスティール一家も良い人たちだった。だけどルースほど良い白人はいなかった……。こういう白人たちがわたしにしてくれたように、わたしは黒人たちのために生きていきたいと願っている。彼らの親切の思い出があまりにも鮮明なので、そのすべてが心に残っているんだ。ときに信じられない気持ちになるよ。そしてわたしの心はさすらい人のよう。だから、思い出を書き記してもらったわけ。わたしには子どもがいるから、何度も繰り返して話してくれるはず。ネミが、わたしが彼の手に落ちたことを知ったうえでわたしの心を読み取ろうとしたことは決して忘れない。

さてこれは子どもたちが、わたしたちの唇から聞いた物語なんだ。わたしは願っている、自分自身を《所有》するためにわたしたちが払った犠牲を子どもたちが払わなくてもいいように。母さん、兄さん、姉さん、夫、友だち……わたしの少女時代、わたしが人生で得たすべてが、父さんの微笑《ほほえ》みとなって蘇《よみがえ》る。ああ、わたしたちは、子どもたちが世界に居場所を見つけられるように犠牲を払ってきたんだ、何度も、何度も……

「歴史瞑想」序文

ウィリアムズが本書冒頭の「緒言」において説明しているように、彼女は、『デッサ・ローズ』の発端を大学院生時代に発見した二件の歴史上の出来事に辿《たど》っている――一つは妊娠中の若い黒人女が奴隷反乱の首謀者の一人となったという話、もう一つは、人里離れた農場に住む白人女性が逃亡奴隷に避難所を提供していたという話である。

一九七六年、ウィリアムズはこれら二つの実話をまず最初に、「歴史瞑想」と題された短編小説に合体させ、黒人女性作家作品集『真夜中に啼《な》く鳥たち』〔メアリー・ヘレン・ワシントン編、アンカー・ブックス出版、一九八〇〕に発表した。一九八二年、ウィリアムズはこの短編に戻って、長編小説『デッサ・ローズ』に発展させていく。

以下は、ウィリアムズによる短編「歴史瞑想」への啓発に満ちた序文である。

わたしが作家になる道を歩み始めたのは、一九五〇年代にカリフォルニア州フレズノ市のエディソン中学／高校の図書館で黒人《ブラック・ピープル》関係の本を探していたとき、図書館司書の力を借りなくてはならず、大いに困惑し、大いに恥ずかしかったことがきっかけでした。そのときわたしが何歳だったのか正確には覚えていません――わたしはエディソンに学齢十二歳の七年生として入学、五年後の一九六二年に卒業しました。その頃の記憶は曖昧《あいまい》なのですが、もしかしたら十三歳か十四歳、もしくは十五歳だったかもしれません。わたしは多くの悩み事を抱えていたことを覚えています――とくに母とのこと、家に残っていた姉の一人、そして友だちとのことも自分自身のことでも悩んでいました。わたしは、結婚して滅多に家に帰ってこなかった二人の姉に見捨てられた気持ちになっていましたし、教師たちとも、親身にわたしを助けてくれた教師たちとすら疎遠になっていました。黒人《ブラック》であること、生活保護を受けていること、近所の年上の黒人男に売春行為を強要されたこと、週末になると年配の白人男が近所で女を漁《あさ》ることなど、こんな悩みが彼らにわかるはずがありません。あのとき、理解してほしいと必死だったことがわたしの身体じゅうにはっきりと書いてあったと今のわたしにはわかりますが、家族の暮らしやわたしの切望をさらけ出すくらいなら死んだほうがましでした。

わたしはルイーザ・メイ・オルコット〔『若草物語』（一八六八）の作者〕とフランク・イエルビー〔黒人歴史小説家で代表作に『ハーロウのフォックス家』（一九四六）〕が大好きでしたが、その頃、以前ほどこれらの作家に魅力を感じなくなっていました。そういうわけで、図書館にたまに行ったときは（学校の宿題などで指示されなければ行きませんでした。成績も及ばず、明らかに最下層階級の身で中流階級に憧れていましたから、級友たちからすでに敬遠されていました）、図書室をうろうろ歩いて、こそこそと本棚を見ては、黒人の本だとわかる題を見つけようと思っていたのです。わたしは、明白に黒人ものとわかる『ブラック・ボーイ』〔リチャード・ライトの小説（一九四五）〕を読みました。ですが、これは役に立たない以上に最悪でした。カリフォルニア州サンホアキン渓谷の豊かな農地のど真ん中にあるフレズノ市では、あからさまな人種差別と闘う必要がなかったからということではありません。わたしはほんの一部だけでしたが、家族と葛藤するところのみライトに自分を重ねることができました。彼の家族が彼をトム〔白人に対して柔順な黒人の代名詞アンクル・トムのこと〕の役割に無理やり追い込んでいこうとするようなお節介なら、わたしも数多く経験してきました。読後、主人公との違いを重んじるより、違いを軽蔑することで、わたしは順応しようと頑張りました。結果的には、世間の趨勢《すうせい》に合わせようとするわたしの試みは、自分を疎外するだけだとわかりました。

当然のことながら、わたしは女性エンターテイナーたち――アーサ・キット〔一九二七―二〇〇八、歌手〕やキャサリン・ダナム〔一九〇九―二〇〇六、ダンサー〕、エセル・ウォーターズ〔一八九六―一九七七、歌手で女優〕など――の自伝に向かっていきました。彼女たちの子ども時代の生々しい状況はわたしの経験より悲惨なものでした。彼女たちもまた、早すぎる性行為と性意識を強要され、母親と闘わなくてはならなかった。彼女たちの母親たちもまた、子どもが必死の思いで求めている愛を表現する術《すべ》を知らなかった。だが彼女たちはこの状況から立ち上がり、自分たちの違いを別のものに変えて、故郷から遠く離れた世界で尊敬を得たのです。わたしも自由な北部に行けば、ただ忍耐する以上のことができるだろうと思いました。

そしてわたしは、姉のルービィに限りなく、測り知れないほどに助けてもらい、それを成し遂げることができました。姉は結婚生活に破れ、家に帰ってきました。姉は十八歳で、三歳の娘を連れていました。それからほぼ二十年になりますが、わたしはたえず姉の勇気を賞賛してやまなかったし、そして「ルイーズ」と呼んでいたその姉がわたしの人生にもたらしてくれた変化に驚嘆せずにはいられません。姉は白人家庭のメイド兼料理人として週に五日働き（二十五ドル稼ぎ、のちに仕事先を移って新しい家庭に雇われたときは給料が倍になりました）、週に四日夜学に通い、妊娠と結婚のために諦めた高校の卒業証書を得ようと頑張りました。少なくとも週に二晩はパーティーに出かけ、娘の世話をし、姉自身の人生を破壊した青春の落とし穴に堕《お》ちた男たちの相談に乗り、導いたのです。姉はこのように多忙なスケジュールをこなした末に健康を害し、結局は仕事を辞めて生活保護に頼ることになりました――でもそれは高校の卒業証書を得てからの話です。

母の死後――わたしは十六歳で、もうすぐ十七になるところでした――、わたしは姉の保護下におかれ、姉はわたしの養育手当を受給しました。加えて、わたしたちは時々畑仕事をして稼ぎました――綿摘みや葡萄《ぶどう》の収穫の手伝い、休日には町の店で在庫管理事務員として働き、『学校教育』誌に採用されたわたしの作品の賞金も足しにして――つまり、わたしの高校最後の年をわたしたちは最低の生活レヴェルに近い状況で生き延びたのです。ルイーズの友人たちは、姉と同じような境遇の女たちでしたが、わたしに共同体の繋がりを教えてくれ、現実の人生および文学人生のモデルを提供してくれました。わたしは高校最後の年には、以前より洗練された感覚で黒人文学を探すことができました。ですが、黒人文学のどこにも、これらの英雄的な若い女性の物語を見出すことができなかった。彼女たちは、経験し耐えなくてはならなかった困難にもかかわらず、笑い、愛し、希望を持ち、励ましあい、互いに食べ物と金を恵みあい支えあった。彼女たちは、文字通りわたしたちを殺そうとしたと、わたしたちが確信した国と戦ってきたのです。最初に出版されたわたしの物語、「マーサに嘆くなかれと伝えよ」（『マサチューセッツ・レヴュー』一九六七。雑誌『黒人女性』ほかにも収録された〔『ノートン版アフリカ系アメリカ文学作品集』（一九九七）に採録されている〕）は、この時代に発端があります。この作品に描いたマーサと彼女の人生は、そのようなサークルを作っていた女性たちを合体させたものです。彼女たちの勇気とユーモアは互いを励ましあい、何年かの苦難の年月を通してわたしを助けてくれました。

あの時代から今に至る年月は簡単に要約できるものではありません。それらの女性たちのおかげで、わたしは彼女たちの人生がもはや指針とはならない世界に旅立つことになりました。それからの年月の多くを、東海岸から西海岸へ、ナッシュヴィル、フレズノ、サンフランシスコ、ワシントンDC、バーミンガムへ、そしてフレズノに戻り、ロスアンジェルスへ、またフレズノに戻り、ロードアイランド州プロヴィデンスへ、そして最後にサンディエゴに落ちつくまで、流浪《るろう》の民のごとく暮らしてきました。わたしはルイーズにサンディエゴに移ってきてもらっていて、フレズノに戻る計画も立てていましたが、そこで長姉が死んだことを知りました。『孔雀詩集』（一九七五、ウェズリアン大学出版局）には、父と母が生きていた頃の、そして収穫の働き手として渡り歩いた、その幼く、若かったときの人生の断片を描きました。未発表で未完の第二詩集『ある優しい天使のような子よ』〔本稿執筆後の一九八二年出版〕には、幼い時代のもっと多くの経験を書きました。なぜならわたしは、わたしたち一家の渡り鳥のような移住労働体験は、捨てられた民の原型だと考えるからです。ですからわたしたちは、なんとかして、何もかも奪われた人たちが判断力を失うことなく、またその旅路の本質の意味を忘れることなく、自分たち自身の歴史を《所有する》人々になったのか、その物語を語りたいと思うのです。

わたしは、組織に加入するとか、政治哲学を信奉するとかいった意味においては、それほど政治的人間とは言えません——ブラック・パワー唱道者への幻滅は、一九六七年、ハワード大学大学院生のときに始まりました。友人でブラック・パワー運動の賛同者が、わたしの作品はリチャード・ライトの作品とは似ても似つかないと言ってわたしを軽蔑したからです。現在のわたしは、当時より黒人の意識、いわゆる「黒人の美学」の確固たる支持者ですので、れっきとした政治的作家といえます。わたしは、建設的な政治的変革、つまり、お馴染《なじ》みの古い権力構造を黒人優位にひっくり返すとか女性有利に転換する以上の変革の基盤となる、わたしたちの人生の様々な構成要素を解明していこうと思います。

大学院は——アフリカ系アメリカ文学の大学教師として——わたしの現在の生計を支えるには必要でした。しかし、わたしが本当にやりたいこと、それは創作だと自認していましたので、結局のところ、創作と関連性のない学問分野とは一線を画すことにしました。博士号があれば、わたしは学問研究の場でもっと容易に生き延びてこられたかもしれません。ですが、わたしはブラウン大学博士課程で研究を続ける選択をしなかった。それは、ほかの人たちの作品を読むことに力を注ぎ、そういう人の眼差しを通して世界を説明するだけで残りの人生を過ごしたくないとの思いに至ったからでした。むしろ、わたしは書物から学んだことを——しかもそれはしばしば多大な収穫でした——ラングストン・ヒューズの詩集『引き延ばされた夢のモンタージュ』（一九五一）ほどわたしの人生に影響を与えた本はなかった。この本にはわたしの人生が、わたしの言語があり、詩の言葉がまるで自分の言葉のように心に響いたのです——ヒューズが謳《うた》ったのは、わたしの経験とも、わたしの同時代人や祖先との繋がりとも、わたしの子孫への希望とも融合したわたし自身の姿だったに違いありません（ここでは、「わたしの」という語を、「わたしたちは」、「わたしたちの」という集合体の意味で用いています)。

『明るい輝きを生み出せ』(ダイアル出版、一九七二)において、わたしは「男性」になり、「現代アフリカ系アメリカ詩におけるブルースの起源」(『マサチューセッツ・レヴュー』一九七七)では、性表現を担う声となりました。ちなみに両方とも評論ですが、この変装のいずれも、わたし自身の声を代弁する手段となり、わたし自身のヴィジョンを明快にしてくれました。もちろんわたしは、わたしの物語と詩において描く女性にほかなりません。しかしシングル・マザーであるがゆえに、わたしが女の心身を世界に具象化して示すことは、ときに困難でした。でもわたしがこれほど頑張って創作するのは、わたしがまさに一人息子のシングル・マザーであるからにほかなりません。女は男たちのために記録を残さなくてはなりません。そうしなければ、男たちはどうやってわたしたち女を知りうるでしょうか?

シャーリー・アン・ウィリアムズ

メアリー・ヘレン・ワシントン編『黄色いヒナギクの花々/真夜中に啼く鳥たち』(一九九〇)より許可を得て転載。

霊的啓示——トニ・モリスンとの会話

トニ・モリスンは、小説からエッセイ集、数編の児童文学、劇、連作歌曲、オペラにいたるまで、その力強い作品の数々により、アフリカ系アメリカ人で初のノーベル文学賞を受賞した。ランダムハウス社で二十年近くにわたり腕利きの編集者としても活躍。また一九八九年以来、プリンストン大学人文学教授として教鞭を執った。

デボラ・アートマンは詩人、作家、歌劇台本作家、編集者である。彼女は二〇〇三年から〇六年まで、文学・演劇芸術誌『リンカーン・センター・シアター・レヴュー』の編集者を務めた。下記インタヴューは、二〇〇五年、『デッサ・ローズ』のミュージカル版上演を祝して行なわれた。

デボラ・アートマン　シャーリー・アン・ウィリアムズとの最初の出会いはいつ、いかなるものだったのでしょうか？

トニ・モリスン　わたしの記憶では、まず彼女の詩については知っていましたが、彼女のことは知りませんでした。彼女は確か一九八〇年代はじめ頃、詩集刊行の件で、ランダムハウスに手紙を送ってきました。わたしは編集長から出版の承諾を得られなかったので、彼女に、申し訳ないけどお役に立てないと返事したのです。すぐに彼女から「いえ《イエス》、できます《ユー・キャン》よ。出版できますとも」という返信が来ました（笑）。彼女は憤慨していて、まるで「出版しなさい」と言わんばかり。

そこでわたしはもう一度手紙を書いて、ほかの編集者の同意なしには、出版の提案もできないし、前に進めることもできないと説明しました。彼女はわかってくれました。彼女は瞬時の熱情にかられてわたしに返事を書いたのでしょうが、とても不思議なやりとりでした。申し出が拒否されると、怒る人はいますが、それまで「いえ、できますよ」と言ってくる人はいなかった（笑）。それから別の用件でカリフォルニアに行ったとき、パーティーで彼女に会いました。彼女はとても可愛らしく、とても明るい人でしたので、びっくりしました。なぜなら、あの怒りの返信から、彼女は手強い人と想像していたからです。ところが、とても楽しい人で、親切で寛大で面白い人だったんです。いっぽう、彼女にはどこか自分だけに秘めて閉じたところもありました。ひたすら仕事熱心なのに、通常そういう人にありがちな外面《そとづら》を持たない。彼女について、わたしはそういう印象を持ちました。

それ以後、わたしは西海岸に出向くたびに、彼女と会いましたし、彼女もニューヨークに来たときは、ランダムハウスに立ち寄ってくれました。それからしばらく彼女に会う機会がありませんでした。『デッサ・ローズ』を書いていたのですね。少ない言葉で表現する詩作から小説に必要な豊富な言語の世界にいとも簡単に彼女が移っていったことにびっくりしました。そういう移行はあまり起こりません。通常、作品を抒情詩たらしめる特徴は、会話などを伴う物語が要求する要素とは異なるものです。ところが彼女は『デッサ・ローズ』でとても高い評価を得ました。広い読者層に好まれ、売れゆきも上々でした。彼女はすこぶる感動したのではないかしら。書くために莫大なエネルギーを費やしたと思いますよ。

アートマン　シャーリーの話で、よく引用される素晴らしい言葉があります。シングル・マザーで作家であることはいかに難しいか、だがそれはいかにも必然的なことだ、というものです。「女は男たちのために記録を残さなくてはなりません。そうしなければ、男たちはどうやってわたしたち女を知りうるでしょうか？」

モリスン　見事な表現ですね。とくに後半部は、まことに目新しい考え方です。彼女の小説『デッサ・ローズ』のメッセージにそのまま当てはまります。彼女は、男性になんの反感もないフェミニストでした。その点はすっきりと明白でした。仲間のフェミニストたちには、彼女の男性に対する鷹揚《おうよう》な見方について憤然と怒る人もいました。とくに、シングル・ペアレントですと、男性に対して敵意を持つまではいかなくても、きわめて慎重になるものです。彼女はそうではなかった。彼女には、マルコムという一人息子がいました。あの当時、わたしが知る女性たちの多くには娘がいました。あるとき、シャーリーとこんな話をしたことを覚えています。息子がいて、父親なしに息子を育てている女性は、男性に対する態度が違うのではないか、なぜなら男を育てているからというのです。もし息子に行動の手がかりを与える男性が身近にいないとしたら、母親は男の不在ゆえに、女である自分とは別の種類の責任や理解力を持たなくてはならないのです。

そういうわけで彼女は、世界の苦難のすべては男性に起因するという、当時一般に信奉されていた考え方に簡単に与《くみ》することはなかった。たいがいの苦難は、もしかしたらそうかもしれないけれど（笑）、人間関係について言うなら、必ずしもそうではない。わたしたち女性がどんな気持ちでいるか、男性たちに知ってもらいたいという彼女の主張は、もちろん息子に向ける想いでしょうが、とくに男性全体を慮《おもんぱか》っての発言かと思うのです。これは彼女の寛大な精神の一例ですが、わたしは彼女と知りあってとても感銘を受けたことなんです。

あの当時、若い女性作家が、読者を獲得しようとしてぶつかる困難には凄《すさ》まじいものがありました。わたしが思うには、彼女はその難関をいとも優雅に切り抜けた、しかも力強く。彼女は物静かな人柄で、一緒にいるのが楽しい人でした。近くにいてくれるととても気持ちが休まる人だから、わたしたちはきっとごく自然に彼女を受け容れていたのでしょうね。あの当時は、目立ちたがり屋のドラマ・クイーンがたくさんいました（笑）。彼女はそういう人ではなかった。

アートマン　ある時点で、『デッサ・ローズ』の映画化の企画がありましたね。よくあることですが、最後の段階でキャンセルされたと理解しています。文学作品が別のメディアに翻案されることに詳しいお一人として、『デッサ・ローズ』がミュージカルになったことについてコメントをいただけますか?

モリスン　ミュージカルは適切な形式であるばかりか、映画よりよほどいいと思います。小説で仄《ほの》めかされていることのいくつかをミュージカルで試してみることができるでしょう。それに、これはきわめて上昇志向の物語です。つまり、『ビラヴィド』のように、人物みんなが下降線を辿《たど》り、物語の終わりで死んでしまうことがありませんから（笑）。

アートマン　『ビラヴィド』と同じように、『デッサ・ローズ』は、十九世紀を背景にしています。物語の主要な筋の一つに、白人女性のルースの愛がありますね。ルースは夫に捨てられ、彼女の農場に隠れ住んでいる黒人男性《ブラック・メン》の一人と愛人どうしになる。わたしたちの時代に、人種関係について、この小説が語りかけている問題についてどうお考えでしょうか?

モリスン　その問題は、シャーリーのいかにも勇敢な意思表示でした。あの当時、文学ではまだおおっぴらに描かれなかったことですが、彼女の作品には二人の関係を非難する要素がまったくないのです。異人種間の人物はたいがい、敵どうしになるように仕組まれていました。わたしが思うには、今の作家たち、とくに女性作家はこのような関係に敏感に反応するだけでなく、この問題に生産的な意味でより興味を抱いています。『デッサ・ローズ』は、奴隷制度下での関係が、つまり人種関係が、巧みに描かれた初期の作品の一つなのです。

今日、今の時代の作家は、異なる人種の人物について書く段になっても、門が固く閉ざされているとは考えないでしょう。作家たちは自由に、素直な気持ちでその領域に入ることができるし、しかもステレオタイプの反応を気にすることもありません。ここから二つのことが言えます。一つめ、そのような物語を求めている一般の読者層が存在すること。二つめとして、人種とは何かについて、より複合的な概念とともに成長してきた世代についての物語ともなること。以前は、人種と言えば、完全に「専門用語《ジャーゴン》」に絡《から》め取られてしまい、そこを突破することができませんでした。

アートマン　この小説を読んだとき、わたしは、人種間関係の問題に関しての言説が、なんと今ふうなんだろうと衝撃を受けました。とくにルースが自分の行為を擁護するときの彼女の言語表現が、本当に今現在の言説に聞こえました。

モリスン　わたしも、そのとおりだと思います。文学では、白人は黒人の子どもたちには、実に正直に率直に話しかけるのですが、黒人の大人にはそうはしません。リリアン・ヘルマンが『ペンティメント』〔一九七三、回想録〕においてそうするまでは誰もしなかったと思うのです。それ以前は、ほとんどが、『風と共に去りぬ』〔一九三六、マーガレット・ミッチェル〕の世界でした。召使がいて子どもたちがいる。白人女性が打ち解けて話せるのは、こういう人たちだけ。別の大人と関係を持つ、あるいは虚心坦懐《きょしんたんかい》に話をする場面さえ描かれてはいません。『アラバマ物語』〔一九六〇、ハーパー・リー〕は興味深い作品ですが、子どもの視点から語られています。フォークナーの人物はなんとか異人種間の愛を語っていますが、舞台は荒野〔「デルタの秋」（一九四二）において、祖先の奴隷の子孫の女が子どもを抱いて狩猟場に現われ、白人子孫との愛について老アイクに告白する〕でして――都市部での会話は決して起こらない。

　どんな理由があったにせよ、アメリカ文学において、黒人と白人の大人どうしの対等な関係を表現することが、どうも心地悪かったのです。この関係は滅多に描かれなかった。それはとても残念なことでした。なぜなら、強制的な支配関係のない異人種間関係は啓示的ですし、きわめて興味深いことだからです。

アートマン　シャーリーの小説はファンタジーだとお考えですか？

モリスン　いいえ、そうは思いません。そのような状況も、そのような関係も現にあったと思います。なぜなら、むしろそういう関係を根絶するために多大な努力がなされたからです――異人種間の関係は実際にたくさんありました。あるいは、人々はそういう関係が実際にあるのではないかと恐れていた。

アートマン　シャーリーについていろいろ読んでいまして、『明るい輝きを生み出せ』という評論集に興味をそそられました。この本は、アフリカ系アメリカ人のヒーローを研究するものでした。彼女が『デッサ・ローズ』において、いかにヒーローの概念に貢献したのか、お考えがおありでしょうか？　彼女はヒーローを再定義したのか、つまり英雄的行為を通して何が可能になるのかを再定義したのか、お聞かせください。

モリスン　『デッサ・ローズ』においては、人間が高められていると思います。人物たちが善人だという意味ではありません。彼らは、ひたすら人間的なんですね。人物が外側からではなく、内側から観察されています。それは人間を高める描き方なのです。異なる人種について描かれる書物では、どれほど多くの侮辱の眼差しや狭量な見解が頻繁に表面化しているかがよくわかります。ですから人間を尊重して描くのは重要な視点なんです。シャーリーには、肝《きも》にあの腹黒い怒りの一物《いちもつ》などいっさいなかった。彼女は、もっと別のことを言いたかった。一つのグループと別のグループを敵対させることのない広い心、鋭い感性、深い理解があったのです。彼女はそういう先見の明に恵まれていました。

　あの作品以後、彼女がどういう計画を立てていたのかわかりません。ですが、彼女はあの小説のあと疲労困憊したようでした。小説を一冊書いたあとは誰しもそうなるのですが、わたしは彼女にもっともっと物語が書けるし、ぜひ書いてほしいと話したことを覚えています。

アートマン　彼女がもう自分で自分のために語ることができない今、シャーリーについてわたしたちが知らなくてはならないことは何なのでしょうか？

モリスン　そうですね。彼女はとても静かな才人の代表なんです。それは実に強い意志を持って努力を続けなければ維持することが困難です。若い作家たちは、彼女のような作家に負うところが大きい。七〇年代、そして八〇年代に、家族を育て、仕事に行き、創作もすることが、どれほど困難だったか、想像するのも容易ではありません。

アートマン　それはいつの世にも、難しいことかもしれません。

「霊的啓示――トニ・モリスンとの会話」は、『リンカーン・センター・シアター・レヴュー』に、「『デッサ・ローズ』と広場の光」と題されて初出（二〇〇五、第四十号）。ここに許可を得て転載。

訳者解説

『デッサ・ローズ』は今のわたしたちの物語

本書は、アメリカ黒人女性作家シャーリー・アン・ウィリアムズ（Sherley Anne Williams）の小説 *Dessa Rose* の日本語訳である。底本には、一九八六年の初版本をもとにした二〇一八年版（William Morrow）を用いた。底本の巻末には、ウィリアムズの短編「歴史瞑想」（一九八〇）の序文および、二〇〇五年のトニ・モリスンのインタヴューが掲載されている。版権を得て、ここに訳出できたことは望外の喜びである。

『デッサ・ローズ』の刊行直後、『ニューヨーク・タイムズ・ブック・レヴュー』においてデイヴィッド・ブラドリーは、奴隷制度の妥協のない描写において「芸術的に卓越し、情緒に訴えてやまぬ、とても忘れられない物語」（一九八六年八月二日号）と絶賛した。このようなお墨付きを得て、『デッサ・ローズ』は売れ行きも好調で、その後も地道に版を重ね、初版出版から三十五年を経た今日も読者に愛され、研究者に論じられている稀有なロングセラーである。今や、デッサの愛の物語は奴隷制度を描く小説として黒人文学の重要な一翼を担っていると言っても過言ではない。さらに、この逃亡奴隷たちの冒険は、二十一世紀になって、オフ・ブロードウェイのミュージカルとして翻案され、二〇〇五年のニューヨークを皮切りに、二〇一四年にはロンドンでも上演された。

『デッサ・ローズ』出版の翌一九八七年、殺された奴隷の亡霊を描いたトニ・モリスン（一九三一―二〇一九）の『ビラヴィド』が発表される。当時、モリスンの文学的評価はすでに確立していたが、『ビラヴィド』はやがてノーベル文学賞（一九九三）に繋がる世界文学の一冊となった。私は、ウィリアムズとモリスンが偶然ながら、ほぼ同時期に、十九世紀の奴隷たちの物語を書き進め、広く読まれ愛される作品に仕上げていったことに深い感銘を受ける。もちろん、フェミニズム理論や黒人文学研究が盛んになった一九八〇年代という時代の要請もあっただろう。この二人の作家が個人的に親しい知りあいであったことについては、巻末のモリスンのインタヴューをお読みいただきたい。モリスンは、二〇一八年版の『デッサ・ローズ』の表紙に「この宝物のような作品が再版を続けることは必要不可欠であるばかりか、至上命令なのです」との賛辞を捧げている。

実話からフィクションへ

アメリカの歴史の恥部として、多くの人が忘却の淵に葬り去りたいと密かに願っている奴隷制度の物語がなぜ書かれ、なぜ読まれるのか？　それは奴隷制度が作家にとっても読者にとっても、人間の自由への意志と密接に関わる問題であるがためではないのか？　もしかしたら個々の奴隷たちの経験は、小説という言語の世界でのみ蘇《よみがえ》り、時空を超えて記憶される日を待っているのかもしれない。

はじめに、本書の全体像を整理しておく。小説は三部構成で、それぞれ、「黒んぼ《ダーキイ》」、「娘《ウエンチ》」、「黒人女性《ネグレス》」と題されており、第一部（第一章および第二章）には、フレデリック・ダグラスの自伝の言葉が掲げられ、奴隷隊《コッフル》（「緒言」参照）の反乱の首謀者デッサから事件の情報を聞き取り書きとめる白人男性の視点から描かれる。第二部（第三章および第四章）は、女の底力を誇るソジョナー・トルースの有名な演説で始まり、デッサおよび白人女性ルースの視点から奴隷娘の果敢な挑戦が語られる。第三部（第五章および第六章）では、タジ・マハールの歌詞とともに上昇気流に乗って、逃亡奴隷たちによる詐欺ゲームの幕が開く。各部冒頭のエピグラフは、主人公デッサ（十七歳ほど）が一人の奴隷から力強く戦う娘へ、そしてフランス語の歌詞に乗って踊る女へと変身を遂げる過程を雄弁に予告するものとなる。

小説は奴隷たちの声に満ち溢れ、彼らの愛の歌が、バンジョーやハーモニカの音が、南部農園の労働歌《ハラーソング》が、奴隷小屋の囁《ささや》き声が聞こえてくる。そしてわたしたちは奴隷女が繋がれる鎖の音を聞く。やがて白人女性ルース（二十五歳ほど）の声を聞く。ほかの奴隷たちの笑い声も泣き声も、それぞれの過去を語るのだ。物語のほとんどには、今は自由の身として炉辺にくつろぐデッサが、数々の試練の記憶を子どもたちに話して聞かせる声が響いている。小説の終わり近くで、彼女は子どもたちに奴隷制度の惨《むご》たらしさ、醜さ、そして罪悪について語っている――「かりそめにも奴隷制度を許す日が来るとしても――だってわたしはあの辛かった経験を忘れる気にはなれないと思うから――鞭打たれたり、売られたり、殺されたりしたことを。だけど、白人たちがわたしたちを無知のなかに閉じ込めておいたことは、絶対に許さないと思う」（第六章）

『デッサ・ローズ』は、一八四七年六月、農場の地下室に拘留中のデッサの夢から始まり、自由の地《西》へ旅立つ秋までのおよそ四カ月の出来事を辿る物語である。わたしたちにはすでに、いくつかの奴隷物語《ナラティヴ》によって奴隷たちの悲惨な生と死、白人主人や奴隷監督による冷酷な暴力、父権主義ゆえの男女の役割分担などについて、おおよその認識がある。だがこの小説は、これらの認識に少なからぬ変革をもたらすだろう。私はそこに作者ウィリアムズの創作の原点があると確信している。奴隷小屋にも、優しくも深い愛の物語がある。鞭打たれ、焼き印を押されても立ち上がり、不屈に生きていく勇気がある。読者の期待の地平を軽々と飛び越えていく奴隷たちの雄姿が見える。ウィリアムズは黒人男女に限らず、白人女性ルースもまたステレオタイプから逸脱した人物として描いている。デッサとともに奴隷隊《コッフル》の反乱の首謀者となるネイサンは、少年の頃に資産家の白人女性の性奴隷にされた。

日常的な性搾取を余儀なくされつつも、彼はその屈辱を勇猛に男性性の確立へと転換していく。さらには、逃亡先の女主人ルースと堂々と関係を持つ。なかでも、わたしたちの常識の殻《から》を破るのは、黒人女性が担っていたはずの乳母の役割を白人女性のルースが、いとも自然に引き受けることであろう。

ウィリアムズが、本書の緒言で述べているように、この小説は二つの実話に想を得て二十一世紀の子どもたちにも伝えてもらえるように目論《もくろ》まれたフィクションである。いささか奇想天外な逃亡奴隷たちのこの冒険譚が読者の共感を呼ぶとすれば、それが実話をもとに、口承や儀式などの黒人文化の伝統に裏打ちされ、トリックスターが闊歩《かっぽ》する舞台を見せてくれるからであろう。また、奴隷の亡霊が出現する『ビラヴィド』が名作と称えられるのも、モリスンが当時の新聞記事（『アメリカ・バプテスト新聞』一八五六年二月十二日、『ブラック・ブック』一九七四所収）に感銘を受け、奴隷の母による子殺しという実話を魔術的リアリズムの世界に結実《コツフル》させたからにほかならない。

なぜデッサは妊娠後期の身を賭して奴隷隊の反乱に加わったのか？　なぜ拘留先から命がけの逃亡をしたのか？　白人女性のルースにそう訊かれたとき、デッサは「赤ん坊を奴隷にしたくなかったからです」（第四章）と寸分の迷いもなく答えている。『ビラヴィド』のセサは、奴隷監督に追跡されて奴隷農園に連れ戻されそうになった子どもたちを殺そうとする。自分が生きてきたような苦しみを子どもたちに経験させるわけにはいかない、だから拷問の道具から「安全な場所」（『ビラヴィド』第一部）に我が子を連れていこうとしたとセサは弁明している。なぜ母が子どもを殺すのか？　それはセサに限られた想いではなかった。臨月の身で拘留されている地下室でデッサは一瞬、生まれてくる子を殺す衝動に駆られる――「それは、この国に無理やり連れてこられた最初の女たちがしたことだとママ・ハッティーは言った。家族から引き剝《は》がされるぐらいなら、自分の子どもの首を絞めたほうがいいのだと……」（第二章）。このように、ウィリアムズもモリスンも子殺しを、奴隷制度に抵抗する母の逆説の愛として描いている。愛するがゆえに殺すのだ。幸いデッサは地下室から救出され、逃亡先に向かう途中で出産する。

ウィリアムズは学生時代にアンジェラ・デイヴィスの論考を読み、妊娠中の奴隷女が奴隷隊《コッフル》の反乱に加わったという事実に強い衝撃を受けた。彼女は、全米図書賞の候補作となった『孔雀詩集』（一九七五）が好評を得たのち、この奴隷女の実話をもとに短編小説「歴史瞑想」（一九八〇）を書く。公民権運動の活動家だったデイヴィスは、従来、黒人女性の望ましい生き方と考えられてきた「黒人母系家族制」の母像から脱却し、「至高の忍耐力と英雄的抵抗の伝統の真の相続人として」、黒人の「自由に向けて」闘う女の役割を勇ましく語った。このデイヴィスの言葉をエピグラフに掲げた「歴史瞑想」は、やがて長編小説『デッサ・ローズ』の第一章と第二章の骨子として組み込まれ、第三章から白人女性を登場させ、逃亡奴隷たちが自由の土地へ旅立つ物語へと発展させていく礎《いしずえ》となった。

本書巻末に訳出した「歴史瞑想」の序文には、ウィリアムズの子ども時代の極貧生活が力強い筆致で描かれており、私は眼を開かれる思いで読んだ。彼女は確信している――「文字通りわたしたちを殺そうとした……国と戦ってきたのです」と。ウィリアムズは小説において、奴隷たちの悲惨な境涯に重ねて、今の黒人女性の貧困との闘いを描きたかったのだと思う。

ウィリアムズは、デイヴィスの論考にあった奴隷女の事件を確認する過程で、逃亡奴隷を匿《かくま》っていた白人女性の実話に辿《たど》り着く。これら二人の女たちがもし出会っていたら、どういう展開になったかを、女たちの勇気と寛大さに焦点を合わせ、奴隷制時代を生きた南部女性の新しい肖像画として描いた。実話からフィクションへの飛翔は、出産直後の奴隷娘と、彼女を自分の白いベッドに寝かせる白人女性が、双方の誤解と不信感の壁を突き破り、かけがえのない友となって、それぞれが自由に向けて旅立つ物語を可能にしたのである。

わたしたちを「名前で呼んでくれたためしはない」

メアリー・ヘレン・ワシントンは、黒人女性物語集『真夜中に啼《な》く鳥たち』（一九八〇）に、トニ・モリスンやアリス・ウォーカーらによる短編小説とともに、ウィリアムズの「歴史瞑想」を収録した。ワシントンの「歴史瞑想」への「解説」は、黒人女性の歴史と文学表現についての啓発に富む優れたエッセイである（以下、ワシントンの解説からの引用箇所には「ワシントン「解説」」と記す）。「歴史瞑想」のプロローグにある奴隷たちの何げない会話と名前の数々は、部分的に修正を施されたうえ、『デッサ・ローズ』の第三章冒頭に再現された。日常的な農園風景に、なぜこれほど多くの名前が出てくるのか、戸惑いを覚える読者は少なくないだろう。だがワシントンの説明に耳を傾けるなら、一気に首肯しうるものとなる。ワシントンは説く――「彼あるいは彼女の役割がどれほどささやかなものであるにせよ……誰ひとり単なる「奴隷」、名前のない「一個の奴隷」ではないのだ」（ワシントン「解説」）。つまり、「名前を記すことによって、黒人共同体が個人個人の集団であることの意味を創造し……各人物の個人性を認知することになる」（同）と言うのだ。

もう少し詳しく見てみる。小説の第三章は、デッサが売られる前に暮らしていた農園の奴隷仲間の会話で始まる。これは白人女性のベッドで眠るデッサの夢の風景である。夢には、夫のケインを含む二十人の奴隷の名前が登場する。過酷な労働に耐える日々、奴隷たちは白人から名前で呼ばれることがない――「白人たちにとって、わたしらはいつも黒んぼ《ダーキイ》か黒人《ニガー》か小娘《ギャル》でしかなくて、名前で呼んでくれたためしがない」（第六章）。それゆえに奴隷どうしは名前で呼びあい、互いの存在と個人性を確認しなければならないのだ。

ワシントンは黒人文化に伝わる「名づけの儀式」にも言及している――「名前は、黒人の伝統を喚起する」ものであり「名づけの儀式においては、家族の聖書から、アフリカの記憶から、共同体における個人個人の位置を反映する名前がつけられた」(ワシントン「解説」)。デッサがいた農園にマーサという名前の美しい奴隷女がいた。マーサはデッサの心の友として物語全体に何度か登場するが、「マーサ」はウィリアムズの最初の短編「マーサに嘆くなかれと伝えよ」(一九六七)の主人公の名前である。短編のタイトルはゴスペルの歌詞に由来するが、作中、「マーサ」は聖書のマルタから名づけられたと語られる。デッサの母は十人の子を産んだが、「みんなに忘れられないように」と、死んでしまった子と売られていった子どもたちの名前を呼び続ける。そしてデッサもまた兄弟姉妹十人の名前を呼ぶ(第三章)。名前を呼び続けなければ、存在が消されてしまうからだ。

この小説において、奴隷たちに限らず、呼び名は白人女性のルースにとっても彼女の立ち位置を表わす重要な記号《シニファイアン》である。ルースは逃亡奴隷たちには「奥様」と呼ばれなくてはならず、「ミズ・ルーフェル」と呼ばれたときには激怒する。ましてデッサから「ミズ・ルイント(堕落した女)」と呼ばれてはならなかった(第四章)。だがルースは深い愛によって結ばれていたはずのお付きの奴隷マミーの本名を一瞬失念してしまうのだ。

ワシントンが述べたように、「名づけ」が黒人文化の伝統にとって重要な儀式であるならば、ルースがデッサの赤ん坊の名づけ親になる場面は、白人女性が黒人文化に参加するという意味で、物語にとって意義深い儀式となる。ルースは乳を飲ませる黒い赤ん坊を、みんなの意見と合わせて「デズモンド」(通称モニー)と名づけたことに「個人的な喜び」を覚えている(第四章)。この名づけの儀式は白人女性の人生の転換点ともなった。

デッサは奴隷隊《コッフル》の反乱後、攻撃した奴隷商人から「悪魔の女」の異名を与えられる。拘留先の農場の奴隷女がデッサに妙に親切なのは、地下室で鎖に繋がれた女が奴隷制度の手先である白人商人を打ちのめした「悪魔の女」であるからだ。かくして白人商人には呪わしい「悪魔の女」は、奴隷たちには仇敵を撃つ頭《かしら》の名前となる。デッサが運よく地下室から救出されるのも、農場の奴隷たちが口々に伝えた「悪魔の女」の噂がもたらした奇跡であった。

『デッサ・ローズ』出版の翌年に、「わたしの名前を呼んで」とせがむ亡霊の物語『ビラヴィド』が発表されたのは、読者には嬉しい偶然であろう。母に殺された娘の亡霊は、人々の記憶から外され、語られてこなかった――「みんなは彼女がなんと呼ばれていたか知っていたが、誰も本当の名前を知らなかった……みんなは悪夢のように……故意に忘れた」(『ビラヴィド』第三部)。こうして、ビラヴィドは名前のない奴隷制度の犠牲者すべての亡霊となる。モリスンは、『ビラヴィド』は「黒人も記憶していたくないし、白人も記憶していたくない……つまり、アメリカ全体が記憶喪失になってしまいたい話なんです」(『タイム』一九八九年五月二十二日号)と語った。もちろん、ビラヴィドという通称は、作家モリスンの企みによるものである。奴隷制度を記憶喪失という病に葬る人々への警鐘なのだ。失われた者たちを忘れてはならない、記憶に蘇らせよというモリスンの真の願いは、たしかに読者に届けられ、『ビラヴィド』は忘れえぬ物語となった。

自由への道――詐欺ゲーム

『デッサ・ローズ』第一章の冒頭において、デッサの夫ケインは農園主人に惨殺される。彼は魂の音を奏でるバンジョーを叩き割った主人に抗議に行ったのだ。「死ぬか売られるか」(第一章ほか)という奴隷の嘆きは、小説全体を貫いて、奴隷たちの恐怖を如実に言い当てている。売られる恐怖は「夢のなかでも」(第二章)憑《つ》きまとったとデッサは打ちあけている。デッサの父親は働きに出たまま、「杉の棺《ひつぎ》」(第三章)に入って墓場に運ばれていき、兄のジーターは、ある日深南部に売られていった(第二章ほか)。ケインの母親は彼がまだ幼いとき売られていった。彼は母の顔も覚えていない。ケイン自身何度も売られており、反乱を起こすデッサも奴隷商人に売られた身である。こうして売られた奴隷のリストが続く。

奴隷にとって、《売られる恐怖》と逃亡への願望は表裏一体である。「逃げようよ」（第二章）というデッサの願いが叶えられぬまま、ケインは主人のヴォーガムに殺される。苛酷な労働を課せられ、仕事を怠れば、深南部に売るぞと脅され、逃げれば捕まって酷《むご》い懲罰を受ける。奴隷たちが、がんじがらめの奴隷の宿命から逃げられないのは、逃げて行く先がないからだ。それは逃亡奴隷の仲間たちと西へ逃げる計画に加わるときに初めてデッサに理解できることである（第五章）。ついに仲間のみんなの前に、西の地が奴隷制度のない場所として、自分たちが自由になれる場所として立ち現われる。

この物語は奴隷制度の悲惨のみを語るものではない。第三部で語られる詐欺ゲームを通して、逃亡奴隷たちによる奴隷制度への反逆は真骨頂に向かっていく。西へ行くためには、資金が要る。奴隷たちは、アメリカの富の源泉であった自らの身体が、白人奴隷主に売却しうる貨幣価値であることを知っている。白人農園主にとって、奴隷たちは個々の名前を持つ人間ではなく、「八、九百ドル」（第六章）で売買しうる財産にすぎない。ならば、自らを売りに出し一儲けしようではないか、また逃亡すればよいのだ、一芝居打とう、という発想に至るわけである。

アメリカ南部文学研究者サラ・G・フォードは、『亡霊に憑きまとわれた財産――奴隷制とゴシック』（二〇二〇）において、メルヴィルの『ベニト・セレノ』およびトウェインの『まぬけのウィルソン』と並べて、『デッサ・ローズ』の詐欺ゲームについて論じている。フォードは、ほかの章において、フォークナーの『アブサロム、アブサロム！』論やモリスンの『ビラヴィド』論に多くのページを割いているが、『デッサ・ローズ』がこれらアメリカ文学の傑作の系列に組み込まれた点は大いに注目されてよい。

逃亡奴隷たちのリーダーであるハーカーは逃亡のための資金作りを企画し提案する。その計画の巧みさには二点あるが、一点めは、奴隷の身体が貨幣に変換しうるという現実を逆手にとって利用したこと。二点めは、逃亡の目的地を西部と決めて、演技する奴隷たちにもルースにも、逃げて自由の土地に行くという夢を与えたことである。ハーカーは《西》について仲間に言う――「奴隷制度が許されてないいんだ。みんな自由なんだよ」（第五章）。かくして奴隷たちは、資金作りの芝居に役者として参加し、白人女性ルースは奴隷を売る主人の役を、デッサはルースのメイド役を引き受ける。

こうしてルース「主人」と逃亡奴隷による偽装の奴隷売買が行なわれ、一行は見事な演技で詐欺師に変身し、「三万ドル近く」稼ぐ（第六章）。旅の途中で、デッサとルースは深い信頼関係を築き、「デッサ」、「ルース」と呼びあう姉妹となる。このように、『デッサ・ローズ』は、農園主による日常的な拷問、殺人と暴力を経て、勇気ある奴隷たちの逆襲を描き、白人の財産であった我が身を自身の財産として奪還し、奴隷制度のない西部への旅立ちまでを痛快に描く冒険物語となった。

奴隷にとって自分の身体を所有することは悲願である。物語を締めくくるのは、今自らを所有するデッサの深い想いである――「自分自身を《所有》するためにわたしたちが払った犠牲を子どもたちが払わなくてもいいように……子どもたちが世界に居場所を見つけられるように……」（エピローグ）

黒人の口承文化と帳面に記録する白人男性

さて黒人の歴史は誰が所有しているのか？　自らの身体を我がものとして所有することが、奴隷たちの自由の始まりであるならば、黒人の物語は誰が所有しているのか？　ウィリアムズの作家としてのこの問いかけが、『デッサ・ローズ』を生み出したと私は思う。そもそも小説の礎となった短編のタイトル「歴史瞑想」には、黒人の歴史を自分たちの所有になるものとして奪いにいくという作者の意図が潜んでいる。実際、本書の緒言において、作品に込めた想いを語ったウィリアムズは、物語を書き終えたとき、「私は今、十九世紀のある夏を……《所有》しています」という言葉を記すことを忘れなかった。デッサの物語を所有しているのは、ほかならぬウィリアムズなのである。

ワシントンは、「歴史瞑想」に登場する白人男性の日誌は、「奴隷制擁護を喧伝する十九世紀の小冊子」(ワシントン「解説」)をモデルに作られたと指摘している。『ビラヴィド』においても、奴隷たちの記録をつける奴隷監督の帳面が登場する。それら白人男性が書いた記録はどれほど奴隷の真実を伝えるものなのか? ウィリアムズがまず小説で描きたかったのは、デッサの物語を白人男性作家が書きうるものなのかという点にあったと思われる。

死刑宣告のあと、赤ん坊が生まれるまで処刑を延期されたデッサは、保安官の農場の地下室に拘留され、白人男性ネヘミアから奴隷隊《コッフル》の反乱で何が起こったのか聞き取りを受ける。ネヘミアは金儲けのために、奴隷の管理をいかにするべきか、白人奴隷主の利益になる本を書こうとしている。デッサが語り、白人男が書き取る。だがデッサはほとんど最初から白人男を攪乱《かくらん》していると言ってよい。デッサは独特の黒人方言で話す。白人にはほとんど理解できない。デッサはネヘミアの質問を避けるようにして、ケインとの愛の物語を断片的に語り続けるのだ。したがって男は推測した言葉を、あるいは誤解したままを日誌に書きとめていることになる。

ネヘミアは奴隷女デッサの言葉を管理し、女を支配しているつもりだが、ときどき女の言葉が聞き取れず、さらには意味が不明瞭で、女に操られている不安に付き纏《まと》われる。「女は行き当たりばったりにしゃべり、饒舌で、遠回しに質問に答える」ため、ネヘミアは「憤怒」を抑えきれなくなる。そのため彼は、相手が「黒んぼ《ダーキィ》で女じゃないか」と、「たえず自分に思い起こさせなくてはならない」(第一章)。ネヘミアが奴隷女を管理し得ると信じるためには、自分が白人であり、男性であるという自覚に戻るほかないのだ。白人で男性であることだけが、権力と支配の根拠だからである。

ネヘミアはデッサから得る情報を何度も聞き違えて記録する。たとえば、アフリカ伝来の楽器バンジョーを「バンジャー」と書く(第一章)。ネヘミアは、ヴォーガム農園の女主人がデッサに言い放った言葉に興奮する。女主人が、デッサのお腹の子は夫テレルの「赤ん坊に違いない」と主張したとデッサは語る（第一章）。デッサは嘘をついてはいない。女主人の言葉を伝えただけである。ここでネヘミアは自分の願望に基づいて大きな誤解をし、ケインが農園主人に抗議に行ったのは、デッサと農園主との内縁関係に気づいたからだと書きとめる。こうして白人男は、デッサの言葉を白人社会に好ましい情報に置き換えていく。ウィリアムズのこの場面の描写は巧妙きわまりなく、読者も一瞬、デッサの言葉の罠に陥りそうになるだろう。

ネヘミアが奴隷たちの言語も文化もまったく理解できずに終始することは、黒人の口承文化と白人の文字文化とのあいだの埋めがたい断絶を象徴するものである。この白人男性は黒人奴隷文化をほとんど理解しえない。デッサの歌も、ケインのバンジョーの音楽も、すでに第一章で始まっている。彼にはデッサのハミングの意味も、農場の奴隷たちの労働歌《ハラーソング》の意味も理解することができない。デッサの歌声は農場の奴隷たちに伝わり、農場からも返答の歌が送られる。奴隷たちが、伝統の口承文化であるコール・アンド・レスポンスによって重要なメッセージを交わしていることに、保安官もネヘミアも気づくことはなかった。デッサの地下室からの救出劇は、農場の奴隷どうしの秘密情報網《グレイプヴァイン》を通して、黒人霊歌の歌詞の伝達によって可能となる。奴隷たちは歌うことによって近隣の農場の奴隷仲間にメッセージを送っていたのだ。

ネヘミアはデッサの奸計とも取れる話術に取り込まれ、支配しているはずの奴隷女に操縦されている。デッサは、うっとりさせる話術によって、白人男による奴隷反乱の記録をケインとの愛の物語に書き替えてしまうのだ。そして反乱以後、「悪魔の女」の異名により近隣の奴隷たちのあいだで伝説的英雄となっていたデッサは、ついに自らの冒険物語をケインとのあいだの子どもに書き取ってもらう日を迎える。

ウィリアムズは、緒言で苦言を呈しているように、ウィリアム・スタイロンの『ナット・ターナーの告白』に厳しい目を向けていた。アメリカ南部を震撼させた奴隷暴動の首謀者、ナット・ターナーの聞き取り資料をもとに、一人称で語られる小説は、白人男性作家スタイロンの言葉によって語られた。暴動後、直接にターナーの口から聞き取った白人男性の書き手はどれほど黒人奴隷の語る言葉を理解しただろうか？　その記録をもとにスタイロンはどれほどの真実を語りうるだろうか？　また白人男性によって聞き取られた多くの十九世紀の奴隷物語は、どれほどの真実を語りうるのか疑わしい。なぜならケインがデッサに言い聞かせるように、「黒人について書くことができるのは白人男だけ」（第二章）だったからである。ウィリアムズは、デッサとネヘミアの対話を創りだすことによって、黒人の口承文化は「（白人の）文字文化のなすがままに」（緒言）操作されてきたという仮説を証明しようとしたのである。そして、その努力は充分に報われたと私は思う。

結び——今のわたしたちの物語

奴隷たちの物語は、遠い時代の遠いどこかで起こったフィクションではない。それは今のわたしたちの物語である。黒人女と白人女の友情も、ネイサンとルースの異人種間の愛も、二十一世紀を生きるわたしたちにこそ、なおさら理解しうる関係である。ウィリアムズの語り口はいかにも穏やかであり、小説には奇抜な作為などもなく、わかりやすい素直な文章で直接に読者に訴えかけてくる。

ウィリアムズと同い年のアリス・ウォーカーは、『デッサ・ローズ』の裏表紙に、「なんと深く、豊かで、力強い作品なのでしょう……わたしは、言語にも思慮にも、祖先との明白な共働作業《コラボレーション》にも、そして作品のページをめくるたびに出会う愛にも驚嘆し、感動し、大きな喜びに満たされました」との賛辞を寄せている。ウォーカーの「祖先との共働作業《コラボレーション》」への言及は、ウィリアムズが黒人の祖先である十九世紀の奴隷たちの闘いに、二十世紀から二十一世紀に向かう時代に世界から見捨てられた人びとの闘いを重ねて描いたことを示唆しているように思われる。ウィリアムズ自身による「歴史瞑想」

の序文に鑑みるならば、『デッサ・ローズ』は奴隷娘デッサの物語でありながら、暴力に逆らい果敢に闘う世界じゅうの人びとの物語となった。

ワシントンは、「生きる糧《かて》を奪われた人たちについて書くことに命を捧げた……貧乏人や労働者階級の人たちの威厳と力強さを伝えるウィリアムズの能力に匹敵する作家はほとんどいない」（ワシントン「解説」）と称賛を惜しまない。奴隷女の命がけの反乱と、日々を必死に生きる貧困者の闘いがこの小説において密接に結ばれるのであれば、奴隷制を生き抜くデッサは、「悪魔の女」の異名とともに二十一世紀にもなお、権力による圧殺に抵抗する英雄となるだろう。

本書巻末に訳出したトニ・モリスンのインタヴューから、ひとことだけ引用するならば、『デッサ・ローズ』において、「人間が高められている」という言葉である。たしかにウィリアムズは、拷問を受ける奴隷女にも、性奴隷にされる奴隷男にも、叩き殺された奴隷の死に際にも、それぞれの人間的な強さと気高さを賦与《ふよ》することを怠らない。一人一人の奴隷の闘いに人間としての尊厳を見てとり、その生きざまを人物たちの話し言葉や歌声に託して描いているからだ。モリスンの言葉を敷衍《ふえん》して言うならば、本書に描かれる奴隷たちは、一人一人異なる肌の色や眼の色を持つばかりではない。彼らは個人として行動する言葉を持っている。これは母と子どもの物語でも黒人共同体の物語でもない。個としての奴隷、個としての白人女性の物語である。

逃亡奴隷のリーダーが奴隷には禁忌だった「未来」を夢見て仲間を連れて西に旅立っていくように（第六章）、この物語には未来が見えてくる仕かけがある。ウィリアムズは未来の子どもたちを聞き手に十九世紀の奴隷の物語を書いた。フォークナーの名言のように、「過去は決して過ぎ去ることはない」（『尼僧への鎮魂歌』一九五一）。過去を語ることは未来への道標を見つける作業である。「悪魔の女」と仲間たちの冒険物語は、支配者から富を奪還して今日まで生き延びた奴隷の子孫たちへの誇らしい贈り物であるばかりではない。今の世界に生きるわたしたちに勇気と希望の真の意味を伝えてくれるだろう。

今日、ウィリアムズやモリスンの後継者とも呼ぶべき新しい世代の作家たちが、奴隷制度を主題にした小説を書き、高い評価を得ていることにも励まされる。ほんの二例を挙げておく。コルソン・ホワイトヘッドの『地下鉄道』(二〇一六)はピュリッツァー賞と全米図書賞をダブル受賞した名作である。そして、タナハシ・コーツの『ウォーターダンサー』(二〇一九)も地下鉄道工作員の物語である。いずれも日本語訳で読むこともできる。これらの小説には、十九世紀の奴隷の苦難と自由への挑戦の物語が、今日も大きな感動を呼ぶとするなら、これらの小説には、奴隷たちの、そして今もなお生きる場所も富も奪われた人たちの命の真実が語られているためであろう。真実が世界じゅうで苦難の時を迎えている今、小説の言葉の世界にこそ人間の真実が立ち現われると私は信じている。

翻訳について

本書は黒人たちの話し言葉で綴《つづ》られていることもあり、奴隷たちの呼び名が、「ダーキィ(darky)」、「ニガー(nigger, nigga)」、「ニグラ(nigra)」、「ニグロ(negro)」、「カラード(colored)」、「ブラック(black)」など話者により多様であるため、それぞれを日本語に置き換えるときに区別することが難しかった。「ダーキィ」、「ニグラ」、「ニガー」は蔑称であるが、これらを「黒んぼ」、「奴隷」、「黒人」と訳し、必要に応じて原語を表わすルビを振った。「ニグロ」、「カラード」、「ブラック」は「黒人」と訳して適宜ルビを振った。今日、これらの言葉を安易に用いてはならないが、小説の背景と文化を考慮して原文に従い、ここに原語を明らかに示しておく。

また本書で、奴隷が「南部《サウス》に売られた」と言ったり、農園主が「深南部《ディープ・サウス》行きだぞ」と奴隷を脅すとき、背景のサウスカロライナ州の奴隷農園よりさらに南の、より苛酷な奴隷制を敷くミシシッピ州あたりを指して言っている。

本書の出版には、多くの方々の応援を得た。学習院大学の上岡伸雄さんには、作品社に紹介の労をとっていただいた。神戸市外国語大学名誉教授の辻本庸子さんには、原稿にも初校ゲラにも目を通していただき、多くの貴重なご意見をいただいた。また中央大学文学部の元同僚ユウジ・オニキさん（現在はシアトル在住）には、口語表現などについて親身に相談にのっていただいた。そして作品社の青木誠也さんには、企画から原稿のチェックに至るまで細やかなお心遣いをいただいた。これらの方々の助言や励ましに深甚の感謝を捧げる。

最後にもうひとこと。ペンシルヴェニア大学のサディアス・M・デイヴィス教授は、彼女の専門分野である奴隷文化についても黒人の表現についても、質問の都度、的確な返答を惜しむことなく、『デッサ・ローズ』は重要な作品であり、日本の読者に届くのは嬉しい限りとの激励のメッセージも送ってくれた。一九八七年以来の盟友にも心からお礼を申し述べる。

二〇二二年九月三十日

藤平育子

引用文献（引用順）

『ブラック・ブック』Middleton A. Harris, ed. *The Black Book*. Random House, 1974.

トニ・モリスン『ビラヴィド』Toni Morrison, *Beloved*. Alfred A Knopf, 1987.

アンジェラ・デイヴィス（本書「緒言」に文献が記されている）

シャーリー・アン・ウィリアムズ『孔雀詩集』Sherley Anne Williams, *The Peacock Poems.* Wesleyan UP, 1975.

――「歴史瞑想」"Meditations on History." Mary Helen Washington, ed. 1980. *Black-Eyed Susans/Midnight Birds.* Anchor Books, 1990. pp. 230-277.

――「歴史瞑想」序文、前掲書、pp. 223-226.

――「マーサに嘆くなかれと伝えよ」"Tell Martha Not to Moan." 1967. Henry Louis Gates, Jr., and Nellie McKay, eds. *The Norton Anthology of African American Literature*. W.W. Norton, 1997. pp. 2361-2375.

メアリー・ヘレン・ワシントン『真夜中に啼く鳥たち』*Midnight Birds*. Anchor Books, 1980. 引用は、*Black-Eyed Susans/Midnight Birds*（Anchor Books, 1990）による。

――「歴史瞑想」解説、前掲書、pp. 226-229.

サラ・G・フォード『亡霊に付き纏われた財産――奴隷制とゴシック』Sarah Gilbreath Ford, *Haunted Property: Slavery and the Gothic*. UP of Mississippi, 2020.

【著者・訳者略歴】

シャーリー・アン・ウィリアムズ
(Sherley Anne Williams [1944-99])

大学教授、文学批評家、詩人、小説家、児童文学作家。カリフォルニア州ベイカーズフィールド生まれ、州立大学フレズノ校で歴史学専攻。ハワード大学大学院に進学。さらにブラウン大学大学院に移籍し、1972年、英文学修士号を取得。在学中、最初の著書『明るい輝きを生み出せ——新黒人文学論』(1972)を出版。最初の詩集、『孔雀詩集』(1975)は、全米図書賞にノミネートされる。また、最初の児童文学書『綿を摘む』(1992)は、1993年コールデコット栄誉賞(アメリカ児童図書館協会)を受賞。長年、カリフォルニア大学サンディエゴ校教授として文学を教えた。小説『デッサ・ローズ』は、2005年、ミュージカルとして上演された。

藤平育子(ふじひら・いくこ)

東京都立大学大学院修士課程修了(人文科学研究科、英文学専攻)。中央大学文学部元教授。著書に、『フォークナーのアメリカ幻想——『アブサロム、アブサロム!』の真実』(研究社、2008)、『カーニヴァル色のパッチワーク・キルト——トニ・モリスンの文学』(學藝書林、1996)など、訳書に、フォークナー『アブサロム、アブサロム!』(全2巻、岩波文庫、2011-12)などがある。

デッサ・ローズ

2023年2月10日初版第1刷印刷
2023年2月15日初版第1刷発行

著　者　シャーリー・アン・ウィリアムズ
巻末附録　トニ・モリスン、デボラ・アートマン
訳　者　藤平育子

発行者　青木誠也
発行所　株式会社作品社
〒102-0072　東京都千代田区飯田橋2-7-4
TEL.03-3262-9753　FAX.03-3262-9757
https://www.sakuhinsha.com
振替口座00160-3-27183

装　画　Winslow Homer *The Cotton Pickers*
装　幀　水崎真奈美（BOTANICA）
本文組版　前田奈々
編集担当　青木誠也
印刷・製本　シナノ印刷株式会社

ISBN978-4-86182-955-0 C0097